茂明安末代王妃

王江 著

远方出版社
·呼和浩特·

图书在版编目（CIP）数据

茂明安末代王妃 / 王江著. -- 呼和浩特 : 远方出版社, 2025.4. -- ISBN 978-7-5555-1654-5

Ⅰ.I247.5

中国国家版本馆CIP数据核字第2024L1V443号

茂明安末代王妃
MAOMING'AN MODAI WANGFEI

著　　者	王　江
责任编辑	蔺　洁
封面设计	曹可馨
版式设计	王改英
出版发行	远方出版社
社　　址	呼和浩特市乌兰察布东路666号　邮编010010
电　　话	（0471）2236473总编室　2236460发行部
经　　销	新华书店
印　　刷	内蒙古爱信达教育印务有限责任公司
开　　本	787毫米×1092毫米　1/16
字　　数	292千
印　　张	21
版　　次	2025年4月第1版
印　　次	2025年4月第1次印刷
标准书号	ISBN 978-7-5555-1654-5
定　　价	69.80元

如发现印装质量问题，请与出版社联系调换

前言

《茂明安末代王妃》一书，是根据真实历史人物书写而成。书中主要讲述了茂明安第十代札萨克齐木德仁庆豪日劳及王妃额仁钦达来率部抗日的英雄事迹。

齐木德仁庆豪日劳生于清宣统二年（1910年），为茂明安旗札萨克一等台吉若希色楞道尔吉至次子。

幼年时，随达尔罕贝勒旗安班（文职顾问）那顺瓦其尔学习蒙古文、满文。他勤奋学习，刻苦钻研，为他以后注重教育、发展文化事业、创办本旗有史以来第一所青年学校打下了基础。他爱好广泛，善骑射，懂医术，曾为牧民群众看病，解除痛苦。

1917年，其父逝世后，齐木德仁庆豪日劳承袭了茂明安旗札萨克一等台吉爵位。

抗日战争爆发后，齐木德仁庆豪日劳受中国共产党的影响，积极进行武装抗日活动。1939年，他率领自卫队夜袭日伪军白山岩部，缴获其全部马匹和军需物品，并将战利品赠送给大青山抗日游击根据地。

1941年冬，由于叛徒告密，他被日本特务机关逮捕监禁。1942年农历四月初，被杀害，年仅32岁。

齐木德仁庆豪日劳的妻子额仁钦达来，1913年生于希拉穆仁草原。1929年与齐木德仁庆豪日劳成亲。

额仁钦达来身为札萨克夫人，待人诚恳，办事利落。十几年来，除料理家务，还帮助齐木德仁庆豪日劳处理公务，接待来客，参与重要活动。

1942年，齐木德仁庆豪日劳被叛徒出卖惨遭杀害后，激起她抗日复仇的决心。次年正月二十九，她带领队伍设计处决了叛徒额尔敦朝克图，随后公开举旗抗日。

1949年9月19日，绥远和平解放，她是起义将领签名中唯一一位女将军。

中华人民共和国成立后，额仁钦达来曾任乌盟政务委员会委员。后来被分配到乌兰察布盟医院妇产科当护理员。

抗美援朝战争期间，她积极响应党和国家号召，先后两次主动捐献金银彩缎等贵重物品。

额仁钦达来先后任达茂联合旗政协委员、常委、副主席，乌兰察布盟政协委员、常委，内蒙古妇委会执行委员等职。曾当选自治区人大代表。1978年，出席了全国第四次妇女代表大会，受到了党和国家领导人的亲切接见。

1986年，额仁钦达来从工作岗位上退下来。退休后，她积极参与社会活动，发挥余热，经常到学校、机关做报告，并不顾年事已高，积极参与达茂文史资料编辑工作。

2000年1月2日，额仁钦达来不幸病逝，享年87岁。

齐木德仁庆豪日劳身为王爷，过着优渥的生活。在祖国受到外敌侵犯之际，他胸怀民族大义，舍生忘死，毅然投身抗日斗争当中。后因叛徒出卖，身陷囹圄，面对日本侵略者的威逼利诱，宁死不屈，最后惨遭杀害。他体现了中华儿女的民族气节和英勇不屈的精神，令人钦佩，可歌可泣！

额仁钦达来在丈夫遇害后，没有沉浸在悲痛中一蹶不振，而是化悲痛为力量，毅然决然替夫复仇。面对日本侵略者的围追堵截，额仁钦达来沉着应对，屡出奇计，化险为夷，最终加入抗日队伍。中华人民共和国成立后，额仁钦达来拥护中国共产党的主张，从不计较名利和个人得失，无论顺境还是逆境，都坦然处之，体现了中华儿女的拳拳报国之心和伟大的爱国情怀。

前事不忘，后事之师。在世界反法西斯战争胜利八十周年之际，我们重温历史，缅怀先烈，向为祖国抛头颅洒热血的革命先烈们致敬。

目录

第一章 一见钟情 / 001

第二章 好事多磨 / 018

第三章 千里寻亲 / 040

第四章 峰回路转 / 066

第五章 喜结良缘 / 087

第六章 兴办教育 / 102

第七章 子嗣风波 / 116

第八章 惩治毒贩 / 133

第九章 抗日烽火 / 152

第十章 痛击日军 / 161

第十一章　耳目一新　/ 174

第十二章　山雨欲来　/ 189

第十三章　为国捐躯　/ 202

第十四章　查明真相　/ 215

第十五章　处决内奸　/ 229

第十六章　三枪传奇　/ 248

第十七章　战火洗礼　/ 262

第十八章　绥远起义　/ 277

第十九章　岁月如歌　/ 288

第二十章　此生无悔　/ 310

后　记　/ 326

第一章　一见钟情

夏日的草原，天高气爽，风轻云淡，碧蓝如洗的天空上飘着朵朵白云，广袤无垠的草原上绿草如茵，盛开着一丛丛、一簇簇五颜六色的野花，有白色的芍药花、蓝色的鸽子花、黄色的金莲花、殷红的百合花、深粉的马兰花、浅蓝的铃铛花、金黄的蒲公英、火红的萨日朗……远远望去，草原就像一块硕大无比绣着彩色图案的绿地毯。微风袭来，散发出沁人肺腑的芬芳，引来成群的蜜蜂在花蕊上往来穿梭，招来色彩斑斓的蝴蝶在花丛中翩翩起舞。矫健的雄鹰在空中盘旋，美丽的百灵鸟在草原上啁啾鸣唱。草原深处偶尔闪现出羚羊、黄羊等大型动物的身影，近处的草丛中不时有草兔、鼬鼠等小动物出没。草原深处，飘来粗犷嘹亮的牧歌声，伴随着歌声，奔腾的马群疾驰而去，急促的马蹄声如同阵阵春雷滚过。随着牧羊姑娘清脆的鞭响，洁白的羊群迎面而来，好似一颗颗闪亮的珍珠散落在草原上。清澈的希拉穆仁河宛如一条玉带蜿蜒流向远方。这美丽的自然风光，如同一幅绚丽多彩的画卷，呈现在世人面前。

中午时分，太阳升过头顶，火辣辣的阳光贪婪地攫取着空气中的水分，在阳光的灸烤下，青草的叶子开始打蔫，美丽的花儿合上了花瓣，随风左摇右摆，无精打采，昏昏欲睡。

这时，草原深处传来一阵急促的马蹄声，随着马蹄声由远而近，只见五位骑士策马飞奔而来。当他们行至希拉穆仁河边时，其中一位年轻人勒住马缰，对同伴说："天已晌午，在河边打个尖再走。"

几位同伴应声勒住马缰，在一处干爽的河滩上跳下马背。两名年轻骑士从同伴手中接过马缰，就地卸下马鞍，然后牵着马儿朝着河边走去。随行的一位三十岁左右的骑士搬过来两副马鞍，让那位年轻人和一位中年人坐在马鞍上歇息，然后从背囊中取出一块雨布铺在地上，摆上牛肉干、奶食、马奶酒，招呼二位用餐。年轻人看了一眼河边饮马的骑士，说："不急，等他俩回来一起吃吧！"

"好的。"三十多岁的骑士答应着坐在旁边，一边与二位闲聊一边等候。两位年轻的骑士饮完马，绊上马腿，任由马儿在河边吃草。两人忙完之后，返回河滩，与同伴一起用餐。

他们吃喝完毕，各自躺在河滩上休息，河面上吹来的阵阵凉风驱赶着身上的热量，让人倍感惬意。突然，远处传来一阵悠扬的歌声。那个年轻人被这甜美动听的歌声吸引，不由得抬头循声望去，只见远处的河滩上有一位牧羊姑娘，挥舞着羊鞭，一边驱赶羊群，一边放声歌唱：

在那水草丰美的时候，
在那牛羊肥壮的时候，
远方来的兄弟们啊，
清醇的奶酒任您品尝。
这酒是鲜奶净乳的精华，
这酒是蒙古族的盛情，
尊贵的朋友、客人啊，

第一章 一见钟情

>让我们共度这美好的时刻。
>香甜的奶酒令人陶醉,
>迷人的草原让你喜欢,
>今日有缘能够相聚在一起,
>举杯痛饮留下难忘的回忆。

年轻人被歌声吸引,不由自主地起身,循着歌声走到羊群旁,喜不自胜,驻足侧耳倾听,听到兴奋处,情不自禁地高声喝彩:"好!唱得太好听了!"

牧羊姑娘被这突如其来的声音吓了一跳,急忙转头望去,只见身后十步开外站着一位身材高挑,眉清目秀,头戴黑色礼帽,身着蓝色长袍,外罩棕色马褂,脚穿黑色蒙古靴的年轻人,正喜眉笑眼地望着她。

牧羊姑娘不由得惊问道:"你是谁?怎么会在这里?"

"我是过路的,被你的歌声吸引而来。"

"你真会说笑,我的歌声可没有那么大的吸引力。"

"你不必自谦,你唱得确实很好听,这首希拉穆仁民歌我听很多人唱过,却没有人像你唱得这么好听。你唱得简直就是天籁之音,令人陶醉!"

年轻人一边与姑娘说话,一边端详眼前这位美丽的牧羊姑娘。只见她身穿粉色蒙古袍,脚穿黑色蒙古靴,亭亭玉立,婀娜多姿,一头乌黑的长发好似瀑布一般,一双柳叶眉,浓密的眼睫毛,明亮的大眼睛如同清澈见底的泉水,一张红扑扑的脸蛋上一笑就会有个小酒窝,两排整齐洁白的牙齿,红红的嘴唇如同一朵含苞待放的花。

年轻人本来是被牧羊姑娘的歌声吸引过来,此时却被她的美貌惊呆了。他万万没想到,这位牧羊姑娘不仅歌声美妙动听,而且样貌出众,简直就是仙女下凡！不由得两眼发直，注目凝视。

牧羊姑娘被他看得不好意思，害羞地低头说道："你过奖了，我是为了排遣寂寞，没事唱着玩儿，哪有你夸的那么好听。"

年轻人见姑娘害羞低头，意识到自己的行为有些唐突，急忙将目光收回，红着脸讪笑着说："姑娘不必自谦，你人美歌甜，我已经被你……被你的……歌声陶醉！"他本想说是被她的美貌陶醉，但话到嘴边，觉得不妥，急忙改口。

"你这么喜欢歌儿，想必也会唱歌吧？"

"草原上的人，哪有不喜欢唱歌跳舞的？动听的歌声可以给人带来一种精神上的享受，可以使人心情愉悦。"

"既然你喜欢唱歌，那就唱一首听听呗。"

"我唱得不好，岂敢在姑娘面前班门弄斧。"

"你口口声声说喜欢唱歌，却又推三阻四，难道你是光说不练假把式？"

"姑娘别多心，我虽然喜欢唱歌，但唱得不好听，既然姑娘想听，我就献丑唱一首，请姑娘不要见笑。"年轻人说完，敞开歌喉唱道：

> 美丽骏马矫健的步履，
> 缩短我们彼此的距离，
> 多情温柔妹妹的话语，
> 道出了她那内心的秘密。
> 枣骝马儿那强壮的步履，
> 驰骋在广阔的原野草地。
> 我俩相会在幽静的草滩，
> 幸福与缘分连在一起。

第一章 一见钟情

> 黄骠马儿那刚健的步履,
> 驰骋在辽阔的青草地。
> 年少娇柔的情妹妹你呀,
> 远嫁他乡与我分离。
> 银灰马那雄健的步履,
> 敲打着主人内心的隐痛。
> 美貌善良的萨仁陶古斯啊,
> 曾经与我海誓山盟。
> 荒原的牧草遇有甘露,
> 依然生长绿葱葱。
> 有情人心心相印,
> 老天也会把机缘送。

年轻人声音洪亮,音域开阔,歌声悠扬。歌声甫一落,立刻引来牧羊姑娘的叫好声:"好,唱得太好了!"

"我唱得不好,让姑娘见笑了。"年轻人听到牧羊姑娘夸奖自己,心里很受用,表面却很谦虚。

"我不是恭维你,而是你的歌唱得确实好听。"牧羊姑娘一本正经地说。

"我在没遇到姑娘之前还有点儿自信,听到姑娘的歌声后,才知道啥叫人外有人,天外有天。"

"你不必谦虚,你的音域开阔,歌声嘹亮,具有穿透力,在下自愧不如。"牧羊姑娘一脸真诚地说。

"姑娘,我说的都是真心话,虽然我与姑娘初次相见,但我有一种似曾相识、一见如故的感觉。古人云:同船过渡是缘分。咱们能够在这茫茫草原上相逢，说明咱们彼此有缘，如果姑娘不介意，请把姓名和住址告诉我。"

"我叫巩德玛，住在希拉穆仁草原。你叫什么名字？家住哪里？"牧羊姑娘大方地回答并反问。

"我住在查干敖包，叫……叫……齐……其木格。"年轻人在说名字时，不知什么原因说的有些不连贯。

"查干敖包在哪里？离这里远吗？"

"不算远，也就二百多里地。"年轻人笑着回答。

"你到我们这里做什么？"

"我是去五台山朝圣，路过此地。"

"你又不是喇嘛，干吗要到五台山朝圣？"巩德玛好奇地问。

"我虽然不是喇嘛，但我笃信佛教。"

"哦，信佛也没必要跑那么远的路啊，你没听说在家孝父母，何必远烧香吗？"

"我的情况比较特殊，朝圣的路途虽远，但是只要心里有佛，就不会觉得远。"

"说得很有哲理，就你一个人去吗？路途那么远，万一迷路了怎么办？"

"谢谢你的关心，我并非一个人，是结伴而行，不会迷路的。"年轻人一边说着，一边用手指了指沙滩上等待自己的同伴。

"既然你诚心去五台山朝圣，又怎么会在此地停留？"

"我不是说过了吗，是你的歌声让我停下了脚步。"

"你又说笑，再这样我就不理你了。"

"我没有说笑，说的都是心里话。你唱歌的时候，鸟儿都停止了鸣唱，梅花鹿也停止了觅食，它们一定以为你是下凡的仙女呢！"

第一章 一见钟情

"你可真会说话,嘴巴抹了蜜似的。"巩德玛虽然嘴上抱怨,心情却很愉悦,对这个年轻人产生了莫名的好感。

其木格与巩德玛正聊得起劲,只见一位三十岁左右的人走了过来。他看了一眼牧羊姑娘,然后低声对年轻人说:"齐……"他刚说了一个"齐"字,就被年轻人用眼神制止了。那个人看了一眼巩德玛,似乎明白了其中的含义,会心一笑,接着说:"其木格,时间不早了,咱们是否抓紧时间赶路?"

"我知道,无需多说。"其木格说完,转头对巩德玛说:"我着急赶路,咱们就此别过,巴依日太[1]!"

巩德玛回道:"巴依日太!欢迎你再来。"

"巴依日太!后会有期。"其木格说完,一步三回头地朝同伴走去。

巩德玛望着其木格远去的身影,心里觉得空落落的,虽然她与这个年轻人相处的时间很短,但他举止稳重,谈吐文雅,长相俊朗,给她留下了深刻的印象,大有相见恨晚之感。

位于大青山南麓的希拉穆仁草原地势平坦,水草丰美,被游牧民族誉为天然牧场。清康熙年间,为了加强与边防驻军的联系,开辟了绥远(今呼和浩特市)至科布多的驿道,全程四千余里。清政府为了加强对蒙古族地区的统治,开辟了纵横草原深处的驿道,沿途设立了众多的驿站、卡伦,用来传递政府公文、信件,以保证朝廷的公文、信件畅通无阻。

作为绥远通往大库伦(今蒙古国乌兰巴托)驿道的交通要道,希拉穆仁建立了驿站,至此,希拉穆仁由放牧的"阿寅勒"[2]转变为"古列延"[3],规模逐渐扩大。

清朝中期,驿站除了传递公文、诏谕,逐步向商业用途发展,对清

---

[1] 巴依日太:蒙古语,意为"再见"。
[2] 阿寅勒:蒙古语,意为"营"。
[3] 古列延:蒙古族游牧或军事的组织形式。

朝的商业贸易，尤其是对西欧和俄罗斯的贸易往来起到了至关重要的作用。一些头脑灵活、敢于冒险的内地巨商盯上了这条军用驿道，打起了在这一地区经商的主意。他们为了追逐高额利润，纷纷成立了商队，沿着军用驿道做买卖，有的还把生意做到了俄罗斯境内。由于路途遥远，途经沙漠，环境恶劣，商队选用骆驼为主要交通工具。骆驼素有"沙漠之舟"的美称，力大耐饥渴，即使数日不饮水，亦可负重前行，成为军用驿道上的主要运载工具。因此，人们习惯称这条通商驿道为"驼道"，又称作"营路"。

清乾隆三十四年（1769年），乾隆帝下旨在希拉穆仁河南岸修建席力图召，赠名普会寺。自此，希拉穆仁便以普会寺为中心，不断向周边辐射，逐渐形成了人口密集的乡镇。随着驼道生意的繁荣发展，围绕着驼队生意的附属行业——商号、客栈以及各种作坊纷纷兴起，故此，希拉穆仁由原来放牧的"阿寅勒"逐步发展成驼队的中转站和集散地。

清末民初，由于社会局势动荡，战乱频发，匪患猖獗，驼道生意由盛转衰，希拉穆仁也失去了往日的繁华景象。为此，各地相继成立保商团，以打击匪患。希拉穆仁也成立了保商团，团部就在席力图召。为了不影响寺院的喇嘛做佛事，保商团将寺院一分为二，保商团住在寺院的后院，中间用院墙隔开，互不打扰。

保商团团长仁庆四十多岁，身材魁梧，面色红润，身穿保商团的黑色军服，头戴大檐帽，腰扎武装带，别着一把手枪。此时仁庆正在办公室处理军务，只见副官走进来报告："团长，门外有个自称茂明安旗瓦其尔安本的人求见。"

"哦，他怎么来了？快快请他进来。"仁庆一边说着一边快步出迎。当他来到大门口时，不由得大声说道："赛白努！[1]瓦其尔表弟，你

---

[1] 赛白努：蒙古语，意为"你好"。

怎么来啦？"

"赛白努！表兄，我来看望你，你挺好的吧？"被称为瓦其尔的人一边与他行礼，一边回道。

"好，一切都好，赶紧进屋细唠吧。"仁庆亲热地拉着瓦其尔的手往里走，旁边走来一名兵士，接过瓦其尔的马缰，牵往马厩去喂养。

仁庆拉着瓦其尔穿过院内的甬道，来到了保商团的团部。仁庆一边让座，一边斟茶，同时问道："兄弟，你身为旗府安本[1]，公务繁忙，今儿个咋有闲工夫来我这里？一定有什么事吧？"

"表哥，你说对了，我是来找你帮忙的。"

"咱们兄弟之间何必客气，有啥事尽管说，我责无旁贷。"仁庆十分仗义地打着包票。

"表哥，事情是这样的，我奉齐王之命，前来请你帮忙做媒。"

"给齐王当媒人？好啊，不知女方是哪一家？"仁庆笑着问道。

"实不相瞒，我也不知道女方是哪一家。"瓦其尔实话实说。

"你真是聪明一世糊涂一时，连女方是哪一家都不知道，让我当哪门子媒人？齐王乃堂堂旗府王爷，难道会如此荒唐，把婚姻大事当成儿戏？"

"那倒不是，不过我也有些纳闷，我们王爷一向做事稳重，这次却有些盲目。他只知道姑娘名叫巩德玛，住在希拉穆仁，其他情况一概不知。我也有些犯难，因此想到了表哥，你是本地人，人脉比较广，只有你能帮这个忙了。"

"哦，原来你说的是巩德玛呀！你算是找对人了。不瞒你说，我跟她们家不仅熟悉，而且还沾亲。"仁庆笑着说。

"真是踏破铁鞋无觅处，得来全不费工夫！快点给我说一下巩德玛

---

[1] 安本：蒙古语，意为"都统"，官职名。

及她的家庭情况。"瓦其尔大喜过望。

仁庆拿过茶壶,为瓦其尔续上茶水,然后说道:"巩德玛是我看着长大的,我对她再熟悉不过了。她的阿爸就是我们保商团的排长桑杰。我跟你说,这个姑娘没得挑,无论人品还是长相,都是百里挑一。另外,她识文断字,骑马、射箭、打枪样样在行,堪称文武全才。她跟齐王正般配,可谓是郎才女貌、天造地设的一对才子佳人。难怪巩德玛对谁都看不上眼,原来她是在等齐王呢,都说姻缘天定,此言不虚,这真是冥冥之中自有天意。"

"缘分这东西,真是令人费解,看似偶然,实则必然。姑娘的情况我已基本了解,你再详细给我介绍一下她的家庭情况。"瓦其尔急于了解更多情况。

"说起巩德玛,还得从她的姥姥色基米德格说起。色基米德格年轻时与丈夫乌勒吉在希拉穆仁开了一家客栈。乌勒吉为人正直,不善言谈,老实巴交,生意上的事情都靠色基米德格打理。色基米德格不但人长得漂亮,而且聪明能干,把客栈经营得井井有条。她心地善良,乐善好施,无论亲朋好友遇到什么难处,她都乐意帮忙,并且经常接济生活窘迫的客人,免费让他们住店,临走时还赠送盘缠,是一位古道热肠的好人。巩德玛自幼受色基米德格的熏陶,你说能错吗?"

"嗯,你说得有道理,一个孩子的成长,离不开家庭的教育和熏陶。巩德玛的阿爸阿妈一定也很优秀吧?"

"那是自然,他们自幼生活在色基米德格身边,从小耳濡目染,无论人品还是做事风格,都与色基米德格相似,他们……"

"表哥,停一下,你说巩德玛的父母从小生活在色基米德格身边?"瓦其尔拦住仁庆的话头,不解地问道。

"是的,巩德玛的阿妈格日乐以及阿爸桑杰从小就跟色基米德格一起生活。"仁庆十分肯定地回答。

"表哥,你是不是搞错了?格日乐作为色基米德格的女儿,从小跟阿妈生活在一起很正常,可桑杰是她的女婿,怎么也会从小跟她在一起生活呢?"

"桑杰既是色基米德格的儿子,又是她的女婿。"

"什么?桑杰是她的儿子,那不是兄妹通婚吗?那……那怎么行!"

"你的性子就是急,都不等我把话说完就妄加评论。我告诉你,他们虽然曾以姐弟相称,却没有血缘关系,因为桑杰是色基米德格的养子。桑杰七岁时不幸与家人走失,被驼队的'领房子'陈金宝救了,后被色基米德格收养,从小在色基米德格身边长大。他曾与格日乐姐弟相称,后来二人产生感情,色基米德格就做主让他们成亲了,所以他们既是姐弟,又是夫妻。"

"哦……原来如此,吓了我一跳。"瓦其尔如释重负地长长吐了一口气。

"这不怪我,只怪你性子太急,不等人把话说完就先入为主地下结论。"

"表哥,我不是性急,而是心急。齐王把婚姻大事托付给我,是对我的信任。我是受人之托,忠人之事,必须把事情办稳妥,力争做到万无一失,尽善尽美。"

"我理解你的心情,事关齐王的婚姻大事,是不敢马虎!"仁庆点头笑着说。

"表哥,既然巩德玛各方面条件都挺合适,麻烦你帮忙牵个线呗。"

"没问题,这是成人之美的好事,我愿意帮忙,我这就把桑杰叫来,咱们当面跟他讲。"

"谢谢表哥成全。"瓦其尔感谢地说。

"来人。"仁庆对着门外大声喊道。随着他的喊声,一名侍卫推门走了进来。

"团长,有何吩咐?"那个侍卫恭敬地问道。

"你去把桑杰给我叫来。"仁庆命令道。

"团长,你昨天不是派桑杰带人出去执行任务了吗?"

仁庆用手拍了一下脑袋,笑着说:"你瞧我的记性,一高兴把这件事忘了,你赶紧派人去把桑杰喊回来,说我有急事找他。"

"是,团长,我马上就办。"那个侍卫答应着走出门。

"表哥,桑杰去哪儿了?什么时候能回来?"

"我派他带队去大苏吉捉拿大烟贩子了。你别急,他接到我的命令,一定会抓紧时间往回赶,估计两个时辰就能赶回来。你赶了大半天的路,一定饿了,我先给你安排点酒菜垫补垫补,等晚上再给你接风洗尘,到时候桑杰也应该回来了,咱们一边喝酒,一边跟他谈亲事。"

"我晌午已经打尖了,你就不用张罗饭菜了,等晚上桑杰回来一起吃吧。表哥,你说桑杰会答应这门亲事吗?"

"你不必多虑,我担保他一定会答应。齐王年轻有为,一表人才,别说普通人家之女,即使王公贵族家的小姐都求之不得。"

"嗯,说得有理,齐王身居王位,为人正直,年轻有为,如果哪位姑娘有幸嫁给他,真是前世修来的福分。"瓦其尔自信地说。

仁庆点头表示同意,然后安排瓦其尔去歇息,并吩咐副官安排晚上的酒菜。

瓦其尔见事情已经有了眉目,放心地上床歇息,躺下没多久,便响起了鼾声。当他被人从睡梦中叫醒时,已是戌时,瓦其尔用手揉了揉惺忪的睡眼,看着站到床边的侍卫。侍卫有些抱歉地说:"对不起,打扰您了,团长让我来请您。"

第一章 一见钟情

瓦其尔站起身来,伸个懒腰,说道:"没事的,我已经睡好了。"说完,跟着侍卫来到了团部的餐厅。

此时仁庆已经在餐厅等候,见到瓦其尔,关切地问道:"休息得还好吗?"

"这一觉睡得真舒服,太解乏啦。"瓦其尔惬意地说。

"来吧,咱们入座喝酒。"仁庆让瓦其尔坐主位,瓦其尔坚辞不受,仁庆只好自己坐在主位上,瓦其尔坐客位。

瓦其尔见餐厅只有他们俩,便问道:"桑杰还没到?"

"还没呢,我估计他很快就能赶到,咱们不必管他,先吃吧,等一会儿酒菜就凉了。"

"表哥,我看还是等他到了一起吃吧。"

"好吧,那就再等一下。"仁庆觉得瓦其尔说得有理,点头同意,同时对站在一边的侍卫说道:"你再派人去迎一迎,让他加快速度。"侍卫答应着走了出去。

仁庆一边跟瓦其尔聊天,一边等待桑杰,约莫一盏茶的工夫,门外传来了一阵急促的脚步声。随即传来了一声"报告"。

仁庆对瓦其尔说:"是桑杰回来了。"然后语气威严地对着门外说:"进来吧。"

随着门被推开,一位三十五六岁的汉子走了进来。瓦其尔仔细地观察对方,只见他中等身材,体格健壮,五官端正,圆脸,剑眉,凤眼,鼻梁挺直,嘴角微扬,给人一种精明干练的感觉。

"团长,对不起!我回来晚了。"男子抱歉地说。

仁庆摆了摆手,不介意地说:"桑杰,不必如此,来,我给你们引荐一下,这位是我的表弟茂明安旗的瓦其尔安本。"然后指着桑杰向瓦其尔介绍道:"表弟,这是桑杰。"

"桑杰拜见安本大人!"桑杰躬身上前施礼。

瓦其尔站起身来,矜持地双手抱拳说道:"幸会,幸会。"

"不必客套,赶紧入席吧。"仁庆对桑杰说道。

"团长和安本在座,哪有小人同坐之理。"桑杰客气地推辞道。

"桑杰,不必拘泥礼数,你先坐下,一会儿安本有话要说。"仁庆语气亲和地对桑杰说。

"既然如此,小人恭敬不如从命。"桑杰客气地说着,然后侧身坐下。

仁庆拿起酒壶,先给瓦其尔斟满酒,然后又要给桑杰倒酒。桑杰急忙接过酒壶,为仁庆斟满酒,然后自己倒满。

仁庆举着酒杯说道:"这第一杯酒,我先敬瓦其尔安本,虽然咱们是亲戚,但是由于各自都很忙,平时很少见面,来,为了咱们的亲情干杯。"

瓦其尔赶紧举起酒杯,与仁庆碰了一下。桑杰见他们说为亲情干杯,便没跟着一起举杯。仁庆见状笑着说:"桑杰,你怎么不举杯?哦,我明白了,你是觉得我说与瓦其尔安本是亲戚,以为我们俩要单独干杯吧。这酒桌上就咱们仨,我岂能厚此薄彼?再说,从你阿妈那头论,咱们不也是亲戚吗?你就别客气啦,赶紧举杯同饮吧。"

桑杰听仁庆如此说,赶紧举起酒杯,与二人碰杯,然后各自把酒喝干。

桑杰喝完后,拿起酒壶,分别给仁庆及瓦其尔斟满。

仁庆再次举着酒杯,说道:"这第二杯酒我敬桑杰,咱们不仅是亲戚,你还是我的得力干将,这些年来,你不辞辛劳,身先士卒,屡建奇功。如果没有你替我排忧解难,我这个团长也不会当得这么安逸,为了感谢你的辛苦付出,咱们共饮此杯。"

桑杰赶紧起身说道："团长过奖，作为您的下属，为您分忧乃分内之事，何谢之有？"

"桑杰，你的能力和功绩有目共睹，我说的是心里话，绝非溢美之词。"仁庆由衷地说。

瓦其尔举起酒杯，说道："既然表兄一片美意，我看你就别谦让了，赶紧举杯吧。"

桑杰见二人如此，只好举杯与仁庆及瓦其尔碰杯，然后三人共同把酒喝干了。

桑杰拿过酒壶，再次把酒斟满，然后举着酒杯说道："在下不才，承蒙团长提携关照，在下深表谢意！特别是今天，有幸结识安本大人，更是我的荣幸，我借花献佛，敬团长和安本一杯，以表敬意。"

"好的，谢谢！"瓦其尔连忙举杯响应，仁庆也举起酒杯，三人共同干杯。

瓦其尔拿过酒壶，准备斟酒，仁庆和桑杰争着去抢酒壶，打算替他代劳，瓦其尔摆手说道："你们都别争，这杯酒必须由我倒，一是感谢表兄热情款待，二是有幸结识桑杰兄长，我必须敬二位一杯。"

桑杰急忙起身说道："安本大人，在下乃一介草民，承蒙安本抬爱，深感不安。"

"桑杰兄长，何必自谦，你既是表兄的心腹，又是亲戚，论起来咱们也是亲戚，既然都不是外人，咱们就应该以朋友相称，无需客气。"瓦其尔坦诚地说。

"我赞成表弟的说法，咱们今后就以朋友相称。"仁庆深以为然。

"在下何德何能，怎敢与二位大人称兄道弟。"桑杰连忙推辞。

"你不必客气，就依瓦其尔之见吧。"仁庆在一边劝说。

"恭敬不如从命，在下高攀了。"

"都是朋友了，你怎么还这样客气？来，咱们兄弟三人共同干杯。"仁庆的提议得到桑杰和瓦其尔的一致响应。

桑杰再次把酒斟满，仁庆举着酒杯说道："酒过三巡，菜过五味，咱们该说正事了，桑杰老弟，瓦其尔有话要对你说。"

"安本有话尽管吩咐。"

"那好，我就实话实说了。我奉齐王之命，前来为巩德玛说媒，还望桑杰兄应允。"瓦其尔看着桑杰说道。

"奉齐王之命为小女说媒？不知男方是何人？"桑杰深感意外。

"实不相瞒，男方就是齐王本人。"

"安本大人，我觉得实为不妥。婚姻历来讲究门当户对，齐王贵为王爷，小女乃贫贱之人，彼此身份悬殊，怎么可能结为连理？"桑杰感到不可思议。

"桑杰，是齐王他自己相中了巩德玛，又不是咱们上赶着去求齐王的。而且，齐王特意让瓦其尔前来说亲，这足以说明齐王的诚意，这是打着灯笼难找的好事，你还有什么可犹豫的。"仁庆在一旁帮腔。

"承蒙齐王看得起小女，感谢安本不顾鞍马劳顿前来牵线，在下感激不尽，只是此事过于突然，容我回去与家人商量一下，然后再作答复。"

"正所谓父母之命，媒妁之言，你作为父亲有权做主，何必再与家人相商？"瓦其尔不以为然地说。

"安本说得不错，女儿的亲事由父母做主，可是我们家的情况比较特殊，这件事必须与阿爸阿妈商量。另外，我这个女儿性格比较刚烈，凡是她不认同的事情，即使九头牛都拉不回来，如果我贸然答应，万一有什么变化，岂不是徒添烦恼。"

"桑杰，你说得对，这么大的事情是应该跟家人商量一下。"仁庆表示赞同，然后又对瓦其尔说，"表弟，桑杰虽然是一家之主，但他为人至孝，对父母的意见一向很尊重，况且这件事比较特殊，就让他回去和家人商量一下吧。你放心，我担保，他们一定会同意这门亲事的。"

"表哥，我听你的。"瓦其尔点头表示同意。

桑杰接过话头说道："好，明天我就回去跟家人相商。"

"干吗等明天，你今天连夜回去。"仁庆说。

"好的，吃完饭我就回去。"桑杰点头答应。

"来，让我们预祝此事圆满成功，干杯！"仁庆信心满满地举着酒杯，瓦其尔和桑杰赶忙举杯与之相碰并干杯。

席毕，瓦其尔留宿在团部，桑杰连夜骑马回家跟家人商量这门亲事去了。

第二章　好事多磨

桑杰的家距离席力图召不足十里地,他骑马没用一炷香的工夫便赶到了家。此时已是亥时,桑杰看到父母蒙古包内已经熄灯,本不想打扰父母休息,但又觉得此事非同小可,必须和父母商量。于是,他走到门口低声问道:"阿爸阿妈,你们睡了吗?"

"桑杰回来了,我们还没睡呢,进来吧。"蒙古包内传出阿妈色基米德格的声音,与此同时,蒙古包内亮起灯光。桑杰拉开蒙古包的门走了进来。

"你这么晚回来,有什么事吧?"阿妈关切地问。

"阿爸阿妈,确实有件急事需要跟你们商量。"桑杰一边回答,一边挨着父母坐下。

"桑杰,我都跟你说过多少回了,有事自己看着办就行,没必要跟我们商量。"色基米德格看着桑杰说道。

"阿爸阿妈,这件事非比寻常,关乎巩德玛的终身幸福,我不敢擅自做主,因此连夜回来与你们商量。"桑杰一脸凝重地看着阿爸阿妈。

"哦?事关我孙女的终身幸福,一定是有人给巩德玛提亲啦?快点说

第二章　好事多磨

说男方是哪家，家境如何，门风咋样。"色基米德格着急地问道。

"是的，有人向我提亲，不过这件事有些不寻常。"

"自古男大当婚女大当嫁，一家女百家求，觉得合适就答应，不合适就拒绝，又不是皇帝招驸马，有什么不寻常的？"色基米德格不以为然地说。

"阿妈，我之所以说不寻常，就是因为男方的身份比较特殊。"

"有什么特殊的？难不成他是王公贵族？"阿爸乌勒吉平日不善言谈，听说是孙女的终身大事，忍不住插嘴。

"阿爸，真让您猜着了，男方不但出身王公贵族，而且还是一旗的王爷。"

"这怎么可能！你是不是弄错了？"乌勒吉不相信地问道。

"没错，这是媒人亲口说的，而且当时仁庆团长也在场。"桑杰回答。

"桑杰，快点说说这到底是咋回事。"色基米德格着急地说道。

"阿爸阿妈，事情是这样的。昨天我被派往大苏吉捉拿大烟贩子，抓捕行动还没有开始，今天下午就被仁庆团长派人叫回了团部。我以为团长有什么重要军务，谁知却是叫我喝酒，同桌还有茂明安旗的瓦其尔安本。我心说团长大老远把我喊回来陪他喝酒，一定另有原因，果不其然，几杯酒下肚之后，瓦其尔安本说是奉齐王之命，前来向我提亲。开始我有些不相信，可他言之凿凿，一口咬定齐王相中了巩德玛，仁庆团长在一旁让我表态，我拿不定主意，只好连夜赶回来与你们商量。"

"这是好事啊，有什么好商量的，赶紧答应不就行了。"乌勒吉兴奋地说。

色基米德格瞥了丈夫一眼，说道："你说话怎么不过脑子，这件事不简单，咱们必须慎重，把事情想周全了。桑杰，你做得对，咱们是应该好好合计合计，不能贪慕富贵，稀里糊涂地把巩德玛嫁出去。"

"阿爸阿妈，我正是基于这种考虑，才没有贸然答应。"

"目前，最主要的是要弄清楚齐王的相关情况，然后才能决定是否同意这门亲事。"

"阿妈，有关齐王的情况我略知一二，只是不够详细。"

"你都知道哪些情况？快点跟我们说说。"

"我听说齐王刚刚接替茂明安旗札萨克，年纪二十岁左右，长相英俊，年轻有为。"

"他的条件这么好，按理说应该娶个门当户对的王公台吉之女，怎么偏偏选中巩德玛了呢？巩德玛虽然人品出众，才貌双全，可他是如何知道这些的？难道是慕名而来？"色基米德格沉思着说。

"他如何选中巩德玛不得而知，不过看起来确实出于真心，否则不会派安本前来提亲。"

"如此说来，这确实是一件好事，咱们应该同意。不过，我觉得还是征求一下巩德玛的意见，万一她不同意，咱们同意也没用，我可领教过巩德玛的脾气！"色基米德格担心地对桑杰说。

"阿妈，我听您的，这就把格日乐和巩德玛喊来。"桑杰说着起身走出蒙古包。

工夫不长，桑杰带着妻子格日乐、女儿巩德玛回来了。巩德玛进门就抱怨道："什么大不了的事，非得把人从睡梦中叫醒。"

"来，大孙女，坐姥姥跟前。"色基米德格亲热地招呼巩德玛坐到自己的身旁。巩德玛顺从地走过来，顺势依偎在色基米德格的怀里。

"都长这么大了，还跟姥姥撒娇，你将来嫁人了怎么办？"格日乐在一旁数落女儿。

"我才不嫁人呢。"巩德玛做个鬼脸，调皮地说。

第二章　好事多磨

"尽胡说,哪有姑娘大了不嫁人的道理,难道你要赖在家里,当个嫁不出去的老姑娘不成?"色基米德格笑着用手戳了一下巩德玛的脑门。

"我就是要赖在家里,就是不嫁人。"巩德玛继续跟姥姥撒娇。

"好啦,好啦,别闹了,咱们还是说正事吧。"桑杰摆手制止道。

"好吧,你跟巩德玛说说吧。"色基米德格收敛笑容,一本正经地说。

"格日乐,巩德玛,这件事我已经跟阿爸阿妈说了,现在再跟你们说一遍,事情是这样的,茂明安旗的齐王相中了巩德玛,并派瓦其尔安本前来提亲。我不敢擅自做主,回来跟你们商量。爸妈觉得这是一件好事,不知道你们是否同意?"桑杰简明扼要地说。

"我不同意。"还没等格日乐说话,巩德玛当即表示反对。不知道为什么,一听到有人提亲,她的脑海里蓦然闪出其木格的身影,不由得想起那个与她只有一面之缘的其木格,同时心说如果提亲的是其木格该有多好!可她随即就推翻了这个想法,觉得这是不可能的。其木格只是个普通人,而那个齐王却是一旗的王爷,两个人根本不搭界,这只不过是自己的一厢情愿而已。想到此,巩德玛不免心里有些发酸,没有多想便一口回绝了。

"巩德玛,我知道你一向心高气傲,一般人看不上眼,以前每次有人上门提亲,我们都征求你的意见,没有硬逼你。但你想过没有,女孩子总要嫁人的,再说对方是齐王,听说齐王品行端正,年轻有为,跟你很般配。你不要任性,听我一句劝,答应这门亲事吧。"色基米德格耐心地劝道。

"就是,这么好的条件你不同意,你到底想找什么样的?"格日乐生气地数落女儿。

"姥姥,阿妈,我知道女孩子早晚得嫁人,但是嫁人是一辈子的事,要嫁就嫁个称心如意的，否则我宁可不嫁。"巩德玛态度坚定。

"孩子，你的想法没错，试问世上哪个姑娘不想嫁个如意郎君，这是人之常情，无可厚非。不过我听说齐王年轻有为，一表人才，是个可以托付终身的人，你还有啥不同意的？"桑杰耐心劝说女儿。

"阿爸阿妈，姥姥姥爷，我知道你们为我好，你们想过没有，既然那个齐王条件这么好，找啥样的美女没有，为啥偏偏找我？况且我与齐王并从未谋面，彼此不了解，我觉得这件事不靠谱。再说，咱们对他不熟悉，只是听别人介绍而已。历来媒人都拣好听的说，倘若媒人说得言过其实，或是他有什么难以言说的暗疾或缺陷，岂不是耽误了我的幸福。"巩德玛看着几位长辈，深思熟虑地说。

"孩子，你说得有道理，其实我也有这方面的担心。"桑杰赞同地看着女儿。

"巩德玛考虑得很周全，我们确实对齐王缺乏了解，咱们不能仅听一面之词就贸然答应这门亲事。这件事就听巩德玛的，桑杰，你明天回复那个安本，说咱们高攀不起。"色基米德格觉得巩德玛说得在理，果断地做出了决定。

"姥姥，还是您懂得孙女的心思。"巩德玛撒娇地在色基米德格的脸上亲了一口，然后满意地跟阿妈离开了。

夜深人静，万籁俱寂，劳累了一天的人们早已进入了梦乡，色基米德格被这突如其来的婚事搅得无法入睡。虽然她顺着巩德玛的意见，表态回绝了这门亲事。但她的心里又觉得惋惜，毕竟对方是王爷，嫁过去就是王妃，如果错过了将会后悔莫及。但同时，她又觉得巩德玛的担心有道理，万一对方有什么暗疾或身体缺陷，岂不是害了巩德玛一生！色基米德格思前想后，患得患失，毫无睡意。在这个家里，桑杰出于孝顺和尊敬，家中无论大小事情，都对她言听计从。这让她愈发感到责任重大。所以每当遇

第二章　好事多磨

到大事，她都跟家人商量，从不自作主张，尤其尊重桑杰的意见。桑杰孝顺懂事，精明睿智，做事稳重。色基米德格经常感叹自己有福，收养了桑杰这样一个孝顺懂事的儿子，想到这些往事，色基米德格的脑海里呈现出当年收养桑杰的情形。

三十多年前，色基米德格与丈夫乌勒吉在希拉穆仁开了鸿盛客栈，客栈的规模不大，只有两座大蒙古包，几座小蒙古包。在色基米德格的经营下，客栈的生意很红火。

农历九月初的一天，天空中阴雨连绵，秋风萧瑟，在寒风阴雨的肆虐下，草原上的花谢了、草枯了，显露出一派衰败的景象。

傍晚时分，色基米德格听到远处传来一阵驼铃声，便从蒙古包里出来看，只见远处有一支驼队正朝着她走来。色基米德格快步迎了出来，当她看清投宿的是驼队的"领房子"陈金宝时，不由得笑着举起酒杯说道："我说早上喜鹊在头上叫个不停，原来是尊贵的老朋友从远方归来了，请喝一杯下马酒！"

陈金宝四十岁出头，身体健壮，头上盘着一条乌黑的发辫，由于途中不能及时剃头，头顶上长出了一寸多长的短发。他是这个驼队的掌柜，俗称"领房子"，走驼道已经五六年了，是鸿盛客栈的常客。陈金宝当即接过酒杯，按照草原上的规矩，用右手无名指沾酒敬过天地、双手端酒一口喝干。然后，他一边将酒杯交还色基米德格，一边笑着与她逗趣："色基米德格，你的声音像百灵那么好听，你的脸蛋那么美丽动人，见到你，不喝酒就已经醉了！"

色基米德格笑着答道："陈掌柜，你的嘴巴好似抹了蜂蜜，赶路不累呀，还有闲心耍贫嘴。赶紧进帐歇息，我已经为你备下了香醇的美酒，请尊贵的朋友品尝。"色基米德格说完，吩咐站在身旁的乌勒吉帮着驼队牵马、卸骆驼。

这时，驼背上传出稚嫩的声音："陈叔叔，我要撒尿。"

"陈掌柜，你们驼队咋会有孩子？"色基米德格好奇地问陈金宝。

"是我路上捡的。"陈金宝走到骆驼旁，慈爱地笑着说，"桑杰，我帮你。"说完，陈金宝伸手从驼背上抱下来一个七八岁大的男孩，帮他解开腰带，让他就地撒尿。男孩看了色基米德格一眼，转身跑出十几步，背对着她开始撒尿。

男孩的举动惹来众人的笑声，色基米德格笑着说："这是哪儿捡的孩子？这么大点儿就知道害羞了，像个小大人似的。"

"是从大库伦那边捡的。"

色基米德格叹了口气说："这么小的孩子走失了该有多危险，幸亏遇到了你，你做了一件行善积德的好事！"

"啥行善不行善的，这种事无论谁碰上都不会袖手旁观。"陈金宝坦诚地说。

男孩撒完尿，回到陈金宝身边，好奇地问陈金宝："陈叔叔，这是哪儿呀？她是谁呀？"

"孩子，这里是希拉穆仁草原，这位是鸿盛客栈的掌柜色基米德格。"陈金宝耐心地告诉孩子。

"阿尼亚[1]赛白努！"孩子礼貌地向色基米德格问好。

色基米德格对这个乖巧的孩子产生了好感，不由得仔细端详，只见他生得浓眉大眼，唇红齿白，鼻直口方，皮肤细嫩，白里透红，透着一股机灵劲儿。他身穿一件紫色蒙古袍，头戴一顶貂皮帽，脚穿一双精致的皮靴，无论穿戴还是举止，都足以断定他出自富裕、有教养的家庭。她越看越喜欢，不由得问道："孩子，你叫什么名字？"

"阿尼亚，我叫桑杰。"桑杰虽然与色基米德格初次见面，却丝毫

---

[1] 阿尼亚：蒙古语，意为"婶子"。

第二章 好事多磨

不怯生。

"孩子,你还记得家住哪里吗?家中都有啥亲人?"

"记得,我家住在草原上,家里有……"桑杰眼圈一红,声音哽咽,低头不语。

色基米德格知道自己的话勾起了桑杰的伤心事,急忙上前将桑杰抱在怀里,爱怜地抚摸着桑杰的头,轻声安慰道:"孩子,不说了,跟阿尼亚进帐吧。"

说完,色基米德格抱着桑杰,引领陈金宝及两位先生走进一座小蒙古包,驼队的其他人被乌勒吉安排到另一座大蒙古包内歇息。

陈金宝进毡房之后,盘腿坐在毡毯上,座前的桌子上放着奶酪,毡房的中间摆放着一个铜火盆,火盆里的炭火散发着蓝色的火焰。按照蒙古族的生活习惯,蒙古包内通常用干牛粪取暖,由于陈金宝的身份特殊,色基米德格特意用木炭为其取暖,以示尊敬。桑杰规矩地坐在陈金宝身旁,瞪着一双大眼睛四下打量。色基米德格一手提着茶壶,一手托着一摞茶碗,分别为陈金宝及两位先生斟上冒着热气的浓茶。陈金宝等人欠身谢过,端起茶碗喝茶。色基米德格发现桑杰没喝,便劝道:"孩子,喝一口热茶,暖暖身子。"

"谢谢阿尼亚,我不渴。"桑杰礼貌地回绝。

"孩子小,喝不惯浓茶,麻烦给他盛一碗奶茶。"陈金宝慈爱地摸着桑杰的头解释道。

见到桑杰这么乖巧懂事,色基米德格心生爱怜,转身为桑杰倒了碗奶茶。桑杰懂事地起身双手接过奶茶,喝了一大口,然后放在桌子上。

这时,一位伙计托着方木盘走了进来,将盛着冒着热气的手把肉的木盘放在陈金宝等人的桌子上。色基米德格端上酒壶和酒碗,亲手为陈金宝斟满酒,殷勤相劝道:"尊贵的陈掌柜,请喝一碗马奶酒,庆祝您顺利归来，愿甘醇的美酒能化解旅途疲劳。"

陈金宝欠身接过酒碗，回敬道："感谢你的盛情，祝你生意兴隆，永远漂亮年轻！"说完他双手举起酒碗豪爽地一口喝干，用手抹了抹嘴角的胡须，操起桌上的蒙古刀，割了一块羊肉，蘸上作料，递给桑杰，桑杰接过来大口吃下。

色基米德格之所以对陈金宝如此热情，不仅是为了留住客源，还是出于对陈金宝的尊敬，因为驼队的"领房子"都是本事超群的人。当年每个驼队都以"房子"为单位。所谓的"房子"，其实是一顶绣花蒙古包，所以驼队的领头人叫作"领房子"。另外，驼队还有两名辅佐人员，俗称"先生"，专管驼队的日常开支及买卖账务。驼队的"领房子"在驼队中享有很高的威望，因为走驼道路途遥远，风险很大，茫茫草原和浩瀚的沙漠中缺少参照物，极容易迷失方向。一旦迷失了方向，会给整个驼队带来灭顶之灾。"领房子"要具备寻找水源的经验，如果在沙漠中找不到水源，人畜就要面临渴死的危险。同时"领房子"还要有丰富的医学知识，行进在没有人烟的荒漠中，如果人畜生病，得不到及时治疗就会丧命。"领房子"必须保证驼队的生命安全。"领房子"有权决定整个商队的运行路线，有权决定何时启程、何时住宿、何时放养骆驼以及准备生活用品的时间和数量。总之，商队的一切事务都由"领房子"决定。能够成为"领房子"的人，不但要有财力，而且要具备超常的能力。陈金宝就是这样一位既有财力又有能力的人。

驼运商队每年初春出发，将各种商品沿途赊出，初秋归来时，便将牛羊、皮毛沿路收回。当驼队返回来将花房子搭起时，周围赊到商品的牧人都会按约定将牛羊或银钱送来。如果把各种商品都折合成牲畜来计算，每年收回的牛、羊数以万计。人们把农历七月间赶回来的羊、马叫作"热羊"和"热马"，把农历十月间赶回来的羊、马叫作"冬羊"或"冬

第二章 好事多磨

马"。因为农历七月的牲畜比较肥壮,容易出手,基本不会积压,而农历十月赶回来的牲畜不好出手,驼队只好把剩余的牲畜留在希拉穆仁草原放养,等到第二年夏季再出售。为此,希拉穆仁草原成了各驼队的临时放牧点和商品牛羊的集散地。

由于每年都有大量"冬羊"和"冬马"在希拉穆仁草原放养,为人们提供了商机,因此这里不仅建立了客栈,还吸引了大批人员,其中包括铁匠、木匠、毡匠、皮匠等各种手艺人。没有一技之长者只能去给商队当羊倌、马倌及驼倌,即使在寒冷的冬季,希拉穆仁草原也显得很热闹。

陈金宝等人酒足饭饱,困意袭来,倒头便睡,很快就进入了梦乡。

翌日,陈金宝吃过早饭,吩咐两位先生带人清点牲畜及皮毛的数量,自己则去联系客商,希望尽早将手里的货物出售。

陈金宝等人离开后,蒙古包内只剩下桑杰一人,显得空落落的。桑杰因为思念亲人,一个人偷偷地抹眼泪,不承想被进来打扫卫生的色基米德格看见。她心疼地用手抚摸着桑杰的脑袋问道:"孩子,怎么啦?"

桑杰不想让人看到自己伤心的模样,赶紧用手背抹了一下眼睛,低声说道:"阿尼亚,我没事。"

"孩子,事情已经发生了,你要想开点儿……"色基米德格被他的情绪所感染,眼圈一红,声音哽咽地说不下去了,只是心疼地用手为桑杰拭去眼角的泪水。

待桑杰的情绪平稳后,色基米德格关切地问道:"孩子,你家在哪里?家里有啥亲人?你是怎么走丢的?"

色基米德格的话触及桑杰的痛处,他眼圈发红地望着远处,许久没有说话。

"孩子,是我不好,不应该问这些让你伤心的事。"色基米德格有些后悔。

桑杰懂事地说:"阿尼亚,没什么,其实我也说不清家住哪儿。我曾听阿爸说过,好像距离什么大库伦不远,家里有阿爸阿妈和哥哥妹妹,还有马匹和牛羊。我记得离住地不远有一条河,叫什么浑尔河。两个月前的一天晌午,我和哥哥去草原上捉蝈蝈,开始时和哥哥一起捉,可每次发现蝈蝈,总被哥哥抢先捉走。我一生气,离开哥哥独自到一边去寻找,刚开始我还能听到哥哥的声音,可是后来就听不到了。当我着急寻找哥哥时,天气突然转阴,紧接着下起大雨,天上电闪雷鸣,一声声炸雷在我头顶上响起,一道道闪电在我眼前闪现,我害怕极了,不顾一切地大声呼喊哥哥,却始终没有回声。我心里着急,凭着记忆朝着家的方向走,没想到越走天越黑,已经无法辨别方向了。我当时急得大哭,心里又急又怕,凭着感觉胡乱行走,一直走到天黑,也没有找到家,我放声大哭。就在这时,远处传来了狼嚎声,吓得我浑身发抖,不顾一切地奔跑。幸亏看到了一棵大树,我慌忙爬上树,抱着树干躲了一夜。天亮后,我在树上四下眺望,希望能从高处找到家的影子。可是看了半天,到处都是相同的草甸子,几乎没有什么分别,根本看不到家在哪儿。我不死心,又往上爬了一点,用手扒拉开遮挡的树枝,看到远处有一道白影,我仔细看了半天,断定那道白影是条河泡子。这个发现让我增添了希望,因为我家就离河泡子不远,只要能找到那条河泡子,就能找到我的家。于是,我赶忙从树上下来,朝河泡子的方向奔去。我走啊走,走了老半天,也没有找到河泡子,我又累又饿,实在走不动了,只好站下歇气。歇了一会儿,我再次往前走,却不知道该往哪儿走。当我回头找那棵大树时,大树早已没了影子。此时日头已经过了头顶,我凭着自己的感觉接着寻找,一直走到日头偏西,也没有找到河泡子。我累得实在走不动了,便找了一块干草墩子坐下来。这一坐下,便再也没有力气爬起来了,脑袋又疼又胀,一个劲儿地犯迷糊,后来就什么都不记得了。"

第二章　好事多磨

"你这是连惊带吓,又累又饿昏倒了,后来呢?"色基米德格面带焦虑之色,追问道。

"后来我就什么都不知道了,当我再次睁开眼睛时,发现有人抱着我,那位叔叔见我睁开眼睛,吐出一口长气,说了声'谢天谢地!总算醒过来了'。我当时尚未彻底清醒,稀里糊涂地喝了一碗驼奶,再次昏睡了过去。"

"你是遇到好人了,是陈金宝救的你吧?"色基米德格欣慰地说。

"是的,是陈叔叔救了我,若不是遇到陈叔叔,我早就没命了!"桑杰感激地说。

"你一个小孩子,不会走得太远,为什么当时不再寻找一下呢?"色基米德格关切地问。

"我清醒过来时,已经是第二天下午了,后来我才听说,陈叔叔为了帮我,特意让驼队停留了一天,派人到附近四下寻找,却没能找到我的家。"桑杰幽幽地叹了一口气,蹙着眉头,神情黯淡地看着远方。

"孩子,事情已经这样了,你要想开点儿。"色基米德格爱怜地劝说,然后转身走出毡房。不一会儿她领着一个与桑杰年龄相仿的小姑娘走了进来。小姑娘身材高挑,肤色白皙,鸭蛋脸,柳叶眉,杏仁眼,长长的眼睫毛,直鼻梁,樱桃口,梳着一条齐腰的发辫,辫梢结着一个红色的蝴蝶结,走动起来左右摇摆,就像一只会飞的蝴蝶。女孩身穿藕荷色的蒙古袍,系一条红色的腰带,蓝色的裤子配了一双红色的靴子,明艳动人。

色基米德格指着小姑娘对桑杰说:"孩子,这是我的女儿格日乐,今年八岁,和你差不多大,让她陪你玩儿。"色基米德格一边说着,一边给女儿使眼色。

格日乐领会了阿妈的意思,友好地走上前去,对桑杰说:"桑杰,闷在毡房里多没意思,跟我到外边去玩儿吧。"格日乐说完,拉着桑杰走出蒙古包。

深秋的草原温差比较大，每当夜晚降临时，温度低至零度以下，让人感受到了冬天的寒意。太阳升起的时候，天气又变得暖和起来，温暖的阳光照在身上暖洋洋的，让人感到非常舒服。

格日乐见桑杰闷闷不乐，便提议道："桑杰，你看天气多暖和，咱俩骑马玩儿吧？"格日乐知道骑马是生活在草原上的孩子们最大的乐趣，故投其所好。

"好啊。"桑杰欣然接受了格日乐的提议，脸上露出了笑容。他们来到拴马的木桩旁，格日乐让店里的伙计帮他们备好两匹马，她骑的是一匹白马，桑杰骑的是一匹黑马。别看他们年纪尚幼，骑马却很熟练，各自伸手扳住马鞍，身子往上一蹿，飞身跃上马背。

格日乐率先催马前行，桑杰不甘落后，快马加鞭奋起直追。两匹马一白一黑，一前一后疾速奔跑，身后扬起了一股沙尘。

两个人一口气跑了十余里，直到桑杰赶超了格日乐，他们才放慢了速度。

"看不出来，你骑的这么好！"格日乐夸奖道。

"咱们草原的孩子，从小长在马背上，哪有骑术不好的？"桑杰不以为意地说。

"你说得有道理。"格日乐点头表示赞同。

回来的路上，格日乐为了让桑杰开心，故意提出赛马的要求，桑杰欣然接受。桑杰的骑术娴熟，格日乐也不甘示弱，二人一路快马加鞭，你追我赶，几乎同时到达终点。格日乐望着脸上露出笑容的桑杰，由衷地笑了，银铃般的笑声飘荡在草原上空。

接下来的几天里，格日乐一直带着桑杰玩儿，陈金宝看到桑杰跟色基米德格一家相处得很好，便把桑杰托付给色基米德格照看，他则放心地

第二章　好事多磨

出去做生意。

转眼十几天过去了，陈金宝将贩回的皮毛销售一空，剩下的只有一些滞销的"冬羊"和"冬马"，需要留在希拉穆仁继续饲养，待来年开春再进行交易。陈金宝安排好放牧的事宜，准备返回河北老家。

初冬之夜，月朗星稀，喧闹了一天的草原安静下来。色基米德格躺在毡铺上，眼睛望着天窗想心事，辗转难眠。午夜时分，色基米德格伸手扒拉一下睡在身边的丈夫，说道："你醒一醒，我有话要对你说。"

乌勒吉睡得正香，嘟囔道："三更半夜的，你折腾什么？咋不睡觉？"

"我睡不着，想和你商量个事儿。"

"什么事啊？明天再说行不？我困了。"乌勒吉显得有些不耐烦。

"你就知道睡觉，一点儿事都不想！"色基米德格嗔怪地用胳膊肘推了他一下。

"家里的事都是你做主，我操那么多心干吗？"乌勒吉笑着回答。

"这件事非同小可，必须咱俩商量才行。"色基米德格郑重其事地看着丈夫。

"什么大事啊？能难住你这个聪明能干的掌柜？"乌勒吉不解地问。

"我想把桑杰留下来做咱们的儿子，不知你同不同意？"

"哦，这可是大事，你怎么想到这个主意？"乌勒吉睡意全消。

"我已经想了好几天了，桑杰这个孩子乖巧懂事，聪明伶俐，将来一定能有出息，咱们没有男孩，不如把他收为养子，让他继承咱们的家业，如何？"

"这个想法好是好，但我怕陈金宝不答应，你没见他对桑杰有多亲！"乌勒吉被妻子说动了，欣然同意，但又担心陈金宝反对。

"你说得有道理，陈金宝与桑杰确实很亲，可他常年走驼道，如何有精力照管孩子，又怎么能给孩子一个稳定的生活？只要咱们跟陈金宝讲清楚，相信他一定会同意的。都说心诚则灵，相信咱们的诚心一定会感动长生天，长生天一定会帮助咱们的。"色基米德格坐起来，双手合十，虔诚地祷告。

陈金宝临行前的晚上，特地准备了一桌丰盛的酒宴，用来答谢手下的伙计及色基米德格一家人。席间，陈金宝先向色基米德格夫妇敬酒，感谢他们连日的热情款待，然后又向手下的伙计们表示感谢。接下来相互敬酒，喝得差不多了，众人开始唱歌跳舞，很是热闹。

桑杰与格日乐先跟着大人一起吃喝，吃饱后便坐在一旁看热闹，后来觉得有些乏味，便走出蒙古包到外边玩耍去了。

色基米德格趁桑杰不在身边，端着酒壶走到陈金宝跟前，为他斟满酒，然后举起酒碗郑重地说："陈兄弟，我想跟你商量个事。"

"我们是老朋友，有什么事但说无妨，不必客气。"陈金宝看着色基米德格说。

"既然如此，我就直说了，我想问你打算如何安置桑杰。"色基米德格说完之后，用目光观察陈金宝的反应。

"把他带在身边抚养。"陈金宝不假思索地回答。

"你的心肠真好，但是你想过没有，你长年累月走驼道，带个孩子在身边多有不便，再说孩子年龄这么小，让他跟你吃苦受罪于心何忍，这样颠沛流离的生活也不利于孩子成长。"

"你说的这些我都清楚，但我的条件有限，只能如此。"

"陈兄弟，我有个不情之请。我想把桑杰留在身边，认他为养子，不知您意下如何？"

陈金宝听了色基米德格的话，半天没作声，他已经和桑杰一起生活了两个多月，都说日久生情，内心早已把桑杰当成了自己的孩子。虽然他知

第二章 好事多磨

道自己的条件不好，但又舍不得把他送人，一时之间难以取舍。

色基米德格见陈金宝沉默不语，知道他是舍不得，便进一步劝道："陈兄弟，我知道你和孩子有感情，舍不得与他分开，但你常年走驼道，怎么能给孩子一个安稳的生活？别的不说，连最起码的教育问题都无法解决。桑杰聪明伶俐，如果教育得当，将来一定能够成为有用之才，荒废了岂不可惜？"

陈金宝沉思片刻，然后说道："色基米德格，我同意你的想法，不过这件事我不能擅自做主，我要征求一下孩子的意见，然后再答复你。"

"好的，我这就去把孩子叫回来，咱们当面问他。如果孩子不愿意，那就算我没说。如果孩子同意，就把他留下，你说行不行？"

"行，就按你说的办。不过这件事不要当众问孩子，以免孩子为难。"

"那好，请跟我来，咱们到我的蒙古包跟他说。"色基米德格说完，起身带着陈金宝来到色基米德格的住处，并将桑杰叫了进来。色基米德格拉着桑杰的手，说："孩子，你不幸走失，幸亏陈叔叔把你救了。但你的年龄太小，陈叔叔常年走驼道做生意，无暇照顾你，我想把你留在我身边，不知你是否愿意？"

桑杰听后一怔，眼圈一红，一下子扑到陈金宝的怀里，带着哭腔说："陈叔叔，您不要我了？是不是我不听话惹您生气了？我今后一定听您的话，不再惹您生气了，求您不要丢下我。"

陈金宝一把将桑杰搂在怀里，泣不成声地说："孩子，你没惹叔叔生气，叔叔也舍不得你，只是叔叔常年走驼道，无法给你正常人的生活。我之所以同意把你留在色基米德格家里，就是想让你过正常家庭该有的生活，享受家庭的温暖，接受文化教育。"

色基米德格被桑杰和陈金宝的情绪所感染，流着泪对桑杰说："孩子，你不要伤心，我一定好好地待你，把你当亲儿子抚养。如果你在这儿待不习惯，来年开春陈叔叔回来时，你再跟陈叔叔走，我绝不拦你。"

"桑杰弟弟，你就留下吧，我会把你当成亲弟弟，如果有人敢欺负你，我就和他拼命！"格日乐真诚地上前挽留。

桑杰低着头，好半天没出声。最后，她望着陈金宝说："陈叔叔，我听您的，不过您得答应我，不能忘了我，一定记得常来看我。"

"孩子，你放心，叔叔一定不会忘了你，一定会常来看你的。"陈金宝郑重地承诺。

征得桑杰的同意后，陈金宝抱着桑杰与色基米德格一家返回设宴的蒙古包。众人得知桑杰将留在色基米德格家里，都有些不舍，但又怕桑杰伤心，只好把伤感藏在心里，装出一副高兴的样子，向色基米德格表示祝贺。

第二天上午吃完早饭，色基米德格一家人带着桑杰为陈金宝送别。陈金宝舍不得桑杰，强忍泪水把桑杰拉到一边嘱咐一番，桑杰含着泪连连点头答应。陈金宝装出一副若无其事的样子，挥手与众人告别，当他转身的瞬间，泪水喷涌而出，遮住了视线。

桑杰与格日乐骑着马，恋恋不舍地送了一程又一程，一直送出十余里，直到陈金宝等人的身影消失在远方的地平线上，方才掉转马头，怅然若失地返回客栈。

这就是色基米德格收养桑杰的经过，她回想着往事，几乎一夜未合眼，直到天色放亮，才眯了一觉。

第二天清晨，天刚放亮，巩德玛就赶着羊群去放牧。桑杰明白女儿这么做就是表明不同意这门亲事。于是，他打消了劝说女儿的念头，草草地吃过早饭，与阿爸阿妈打了声招呼，动身赶回团部去复命。

桑杰回到团部，见到仁庆和瓦其尔，告诉他们女儿不同意这桩婚

第二章 好事多磨

事。仁庆和瓦其尔颇感意外。

仁庆埋怨道："桑杰，不是我说你，你真是糊涂，这么好的婚事，别人想攀都攀不上，而你们家却不同意，真不知道你们是咋想的！"

"团长，你听我说，我们大人基本没意见，只是巩德玛不同意，我们又不能硬逼着她同意，只好顺从她的意见。"桑杰向他解释道。

"这么大的事情，你们怎么能听一个孩子的？巩德玛虽然性格刚烈，做事有主见，但她毕竟是个孩子。再说，当局者迷，旁观者清。我想她一定是不了解齐王的品行和为人，如果她了解了齐王，恐怕就不会是这个态度了。好啦，这事你就别管了，赶紧继续去抓捕大烟贩子吧。"仁庆数落完桑杰，吩咐他继续执行任务。

瓦其尔看着桑杰的背影，着急地说："表兄，你让他去执行公务，亲事咋办？我可是跟齐王拍着胸脯打包票，保证不辱使命的，如果事情办不成，让我如何跟齐王交代呀！"

"你别急，俗话说人怕见面，树怕扒皮，等一下我带你去他们家，当面把话跟他们说开，我就不信办不成！"

"表兄，你把桑杰这个一家之主安排出去执行公务，咱们去他们家还有什么意义？"瓦其尔抱怨道。

"兄弟，你对他们家的情况不了解，桑杰虽然是巩德玛的父亲，但他为人至孝，对色基米德格和乌勒吉的话从不违拗。咱们先去跟色基米德格好好聊聊，只要色基米德格点头，这件事就好办了。"

"那好，我听你的。"瓦其尔点头表示同意。

仁庆与瓦其尔吃过早饭，骑马赶往色基米德格的家，没用多长时间便到了。此时，色基米德格与格日乐正在挤牛奶，见到仁庆带着一位陌生人到来，便猜出了他们的来意，急忙放下奶桶，迎上前去打招呼："赛白努！我说今天早上喜鹊在头顶上一个劲儿地叫，原来是团长大人驾到，快快进毡房喝茶。"

仁庆赶紧下马，笑着说："赛白努！老嫂子真会说话。"

"我一个妇道人家，孤陋寡闻，说得再好听，恐怕也说不到点儿上。你就别笑我了。"色基米德格一边说着，一边将他们二人让进毡房，格日乐则去烧茶。

走进毡房，色基米德格将他们让到西边坐下，仁庆指着瓦其尔向色基米德格介绍道："老嫂子，这是我的表弟瓦其尔，现任茂明安旗王府安本。"

色基米德格赶紧向前施礼，说道："赛白努！老妇拜见安本大人。"

"赛白努，瓦其尔这厢有礼了！"瓦其尔也起身回礼。

仁庆介绍他们认识后，又接着问道："老嫂子，乌勒吉大哥呢？"

"他放马去了，有什么话跟我说吧。"色基米德格回答道。

这时，格日乐端着一壶热茶和几个茶碗走了进来，分别给仁庆和瓦其尔倒上茶，然后坐在色基米德格的身边。仁庆端起茶碗喝了一口茶，说道："老嫂子，格日乐，想必你们已经猜出我们来的目的了。"

色基米德格与格日乐点点头，默认了。

仁庆继续说道："我不明白，你们说话办事一向明事理，为什么在巩德玛的婚事上却犯糊涂？咱们平民百姓能够与王爷攀上亲，况且齐王年轻有为，这是多么难得的好事，你们为什么反对呢？"

"仁庆团长，实话跟你说，我们没什么意见，但是巩德玛不同意。巩德玛这个孩子做事一向有主见，她不认可的事情，即使九头牛也拉不回来，事关她的终身幸福，我们做家长的不能硬逼她。再说她考虑的也有一定道理，毕竟我们对齐王缺乏了解。"色基米德格说话很有条理。

"老嫂子，我理解你的意思，你们对齐王不够了解，不敢贸然答应

第二章 好事多磨

这门亲事，也在情理之中。你看这么办好不好，先让我表弟介绍一下有关齐王的情况，然后你们再做决定，如何？"仁庆提出自己的想法。

"如此甚好，那就有劳安本了。"色基米德格点头表示同意。

"好的，我现在就把齐王的情况告诉你们。齐木德仁庆豪日劳出生于清宣统二年，今年十九岁，比巩德玛大三岁。他是咱们茂明安旗第九代札萨克一等台吉喇喜色楞道尔吉的次子，也是茂明安旗第十代札萨克贝勒级贝子，人称'齐王'，有一个哥哥、两个姐姐、两个弟弟。大哥图布登尼玛为敖日格勒庙呼毕勒干喇嘛，大姐刚格玛嫁给王府协理关斯仁扎布为妻，二姐查干达日嫁给扎西公的儿子巴扎尔斯德，大弟那楚克道尔吉、二弟仁庆道尔吉尚年幼。齐木德仁庆豪日劳幼年就随达尔罕贝勒旗安本那顺瓦其尔学习蒙古文、满文、汉文。民国六年，其父去世，他承袭了茂明安旗札萨克镇国公爵位。民国八年，晋封为贝勒级贝子爵位。齐木德仁庆豪日劳不但为人正直，而且博学多才；不但善于骑射，而且懂蒙医技术，经常免费为牧民看病。他的枪法特别准，真是枪响见物，从未落空，这是我亲眼所见。他为人勇敢，无所畏惧，曾带领我们保商团击败过抢劫商队的悍匪。这是齐王的基本情况，我保证句句属实，如有半句假话，天打雷劈！"

"老嫂子，瓦其尔发下如此重誓，这下你们该放心了吧？"仁庆在一旁帮腔。

"安本大人言重了，不必如此，我们相信你的话。"色基米德格信服地点头说道。

"既然你们相信瓦其尔的话，那应该同意这门亲事了吧？"仁庆看着色基米德格及格日乐问道。

"仁庆团长，你了解我们家的情况，也了解巩德玛的脾气。这件事关系到巩德玛一生的幸福，必须征得巩德玛同意，否则难成。你们不要心急，容我们再好好劝劝巩德玛，征询她的意见之后再答复你们。"色基米德格说出自己的想法。

"我尊重你的意见，不过你们一定要好好劝劝巩德玛，这是可遇不可求的好事。如果错过这个难得的机会，将来一定会后悔莫及。"仁庆不放心地叮嘱。

"我明白你的意思，一定把情况跟她讲清楚，你就放心吧。"色基米德格十分肯定地回答。

"老嫂子，那就拜托了，我们回去静候佳音。"仁庆说完，起身告辞。

"你们大老远上门提亲，我们感激不尽，咱们还是亲戚，留下来吃完饭再走吧，否则我心里不落忍。"色基米德格热情挽留。

"老嫂子，我回去还有事，饭就不吃了。等将来亲事成了，咱们再庆祝不迟。"仁庆说完，带着瓦其尔起身走出毡房。色基米德格与格日乐起身相送，一直将他们送到拴马桩跟前，看着他们解开缰绳，纵身上马离开。

晚上，乌勒吉和巩德玛放牧归来，一家人吃过晚饭，色基米德格把乌勒吉和巩德玛叫到跟前，对他们说："今天上午仁庆和那个叫瓦其尔的来了。"

"他们来做什么？"乌勒吉问道。

"还是为了巩德玛的亲事。"

"他们来做什么，难道阿爸没把话说明白？"巩德玛没好气地说。

"这事怨不得你阿爸，他已经明确回绝了亲事，可他们不甘心，上门前来说合。"色基米德格向孙女解释道。

"这些人也真是的，既然阿爸已经把话挑明了，他们还来做什么？"

第二章　好事多磨

"孩子，不要这么说，人家也是一片好心才来说合的，那位瓦其尔特地详细地介绍了齐王的相关情况，我觉得齐王的条件跟你很般配，要不你再好好考虑考虑？"

"姥姥，莫听他们的，你没听人说送信儿的腿，媒人的嘴，当媒人的都能说会道，恨不得把死人说活了。再说，那个瓦其尔是齐王的管家，能不帮着主子说话吗？"

"虽然大多做媒人的都是两面说好话，但也不能一概而论，我觉得那个瓦其尔说得挺实在，而且还跟我发了重誓，你说能假吗？"

"姥姥，我不管他说的是真是假，反正我觉得这件事不靠谱，你想啊，那齐王找什么样的姑娘不行，为什么偏偏要找我？况且，我们素未谋面，他贸然派管家前来提亲，岂不是有点儿荒唐！至于那个管家的话，咱们就更应该仔细斟酌了，俗话说耳听为虚，眼见为实。咱们不能只听一面之词，更不能贪慕荣华富贵，稀里糊涂地答应这门婚事。万一将来有什么差池，岂不后悔晚矣！"

"巩德玛说得在理，咱们就不要再逼孩子了。"乌勒吉态度明确地站在孙女一边。

"真是儿大不由爹，女大不由娘，我们说不过你，既然你主意已定，我们尊重你的意见。"格日乐知道女儿的脾气，表示尊重女儿的意见。

"好吧，既然你们都觉得巩德玛说得有理，我也没必要再做恶人，这件事就这么说定了，明天他们来讨回信，我直接回绝他们。"色基米德格见丈夫和女儿都站在巩德玛一边，决定不再劝说。

第三章　千里寻亲

时近午夜，月上中天，一束银辉从毡房的天窗上倾泻下来，在月光的映照下，毡房内的景物清晰可辨。巩德玛躺在阿妈的身边，翻来覆去睡不着觉。格日乐轻声问道："咋还不睡觉，想什么呢？"

"阿妈，没想啥，只是有些心烦。"

"阿妈是过来人，知道你为什么闹心。其实咱们女人不容易，尤其嫁人这件事更关键。俗话说男怕选错行，女怕嫁错郎，如果能够嫁个知冷知热的有情郎，就会享福一辈子，假如错嫁个无情无义的薄情汉，就会遭一辈子罪。"

"阿妈，我明白这个道理，所以才没有贸然答应这门亲事。"

"孩子，作为女孩，谁不想嫁个好人。但姻缘都是月老事先给你配好的，是每个人的命，人就应该认命。"

"阿妈，命运之类的事儿都是虚妄之谈，没有什么可信度。"

"你别不相信，我这么说是有根据的，我和你阿爸就是因为八字般配，属相相合，所以我们这辈子过得幸福美满！"格日乐自信地说。

"阿妈，你和阿爸不是因为八字般配，属相合适才美满幸福的，而

第三章　千里寻亲

是你们从小生活在一起，彼此有感情基础。阿妈，至今我都没弄明白，当初姥姥收养的是儿子，后来怎么变成了女婿？你和阿爸原本应该是姐弟呀，后来怎么成了夫妻？"

"此事说来话长，不是一句话两句话能说清楚的，你就别打听了。"

"阿妈，你不说我也能猜到，一定是你和阿爸日久生情，姥姥才成全你们的。你跟我说说，你是不是看我阿爸年轻英俊，你上赶子追求我阿爸的？"巩德玛笑着问格日乐。

"你这孩子，哪有这样说自己阿妈的。"格日乐笑着数落女儿。

"阿妈，你别不好意思，给我讲讲你们的爱情故事，让我也学习学习。"巩德玛顽皮地缠着阿妈。

"没见过你这样的孩子，一个没出阁的大姑娘，缠着阿妈讲爱情故事，真是没羞没臊。赶紧睡觉，明天还有事情要做呢。"格日乐用手指点着女儿的额头，假装生气地数落道。

巩德玛冲阿妈做个鬼脸，转过身去，不再说话，过了一阵儿，响起均匀的呼吸声。

格日乐望着熟睡的女儿，心里感到很欣慰，自言自语地说："这么快就睡着了，真是少年不知愁滋味！"说完，翻身准备入睡，却怎么也睡不着。刚才女儿的那番话打开了她记忆的闸门，勾起了往事。

桑杰被收养之后，阿爸阿妈对桑杰视如己出，对他照顾有加，并送他去学堂读书。格日乐见桑杰去上学，吵闹着要跟桑杰一起去念书，遭到阿妈的断然拒绝。格日乐心里不服气，愤愤不平地说："阿妈，你就是偏心！为什么桑杰能念书，我却不行？"

"你和桑杰能比吗？他是男子汉，将来要做大事，不识字怎么能行？你一个女孩子，只要会做家务就行了，没必要念书识字。"

"阿妈，女孩子咋啦？难道女孩子只能做家务，就不能做大事？"格日乐不服气地反驳道。

"咦，瞧把你能的，你跟我说说，你能做什么大事？只要你能说服我，我就同意你去念书。"色基米德格笑着问格日乐。

"我……我……"格日乐一时语塞，无法回答。

"怎么样，答不上来了吧？既然如此，你就死了这份心吧！"

"阿妈，你这是故意为难我，就是偏心眼儿！你怎么不问桑杰能做什么大事，偏问我？"

"你们都是我的儿女，我怎么会偏心？我只是觉得女孩子读书没有必要。"

"阿妈，我觉得女孩子也应该读书识字，即使将来做不成大事，起码能够帮您打理生意，管账记账。"桑杰在一旁帮腔，劝说阿妈。

"她一个女孩子，将来要远嫁他人，怎么帮我打理生意？"

"阿妈，我不嫁人，我要跟您一辈子。"格日乐听母亲说起嫁人的事儿，不由得面色一红，脸蛋儿泛起红晕，拉着母亲的手撒娇。

"尽说傻话，世上哪有女孩子不嫁人的道理？"

"阿妈，我没有说傻话，我说的是心里话，我这辈子哪儿都不去，就跟着桑杰一起伺候你们二老。"

"嗯……"色基米德格看了一眼桑杰，又看一眼女儿，心中若有所思。

"阿妈，你怎么不说话？是不是同意我跟桑杰一起念书了？"格日乐见母亲沉默不语，以为母亲被自己和桑杰说服了。

"格日乐，你跟我来，我有话要对你说。"色基米德格看了女儿一眼，把她叫到一旁，对她说道："格日乐，不是阿妈不想让你念书，更不是阿妈偏心，而是咱们家的条件有限，实在无法承担你们两个人的学费，

第三章 千里寻亲

只能供起一个人念书,如果你去念书,桑杰就不能念书了。你是阿妈亲生的,桑杰是收养的,如果阿妈让你去读书,别人就会说咱们偏心。再说,当初我答应过陈金宝叔叔,保证给桑杰一个稳定的生活环境和接受教育的机会,陈叔叔才同意咱们收养他,如果让你去念书,不让桑杰念书,岂不是违背了当初的诺言。你是个懂事的孩子,又这么喜欢桑杰,你就听阿妈一句劝,把这个读书的机会让给桑杰吧。"

"阿妈,我听您的。"色基米德格这番语重心长的话,打动了格日乐,她痛快地答应阿妈不再与桑杰比。

桑杰得知这个情况,说什么也不肯去上学,想把上学的机会让给格日乐。后来陈金宝知道了此事,仗义地拿出一笔学费,劝说色基米德格夫妇让两个孩子都去上学。桑杰和格日乐十分珍惜这个难得的学习机会,都很勤奋,学习成绩很好,每天放学回来都抢着帮家里做事,还利用空闲时间帮着阿妈算账记账。色基米德格看着一双懂事的儿女,心里很是高兴。随着年纪的增长,桑杰不仅掌握了一定的文化知识,还跟着阿爸学会了马术、摔跤、射箭以及打枪等本领。在色基米德格夫妇的呵护下,桑杰得以健康成长。

格日乐比桑杰年长一岁,又是个女孩子,对男女之间的情感已有所了解,况且她自幼与桑杰生活在一起,两个人几乎形影不离,彼此暗生情愫。特别是格日乐这个情窦初开、处于青春懵懂期的花季少女,对桑杰产生了深深的依赖,只要一时见不到桑杰,心里就会觉得没着没落的。色基米德格看到桑杰与格日乐两个人相处得如此融洽,心里非常高兴,非但没有干涉,还打算待他们成年后,再点开这层窗户纸。

桑杰自幼与家人走散,幸亏遇到陈金宝相救,并被古道热肠的色基米德格收养,才得以健康长大。桑杰是个知恩图报的人,对陈金宝以及色基米德格充满了感激之情。这么多年来,陈金宝依然做着驼道的生意,每年春天都会从希拉穆仁出发,一直到深秋时节返回。尽管桑杰与陈金宝聚少离多,但是每次见到陈金宝他都非常高兴,整天吃住在一起,几乎形影不离。每当陈金宝离开时,他都会伤心落泪,情绪低落,难过好几天。

桑杰十五岁那年春天,陈金宝再次来到希拉穆仁,准备出发走驼道。

这天晚上,桑杰来到色基米德格的毡房,对她说道:"阿妈,我想跟您商量一件事。"

"孩子,有什么事尽管说。"色基米德格笑着说。

"阿妈,我想跟陈金宝叔叔牵骆驼,走驼道。"

"孩子,你怎么会想起去牵骆驼?牵骆驼是很辛苦的活儿,你年纪这么小,怎么能吃了这个苦!"

"阿妈,我已经十五岁了,不算小了,虽说牵骆驼比较辛苦,但是挣钱多,我听说一个来回能挣百十块大洋!"

"孩子,咱们家虽然谈不上富有,却也是比上不足比下有余,你犯不上去遭那份罪!"色基米德格心疼桑杰,没有同意。

"阿妈,我知道您是怕我受苦遭罪,其实我去牵骆驼不光是为了挣钱,我还……"桑杰看着阿妈,欲言又止。

"噢——我明白你的意思,你是想利用牵骆驼的机会,寻找你的亲生父母?"色基米德格看到桑杰说话的表情,明白了他的意思。

"阿妈,您猜得没错,我是想利用牵骆驼的机会,去寻找我的家,不过您别担心,即使我找到亲生父母,也一定会回来孝敬您和阿爸的!"桑杰生怕阿妈多心,赶紧解释。

"桑杰,你做得对,阿妈支持你。"色基米德格点头同意。

"阿妈,谢谢您!我向您保证,无论能否找到亲生父母,我都会回来的!"桑杰被色基米德格的深明大义所感动,眼含热泪地向阿妈保证道。

"孩子,我知道你是个有心的孩子,阿妈相信你。我明天就去跟陈金宝说。"色基米德格鼻子一酸,虽然他知道桑杰是个重情重义的孩子,但她心里还是有一丝担心,担心桑杰找到亲生父母后不再回来,或者与他们疏远。想到此,色基米德格心里不由得一阵难受,但她在桑杰面前不敢流露出来。

桑杰离开后,色基米德格躺在床上,翻来覆去睡不着。这些年来,他们几乎忘了桑杰不是自己亲生骨肉的事实。如今桑杰突然提出要去寻找自己的亲生父母,让她感到有些为难。她知道自己没有权利阻止桑杰寻找自己的亲生父母,同时也清楚这件事对桑杰来说比什么都重要,自己理应全力支持。但她心里还是有些纠结,既担心桑杰寻找不到亲生父母失望伤心,又担心桑杰找到亲生父母后与他们疏远。她患得患失,躺在毡床上瞪着两只眼睛,久久不能入睡。

半夜时分,乌勒吉陪陈金宝喝完酒,带着几分醉意回来了,色基米德格连忙把桑杰打算寻亲这件事告诉丈夫,并征求他的意见。

乌勒吉听后当即表示同意:"桑杰寻找亲生父母是天经地义的事,我们应该支持。"

"我也知道应该支持,但我担心桑杰找到亲生父母后和咱们疏远或者留在亲生父母身边不回来了?"

"桑杰是个重情重义的孩子,绝不会做忘恩负义的事情,即使他找到亲生父母也不会忘记咱们的!你就放心地让他去寻找吧。"乌勒吉凭着对桑杰的了解做出判断。乌勒吉的话,打消了色基米德格的顾虑。

第二天,乌勒吉和色基米德格吃过早饭,来到陈金宝住的毡房。此时陈金宝正忙着做出发前的各项准备,见到乌勒吉夫妇,赶紧起身相迎,拱手说道:"兄嫂好!"

"兄弟好!"乌勒吉拱手还礼。

"兄嫂,请上座喝茶。"陈金宝热情地将二人让到座位上,吩咐伙计重新沏了一壶好茶,亲自为他们斟满。

乌勒吉接过茶,对陈金宝说道:"兄弟,你不必忙活,先坐下,我们有事与你商量。"

"兄嫂有事尽管讲,只要能办到的,兄弟我在所不辞!"陈金宝仗义地回答。

"兄弟,我想请你带着桑杰去走驼道。"

"啊?桑杰年纪还小,你们咋想起来让他去遭这份罪?你们是不是生活上遇到了什么困难?如果有什么难处跟我说,我绝不会袖手旁观。"陈金宝疑惑地看着乌勒吉。

"兄弟,是是……是……"乌勒吉一时不知如何表达。

色基米德格见状,笑着接过话茬:"兄弟,你大哥一着急就说不连贯,还是我说吧。是这么回事,桑杰想跟你走驼道,目的是顺路寻找他的亲生父母,你可否愿意带他去?"

"哦——原来是这么回事,这是好事啊!没问题,正好今年我走这条驼道。"陈金宝恍然大悟地连连点头。

"我没弄明白,你们每年不是都走相同的驼道吗?咋还有其他路线?"色基米德格不解地问。

"嫂子,你没走过驼道,不知道其中的原委。很多人都以为我们每年只走一条驼道。其实不然,走驼道有三条路线,一条是希拉穆仁—石宝岔岔—百灵庙—白音敖包—红旗牧场—查干淖尔直至科布多,全程四千余里,需要两个多月才能到达。一条从希拉穆仁—西营盘—文公淖尔—额尔登敖包—查干敖包—腾格淖尔—满都拉直至大库伦,全程两千余里,一个月左右可以到达。还有一条是希拉穆仁—桃花湾—西河—固而查克,然后

第三章　千里寻亲

入大道进入新疆，全程七千多里，需走三个月左右。我们根据行情，有时候走这条线路，有时候走新疆那条线路。当初我是在大库伦这条路上捡到桑杰的，恰好这次我的驼队走大库伦这条线路，可以帮着他一同寻找。"

"原来你们走驼道还有这么多说道，有你带着他一同寻找，定能事半功倍，谢谢你啦！"色基米德格高兴地说。

"哥哥嫂子，谢我干什么，我和桑杰情同父子，帮他寻找亲人是咱们共同的责任。不过事隔这么多年，找起来恐怕不容易。不瞒你们说，每次经过桑杰走失的地方，我都特别留心打听有关桑杰父母的消息。"

"你真是个有心人，可否打听到有用的信息？"

"说来让人失望，虽然我多方打听，却没有得到有价值的线索，我估计他们已经迁移到其他牧场了。"

"我也知道在茫茫草原上找人不容易，但是我们要想办法帮他完成这个心愿，我不想让桑杰留下终生遗憾！"

"哥哥嫂子，你们真是难得的好人，不仅含辛茹苦把桑杰抚养成人，还主动帮他寻找亲生父母，这不是一般人能够做到的！难道你们不怕桑杰找到亲生父母后不回来了吗？"

"我们相信桑杰的为人，他不是那种忘恩负义的孩子！只要他能找到亲生父母，无论怎样我们都会替他高兴！"

"哥哥嫂子，你们真是高风亮节，我替桑杰谢谢你们！"

"谢我们干啥，帮他去寻找亲生父母的是你，又不是我们。好啦，不说这些客套话了，驼队什么时候动身？我提前为桑杰准备行装。"

"驼队三天后出发，路上所需的物资我已经备齐，你们给他准备几套替换的衣服和生活用具就行了。"

"那好，我们现在就回去告诉桑杰，让他来找你。"

乌勒吉和色基米德格回到住处，将桑杰叫过来，告诉他陈金宝已经答应带他寻亲了。桑杰心里很高兴，一溜小跑地去找陈金宝。

色基米德格与乌勒吉看着桑杰的背影，心里产生了一种酸溜溜的感觉，好像有人想偷走他们的心肝宝贝，不由得眼圈有些发红。

色基米德格叹了一口气说："不用担心，我们要相信桑杰。我们不能自私，也没有权利阻拦孩子寻找他的亲生父母。别愣着了，赶紧给孩子准备行装吧。"

乌勒吉低着头没有说话，默默地与妻子为桑杰准备行装。这时，格日乐急匆匆地跑到跟前，心急火燎地说："阿妈，我想跟桑杰一起走驼道。"

色基米德格白了女儿一眼，不屑地说："你一个女孩子家，跟着起什么哄？"

"阿妈，你就是偏心眼，为什么桑杰去得，我却去不得？女孩子咋啦？谁规定拉骆驼只能男人做不许女人做？我听桑杰讲过，古代咱们蒙古族妇女经常与男子一起出征，一起上阵杀敌，一点儿也不比男人差。"

"那都是说书的编出来的故事，你不要当真。"

"咋是编出来的？桑杰说这是历史记载的真事。"

"不管是真是假，反正你不能去。"色基米德格断然拒绝。

"阿妈，你让我和桑杰一起去吧，路上我们相互有个照应。"格日乐见硬的不行，便改变策略，低声央求道。

"格日乐，不是阿妈为难你，走驼道十分艰苦，每天都跟骆驼打交道，长时间无法换洗衣裳，有时身上甚至会长虱子，你一个女孩子能适应吗？再说来事了怎么办？连个清洁的地方都找不到，我劝你趁早死了这个心。"

"阿妈，我不怕吃苦，只要跟桑杰在一起，我什么苦都能吃！"

"格日乐，我把话说到这个份上了，你怎么还不明白，拉骆驼不是

第三章 千里寻亲

女人干的活,即使我同意,驼队也不会同意。"

"阿妈,如果我不跟着一起去,万一桑杰找到亲生父母之后不回来了怎么办?"

"傻丫头,你想得太天真了。我跟你说实话,即使你跟着去,如果桑杰存心不想回来,你能把他强行拉回来?不是我说你,你整天跟桑杰在一起,难道不了解桑杰的为人,他做事稳妥,信守承诺,从不食言,你有什么好担心的?"

"阿妈,您怎么这么自信,万一他真的不回来了呢?阿妈,事到如今,女儿跟您说实话,我……我……我喜欢桑杰,我说的喜欢不是姐弟之间的那种喜欢,而是……"格日乐脸色通红,害羞地低下头。

"傻丫头,阿妈又不瞎,岂能不明白你的心事,阿妈知道你从小与桑杰在一起,彼此有感情,你舍不得与桑杰分开,想跟他一起去寻亲。阿妈是过来人,感情这个东西不是想得到就能得到的,要看彼此是否有缘分,如果没有缘分,你再怎么着急都没用。正所谓欲速则不达,世上的任何事情都有定数,该是你的,别人拿也拿不走,不该是你的,想留也留不住。你听阿妈的话,耐心等待,顺其自然。"

"好吧,阿妈,我听您的。"格日乐不情愿地答道。

在阿妈的劝说下,格日乐打消了跟桑杰一同寻亲的念头,带着满腹惆怅,无精打采地来到桑杰的住处。此时桑杰正在打理行装,看见格日乐进来,便说道:"姐,你来啦?"格日乐看了桑杰一眼,点头表示回应,然后默默地帮着桑杰打理行装。桑杰见格日乐闷闷不乐,关心地问道:"姐,你咋啦?"

"没咋。"格日乐继续低头帮他整理东西。

"那你为什么不说话?"

"桑杰,走驼道是个苦差事,你第一次出远门,姐担心你受不了这

049

个罪！"格日乐眼圈红红的，低声说。

"姐，你别惦记，我都这么大的人了，吃点儿苦不算啥。"

"桑杰，俗话说在家千般好，出门事事难。出门在外比不得家里，一定要照顾好自己，别让姐担心！"

"姐，你就放心吧，我一定能照顾好自己。"

"桑杰，如果找到你的亲生父母，你还会回来吗？"格日乐装作不经意地问桑杰。

"姐，阿爸阿妈对我恩重如山，你对我情深义重，即使我找到亲生父母，也一定会回来的！"

"桑杰，有你这句话，姐就放心啦，姐等你回来，你千万不要辜负我。"

"姐，你放心，我不会食言的！"桑杰一脸严肃，郑重地表明态度。

格日乐听了桑杰的表态，心里的一块石头落了地。

数日之后，就是陈金宝选定的良辰吉日。出发前，陈金宝请来喇嘛做法事，供上三牲祭品，烧了香烛纸马，祈求神灵保佑人畜一路平安，然后带着驼队启程了。

乌勒吉、色基米德格及格日乐前来为桑杰送行。色基米德格眼含热泪，拉着桑杰的手，一再叮嘱一路保重。桑杰连连点头答应。格日乐眼泪汪汪地看着桑杰，直到有人催促桑杰出发，她抑制不住情感，带着哭音冲着桑杰大声喊道："桑杰，多保重，我等你回来！"

"放心吧，我不会让你失望的。"桑杰红着眼圈，用力咬紧腮帮，郑重地回答，然后快步朝着驼队跑去。

格日乐与父母站在高坡上，目送着驼队渐渐远去，直到驼队的驼铃声消失，方才怀着怅然若失的心情，调转马头默默无语地返回客栈。

桑杰走后，格日乐的情绪一直很低落，每天干什么都无精打采的，心

第三章 千里寻亲

里想的、梦里梦的都是桑杰,就连看到桑杰用过的东西,都能引起她的伤感。格日乐原本性格开朗,有一副好歌喉,以前放牧时总是喜欢冲着广阔的草原放声唱歌,自打桑杰走后,人们再也没有听到她的歌声。格日乐每日郁郁寡欢,经常一个人来到驼队出发的路边呆望,掐着手指,计算着桑杰离开的日子,一心盼望桑杰早日归来。白天,她觉得太阳转得太慢,晚上又觉得黑夜太长,仿佛一昼夜比一个世纪还长!

格日乐从春盼到夏,从夏盼到秋,目睹青草发芽、生长、茂盛、枯萎的轮回,看到南方的大雁从头顶上飞向遥远的北方,又看到大雁从遥远的北方飞回南方。她羡慕大雁能够在空中自由飞翔,恨不得像大雁一样,插上翅膀飞到桑杰的身旁。

入秋以来,开始有驼队陆续归来。格日乐每天都会在驼队归来的路上等待,盼望着能够早一点见到桑杰。

这天傍晚,格日乐像往日一样,站在驼队归来的路口向远处眺望,伴随着落日余晖,终于看到了陈金宝的驼队正慢慢向她走过来。格日乐欣喜若狂,快步跑上前去迎接,在驼队中仔细寻找,却没有见到桑杰的身影。她急忙来到陈金宝跟前,向他询问桑杰的情况。陈金宝告诉格日乐,桑杰没有跟他一起回来。格日乐急忙询问原因,陈金宝说自己带着桑杰找到了当初走失的地方,并陪着桑杰在附近寻找了两天,却没有打听到有用的信息。因为驼队急于赶路,耽搁不得,陈金宝只好带着驼队继续赶路,并劝桑杰放弃寻找。桑杰不甘心,坚持留下来独自寻找。陈金宝拗不过桑杰,只好同意他留下继续寻找,并给他留下一匹马和充足的食物,同时约定无论找到与否,两个月后到大库伦碰头。可是不知什么原因,陈金宝在大库伦没有见到桑杰。

陈金宝的话如同一瓢冷水浇灭了格日乐心中的期盼之火,情绪低落到极点。

色基米德格与乌勒吉得知桑杰没有跟着陈金宝一起回来，心里焦急万分，见女儿躺在床上茶饭不思，担心她憋出毛病，只好强忍心中的焦虑劝说女儿。经过他们的再三劝解，格日乐的心情才有所缓解。

时间遵循自己的规律，按部就班地缓慢行进，伴随着每天日出日落，月圆月缺，从秋到冬，从冬到春。春天来临时，陈金宝的驼队再次启程。随着驼队的离开，格日乐的心又无法平静了，一心盼望着桑杰能够早日跟着驼队归来。

格日乐从春天盼到秋天，从草青盼到草黄，一直盼到深秋时节，终于再次把陈金宝的驼队盼了回来。然而，无情的现实再次打破了格日乐满怀的希望。陈金宝告诉格日乐，没有得到桑杰的任何消息。

格日乐失魂落魄地回到家中，六神无主地倒在床上，脑子里乱哄哄地理不出个头绪。她不明白桑杰为什么会音信全无。难道遇到了什么麻烦，抑或是找到了亲生父母而忘记了她？不会的，桑杰不是那种言而无信的人！到底是什么原因让他一去不复返？格日乐百思不得其解。突然，一个大胆的想法在脑海里冒了出来："不行，我不能这么坐等，我要去找他！"她为自己大胆的想法激动不已，站起身来打算立刻动身去寻找桑杰。可她转念一想，驼道千里迢迢，此时是冬季，大雪覆盖草原，自己孤身一人如何能够穿越茫茫荒漠？恐怕还没走到地方，就会因冻饿而死！想到这里，格日乐如同泄了气的皮球，一下子瘫坐在床上。

"既然冬天不行，那就等到春天。"格日乐暗下决心，来年春天便去寻找桑杰。

一个人一旦有了明确的目标，生活就有了奔头。格日乐打定主意之后，偷偷地筹备起路上需要的物品。

春天给人间带来了温暖，也给人们带来了希望，昔日萧条冷漠的草原慢慢恢复了生机。在这万物复苏的季节，陈金宝的驼队如期启程。格日

第三章　千里寻亲

乐给家里留下一张纸条,告诉父母自己去找桑杰,然后骑着心爱的白马,带着一峰健壮的骆驼尾随在驼队的身后,踏上了漫漫的寻找之路。

格日乐为了出行方便,改变了女儿装,穿上了桑杰的蒙古袍,虽然稍显肥大,但能将就着穿。为了避免被人看出破绽,格日乐用哈达缠住已经发育饱满的胸部,解开头上的发辫,梳成男人的发型,戴一顶黑色卷檐毡帽,脚穿黑色蒙古靴。由于桑杰的脚比她的大,格日乐裹了两层裹脚布才将就着穿上靴子,俨然一副年轻后生的模样。

初春的草原,天气由寒转暖,在阳光的照耀下,冰雪消融,河水流淌,岸边的草木已经泛青。格日乐每日跟在驼队后边,驼队走她就走,驼队歇她就歇,既不担心迷路,又不必为水源发愁。就这样,她跟在驼队后面走了多日,先后经过西营盘、文公淖尔、额尔登敖包、查干敖包、腾格淖尔、满都拉等地,进入了外蒙古的地界。

格日乐始终与驼队保持一定的距离,既不敢离得太远,又不敢太近,太远害怕跟丢,太近又害怕被发现。

格日乐跟在驼队的后面走了数日。这天早上,格日乐像往常一样跟在驼队的后面前行。走着走着,发现有些不对劲,地上的植物越来越稀少,裸露的沙地增多,举目远望是无边无际的黄沙,在风的吹动下形成了一道道波浪形的沙丘,远远望去,如同波涛汹涌的大海,苍凉而单调,缺少生命迹象的黄色,让人心生畏惧。

格日乐望着眼前浩瀚的沙海,倒吸了一口冷气,难道这就是被人称为"死亡之海"的大沙漠?她被这没有生命迹象的沙漠吓住了,站在沙漠的边缘踌躇不前。她明白,一旦人畜进入沙漠,食物和水将十分珍贵,骆驼还好解决,马儿怎么办?在缺少饲料和水的情况下,马匹能坚持几天?弄不好就会渴死在沙漠里,与其白白葬送在这沙漠里,不如将其放生,让它在草原上自生自灭。格日乐翻身下马,卸下马鞍,解开马缰绳,准备将其放生。从格日乐学骑马那天起就一直骑着这匹白马,对白马的感情很深,分别在即,她感到十分伤感。都说马通人性,那匹白马好像明白了她的意思,低着头站在原地不动。格日乐用手抚摸着马脖子,含泪说道:"白马啊,不是我狠心抛弃你,而是沙漠里饲料和水短缺,你会葬送性命的,你走吧,他日有缘咱们再见!"说完,格日乐深情地看了马儿一眼,牵着骆驼低着头,默默地往前走。格日乐不忍心回头看,生怕自己改变主意,硬着心肠继续往前走。突然,身后传来一阵急促的马蹄声,格日乐急忙回头望去,只见那匹白马快步朝她追来。格日乐心头一热,知道白马不舍得与她分开。白马跑到格日乐跟前,叼住格日乐的衣袖不放。格日乐被白马的举动惊呆了,拍着白马的脑门,激动地大声说:"你怎么这么傻?我是想让你有一条生路,你却不愿意!好吧,咱们一起走,无论生死都不分开。"说完,重新备上马鞍,牵着马和骆驼继续前行。

这番折腾影响了进度,眼前失去了驼队的身影,格日乐清楚,在这茫茫无际的沙漠里,如果失去了驼队的引领,将会十分危险。于是,她加快速度,沿着驼队牲畜留下的足迹和粪便,奋力向前追赶。

经过一段时间的疾行,格日乐连续翻过数道沙丘,终于看到了远处驼队移动的身影。格日乐心中一喜,松了一口气。

格日乐生怕再次失去目标,紧紧尾随在驼队身后,同时打定主意,一旦遇到紧急情况,就追上前去与驼队会合。

傍晚时分,驼队开始宿营。格日乐找了个背风的沙丘停下,经过一天的艰苦跋涉,早已人困马乏,急需补充养分。格日乐捧出几捧炒米,从木桶里倒出一些水,与炒米掺和到一起,白马一头扎进水桶里,先是喝干了水,然后将炒米吃光。

沙漠的夜晚十分寒冷,格日乐草草地吃过晚饭,依偎在骆驼身旁,借助骆驼散发的体温取暖。这些天来,格日乐一直和衣而卧,身上早就生

第三章 千里寻亲

满了讨厌的虱子，虱子到处乱爬，浑身痒得难受，搅得她无法入睡，直到月上中天，她才数着星星慢慢睡着。

第二天，天气晴朗，万里无云，沙漠里蕴藏的各种矿物质，在太阳的照射下，闪耀着星星点点、色彩斑斓的亮光。一望无际的沙漠仿佛一辈子都走不出去似的，令人望而生畏。格日乐不知道沙漠到底有多大，也不知道还要跋涉多少天，更不知道自己能否走出这漫无边际的沙漠。

格日乐牵着马和骆驼艰难地跋涉着，累得筋疲力尽。傍晚宿营时，她再次捧出炒米，兑上水送到白马跟前，白马急不可耐地把头伸进桶里，眨眼间便将食物舔食干净，然后抬起头眼巴巴地看着格日乐。格日乐知道这点水难以满足白马的需求。她看着所剩无几的饮用水，狠心地扭过头去，不忍心直视白马那渴求的目光。此时格日乐才明白，难怪偌大的驼队只有几匹马，因为骆驼能长时间忍受饥渴，不需要每天都补充水分，而马匹却不行，只要一天不饮水，体力就会下降，如果数日不饮水，就会因干渴而丧命。此时，格日乐后悔当初心软，没有下狠心把白马赶走，如果把它留在草原上，它一定会健康地活下去。唉，现在说什么都晚了，只能听天由命了。

第三天，格日乐天不亮就醒了，收拾好行装继续跟在驼队的身后赶路。沙漠的气候变化莫测，阴晴不定，上午还是艳阳高照，万里无云，下午却突然见到远处腾起一片黑雾，黑雾随着大风迅速向前移动，顿时天昏地暗，黄沙弥漫，茫茫大漠笼罩在一片灰暗之中。格日乐双手紧紧抓住骆驼绳和马缰绳，就像大海里的一叶扁舟，身不由己地随着风不停地向前移动。若不是与骆驼和马在一起抵御狂风，说不定她会被大风刮上天空。

狂风呼啸，黄沙飞舞，刮得人睁不开眼睛，辨不清东西南北。格日乐在风中挣扎着，努力想停下来。可是风力太强，多次努力都没奏效。格日乐牵着牲畜在大风中挣扎了一个多时辰，直到风力有所减弱，格日乐方才寻找机会，将牲畜牵至一个大沙丘后面，沙丘阻挡住风势，她才得以停下。

经过这番挣扎，格日乐已经累得筋疲力尽。她倒在地上大口地喘着粗气。骆驼也趴在地上，肚皮不停地起伏着，显然也累得够呛。只有那匹白马，兀自站在风中，被风刮得身子不停地摇晃。格日乐赶紧用力往下拽缰绳，那匹白马似乎明白了主人的指令，顺从地趴了下来。

傍晚时分，风势开始减弱，格日乐起身举目四望，却看不见驼队的踪影，不由得悚然一惊！她明白，在这杳无人迹的沙漠里，如果失去驼队的引领，就意味着失去生存的机会，只有赶紧找到驼队，方能脱离困境。都怪自己以前考虑太多，没能及时与驼队会合，否则也不会出现这种情况。格日乐心里着急，顾不得身体劳累，牵着马和骆驼，借着微弱的月光，逆风往回寻找。风儿渐渐停了下来，失去了风向的指引，格日乐只能凭着自己的感觉继续往回走，走着走着她迷失了方向，不知道该朝着哪个方向走，只好泄气地停下脚步，牵着牲畜来到一个沙丘下准备宿营。

格日乐心里明白自己目前的处境，唯有尽量节省食物和水，才能应付眼下的困境。人和骆驼还好办，白马自从进入沙漠之后，几乎没有正常饮水，每天仅靠少量的水分维持体能，此时已经瘦骨嶙峋，蔫头耷脑，身体十分虚弱。格日乐看在眼里，疼在心上，却无能为力。

格日乐思前想后，几乎一夜未睡。天刚放亮就急忙起身，牵着马和骆驼朝着北方进发，按照她的想法，自己被大风刮得顺风往前走，驼队也一定顺着风向朝前走，只要自己朝着大库伦的方向走，就一定能寻找到驼队的踪迹。于是，她改变主意，不再刻意寻找驼队，而是朝着大库伦的方向走。岂不知她犯了个致命的错误。常走驼道的人都会观察天气变化，遇到大风来临时，提前找个背风的沙丘躲起来，待大风过后再继续赶路，这样就不会发生被大风吹着被动地往前走的情况，也不会偏离路线。

第三章　千里寻亲

格日乐没有这方面的经验，导致路线偏差，丢失了驼队的踪迹，陷入了危险的境地。格日乐为了尽早找到驼队，不顾劳累，在沙漠中艰难跋涉。每当登上一个沙丘，就会四下张望，期望能够看到驼队的踪影。可是，她登上一个又一个沙丘，却没有任何发现，令她感到十分沮丧。尽管已经累得腰酸腿痛，四肢无力，她却依然咬牙坚持。那匹白马已经累得走路直打晃了。格日乐心疼白马，只好暂停下来，从驼背上取出水桶，倒出水先喝了几口，然后将水送到白马跟前，白马贪婪地几口喝光。

格日乐牵着骆驼，拽着白马，朝着大库伦的方向艰难行进了数日。此时白马已经举步维艰，靠着格日乐的扯拽往前走，格日乐知道白马的体能已经到了极限，只好停下来让白马歇一下，然后再往前走。就这样走走停停，一上午没走出几里路。格日乐牵着骆驼拽着马艰难地走到一个沙丘前，白马的身体摇晃了几下，颓然倒在了地上。格日乐一惊，只见白马浑身瘫软，气息微弱，瞪着眼睛一动不动地躺在地上。格日乐心里着急，顾不得多想，急忙从驼背上取下水桶，将仅剩的一点水全部倒在水桶里，送到白马的嘴边。白马睁开眼睛，四蹄挣扎着努力想抬头饮水，却又无力地垂下头。格日乐见状，十分心疼，拿出身上的水袋，顺着马的嘴角边往下灌，白马已无力下咽，瞪着眼睛望着格日乐，四蹄用力蹬了几下，便不再动弹。格日乐望着跟随自己多年的伙伴渴死在沙漠里，悲从中来，伏在白马的尸体上放声大哭。

格日乐哭过之后，站起身来用手捧着沙子将白马埋葬了，然后将水桶里的水小心翼翼地倒回水袋，牵着骆驼，眼噙泪水，不舍地回望。直到翻过一座沙丘，白马的坟堆消失在茫茫沙海中，方才止住泪水继续前行。格日乐清楚前面将会面临更大的风险，但她没有丝毫犹豫，毅然决然地继续朝前走。

格日乐靠着剩余不多的食物和水，孤身一人在沙漠中艰难跋涉。她的身体已经严重透支，每往前迈一步都非常吃力，仿佛脚下的沙丘就是难以逾越的鸿沟。尽管她一再节省饮水，但剩余的水有限，当她饥渴难耐、嘴唇干裂时，只好狠心喝下最后一口水。没有了水的支撑，格日乐的心理产生了变化，当她再次跌倒时，再也无力爬起来，一种前所未有的绝望和恐慌袭上心头，平生第一次对死亡产生了恐惧。

格日乐绝望地躺在地上，迷迷糊糊地闭上眼睛，感觉自己依旧骑着白马往前走。格日乐感到奇怪，心说白马不是死了吗，怎么自己还会骑在马背上？走着走着，眼前出现了一片绿洲和湖水。格日乐惊喜万分，不顾一切地扑到水边，把脸伸进水里，贪婪地大口喝了起来，她喝得正起劲儿，只见湖中突然窜出一条巨蟒，张着血盆大口向她扑来，格日乐急忙大声惊呼。随着惊呼声，格日乐睁开了眼睛，发现眼前依旧是一片黄沙，哪里有什么湖水！格日乐意识到刚才自己出现了幻觉。她苦笑了一下，再次绝望地闭上了眼睛。

就在这时，格日乐感觉脸部接触到了湿润之气，她睁眼望去，只见那峰骆驼正用舌头舔她的脸，嘴里发出哼哧哼哧的声音，好似在呼唤她起来。格日乐被骆驼的举动感动，努力支撑着坐了起来。骆驼慢慢地伏在地上，用嘴叼住她的衣服往身边拽。格日乐瞬间明白了骆驼的想法，它在示意她爬到它的背上。骆驼的举动再次唤醒了格日乐对生命的渴望，她眼含热泪，爬到骆驼的背上，骆驼奋力站了起来，驮着她朝着远处走去。

格日乐趴在骆驼背上，任由骆驼随意行走，走着走着，她的意识开始模糊……

不知过了多长时间，格日乐突然听到耳边传来说话声，同时觉得嘴角有水流进来，她以为又是幻觉，直到连续喝了几口水，同时听到有人说"谢天谢地，总算醒过来了"，格日乐才意识到这不是幻觉。她睁开眼睛四下张望，只见一位脸上长满花白胡须的中年人正抱着她，手里拿着一个

第三章 千里寻亲

水袋给她喂水。格日乐长这么大,还是第一次被男人抱在怀里,不由得脸色一红,用力挣脱。

只听那位中年人说道:"后生,别乱动,你的体力还没有恢复。"

格日乐听到那人称呼她"后生",意识到自己女扮男装,那个人已经把她当成了年轻后生,于是她将错就错,不再挣脱。

那个人见她安静下来,又给她灌了几口驼奶。格日乐彻底清醒过来,心怀感激地说:"大叔,谢谢您的救命之恩!"与此同时,她奋力坐了起来。

那位中年人问道:"孩子,你叫什么名字,是做什么的?为什么独自一人在沙漠中行走?你的同伴呢?"

格日乐一时之间不知该如何回答,沉思了片刻,才开口说道:"我叫桑杰,是跟着陈金宝驼队拉骆驼的,因为一场风暴,与驼队走散了,幸亏遇到大叔您救了我!"

"哦,原来你是陈金宝驼队的,我认识你们的'领房子'。我是大盛魁驼队的'领房子',名叫刘万泰。"

"原来你认识陈叔叔,太好啦!"格日乐高兴地说。

"我们是同时走驼道的,无论在希拉穆仁还是大库伦,都经常见面,岂有不认识之理!你别着急,安心跟着我们走,等到了大库伦,你就可以见到陈金宝了。"

"大叔,谢谢您!"格日乐听说能见到陈金宝,十分高兴,已顾不得见面暴露身份的事情了。

就这样,格日乐跟着刘万泰的驼队,经过艰苦跋涉,终于走出了沙漠,再次走进了草原,来到大库伦。格日乐一路上处处小心,生怕被人识破女儿身。刘万泰对她十分照顾,把她带在身边,不让她跟手下的人多接触。到了大库伦之后,刘万泰四处询问,得知陈金宝驼队的住处后,便带着格日乐前去陈金宝住的客栈。

格日乐担心见到陈金宝会暴露自己的性别,故此一再推辞,坚持要自己前去见面。刘万泰则笑着说:"孩子,你不必多虑,你我有幸相逢,是咱们爷俩儿的缘分,把你完好地交到陈金宝的手上,我才放心。"格日乐见刘万泰这么说,只好同意一起去见陈金宝。

格日乐跟在刘万泰的身后,来到陈金宝的住处。陈金宝见到刘万泰,高兴地说:"刘大哥,你是什么时候到的,住在哪个客栈?"

"我们昨天才到,住在万兴隆客栈。"刘万泰笑着回答。

格日乐见到陈金宝,心里虽然高兴,但觉得不好意思,躲在刘万泰的身后没有出声。

"刘大哥,你找我有什么事吗?"陈金宝问道。

"陈老弟,我来是给你还人的。"

"还人?还什么人?"陈金宝一头雾水。

"你说还什么人?我说你这个'领房子'是咋当的,人丢了都不知道?"刘万泰说着,把格日乐拉到身前,笑着说,"桑杰,你咋不敢见'领房子',难道是怕他责备你不成?"

陈金宝瞪着眼睛,仔细打量一身男装的格日乐,愣是没有认出来。

格日乐感到不好意思,低着头红着脸,低声说道:"陈叔叔,您不认识我啦?"

"你……你是……"陈金宝看着格日乐欲言又止。

就在这时,从陈金宝身后走过来一个人,一把抓住格日乐的手,惊呼道:"格日乐,怎么会是你,你咋来了?"

格日乐一惊,看了那人一眼,不顾一切地扑到对方的怀里放声大哭。

陈金宝和刘万泰都被眼前这一幕惊呆了,他们不知所措地看着二人,不知如何是好。过了一会儿,陈金宝开口问道:"桑杰,他是谁啊?"

"陈叔叔,你真的认不出来?她是格日乐啊!"桑杰惊喜地答道。

"啊?你是格日乐?你是怎么来到大库伦的?"陈金宝如梦初醒,很是惊讶。

"怎么有两个桑杰?到底是咋回事,你们把我搞糊涂了。"刘万泰摸着头问道。

此时,格日乐的情绪稳定下来,然后低着头,将自己寻找桑杰以及途中遇难被刘万泰相救的经过简单地叙述了一遍。

众人听完之后都感到高兴,陈金宝感激地向刘万泰躬身施礼谢道:"刘大哥,谢谢您救了格日乐!我代表她的父母感谢您!"

刘万泰连忙起身回礼道:"兄弟,咱们同是走驼道的,无论谁遇到这样的事都会出手相助,何谢之有。"

"刘大哥,格日乐在你身边待了这么长时间,难道你没有看出什么破绽?"陈金宝看着刘万泰问道。

"兄弟,不瞒你说,我早就知道她是个女娃。我之所以把她留在身边,不让她跟手下的人接触,就是为了保护她不受伤害。这下好啦,我把她全须全尾地交给了你,也算了却了一桩心病。"

"刘大哥,你真是宅心仁厚、心胸坦荡的君子,在下敬佩之至!"陈金宝再次起身施礼。

"陈老弟,你言重了。俗话说,人在做天在看,咱们都是有儿有女的人,岂能做苟且之事。"

格日乐听到这里"扑通"一声跪倒在地,泪流满面地说:"刘大叔的救命之恩,小女子没齿难忘!"桑杰也一起跪在地上磕头谢恩。

刘万泰连忙上前将格日乐和桑杰扶起,口中连声说"不必如此",

然后起身准备告辞。陈金宝却拉着他的手挽留，桑杰和格日乐也不肯放他走。盛情难却，刘万泰只好留下来。陈金宝让客栈的伙计准备了丰盛的酒席宴请刘万泰，桑杰和格日乐作陪，席间，三人频频举杯向刘万泰敬酒。刘万泰心里高兴，连喝了十几杯，直至尽兴而归。桑杰和格日乐一直把刘万泰送到客栈，方才放心返回。

在回来的路上，格日乐问桑杰："你为什么一去不回，找到亲生父母了吗？怎么会跟陈叔叔在一起？"

桑杰对格日乐说："自从前年与陈叔叔分开，我凭着心中残存的记忆，沿着当年走失的地点四处寻找，但始终没能打听到亲生父母的消息。无奈之下，我只能继续向远处寻找，由于身上带的食物有限，很快就粮断水绝了，好在沿途受到了牧民的慷慨帮助。我本来与陈叔叔约定在大库伦会合，谁知光顾着寻找，错过了约定的日期，等我赶到大库伦，陈叔叔已经带着驼队离开了。我继续四处寻找，几乎找遍了方圆几百里的范围，一直找到冬天，也没有打听到准确的消息。我身上没钱，也为了躲避寒冬，只好到一家客栈当伙计，不但解决了吃住问题，还可以从过往的客人口中打听有关我亲生父母的消息。我从冬天一直干到开春，遇到了一位年迈的说唱艺人，他向我透露了一个重要信息，说是七八年前，曾听说这一带有位牧人丢失过一个男孩，当时全家人急得要命，四处寻找，却没能找到，后来不知什么原因，那家人搬走了。我急忙打听他们搬到何处，老人却说不清楚，只说好像是搬到了克鲁伦河附近。于是，我离开了客栈，前往克鲁伦河畔寻找。从春季一直找到深秋，几乎找遍了克鲁伦河两岸，终于在克鲁伦河边找到了亲生父母。从父母口中得知，当年我走失时，父母曾四下寻找我的下落。我们本来过的是游牧生活，但我的父母在原地坚持住了数年，直到有一年草原遭遇百年不遇的旱灾，河流枯竭，牧草奇缺，才被迫迁徙到水草丰美的克鲁伦河畔生活。

第三章 千里寻亲

"我历经千辛万苦，终于与亲生父母重逢，一家人都欣喜万分，父母每天守在我的身边，生怕再次失去我。在家人的关爱下，我一直住到来年春天，由于惦记你们，我向亲生父母提出回来的请求。我的父母虽然舍不得，但最终还是尊重我的选择。就这样，我含泪告别了家中的亲人，只身来到大库伦寻找陈叔叔，准备跟随驼队一起返回，不承想遇到了你，真是意外之喜！"桑杰由衷地说。

"既然你已经找到亲生父母了，我看咱们不用急着回去，怎么说我这个丑媳妇也得见见公婆不是？"格日乐说完，不好意思地低下头。

"好的，我们回去就跟陈叔叔说，让他捎信给阿爸阿妈，不用惦记咱们。"桑杰欣然同意。于是，桑杰把他们的打算告诉陈金宝，然后带着格日乐返回了父母家中。

桑杰的父母见儿子去而复返，并带回一位年轻貌美、善良懂事的姑娘，大喜过望，急忙询问原委。桑杰一五一十地把遇到格日乐的经历向父母讲了一遍，然后说了他们之间的感情。父母得知格日乐既是儿子的恩人之女，又是自己未来的儿媳妇，高兴地连声说好。他们把亲朋好友召集到一起，用草原上的最高礼节——烤全羊迎接格日乐。

桑杰的父母本打算在家把他们的婚事办了，但桑杰觉得没有征询养父母的同意有些不妥，表示反对，父母只好作罢。第二年夏天，桑杰与格日乐告别父母，动身赶往大库伦，经过一番努力，找到了陈金宝的驼队，然后跟着驼队一起回到希拉穆仁草原。

桑杰和格日乐回来，色基米德格为他们举办了婚礼。经过了一番刻骨铭心的磨难，这对有情人终成眷属。

桑杰与格日乐感情甚笃，生活美满幸福，令人羡慕不已。桑杰主动承担起责任，想方设法赚钱养家。对乌勒吉及色基米德格更加孝顺，重活累活都不让他们伸手。乌勒吉与色基米德格看在眼里，喜在心上，尤其是色基米德格，更是笑得合不拢嘴，逢人便夸桑杰聪明能干、孝顺懂事。

第二年夏天，格日乐十月怀胎，诞下一女，这个女儿遗传了父母的基因，生得五官端正，轮廓分明，一双水灵灵的大眼睛，乌黑的眼珠，长长的眼睫毛，小巧的鼻子，樱桃小口，非常漂亮，招人喜爱。此女卯时出生，降生时朝霞满天。蒙古包外边的大树上落着一群喜鹊，叽叽喳喳地叫个不停。

初为人父的桑杰满怀喜悦，眼中流露出慈爱的目光，爱不释手地抱着女儿，生怕被人抢走似的。

信奉佛教的色基米德格特意到普会寺请喇嘛为孩子取名字，喇嘛赐名巩德玛。

数年后，他们的儿子敖其尔出生。格日乐看着一双活泼可爱的儿女，心里乐开了花。

巩德玛聪明好学，自幼就跟着阿爸阿妈学文化，七岁跟着阿爸学习骑马打枪，骑术高超、枪法精准，读书写字也样样在行。随着岁月的流逝，巩德玛已从蹒跚学步、牙牙学语的幼童出落成美丽的少女。都说女大十八变，越变越好看。此话一点儿不假，如今的巩德玛已经十六岁了，不仅长相漂亮，聪明伶俐，而且做事有主见，只要她认准的事情，就会一直做到底，从不半途而废。如果她不认可的事情，就是说破天，她也不会同意。格日乐对巩德玛十分疼爱，凡事都顺着女儿的心意。

格日乐回想起往事，感到十分幸福，因为对自己的生活很满意，所以她更希望女儿将来能找到一位知冷知热、善解人意、疼爱她的丈夫，找到属于自己的幸福。格日乐思前想后，彻夜未眠。

第二天早上，乌勒吉按照色基米德格的吩咐，来到了普会寺，当面向仁庆拒绝了这门亲事。瓦其尔听后，情绪很低落，低头沉默良久，方才叹气说道："唉，此事恐怕办不成了。我满以为这样攀附权贵的好事，他们

第三章　千里寻亲

一定会求之不得,不承想他们竟然会拒绝。都怪我考虑不周,还在齐王面前拍胸脯打包票,这让我如何向齐王交代?"

"你也不必太上火,都说好事多磨,我觉得他们之所以拒绝,主要还是对齐王了解不够,对齐王的诚心存有顾虑。依我之见,咱们不能就这样放弃,应该再去跟他们好好谈谈。"

"行,咱们现在就动身。"瓦其尔立马答应。

仁庆和瓦其尔二人骑马快速赶到色基米德格的家,再次见到了色基米德格和格日乐。仁庆又对她们进行劝说,希望她们能够答应这门亲事。色基米德格以巩德玛不同意为由,再次回绝。

仁庆见色基米德格说得如此决绝,知道再说下去也是无益,只好起身告辞。

回到普会寺后,仁庆挽留瓦其尔住两天。瓦其尔因为没有办成此事,无心逗留,怀着沮丧的心情返回查干敖包。

第四章　峰回路转

清晨，巩德玛赶着羊群来到距离河边不远的牧场。此时正是初秋时节，牧草茂盛，不到一个时辰，羊群就吃饱了，安静地卧在地上反刍倒嚼。

巩德玛挑选了一处迎风的土坡坐下休息，因为风儿可以帮助她驱赶蚊虫。草原上的蚊虫很厉害，只要人或畜群安静下来，它们便会蜂拥而至，搅得人畜不得安生。巩德玛坐在迎风口，依然免不了蚊虫的光顾，她就近薅了一棵青蒿，用于驱赶蚊虫。她前几天患病发烧，弟弟敖其尔已经替她放牧三天了。此时，巩德玛一边不停地挥动手里的青蒿驱赶讨厌的蚊虫，一边向远处张望。广袤无垠的草原上绿草茂盛，百花争艳，远处不时传来牧人的歌声。听到歌声，巩德玛心中不由得一动，脑海中不由自主地想到了其木格。巩德玛虽然与其木格只见过一面，但其木格的身影已深深地印在她的脑海里，殷切地盼望再次与他相见。故此，巩德玛每次到河边饮羊，都会下意识地四下张望，期盼能够再次见到其木格。这种想法在仁庆上门提亲后变得愈加强烈。她之所以对齐王这门亲事不动心，主要是因为其木格，假如在此之前没有遇见其木格，说不定她会认真考虑这门亲事，不至于一口回绝。此时她的心里已经有了其木格，很难再容下别人。

第四章 峰回路转

太阳渐渐地升到头顶,巩德玛站起身来,驱赶着羊群来到河边。羊群争先恐后地跑到河边饮水,巩德玛举目四望,期待其木格的身影能够出现。结果令她失望,直到羊群饮完水,她也没能如愿。以前巩德玛每次饮完羊群,都会把羊群赶到草地上,这次却鬼使神差,她停在河滩上没有离开,望着奔流不息的河水想心事。河水清澈见底,不时有鱼儿跳出水面,有的鱼儿成双结对,在水中追逐嬉戏。巩德玛触景生情,低声吟唱起草原上一首思念远方情人的歌:

希拉穆仁的河水宽又长,
带着我的心儿流向远方。
远方有我思念的情人,
远方有我玫瑰的梦想。
日夜思念的情人啊,
你可知道我对你的思念?
你可知道我对你的祈盼?
如果再见不到你,
我会痛不欲生,
我会肝肠寸断。
心上人啊,你可知道,
我的心对你永远忠诚,
我的爱永远不会改变。

巩德玛的歌声刚刚停歇,身后突然传来低沉沙哑的歌声:

希拉穆仁草原宽又广,

草原深处有我可爱的姑娘。
你的容貌是那样的俊美,
你的歌声是那样的嘹亮。
我的心已经被你深深打动,
我的爱已经被你熊熊点燃。
我为你魂牵梦绕,
我为你寝食难安。
尽管你已经拒绝了我,
但我的心对你永不变。
即使今生不能如愿,
即使你嫁给了别人,
我也会像牧羊犬一样,
终生守护在你的身边。

巩德玛被这凄美的歌声打动,转身望去,只见一个熟悉的身影正站在不远处,含情脉脉地望着她深情歌唱。巩德玛不敢相信自己的眼睛,以为是她思念过度而出现了幻觉。她急忙用围巾使劲儿擦了擦眼睛,再次细瞧,只见景象依旧,那个熟悉的身影缓缓向她靠近。巩德玛看清来人正是自己日夜思念的其木格,心情异常激动,情不自禁地迎上前去。她跑到其木格跟前,却停下了脚步,理智告诉她,他们毕竟只有一面之缘,虽然自己对他充满好感,却不知道他的想法。如果他的心里没有自己,岂不是自作多情。

"其木格。真的是你吗?"巩德玛神情激动地说。

"是我,巩德玛,你还好吧?"其木格走到近前,神情木然地回答。

"其木格,你怎么这么长时间才回来?"巩德玛抱怨道。

"因为路途遥远,所以用的时间比较长。"其木格解释道。

巩德玛见到其木格很开心,却发现其木格的情绪有些低落,眼神中带着几分忧伤。巩德玛受其木格情绪感染,心头的爱恋之火被其木格的冰冷情绪慢慢熄灭,藏在心头的千言万语难以倾诉,只能没话找话地问道:"你去朝圣一路顺利吧?"

"顺利。"其木格机械地回答。

"其木格,你这是怎么啦?为什么情绪这么低落?"巩德玛忍不住问道。

其木格看了巩德玛一眼,神情忧伤地说:"你这是明知故问,我为什么情绪低落,难道你不清楚?"

"我又没招惹你,你的情绪好坏与我何干?"巩德玛不解地反问。

"你不但招惹了我,还伤了我的心。"其木格表情痛苦地说。

"你都把我说糊涂了,我到底做错了什么,惹你不高兴了?"巩德玛瞪着一双大眼睛,望着其木格。

"巩德玛,虽然咱们只见过一面,彼此缺乏了解,你可以不喜欢我,也有权拒绝我的求婚,但是你……"

"你说什么?我拒绝你的求婚?这都是哪儿跟哪儿啊,我越听越糊涂,你把话说明白。"巩德玛打断了其木格的话。

"不是我没说明白,是你故意跟我装糊涂。你做都做了,还有什么不敢承认的?"其木格没好气地反驳道。

"其木格,你真是冤枉死我了,你今天必须把话说清楚!我到底做错了什么事,让你这么生气?"巩德玛质问道。

"那好,我问问,你为什么拒绝瓦其尔安本和仁庆团长的提亲?难道我配不上你吗?如果真是这个原因,我能理解,每个人都有爱和被爱的权利。但最可气的是你竟然质疑我有生理缺陷，你又不是没见过我，为什么这么诋毁我？"

"等等，你说什么？前些日子他们确实上门向我提亲，我没有同意。今天你既然问起这件事，我就把我的心里话告诉你，我……我……喜欢的是你，而不是他们说的那个叫什么齐木德仁庆豪日劳的齐王，我不喜欢他，叫我如何答应？再说，这事跟你有啥关系，让你如此生气？"

"这件事和我关系大了，我就是齐木德仁庆豪日劳。"

"什么？你不是叫其木格吗？怎么又叫齐木德仁庆豪日劳了？你到底哪句话是真的？"

"我本来就叫齐木德仁庆豪日劳，也是他们口中的齐王，至于其木格这个名字嘛，是我考虑路上方便而临时用的化名。"

"噢，原来如此。这怪不得我，要怪就怪你自己，谁让你一会儿叫其木格，一会儿又叫齐木德仁庆豪日劳，我怎么知道这些弯弯绕，否则也不会闹出这么大的误会。"巩德玛如梦初醒。

"原来你是因为名字对不上号才拒绝的！怪我，怪我，都怪我没有跟他们交代清楚，才产生这么大的误会。"齐木德仁庆豪日劳如释重负地吐出一口长气，接着问道，"巩德玛，既然咱们把话说清楚了，你跟我说句实话，你是否同意嫁给我？"

"我不同意。"巩德玛不假思索地回答。

"为什么呀？你刚才还说喜欢我，怎么这么快就反悔了？"齐木德仁庆豪日劳不解地问。

"不错，我是说过喜欢其木格，可如今其木格变成了齐木德仁庆豪日劳。我喜欢的其木格竟然是个虚拟人物，我总不能嫁给一个不存在的人吧。"巩德玛一脸严肃地说。

"我都跟你解释了，我既是其木格，也是齐木德仁庆豪日劳，而且现在就站在你面前，怎么能说是不存在的呢？"齐木德仁庆豪日劳十分着急。

"我不听你解释，反正我只认可其木格，而不是齐木德仁庆豪日劳。"

"你怎么这么固执？我都解释好几遍了，我既是其木格，也是齐木德仁庆豪日劳，无论你喜欢其木格还是齐木德仁庆豪日劳，都是喜欢我，有什么区别？"

"区别大了！其木格是个普通人，齐木德仁庆豪日劳是王公贵族，我这个人福薄命贱，不想当什么王爷夫人，只想过普通人的平静生活。不过话说回来，你想让我嫁给你也不是不可以，但你必须答应我一个条件。"

"只要你能嫁给我，无论什么条件我都答应。"齐木德仁庆豪日劳欣喜地回答。

"你先别把话说得太满，万一我说出来的条件你无法兑现怎么办？"

"我已经下定决心了，只要是我能做到的，无论多么苛刻，我都答应你！"

"那好，你把王位辞掉，我就嫁给你。"

"什么……你让我辞掉王位？这……这怎么可能，这不是故意刁难我吗？"齐木德仁庆豪日劳为难地看着巩德玛说道。

"你刚才还信誓旦旦地说只要能做到的，就一定答应我，怎么现在又说我故意刁难你？看来你并非真心爱我，我也早就猜到你是不可能为了我而放弃王位，放弃荣华富贵的。"巩德玛绷着脸说。

"巩德玛，我可以对长生天发誓，终生爱你，至死不渝，可我不明白，你为什么非要我辞去王位，难道拥有权势和地位不好吗？"

"有什么好的！你是身份显赫的一旗王爷，而我只是一个牧羊女，如果将来我真的嫁给你了，我会感到不平衡，我可不想带着阴影跟你生活一辈子。"

"既然你有这么多顾虑，我……我就听你的，现在就回去把王位和旗札萨克辞掉。"齐木德仁庆豪日劳说完，转身朝着坐骑走去。

就在这时，不远处的草丛中突然传来一声呼喊："齐王，万万使不得！"齐木德仁庆豪日劳和巩德玛循声望去，只见瓦其尔从草丛中站了起来，一瘸一拐地走到齐王身边。

"瓦其尔，你怎么会在这里？"齐木德仁庆豪日劳颇感意外地问道。

"我是一路追赶至此的。王爷，此事非同小可，你不能鲁莽行事啊！"瓦其尔再次劝阻，他担心齐王为了爱情做傻事。

"你别多事，我已经答应了巩德玛，回去就向理藩院递交辞呈。"齐木德仁庆豪日劳态度坚决，翻身上马，准备离开。

瓦其尔则紧紧攥着马缰绳不松手。

巩德玛看着齐木德仁庆豪日劳和瓦其尔，笑着说："哈哈，我是故意考验你对我是否真心，你已经通过考验啦，赶紧让人到我家提亲吧。"巩德玛说完，赶着羊群朝着远处的牧场走去，身后留下一串银铃般的笑声。

齐木德仁庆豪日劳被这戏剧性的变化打乱，一时没有反应过来，如同傻了一般，望着巩德玛远去的背影呵呵傻笑。

"齐王，人已经走远了，你就别站在这里发呆了，赶紧去办正事吧。"瓦其尔在一旁提醒道。

"办正事？办什么正事？"齐木德仁庆豪日劳问道。

"齐王，我看你光顾着高兴了，你说什么正事？当然是上门提亲啊！"瓦其尔好气又好笑地说。

"对，对，咱们赶紧去提亲！"齐木德仁庆豪日劳如梦初醒，一拍脑袋连声说对。

"齐王，你平时杀伐决断，从容自若，没想到被爱情冲昏了头脑，你真是关心则乱，哪有自己给自己提亲的！"

"你说得对，确实没有自己给自己提亲的，你说该怎么办？"齐木德仁庆豪日劳不好意思地笑着说。

"既然巩德玛已经答应了，那就好办了，咱们还是去找仁庆，让他帮忙再次去巩德玛的家里提亲。"瓦其尔不假思索地说。

"好，就按你说的办。"齐木德仁庆豪日劳当即同意，扳鞍上马，朝着普会寺走去。没走几步，突然听到身后传来了一阵急促的马蹄声和喊声："等等我！"

齐木德仁庆豪日劳勒缰转头看去，只见旗府的协理关斯仁扎布带着两名侍卫骑马从远处跑了过来，不由得问道："姐夫，你怎么来了？"

"听说你骑马走了，我不放心，带着人一路追赶至此，你们这是要去哪儿？"关斯仁扎布跟齐木德仁庆豪日劳说话的语气没有瓦其尔那么客气，因为他既是旗府的协理，又是齐木德仁庆豪日劳的姐夫。

"我们要去找仁庆团长给齐王提亲。"瓦其尔回道。

"不是对方不同意吗，咋还去提亲，岂不是自找没趣？"关斯仁扎布不解地问。

"你说的是老皇历，现在巩德玛已经同意了，是她让我们派人上门提亲的。"齐木德仁庆豪日劳扬扬得意地笑着说。

"这个巩德玛搞的是什么把戏？一会儿不同意，一会儿又同意的。"关斯仁扎布不解地说。

"此一时彼一时，这事怪不得巩德玛，是瓦其尔提亲时没有把话说清楚，让巩德玛产生了误会，这下好啦，一切误会都解开了。"齐木德仁庆豪日劳笑着说。

尽管瓦其尔心里对齐木德仁庆豪日劳的话有些不服气，但他没有争辩，而是把事情的经过向关斯仁扎布说了一遍。一是解释事情的经过，二是证明自己没做错。

关斯仁扎布所后，高兴地一拍大腿，说道："既然如此，还等什么？赶紧走吧！"

"是你把我们喊住的，现在却反过来埋怨我们，还有说理的地方吗？"瓦其尔假装生气地说。

"好了，好了，别斗嘴了，赶紧走吧！"齐木德仁庆豪日劳着急地催促道。

他们各自催马朝着普会寺跑去，直到保商团的门口才停下。门口站岗的士兵认识瓦其尔，一边与他们打招呼，一边接过马缰，牵马到后院去喂养，同时派人跑步给团长报信。

齐木德仁庆豪日劳等人刚到门口，仁庆就迎了出来，只见他面带笑容地向齐木德仁庆豪日劳弯腰抚胸施礼问好："赛白努！不知齐王驾到，有失远迎，万望恕罪。"

"赛白努！仁庆团长不必客气。"齐木德仁庆豪日劳回礼答道。

仁庆又冲关斯仁扎布施礼说道："赛白努！关协理好！"

关斯仁扎布连忙回礼说道："赛白努！仁庆团长好！"

他们一边寒暄，一边随着仁庆走进他的办公室。仁庆殷勤地为齐木德仁庆豪日劳等人让座、斟茶。

齐木德仁庆豪日劳一边喝茶，一边对仁庆感谢道："仁庆团长，承蒙你为我的亲事操劳，我感激不尽。"

"王爷，您言重了，为您效劳是分内之事。不过在下无能，虽数次

第四章 峰回路转

登门提亲，无奈巩德玛断言谢绝，导致亲事不谐，令我深感惭愧！"

齐木德仁庆豪日劳笑着说："仁庆团长，你不必自责，亲事不谐不怪你，乃误会所致。如今误会已经解释清楚，再无隔阂，俗话说一事不烦二主，我这次来是想恳请你再次登门求亲。"

仁庆欣然说道："既然误会已经解开，那就好办了，没问题，我愿意走这一趟。"

"那就辛苦你啦！"齐木德仁庆豪日劳表示感谢。

"能够为齐王效劳，是我的荣幸，何谈辛苦。"仁庆谦卑地说。

"表哥，我们还没吃饭呢，赶紧给我们弄点儿吃的。"瓦其尔说道。

"好的，没问题。"仁庆一边答应，一边吩咐手下准备酒饭。

工夫不长，侍卫进来报告说饭菜已经准备完毕，请他们去用餐。

齐木德仁庆豪日劳从昨天晚上到现在一直没有吃东西，如今巩德玛已经同意了婚事，他心情舒畅，食欲大开，吃得十分香甜。

吃喝完毕，仁庆安排齐木德仁庆豪日劳及关斯仁扎布休息，他与瓦其尔动身去色基米德格家提亲。看到瓦其尔走路一瘸一拐的，不由得问道："表弟，你这是怎么啦？"

"唉，别提了，早晨走得急，没来得及备马鞍。"

"这么说你是骑着光腚马走了二百多里地？"

"是的，把屁股铲了，一走路就疼。"

"你可真行，再着急也不能骑光腚马呀！"仁庆心疼地说，吩咐手下拿出一副马鞍，为瓦其尔备马，然后又对瓦其尔说，"走，到我屋里上点消炎药。"

"没事，不用上药，过几天就好了。"瓦其尔满不在乎地说。

"你就是皮实，以前我的屁股也被铲过，我知道被铲的滋味，别犟了,赶紧跟我进屋上药。"仁庆说完,拽着瓦其尔的胳膊往屋里走。

进屋之后,仁庆让瓦其尔把裤子褪到大腿根,然后趴在床铺上,拿过消炎药为他上药,一边上药一边说:"你看看,都磨破皮了,这样怎么能骑马?你别去了,我自己去得了。"

"那怎么行呢,我已经答应了齐王,不能言而无信。"

"你真是忠心,好吧,听你的。"仁庆无奈地说。

仁庆与瓦其尔走到门外,侍卫已经为瓦其尔备好马鞍,二人翻身上马,朝着色基米德格的家走去。瓦其尔因为屁股疼,不敢坐实马鞍,而是侧着身子,尽量不让伤处与马鞍接触。仁庆故意放慢速度,以便减少颠簸,减轻瓦其尔的疼痛。

他们一边缓缰徐行,一边聊天。仁庆好奇地问道:"齐王说他和巩德玛之间曾有过误会,难道他们以前认识?"

瓦其尔接过话头说道:"此事说来话长。半个月之前,我与关协理及侍卫博和道尔吉及那日松等五人随着齐王去五台山朝圣,为了旅途安全,齐王化名其木格。我们在希拉穆仁河畔打尖时,恰巧遇到巩德玛赶着羊群去河边饮水,齐王被巩德玛的歌声和美貌所吸引,走过去与之攀谈。齐王对巩德玛一见钟情,念念不忘。当时我和关协理都没有在意,等到晚上我们在武川客栈落脚歇息时,关协理吩咐准备一些可口的酒菜,打算让齐王喝酒解乏。于是,我让客栈掌柜的给我们安排了手把肉、酱牛肉以及好酒和奶食。当我将饭菜摆放在桌上,打开酒坛请齐王吃饭时,齐王却躺在床铺上不肯动身。

"关协理见状感到奇怪,关心地问齐王:'怎么啦?上午还有说有笑的,下午怎么跟变了个人似的,一路上都没咋说话,现在连酒都不想喝,莫非哪儿不舒服?'

"齐王摆手说:'我没事,不要你们管。'

第四章　峰回路转

"关协理耐心地说：'咱们赶了一天的路，中午只是简单吃了一口，早就饥肠辘辘了，你怎么不吃东西？一定是疲劳过度所致。你听我的，赶紧吃点儿东西，睡上一觉就好了。'

"齐王被劝不过，起身坐在桌前，只喝了几口奶茶，吃了几块奶酪，然后又躺在了床铺上。关协理用手摸了摸他的额头，说道：'头不热，你觉得身体哪儿不舒服？'

"齐王用手将关协理的手扒拉开，不耐烦地说：'我已经说了，没有不舒服，就是心烦，你们别理我，让我安静一会儿。'

"我和关协理见齐王兴致不高，也无心喝酒，只是简单地吃了几口饭，便上床歇息了。

"夜里，齐王翻来覆去几乎一夜没睡。我和关协理询问原因，齐王却不肯说。

"第二天早上，齐王喝了几口奶茶后便撂下了筷子。关协理不放心，劝他去看大夫，齐王没好气地说：'我又没病，看什么大夫？赶紧上路。'说完齐王径自走出客栈，跳上马背，自顾自地走了。

"看到齐王如此反常，我不解地问关协理：'齐王这是咋啦？平时也不这样啊！'

"关协理看着齐王的背影，若有所思地摇了摇头没有说话，招呼其他人赶紧跟上。

"我们离开武川，走了不到两个时辰，进入了阴山山脉，只见山势陡峭，层峦叠嶂，树木郁郁葱葱，景色大好。面对如此美景，齐王却没有一点兴致，无精打采地低着头只顾赶路，有两次头被路旁的树枝刮了，他都不知道躲闪。

"我们翻山越岭，赶了一天的路，直到夜幕降临，才来到了归绥城，找了一家客栈住下。

"下榻之后，齐王的情绪依然低落，还是没有食欲，而且心情很烦躁。关协理无奈地看了齐王一眼，然后拉了一下我的衣襟，示意我跟他出去。我们来到了屋外，关协理低声对我说：'齐王的情绪如此反常，一定有原因。'

"我点头说道：'这件事我反复琢磨过了，我认为八成与那个牧羊姑娘有关。'

"'咱俩想到一块儿去了，我也觉得跟那个牧羊姑娘有关。'关协理点头表示赞同。

"'虽然咱俩都猜到了，但我又觉得不可能，毕竟他们的身份悬殊。'我向关协理提出心中的疑虑。

"'感情这东西，原本就让人捉摸不透，不存在什么可能不可能，有时候人们认为门当户对，觉得十分般配的婚姻，却不一定能成，有时候不被人看好，认为不般配的婚姻，却能成，而且过得幸福美满。究其原因，无外乎缘分二字。我虽然不信命，但是相信缘分，人们常说有缘千里来相会，无缘对面不相识。我觉得很有道理。就拿咱们这位主子来说吧，王公台吉家的千金小姐，给他介绍了无数个，他却一个也没相中，这就说明他的缘分没到。如今他如此反常，我看一定是相中了那个牧羊姑娘，关协理肯定地说。

"'你说得有道理，但这只是咱们的猜测，咱们应该想法子让他说出心中的真实想法。'

"'我了解他的脾气，已经想好了办法。一会儿咱们进屋，由我来问他，你帮我溜缝，保证能套出他的心里话。'

"'好，我听你的。'我痛快地答应了，跟关协理回到屋内。

"关协理走到床边，对齐王说道：'兄弟，你茶不思饭不想，无精打采的，让你去瞧大夫，你又说没病，你跟我们说说到底是为啥，免得我们

第四章　峰回路转

为你担心。'

"'姐夫，我都说了，不因为啥，你就别烦我啦。'齐王没好气地说完翻了个身，脸冲里，用脊背对着我们。

"'兄弟，咱们是一家人，不管你愿不愿意，我都得说。我们已经知道你为什么事情着急上火了。我问你，你是不是相中了那个牧羊姑娘？'关协理直截了当地问道。

"'你别瞎说，我……我……我没有。'齐王脸色通红，结结巴巴地说。

"'兄弟，我已经知晓你的心事，就别不承认了。'关协理笑着说。

"'姐夫，真是什么事都瞒不住你。我确实很喜欢她，只是不知道她是否喜欢我。'齐王见心事被猜中，索性点头承认了。

"'兄弟，这可不像一位旗府王爷说的话。'关协理笑着说。

"'姐夫，你别说笑了，我虽然是王爷，但不能仗势欺人呀，做事要公平公正，尤其是婚姻大事，必须两相情愿才行。'齐王摇着头说。

"'兄弟，你一向清高，那么多王公贵族的女儿都难入你的法眼，怎么却对这个牧羊姑娘产生了好感呢？'

"'姐夫，评判一个人是否优秀，不能光看她的身份地位，而是要看她的内涵。虽然她是牧羊姑娘，但她人美歌甜，谈吐得体，气质不凡，是个难得的好姑娘，我这辈子非她不娶！'

"'看来你真是对这位姑娘情有独钟了。但我要提醒你，婚姻讲究门当户对，你为一旗王爷，她只是个牧羊姑娘，你们之间的差距很大。你要三思而行，切莫头脑一热草率行事。'关协理好意提醒道。

"'姐夫，我不是一时冲动，而是真心喜欢她。'齐王的态度十分坚决。

"'真是奇了怪了,平时有那么多人给你提亲,门槛都快踏破了,而且都是门当户对的贵族小姐,你一个也相不中,却偏偏对一个只有一面之缘的牧羊姑娘情有独钟,真是让人难以理解。难道这个姑娘会魔法不成?'关协理不解地问他。

"'姐夫,我一见到她,就觉得她什么都好,这是不是缘分?我已经想好了,这辈子非她不娶。姐夫,你的点子多,想办法帮我成全此事吧。'

"'既然你铁了心要娶这位姑娘,那好吧,等咱们朝圣完毕,我帮你办。'

"'姐夫,咱们一个来回起码得半个多月,万一中间有什么变化咋办?事不宜迟,我看你不必跟着我一起去朝圣了,留下来办这件事吧。'

"'兄弟,你真是急脾气,娶亲固然重要,可是去五台山朝圣也耽误不得呀。'

"'齐王,关协理说得对,你是第一次去五台山朝圣,不仅路不熟,而且不清楚朝圣的礼数,关协理不在身边怎么行?'我担忧地提醒齐王。

"'我管不了那么多,反正我要娶亲、朝圣两不误,你们就看着办吧!'齐王固执地说。

"'齐王、关协理,我有个两全其美的办法,不知当讲不当讲?'我忍不住插话说。

"'都是自家人,卖什么关子?有什么话尽管说,别藏着掖着的。'关协理看着我说道。

"齐王也跟着说:'瓦其尔安本,有什么话尽管说吧。'

"'既然这两件事都很重要,那咱们就齐头并进,同时着手办理。我的意见是让关协理跟你一起去朝圣,我留下办理此事,不知你们是否同

第四章 峰回路转

意？'我说出自己的想法。

"'瓦其尔，这个办法好，你一向心思缜密，做事周全，由你来办这件事，我一百个放心，岂有不同意之理？'齐王高兴地说。

"'不错，要论办这件事，你是不二人选。'关协理也表示同意。

"'既然你们都同意，我明天就动身返回希拉穆仁，你们尽管放心去朝圣，我绝不辱使命。'

"'瓦其尔安本，有劳你多费心，记住，那位姑娘叫巩德玛，千万别弄错了。'齐王特意叮嘱。

"'齐王，我记下了，保证不会弄错。'

"'好的，那就辛苦你啦！'齐王高兴地说。

"关协理见齐王的情绪好转，心里高兴，让伙计安排了一些可口的饭菜。齐王见事情已经安排妥当，心情愉悦，胃口大开，狼吞虎咽地吃喝起来。

"齐王吃饱喝足，倒在床上呼呼大睡，一觉睡到第二天天亮。吃过早饭，齐王再次对我叮嘱一番，然后带着关协理及两名侍卫继续赶路。我则掉转马头，顺着原路返回希拉穆仁，到普会寺来找你帮忙。后面的事情你都清楚，我就不絮叨了。"

"哦，原来是这么回事，真是有缘千里来相会。不过我还是没弄明白，他们之间到底有啥误会，又是如何解释清楚的？"仁庆继续问道。

"说起其中的误会，都怪当初齐王跟巩德玛报的是化名，没有报真名。也怪我一时疏忽，没有想到这一点，没有当面把话跟巩德玛说清楚。巩德玛以为齐王跟其木格是两个不相干的人，所以不肯同意这门亲事，造成了误会。"

"真是好事多磨，齐王对这份感情真够执着的。"

"可不是咋的，齐王原本打算朝圣后游览五台山风光，因为惦记这门亲事而改变了主意，朝圣完便心急火燎地往回赶。关协理知道齐王的脾气，只好顺从他的意思，跟随归心似箭的齐王，一路风餐露宿，风雨兼程，硬是把七天的路程缩短至五天，风尘仆仆地回到王府。

"昨天午夜，齐王刚一下马，便不顾旅途疲劳，派人将我从睡梦中叫醒。我听说齐王回来了，急忙穿好衣服，快步去见他。见面后，我按照规矩向齐王行礼问候：'王爷一路辛苦，在下拜见王爷！'

"'不必多礼，你赶紧跟我说说，我让你办的事情是否办妥？'齐王直奔主题。

"'王爷，您别急，听我跟您说……'我看着齐王有些犹豫。

"'你平时说话挺利索的，今天怎么磨磨叽叽的，有什么话就直说。'齐王见我言辞含糊，有些不耐烦。

"'齐王，都怪在下无能，辜负了您的重托。'我低着头低声回道。

"'到底怎么回事，你把话说明白。'

"'齐王，她……她……她家不同意。'我有些结巴地回答。

"'怎么会这样？是不是你没有把话说清楚，让人家产生了误会。'

"'齐王，您别着急，听我跟您说说事情的经过。'

"'我能不着急吗？你赶紧说！'

"于是，我把咱们上门提亲遭拒的经过向齐王讲述了一遍。齐王听完之后，极度失望，一头倒在床上，脸色苍白，两眼发直，如同傻了一般。

"我深感担忧，有心想劝说，又不知道如何开口，只能把目光转向关协理。

"关协理见多识广，阅历丰富，没有作声，而是用手招呼我跟他出

第四章 峰回路转

去。

"我们来到门外,我着急地说:'关协理,齐王都这样了,咱们怎么能离开,应当守在他的身边劝解才对?'

"'瓦其尔安本,以我对他的了解,他不会做傻事,再说你看他目前的状态,能听得进别人的劝说吗?'

"'那你说该怎么办,总不能丢下他不管吧?'

"'你还真说对了,咱们不能守在他身边,那样不会起到任何作用。俗话说心病还需心药医,现在的情况,不管别人说什么,他肯定听不进去,只能靠他自己慢慢缓解情绪。这样,你派侍卫守在门口,其他人都回去休息吧。'

"我对关协理一向信服,当下便按照他的吩咐,安排了两名侍卫在门口守护,可我放心不下,在门口守了一夜。

"天亮时,我起身去茅房,刚蹲下,就听到有人喊道:'瓦其尔安本,你在哪儿呢?'我听出是守在门口的侍卫的声音,一边系腰带一边问道:'怎么啦,我刚离开你就喊我?'

"'瓦其尔安本,王爷他……他……他走了。'

"'什么……什么……王爷没……没了……这……这……这怎么可能,我刚……刚才……还听到他喘气很均匀,怎……怎么就会没了呢?'我声音颤抖,结结巴巴地问道。

"'安本,你误会了,不是王爷没了,而是王爷骑马走了。'侍卫见我如此慌张,知道我理解错了,赶紧向我解释。

"'哎呀,你怎么不说清楚,差点把我吓死!'我摸着胸口,如释重负地说。

"'安本,不是我没说明白,而是你理解错了。'侍卫辩解道。

"'好——好——算我理解错了,只要王爷没事就好。他往哪个方向

走了?'

"'他往希拉穆仁方向走了。'

"'知道了,你赶紧去通知关协理。'我急忙跑到马厩,牵过一匹马,来不及备马鞍,飞身上马,铲骑着马朝着希拉穆仁方向追去。我一路追赶到希拉穆仁河边,看到齐王正跟巩德玛说话,我不便打扰,只好躲在远处的草丛中。由于距离较近,又是顺风,故此听得很明白,直到听说齐王答应巩德玛要放弃王位,我一着急,急忙出面制止。谁知这是巩德玛故意考验齐王。谢天谢地,误会总算消除了,我终于可以交差了!"瓦其尔如释重负地说。

"真是精诚所至,金石为开。这下好啦,咱们俩总算不辱使命。"仁庆长舒了一口气说道。

瓦其尔和仁庆一路说着话,不知不觉来到了巩德玛的家。色基米德格见到他们赶紧上前打招呼,将他们让进毡房,格日乐则为他们斟茶。

坐下之后,仁庆首先说道:"恭喜老嫂子!恭喜侄媳妇!巩德玛的亲事总算成了。"

"兄弟,你把我说糊涂了,我不是告诉你巩德玛不同意这门亲事吗,恭喜什么?"色基米德格一脸迷茫地看着仁庆。

"老嫂子,难道巩德玛没跟你说她已经同意了这门亲事?"

"巩德玛早上出去放牧,到现在我还没见到她的人影。"色基米德格看着他们回道。

"噢,原来如此,你说巩德玛这个孩子,可真沉得住气,这么大的事情竟然不着急。既然她没回来,那就让瓦其尔安本把事情的经过告诉你们吧。"仁庆说。

瓦其尔把齐木德仁庆豪日劳与巩德玛在河边见面以及巩德玛答应嫁给齐木德仁庆豪日劳的经过讲述了一遍。

第四章 峰回路转

色基米德格听后非常高兴，笑着说："既然巩德玛已经同意了，我们没意见。"

"老嫂子，真是个明白人，咱们这门亲事就算定下来了？"仁庆征求色基米德格意见。

"行，就这么说定了，你们该怎么办就怎么办吧。"色基米德格痛快地答应了，她知道仁庆是不会在这件事上说谎的。

"老嫂子，我真佩服你，说话办事就是干脆利索。既然已经说好了，那我们告辞了。"仁庆竖着大拇指夸奖道。

"仁庆兄弟说笑了，我一个妇道人家能有什么大能耐，能做的都是一些家长里短的小事，哪像你们男子汉，做的都是大事。"

"老嫂子，你太谦虚了，没听戏文里说巾帼不让须眉吗？你的韬略一点都不比男人差，简直就是女萧何！"仁庆与瓦其尔一边说着，一边起身往外走。

色基米德格与格日乐把他们送到门外，然后转身回屋。

"阿妈，巩德玛这个孩子真能沉住气，这么大的事情，她怎么也得提前回来告诉咱们一声啊！"格日乐对母亲抱怨道。

"你还有脸说巩德玛，当初你不也是连个招呼都不打，一个人偷着去寻找桑杰了吗？要我说这是癞蛤蟆没毛——随根。"色基米德格随口说道。

"没见过你这么当妈的，这么糟践自己的姑娘，你说巩德玛随我，我又随谁呢？"格日乐假装生气地说。

色基米德格意识到自己说话不妥，笑着说："好，好，就算我是老癞蛤蟆，行了吧？"

"不行，你是老蛤蟆，那我们岂不都是小蛤蟆了。"格日乐故意和阿妈逗闷子。

"好啦，好啦，不说笑了，还是说正事吧。其实这也怪不得巩德玛，她也不知道仁庆和瓦其尔这么着急来说亲。巩德玛一向老成持重，做事有章法，她怎么能半路把羊群赶回来呢。"

"阿妈，你说这门亲事要是成了，咱们就是王府的亲戚了，外人会高看咱们一眼吧？"格日乐笑着问色基米德格。

"是王府的亲戚不假，但是若想让别人高看，还要自己做得到位才行。我告诉你，今后咱们不能以王府的亲戚自居，以免招人诟病。"色基米德格正色，告诫女儿。

"我一定听阿妈的话。"格日乐信服地点头答应。

第五章　喜结良缘

　　仁庆与瓦其尔回到驻地，此时齐木德仁庆豪日劳还没有休息，坐在办公室等候消息。听仁庆讲述了求亲的经过，齐木德仁庆豪日劳很是高兴，当下便决定次日正式上门求婚。齐木德仁庆豪日劳原本想让瓦其尔担当此任，但看到瓦其尔身上有伤，往来骑马不方便，打算改派关斯仁扎布随仁庆前去求婚。瓦其尔却连称不碍事，一再坚持说身体无大碍，齐木德仁庆豪日劳只好点头表示同意。

　　仁庆见婚事已妥，急忙打发人把桑杰叫回来，让他回家张罗女儿的婚事。桑杰听说女儿已经答应了婚事，心里感到疑惑，骑马一口气跑回家中。见到阿妈后，桑杰不解地问："阿妈，巩德玛先前不是死活不肯同意这门亲事吗，怎么这么快就改变主意啦？"

　　色基米德格笑着说："这件事我已经问过巩德玛了，原来她与齐王先前在河边见过面，彼此一见钟情，故此让瓦其尔上门提亲。由于齐王当时报的是化名其木格，而不是齐木德仁庆豪日劳，巩德玛没有想到其木格与齐木德仁庆豪日劳是一个人，便断然拒绝了亲事。齐王被拒后不甘心，前来与她见面，并解释了其中的误会，巩德玛方才同意。但她没有及时跟家里说，所以当仁庆和瓦其尔再次上门提亲时，我也感到很意外。这下好啦，巩德玛已经答应了这门亲事，咱们也算是了却了一桩心事。仁庆临走时说近日就会上门求婚，咱们还是赶紧准备一下吧。"

"既然巩德玛同意，咱们理应替她高兴。巩德玛一向心高气傲，等闲人看不上眼，如今嫁给一旗王爷，咱们应尽力把嫁妆准备得丰厚一些，以免让人瞧不起。"桑杰满意地说。

"现在咱们就把全家人召集到一起，共同商量一下巩德玛的婚事。"色基米德格说完，便把乌勒吉、格日乐叫到一起，开始商量巩德玛的婚事。

色基米德格首先说道："虽然咱们家与王爷府攀了亲，但是咱们一定要低调，以免别人嫉妒。"

"阿妈叮嘱得对，即使女儿嫁过去，咱们过的依然是普通人的生活，没什么好炫耀的。"桑杰表示赞同，然后问道，"阿妈，他们说没说什么时候下聘娶亲？"

"瓦其尔安本临走时说回去就请喇嘛选定吉日，估计过几天就会来商定婚事。"色基米德格说。

"既然如此，咱们也得尽快准备送亲的事项，以免耽误了女儿的婚事。"桑杰说。

"咱们现在就开始筹备巩德玛的婚事。人家是王爷，礼数和规矩一定很多，如果咱们准备不周，会被人笑话的。"色基米德格补充说。

接下来，他们根据当地的婚俗，对婚事所需的各个环节都做了相应的安排。

第二天上午，瓦其尔和仁庆再次登门求婚，双方见礼之后，瓦其尔面带笑容，手捧哈达，态度诚恳地说："尊敬的亲家，草原上谚语说得好：'好男儿须娶般配的贤妻，好闺女须嫁得当的好婿。'王爷相貌堂堂，一

第五章 喜结良缘

表人才,姑娘貌美如花,聪颖贤惠,真是郎才女貌,天生一对,请接受定亲哈达。"

色基米德格欣然上前接过哈达,回敬道:"好鸟挑树落,好女择人嫁。我们愿意接受这美好的婚姻,只是劳烦安本三番两次上门提亲,心中实在过意不去。"

"自古好事多磨,只要能够成就这段美满婚姻,在下再多跑几趟也无怨言。"

"谢谢安本劳心费力成全此事,我已备下酒席,请留下喝完定亲酒再走吧。"

"多谢美意,我还要回去复命,改日再来叨扰。"瓦其尔见事情已办妥,担心时间长了王爷心里着急,故而起身与仁庆告辞。

齐木德仁庆豪日劳得知定亲之事顺利完成,心里安定下来。为了早日把巩德玛娶过门,决定尽快赶回去筹备娶亲之事。临行前,齐木德仁庆豪日劳让瓦其尔在保商团暂住几日,待伤愈后再回去,自己与关斯仁扎布及两名侍卫动身返回旗府。

自从茂明安旗王府于清康熙三年由呼伦贝尔草原西迁至艾不盖河流域以来,数度搬迁。清康熙十一年,僧根长子诺尔布袭茂明安札萨克一等台吉,同年在毕其根河畔修建了敖日格拉庙。清道光十六年,茂明安王府迁至巴音红格尔。清同治十一年由巴音红格尔迁至旗庙(达嘎庙)。清光绪十三年,由旗庙迁至艾不盖河上游。

由于王府新迁至此,这里没有像样的府宅,只有几间砖房作为办公及会见客人的场所,齐王的家人及旗府的官员都住在各自的蒙古包里。

齐木德仁庆豪日劳回到府中,先是拜望母亲,并向母亲说了要娶亲的事情。母亲听说他娶的是平民家的女儿,心里有些不愿意,可她知道儿子的脾气,同时又听下人说齐木德仁庆豪日劳为了能够娶到这位姑娘,费尽了周折，遂决定不干涉儿子的婚事，点头表示同意。

慎重起见，齐木德仁庆豪日劳特地与关斯仁扎布商定彩礼。关斯仁扎布见多识广，做事稳妥，让他前去商定彩礼，自己一百个放心。关斯仁扎布自然满口答应，当下与齐木德仁庆豪日劳商定了彩礼的数目，然后带着人前来商定彩礼。

按照草原"瞒姑娘"的风俗，商定彩礼这天巩德玛应该到亲戚家去借宿。巩德玛却不理会这一套，执意待在自己的毡帐里。父母知道她的脾气，没有过多劝说。

关斯仁扎布与瓦其尔、仁庆等人带着全羊、白酒、哈达，准时来到桑杰家，色基米德格、乌勒吉、格日乐、桑杰在门外迎候，双方见面寒暄之后，将求婚的人请进蒙古包内。

关斯仁扎布进门后，首先向他们全家人请安，向色基米德格、乌勒吉等人递上鼻烟壶。然后在主人的陪伴下，一边饮茶，一边询问这一年的水草长势、牲畜膘情，并拿出全羊、白酒，向主人家的佛龛献上哈达，向灶火敬上黄油。完成这一系列仪式后，关斯仁扎布开口说道："男大当婚，女大当嫁。两家儿女今生有永结同心之姻缘，是天作之合，是靠近而不是疏远之举。因此，我们现在商定彩礼，共商喜事。"

此时，乌勒吉请来作为宾客的孟和老人接过话头回敬道："真正的爱情是无价的，标价的爱情是虚假的。只要两位的婚姻能幸福美满，彩礼多少无所谓，协理看着办吧。"孟和老人是乌勒吉的老朋友，在当地鸿记商号当账房先生，为人正直，德高望重，受邀前来担任女方的宾客。

"娶亲定彩礼是大事，我们王爷特意叮嘱一定要满足你们的要求，如果你们不肯说出彩礼的数目，我们会感到很为难，还是说个具体数目吧。"关斯仁扎布按规矩征询女方意见。

"既然如此，我们要羊一百只、牛十头、马五匹、银圆一百块。"

第五章　喜结良缘

"不妥，这么点儿彩礼怎么行？我们王爷说了，巩德玛是他见过的最漂亮的姑娘，并承诺一定会风风光光地将她娶回家。我们临行时，王爷吩咐过彩礼的数目，羊三百只、牛二十头、马十匹、银圆三百块。"

"我们知道王爷家境殷实，但这彩礼太多啦，我看还是减半吧。"孟和与乌勒吉等人交换过意见，提出减半的要求。

"那怎么行？如果我们完成不了王爷交代的事情，回去后一定会受到责备的。请你们体谅我们的难处，别推辞啦，彩礼的事情就这么定下吧。"

色基米德格虽然觉得彩礼过高，但见关斯仁扎布执意不肯少，亦知道这是王爷的美意，只好点头同意。

商定彩礼之后，色基米德格命人摆上全羊席，倒上白酒，双方共同举杯祝贺儿女终身大事美满、顺利。彼此唱了三首歌，然后共同商定了送彩礼的日期。待一切事情商量妥当，关斯仁扎布带着人告辞而去。

桑杰与色基米德格等人将关斯仁扎布送至门外，双方互致谢意而别。

俗话说，远敬衣帽近敬财，这话一点儿不假。自从齐王与巩德玛结亲的消息在草原上传播开来之后，色基米德格的家便热闹起来，每天都有亲朋好友上门祝贺。祝贺的人中有直系亲戚，也有一些常年不走动的远亲。他们美其名曰是来祝贺，其实是想借机与乌勒吉一家搞好关系，以便日后跟着沾光。有的人吃顿饭，套套近乎就离开了，有些人却赖在家里不走。色基米德格虽然心里很烦，但又不好意思撵他们走，只能装作一副高兴的样子，尽其所能招待他们。一时之间，桑杰家人来人往，热闹非凡。真是应了那句话，穷居闹市无人问，富在深山有远亲。

时光匆匆而过，转眼到了送彩礼的吉日。这天巳时刚过，只见娶亲的队伍赶着马、牛、羊等牲畜，声势浩大地从远处走来，色基米德格急忙带着家人及众亲友上前迎接。送彩礼的队伍在蒙古包前停了下来，负责送彩礼的关斯仁扎布向色基米德格等人躬身施礼问候，将彩礼当面一一交付清楚。色基米德格命人将彩礼如数收下，将关斯仁扎布等人让进毡帐，设下宴席热情款待。

那些亲戚们看到彩礼如此丰厚，心生羡慕，也有人心生嫉妒。其中，被邀请陪客的人扬扬得意，满面春风，那些没被邀请的亲戚，则垂头丧气，满脸不高兴。

乌勒吉与桑杰准备了丰盛的酒席，热情款待关斯仁扎布与瓦其尔等人，他们相互敬酒祝贺，一直喝到未时方才起身告辞而去。

接下来的日子，双方都为亲事紧张地忙碌。双方按着各自的需求，选定婚礼的正副代表、恭请诵经的喇嘛、发放婚礼酒宴请帖以及请傧嫂等。

婚礼这天，天刚放亮，色基米德格一家人便开始忙碌起来，色基米德格与格日乐为巩德玛梳洗打扮，然后为她穿上漂亮的嫁衣。巩德玛原本就十分漂亮，经过一番打扮，更显得美丽无比，如同仙女下凡一般。色基米德格把巩德玛安排到一个单独的蒙古包内，交由嫂子和伴娘照顾，然后开始举行给姑娘下茶的仪式。桑杰和格日乐坐在正席上，巩德玛与嫂子、伴娘坐在包内东南方，桌子上摆放着奶食与丰盛的菜肴。待众人坐好后，有人端上羊胸叉、心包裹、灌肠。格日乐开始嘱咐女儿：

  自古以来，
  男大当婚，
  女大当嫁。
  如今你已长大成人，
  我们为你选好了吉日良辰，
  就要送你去婆家为媳。

第五章 喜结良缘

姑娘啊!
从今以后你就是婆家的一枝花、
丈夫的好伴侣。
愿你日子过得美满幸福,
儿孙满堂,白头偕老。
愿你家牛肥马壮、羊成群,
草原更兴旺。

接下来,由傧嫂致祝福词:

骏马需在草原上奔驰,
新娘要与新郎官为妻。
千里驹需在草原上吃草,
贤小姑要建新家园生息。
愿你夫妻恩爱,
孝敬公婆,
生儿育女。
愿你家生活蒸蒸日上,
五畜兴旺,
幸福和美。

姑娘下茶仪式结束后,桑杰与格日乐起身离开,前去迎候接亲队伍。

辰时三刻,齐木德仁庆豪日劳身穿黑色毛呢长袍,外罩红色马褂,脚穿皮靴,头戴插花黑色礼帽,身披红戴花,骑着高头骏马,在男方正代表关斯仁扎布及男方祝颂人瓦其尔等人的陪伴下,兴高采烈地前来接亲。

桑杰与格日乐在女方正代表仁庆，女方祝颂人孟和的陪同下，将齐木德仁庆豪日劳及关斯仁扎布、瓦其尔等人请进蒙古包。

齐木德仁庆豪日劳进门后，按照礼节向巩德玛的家人请安。

女方祝颂人孟和首先向新郎提问道："请问新郎，祖籍在何处？祖先是何人？"

男方祝颂人瓦其尔回答道："说起祖籍，是那美丽的呼伦贝尔，那遥远的沁查干朝鲁、沁达穆尼额尔德尼。说起祖先，是那英武的哈布图哈萨尔，他骁勇善战，神弓无敌，我们是他的子孙。"

颂词完毕，孟和向瓦其尔询问新郎是否带来了娶亲的礼品，瓦其尔将所带来的礼品一一作答。然后，婚宴开始，齐木德仁庆豪日劳虽然身份显贵，但他还是按婚礼要求，铺展袍襟行跪拜礼向参加婚宴的人敬酒。齐木德仁庆豪日劳敬酒时，婚礼祝颂人开始唱祝酒赞词，直到敬酒完毕，赞词结束。众人一起举杯共祝道："愿这美好的祝福永伴我们。"这时，歌手高唱三首歌，在优美的歌声中，迎新郎仪式结束。

接下来，开始举行姑娘出嫁启程仪式。按照这里的习俗，女方正代表仁庆将迎亲的队伍请进蒙古包，摆上全羊席，斟满美酒，举行联欢。齐木德仁庆豪日劳则按照规矩逐个向参加婚礼的人敬酒，歌手在一旁以歌祝酒。齐木德仁庆豪日劳敬完酒，歌手唱起了茂明安部落婚礼歌曲《那林夏日嘎》，在优美的歌声中，巩德玛开始准备启程。

临出门前，巩德玛在两位嫂嫂的陪同下，走进蒙古包内坐到摆有羊胸叉骨的桌子前，边喝茶边聆听阿爸阿妈的教诲。桑杰和格日乐深情地对巩德玛说："女儿啊！你嫁到他乡要做公婆的孝顺媳妇，丈夫的好伴侣，孩子的良母，兄弟姐妹的好嫂子……"巩德玛眼含热泪，连连点头答应。

用茶招待姑娘仪式结束之后，开始举行解羊脖子、解羊胫骨等仪式。仪式开始后，齐木德仁庆豪日劳按照规矩，把女方预先准备好的羊脖子

第五章　喜结良缘

一节一节地解开，把羊胫骨与羊踝子解至只留下一条连接肉，把胫骨处递给巩德玛，自己握住另一端用力一拽，把羊踝子留在手中。然后将羊踝子用哈达裹好掖进右脚靴筒内。这时，迎亲的人走进蒙古包抢走新娘，由一个人带她骑到男方带来的红色坐骑上，并为她戴上红盖头，然后牵着马离开。巩德玛想到自己远离亲人，出嫁到远方，不由得悲从中来，呜呜痛哭。色基米德格及格日乐听到巩德玛的哭声，也伤感地跟着哭了起来。经过傧嫂的一再相劝，巩德玛止住哭声，擦干眼泪，随着迎亲的队伍启程。至此，迎亲仪式结束。

由于希拉穆仁和查干敖包相距二百多里地，送亲的队伍一天之内无法到达，故此齐木德仁庆豪日劳决定中途临时住一夜，并事先在宿营的地方搭建了帐篷，安置新娘及送亲的人居住。

第二天卯时，送亲队伍启程，在途中完成了掀盖头的仪式。

辰时，送亲队伍来到距查干敖包五里远的一处沙丘，开始举行赛本巴好日劳仪式。赛本巴好日劳的人骑上快马，事先将本巴好日劳藏起来，走到男方婚礼主持人关斯仁扎布跟前。关斯仁扎布笑着发出比赛信号，男女双方都把本巴好日劳高高举起开始赛跑，谁先到新郎的蒙古包前，谁就把本巴好日劳掖在新郎包毡的西接口处，视为胜利者。按照习惯，男方不希望女方的本巴好日劳手领先，如果女方领先，则认为男人有可能背运。基于这方面的考虑，原本女方打算让男方的赛手抢先，由于赛手疏忽，女方的赛手抢先到达，并完成了仪式。这让男方的人感到不满。消息传到齐木德仁庆豪日劳的耳朵里，他告诫人们不必计较，并嘱咐下人不要让巩德玛知道，以免影响新娘的喜庆心情。

迎亲队伍临近旗府时，双方互派二人报平安。男方报平安的人从男方家出发在野外迎住送亲队伍，下马行跪拜礼之后起身迅速返回。女方报平安的人赶到男方家之后，把坐骑拴在马桩上，走进蒙古包开始挨个品尝摆好的食品，并向在此等候参加婚礼的所有人逐个请安，然后快马加鞭返回送亲队伍中。在报平安的仪式中，女方报平安的人比较匆忙，而男方的人却故意拖延时间。因为按照规矩，如果女方报平安的人不能及时返回送亲队伍，就会贻误新娘下马的时间。好在齐木德仁庆豪日劳事先已经吩咐过男方报平安的人不得拖延时间，因此女方报平安的人得以顺利按时完成报平安仪式。

报完平安之后，开始举行新娘下马仪式。新娘下马仪式对娶亲的人家来说是非常重要而慎重的礼节。当迎、送亲双方的队伍到达男方住的浩特时，要先顺时针绕浩特转三圈，然后男方把新娘的坐骑牵到预先铺好的白毡子旁。由一位与巩德玛属相相合的人，把巩德玛连同马鞍一同抬下马，单独领进一个蒙古包内，分发父母用新郎刀鞘上的两根筷子，把新娘的头发往两边梳理好散放着蒙上盖头，被人带进婚宴的蒙古包内举行磕头仪式。

巩德玛进入宴会主蒙古包，由一位与她属相相合的人揭开盖头，并向一位年长的妇女磕头行礼，日后则尊称这位长辈磕头妈。然后，巩德玛向火神及婆家众亲戚逐个磕头行礼。行完礼后，齐木德仁庆豪日劳的母亲给儿媳尝鲜奶，并指送儿媳牛马羊等牲畜，在儿媳的手中放几颗珠宝，给她换上全套服饰，请诵经的喇嘛给新娘赐名。喇嘛赐名额仁钦达来。齐木德仁庆豪日劳的母亲用新起的名字额仁钦达来称呼儿媳，这样新娘就正式成为婆家的人了，这就预示着从今往后，额仁钦达来就要遵守出门时退着走（即面不能朝着出门方向），不许直呼丈夫的名字等规矩。

巩德玛在宴会的主蒙古包内举行完磕头仪式之后，正当她准备退出蒙古包时，包门已经被榆树枝堵上了。

男方祝颂人瓦其尔首先说："蔚蓝的天空中，降下一条蛟龙，卧在此地，无人敢惊动，实在是抱歉。"

第五章 喜结良缘

女方的祝颂人孟和则问道:"用金银财宝精心打扮好你们的贤媳,行跪拜礼见了双亲、敬了火神,将要退出之时用榆树枝堵门是何方礼节?"

瓦其尔继续说道:"远古时期,我们的始祖,娶其尊夫人时,曾用珊瑚柱子堵过门,今我们效仿之,用榆枝杈堵了门,磕头退出时不该让我们空手,敬完佛神回去不该不施舍。"

孟和笑着回答:"想听几句过年话,还是想要哈达?"

瓦其尔回道:"当然要哈达。"

于是,孟和将哈达、珊瑚、翡翠等贵重物品放在堵门的柱子上欲出门。

瓦其尔问了一句:"你家姑娘姓什么?属什么属相?"

孟和机智地回答:"我家姑娘名叫巩德玛,感谢喇嘛赐名额仁钦达来,属癸丑牛。"

孟和回答完毕,瓦其尔挪开堵门的榆树枝,双方来到蒙古包外边,坐在一起,同唱宴会三首歌,开始大联欢。主人向客人献上几道固定的奶食,双方交换礼物,宴会随即进入高潮。

完成了堵门礼节之后,人们把新郎、新娘引进新蒙古包,瓦其尔开始进行祝颂。他带着炫耀的口吻,把新蒙古包及包内的摆设、使用器具挨个叙述一遍,每叙述一件物品,都要把鲜奶弹洒在物件上,这被称为"米拉呼",即祝福、赞美之意。祝赞新房主要是为两位新人有个良好的开端,给他们带来幸福和安康。赞词祝毕,参加婚宴的人共同举杯祝愿这美好的祝福永伴这对新人。

按照习俗,送亲人必须当天返回。在女方亲家正代表即将返程之际,齐木德仁庆豪日劳早已安排在其返程的路上,铺上毡子,摆好桌子,斟满美酒等候。送亲队伍到来时,齐木德仁庆豪日劳向亲家正代表仁庆敬上"上马三杯酒,马镫上的一杯酒"。仁庆欣然把该喝的全部喝掉,把剩下的酒洒向马鬃及马的臀部,而后,大家共唱一首祝福歌。歌毕,婚宴正式宣布结束,送亲队伍踏上归程。送亲队伍走后,齐木德仁庆豪日劳的一位兄长在木柱子上挂上羊头,系上哈达抛向东南方向,他们认为这样可以辟邪。

齐木德仁庆豪日劳身份显贵,前来参加婚礼的人大多是王公贵族,其中有一位名叫策思德巴拉吉尔的年轻人与他关系最为密切。策思德巴拉吉尔是达尔罕旗札萨克贝勒更登札布亲族台吉策布登的独生子,年长齐木德仁庆豪日劳两岁,他们年幼时,曾一起跟着达尔罕贝勒旗的那顺瓦其尔学习文化。

那顺瓦其尔生于清光绪十二年,出生在达尔罕贝勒旗西苏木本布台,父亲叫德木楚克。那顺瓦其尔从小聪颖好学,七岁开始读私塾,学习刻苦,努力钻研,最终学业有成,精通蒙古文、满文、藏文,成为知识渊博的一代文豪。齐木德仁庆豪日劳、策思德巴拉吉尔、那其格道尔吉等一些王公贵族的子弟都是他的学生。他在教学的同时,还兼任达尔罕贝勒旗管旗章京、地方武装统领等职。

策思德巴拉吉尔与齐木德仁庆豪日劳性格相近,志趣相投,关系十分密切,称得上肝胆相照的知己。策思德巴拉吉尔得知齐木德仁庆豪日劳娶亲的消息,提前数日赶来帮忙,并受齐木德仁庆豪日劳委托帮忙主持婚礼。策思德巴拉吉尔聪明能干,处事妥当,每天带着王府的协理、梅伦等一干人安排婚礼事宜。在他的周密安排下,整场婚礼井井有条,十分顺利,参加婚礼的人都十分满意。

策思德巴拉吉尔在王府一连忙活了好几天,直到婚礼结束才告辞离开。

按照这里的习俗,聘姑娘的当天父母是不能送亲的。在女儿出嫁后的

第五章 喜结良缘

第三日或等七日,才允许新娘的父母带着礼物,前去探望女儿。

虽说只有三天,可是全家人都觉得仿佛过了很长时间。由于巩德玛出嫁,家里显得冷清了许多,每个人心里都觉得空落落的。尤其是桑杰与格日乐,流着泪一直目送接亲的队伍不见了踪影,依旧站在原地向远处张望。虽然他们明白女儿嫁给王爷是件好事,可是心里怎么也转不过这个弯儿,有一种心爱的东西被人偷走了的感觉。他们对女儿念念不忘,吃不好睡不香,心里想的、嘴里念的都是女儿,一心只盼时间过得快一点。

在他们日思夜想的期盼中,三天的时间终于到了,他们午夜就起来准备礼物,天不亮就动身,骑着马前去探望女儿。色基米德格和乌勒吉也十分想念孙女,有心跟着一起去看望巩德玛,可是由于年纪大了,路途远,身体无法承受马背上的颠簸,只好放弃了这个想法。在桑杰与格日乐临行时,色基米德格一再叮嘱他们代问巩德玛。桑杰和格日乐点头答应,然后骑马动身。

夫妻俩卯时出发,一路催马疾行,申时赶到了王府。此时女儿女婿已在门外等候。见到父母,额仁钦达来急忙跑上前去,一下子扑到阿妈的怀里。格日乐将女儿紧紧抱住,激动的泪水止不住流了下来。

"阿妈,您怎么才来,女儿想死您了。"

格日乐望着女儿洋溢着幸福的笑容,心里感到很是欣慰,赶紧用衣袖偷偷擦干眼泪。

齐木德仁庆豪日劳上前问候道:"阿爸阿妈,你们好!欢迎二老光临,请进屋喝茶。"

齐木德仁庆豪日劳的母亲斯琴闻讯从屋内走了出来,向桑杰、格日乐问候,然后招呼亲家进屋喝茶。

桑杰与格日乐被齐木德仁庆豪日劳母子让进屋,桑杰将带来的礼物献上,说道:"区区薄礼,不成敬意,请亲家母笑纳。"

斯琴谦逊地说:"谢谢亲家的一番美意,咱们往后就是一家人了,不必客气!"然后让人将礼物收下。

格日乐向斯琴说:"亲家母,小女年轻任性,不懂事,如有礼数不周之处,还请多担待!"

"亲家母请放心,我一定把额仁钦达来当成自己的亲女儿看待。她聪明伶俐,懂事能干,与兄弟姐妹相处融洽,对我更是孝敬有加,我非常满意!"斯琴面带慈祥的笑容,满意地看着额仁钦达来,然后端起茶碗,对桑杰二人劝道,"亲家,请用茶。"

茶罢,格日乐和女儿去看新房,齐木德仁庆豪日劳则陪着岳父喝茶聊天。齐木德仁庆豪日劳以前与桑杰不熟悉,但对桑杰很尊重,两人就共同感兴趣的话题聊得很是投机。

额仁钦达来与母亲从新房回来之后,见他们翁婿之间聊得兴致勃勃,不由得笑着问道:"你们聊什么呢,这么高兴?"

"在聊男人之间的事情,告诉你你也不明白。"齐木德仁庆豪日劳笑着回答。

"你别小瞧人,我告诉你,我虽然是女人,但一点都不比男人逊色。"额仁钦达来不服气地说。

"你就吹牛吧,反正咋吹都不用纳税。"齐木德仁庆豪日劳不以为意地哂笑道。

"你真是趴着门缝看人——把人看扁了。不信咱们比试比试。"

"你还越说越来劲儿了,你想比什么?"

"比什么都行,我听你的。"

"耶呵,好大的口气,我们男人最擅长的就是骑马打枪,你行吗?"

"你把'吗'字去了,就你说的这两样,根本不在话下。"

"你先别吹牛,草原上有一句谚语:'射箭之前,都是神箭手;摔跤

第五章　喜结良缘

之前，都是教师爷。'你劝你别把话说得太满，免得事后无法收场。"

"我也记得一句谚语：'骏马凭速度夺魁，勇士凭本领取胜。'你不用拿话挤对我，咱们一试便知。"额仁钦达来自信地看着丈夫。

齐木德仁庆豪日劳信心满满地对妻子说："既然你不听劝，咱们现在就去比试比试，我一定要让你输得心服口服！"

"你别那么自信，谁输谁赢还不一定呢！"额仁钦达来毫不示弱。

"我说你们这两个孩子，怎么这么没正形，今天是父母探望女儿的日子，你们怎么能去舞刀弄枪？"斯琴出言制止。

"就是，哪有刚过门的新媳妇跟丈夫舞刀弄枪的。你不要任性，你现在已经不是任性胡闹的丫头了，而是王府的夫人，无论说话办事都要顾及王府的体面。"格日乐也出言相劝。

"真是扫兴，早知道王府这么多规矩，我就不嫁给他了。今天就算了，不过这事不算完，将来一定找机会让你见识见识我的本事。"额仁钦达来的话引来人们的一片笑声。

第六章　兴办教育

　　齐王的母亲斯琴精明能干，勤俭持家，一共生育了六个子女。大儿子图布登尼玛在敖日格勒庙当喇嘛，大女儿刚格玛嫁给了关斯仁扎布，二女儿查干达日嫁给了扎西公的儿子巴扎尔斯德，二儿子是齐木德仁庆豪日劳，三儿子叫那楚克道尔吉，四儿子仁庆道尔吉在五当召当沙比。她的儿女虽多，但是两个女儿已经嫁人，大儿子和小儿子又都出家当了喇嘛，家里只剩下二儿子和三儿子，齐木德仁庆豪日劳又是旗札萨克，每天忙于公事，只有三儿子经常守在身边，她却安排那楚克道尔吉去放牧。她还有个习惯，一般的事情不用下人伺候，挤牛奶、熬奶茶、做奶酪等活计都是她自己动手，另外还抽时间到草地上捡拾牛粪，这是她几十年养成的习惯。额仁钦达来嫁到王府之后，主动从婆母手中接过了这些活计。额仁钦达来手脚麻利，做得既快又好。婆母见她能干，放心地把府内的事务交给她管理。额仁钦达来性格开朗，豁达大度，孝敬婆母，照顾小叔小姑，赏罚分明，体恤下人，把府内的事情打理得井井有条，赢得了王府上下的认可和尊敬。

　　齐木德仁庆豪日劳与额仁钦达来新婚燕尔，情意绵绵，见到妻子每天如此忙碌，心中不忍，劝妻子把挤牛奶、熬奶茶、做早餐的事情交给下人。额仁钦达来不想破坏婆母传下来的规矩，每日坚持早起做家务。齐木德仁庆豪日劳劝说无效，便坚持每天早起跟着妻子一起做家务。让额仁钦达来既感动又不安。

这天晚上，夫妻二人上床歇息后，额仁钦达来对丈夫说道："你听我一句劝，以后不要再跟着我早起做家务了。"

齐木德仁庆豪日劳摸着妻子的手，心疼地说："我曾经答应过你，要让你过上幸福美满的好日子。可你过门后，每天忙着处理府内的大小事情，还要做家务，你看你的手上都长茧子了，真让人心疼！"

额仁钦达来被丈夫的真情所感动，感到十分幸福，说道："谢谢你的疼爱，只要咱们夫妻恩爱，即使生活忙点累点我也觉得幸福。但你不要再早起跟着我做家务了，这成何体统，传出去岂不让人笑话！"

"我虽然是一旗之主，但在家里也是阿妈的儿子，妻子的丈夫，弟妹的哥哥，你们能做家务，我为什么不能做？有什么好笑话的？"

"你这么聪明的一个人，怎么会不懂我的心？每个人来到世上，都有自己的生活方式。所处的位置不一样，生活的轨迹就会不一样。我是一个普通百姓，应该干属于我的事情。而你就不一样了，你是旗札萨克，你要为全旗的百姓着想，要担负自己的责任，要把全部精力放在治理旗政上。让广大牧民过上好日子才是你要做的正事。"

"你说的有道理，但这是两码事。我不忍心看着你如此操劳，只有跟你一起干，我才感到心安！"

额仁钦达来见丈夫执意如此，不再开口劝说，而是暗中想好了对策。

第二天早上，额仁钦达来醒来后穿好衣服，放轻脚步，轻声推开房门，将门轻轻关闭，拿出事先准备好的皮带，将房门拴牢。然后抿着嘴，提着奶桶去挤牛奶。

齐木德仁庆豪日劳醒来,发现妻子已经起床,匆忙穿好衣服,打算帮妻子干活,房门却打不开。齐木德仁庆豪日劳一边推门,一边低声呼唤妻子开门,额仁钦达来假装没听见。齐木德仁庆豪日劳只得无奈地待在屋里。

额仁钦达来熬好奶茶,准备好早餐,才把房门打开。这招果然管用,齐木德仁庆豪日劳虽然心有不甘,但拗不过妻子的一再坚持,只好答应妻子不再早起做家务。

齐木德仁庆豪日劳聪明好学,博学多才,不仅精通汉语、蒙古语、满语,而且懂得医学知识。虽然平时事务繁忙,但他经常抽出时间免费为牧民看病,深受广大牧民的爱戴。齐木德仁庆豪日劳深知文化的重要性,不但自己注重学习文化知识,还利用自己所学教书育人。他把弟弟那楚克道尔吉以及下属或亲戚的子弟额尔登陶克陶、苏格尔、阿迪亚、博和道尔吉、丹珍、刚其格等人召集在一起,教他们读书识字。由于齐木德仁庆豪日劳白天事务繁忙,只能晚上教学。虽然这称不上学堂,充其量算是业余教学,但他乐此不疲,十分敬业。

这天下午,齐木德仁庆豪日劳在屋内不停地走动。额仁钦达来见状,笑着问道:"你这是咋啦,坐立不安的?"

"你别提了,这两天为了陪省府来视察的官员,已经两天没给学生们上课了,有些心烦。"

"这有什么可烦的,你抽空给他们布置一下作业,让他们自学不就行了。"额仁钦达来帮他出主意。

"我已经连续两天这么做了,没人监督,他们学习不专心,有人贪玩,有人故意捣乱,效果很不理想。我还需要陪伴视察官员数日,如此一来,岂不耽误了他们的学习。"

第六章　兴办教育

"我看你教的不过是《三字经》《百家姓》《弟子规》之类的启蒙读物，临时找个人帮你代课就行了。"

"你咋知道我教的是《三字经》《百家姓》？难道你上过学？"齐木德仁庆豪日劳一脸疑惑地问道。

"我虽然没上过学堂，但从小跟着阿爸阿妈学过文化。"

"你快说说，你都会些什么？"

"其实也没学什么，就是《三字经》《百家姓》《弟子规》以及《千家诗》等，另外还对'四书''五经'略知一二，其他的就不会了。"

"哎呀，你竟然会这么多，真是'不识庐山真面目，只缘身在此山中'啊，放着一个现成的先生，我还着什么急！"齐木德仁庆豪日劳大喜过望地说。

"你把我说糊涂了，哪儿来的现成的先生？"

"你说哪儿来的？你就是现成的先生！我有个不情之请，请你帮我代代课好吗？"齐木德仁庆豪日劳态度诚恳地说。

"不行，不行，我这点儿文化怎么能当教书先生？"额仁钦达来心里没底，连忙摆手推辞。

"怎么不行？你说得头头是道，我看当先生绰绰有余。"

"我从未当过先生，万一教不好岂不是误人子弟？"

"你就是不自信。其实当先生没什么难的，只要你有一定的文化知识，肯用心去做就可以了。你看我也从未当过先生，不是照样教他们看书识字吗？"

"我虽然能看书识字，但毕竟没有进过正规学堂，别说教书，就连学堂是咋回事都不清楚，你让我怎么当先生？"

"人都是学而知之，没有生而知之。只要按照课程去教就可以了，

105

你别推辞了，就帮我这个忙吧！"

"既然你把话说到这个份上了，我只能勉为其难，先去试试。不过有言在先，如果不行，你赶紧另想办法。"

"太好啦！我就知道你不会坐视不管的。你跟我来，咱们先去熟悉一下环境，我再给你讲讲授课的要领和注意事项。"齐木德仁庆豪日劳说完，一把拉起妻子的手，快步朝家庭学校走去，一边走一边向妻子传授自己的教学经验。额仁钦达来细心聆听，认真体会。

晚上，齐木德仁庆豪日劳带着额仁钦达来来到学堂，学生们感到很惊讶，面露疑惑地看着额仁钦达来。

齐木德仁庆豪日劳牵着额仁钦达来的手走到讲台前，目光环视着学生高声说道："想必你们都认识吧，她是我的夫人，不过今天她还有另外一个身份，是我请来的先生。从今以后，由我和她轮流给你们上课。各位请起立，欢迎额仁钦达来先生为你们讲话。"

学生们赶紧站起来，一边热烈鼓掌欢迎，一边恭敬地齐声说道："先生好！"

尽管额仁钦达来性格开朗，不拘小节，但是第一次面对学生，难免有些拘谨，面带红晕，声音发颤地说："同学们，齐王近日事务繁忙，无法每天按时给你们上课，故委托我给你们代课。我受人之托，忠人之事，愿尽我所能，悉心教导你们。想必你们知道齐王开办夜校的初衷，他是想改变咱们思想守旧的局面，力争把你们培养成一代有知识、有文化、有理想、有抱负，对民族、对社会有用的人才！希望你们能够把握这来之不易的学习机会，努力学习，认真听讲，切莫辜负齐王对你们的期望。"

额仁钦达来的讲话言简意赅，赢得了同学们的热烈掌声。齐木德仁庆豪日劳对妻子的表现十分满意，郑重地叮嘱了学生几句后，匆忙离开。

齐木德仁庆豪日劳一直忙到初更时分，方才匆匆赶回。走到教室跟

第六章　兴办教育

前，他放轻脚步，隔着窗户向里瞧。只见额仁钦达来一脸严肃地坐在讲台前，正在十分认真、不厌其烦地为学生们答疑解惑，俨然就是一位育人有方的良师。齐木德仁庆豪日劳看在眼里，喜在心上。以前他们过的是逐水草而居的游牧生活，王公贵族有机会学习文化，但普通牧民根本没有学习机会，故此文化教育严重缺失。像额仁钦达来这样有文化的人，即使男子都不多见，何况她是一位年轻女子，真是了不起！

为了不打扰额仁钦达来教课，齐木德仁庆豪日劳始终站在外边等候，直到下课方才推门进来。

额仁钦达来看到丈夫，感到有些意外："你什么时候来的？咋不进屋呢？"

齐木德仁庆豪日劳一边与学生们打招呼，一边笑着说："有一阵儿了，怕影响你这个先生教学，一直在门外听你上课。没想到你教得这么好，简直就是一位资深的教书先生！"

"你别调侃我了。"额仁钦达来不好意思地回答。

"我没和你开玩笑，说的都是心里话，真的，你坐在那里，真像一位称职的先生。不，不是像，就是一位称职的先生。"齐木德仁庆豪日劳觉得自己用词不当，赶紧纠正。

"就别给我戴高帽了，我清楚自己几斤几两，就我这点儿墨水，教眼前的常用字还行，再往深教就不灵了。"他们一边往回走，一边说着话。

"能教他们认识一些常用的字就不错了，总比目不识丁强。"

"你说的是实情，咱们这里目不识丁的人太多了。本来他们都很聪明，却没有机会学习，只能做一辈子'睁眼瞎'，真是令人心痛！"额仁钦达来说。

"谁说不是呢！我也时常为此感到忧心。这种状况如果长期延续下

107

去,后果堪忧!"齐木德仁庆豪日劳一路拉着妻子的手,走回了家。

"光担忧有什么用?你是一旗的王爷,有责任和义务想办法改变这一状况。"额仁钦达来一边点灯一边说。

"我知道自己的责任,也曾反复琢磨过这件事,如果想改变这一情况,唯有开办学堂才行。"

"那你在等什么?还不抓紧时间去办?"

"说得轻巧,成立学堂谈何容易?既需要校舍教具,还要聘请教书先生,哪项都需要大笔的经费,我上哪里去筹措这笔资金?"

"光凭咱们一己之力当然不行,你可以向其他的王公贵族筹募资金,只要他们肯支持你,就可事半功倍。"额仁钦达来为丈夫出谋划策。

"想让他们出钱办学校,根本不可能!"

"谋事在人,成事在天,你不试一试,怎么知道结果?"

"你说的有道理,我明天就召集全体王公贵族及旗府官员商议此事。"齐木德仁庆豪日劳当即表示同意。

齐木德仁庆豪日劳做事雷厉风行,敢想敢干,从不拖泥带水。第二天就让人把关斯仁扎布请来商量筹资办学堂的事情。关斯仁扎布出生于清光绪二十二年,是茂明安旗世袭协理达尼玛的次子。他的爷爷那木斯赖以及上几辈先祖都是世袭协理,传到关斯仁扎布这一代已经是第六代协理了。

关斯仁扎布的母亲米德格玛,温柔贤淑,识大体,明事理。在母亲的教导下,关斯仁扎布聪明懂事,勤奋好学。他的童年是在辽阔的草原上与牧民家的孩子一块放羊、赶牛犊度过的。在他幼小的心灵里埋下了热爱家乡的种子。他从小上私塾,自学音乐、美术、书法,是一位难得的博学多才的人。接替协理一职以来,虽然身份和地位发生了变化,却未能改变他同情贫民、热爱草原的秉性。

关斯仁扎布身为主管司法的协理,以身作则,执法严明,铁面无私,深受广大牧民的爱戴与拥护。他的亲弟弟达希斯仁在五当召当喇嘛,经常私自外出不归庙,在外游荡,倚官仗势,欺压百姓。为此,关斯仁扎布曾多次劝说,遣送其回庙,让他安心学悟佛经。可是达希斯仁无视哥哥的劝告,依然外出为非作歹,最终犯下大错。关斯仁扎布无可奈何,只好瞒着父母,以遣送其回庙为名,把达希斯仁依法处决。他的父母得知此事后大发雷霆。关斯仁扎布跪见父母,磕头说道:"我们是世袭协理之家,我又是本旗执法协理,如果姑息这种背离家法、破坏庙规的逆子,我怎么能称得起执法协理呢?为使祖先的荣誉不被玷污,为茂明安旗百姓不受欺凌,我依法惩罚了达希斯仁,这是他罪有应得。如果父母大人不能饶恕我,就请你们上报乌兰察布盟盟长,先罢免我协理一职,而后再处决了我吧。"

关斯仁扎布的父母听了儿子这番话,深受震动,只好作罢。关斯仁扎布大义灭亲的消息传遍草原,深受广大牧民的赞誉和拥护。

关斯仁扎布人品出众,学识渊博,办事公正,刚正不阿,在旗府中享有很高的威望,所以齐木德仁庆豪日劳对他十分倚重,无论遇到什么难事,都与他商量。

两个人见面后,齐木德仁庆豪日劳没有客套,而是直截了当地向他说起筹资办学堂的事情。关斯仁扎布沉思片刻后说道:"说起兴办学堂的事,我举双手赞成。不瞒你说,我家里也有十几名学生,可是这样下去也不是个长久之计。但是你想过没有,开办学堂需要大笔资金,光凭你我二人难以承受,必须动员全体官员参与才行。"

"真是英雄所见略同,我的想法与你不谋而合。我现在就召集全体官员商议此事。"齐木德仁庆豪日劳立刻召集各级官员到王府议事。

王府的官员闻听齐王有事要商议,不敢怠慢,齐聚旗府会客厅。

齐木德仁庆豪日劳坐在前面,目光威严地巡视了一眼在座的大小官员，然后郑重说道："今天把大家请来，主要是想与诸位商议一下兴办学堂的事情。据我所知，咱们这里百分之九十以上的人没有文化，只有少数王公贵族不同程度地受过教育。人们没有文化，会影响地区发展，我们有责任和义务承担起这个重担，因此，我决定兴办学堂，让更多人接受文化教育，培养人才。不知诸位是否赞成？"

"齐王有见识，我们拥护你的主张，同意兴办学堂。"众人纷纷表示赞同。

齐木德仁庆豪日劳听了众人的表态，心里很高兴，接着说道："既然大家都同意，那咱们商量一下兴办学堂的费用如何解决。"

齐木德仁庆豪日劳说完，面色沉重地看着众人的反应，众人你看我，我看你，谁都不肯先表态。

"你们怎么不说话？难道不赞成办学的想法？"齐木德仁庆豪日劳忍不住再次发问。

瓦其尔安本面露难色地说："齐王，你的想法确实不错，兴办学校是利国利民的大好事，可是兴办学校耗资过大，而且所需资金会逐年增加，光凭众人筹资恐怕难以解决问题。"

"我也赞同瓦其尔总管的想法，兴办学校是好事，但是所需资金太多，恐怕难以实现。"额尔敦朝克鲁跟着附和。

这时，关斯仁扎布站起身来，看了众人一眼，高声说道："我赞成王爷的想法。难得王爷一片忧国忧民之心，他远见卓识，提倡办学是为了我们的长远利益着想，我们应当积极响应，全力支持。至于资金问题，我看这么办，恳请各位有钱出钱，有力出力，咱们共同把学校办好。再说咱们现在不是有人在家聘请先生教子弟读书的吗，我看莫不如把这笔钱拿出来，集中投到创办学校中，让咱们的子弟都到学校上学。这样一来，不但可以解决资金问题，还能让子弟们系统地学习文化知识，岂不是一举两得。"

"我赞同协理的意见。""我同意协理的想法。"关斯仁扎布的话，得到了几位开明之士的赞同。

齐木德仁庆豪日劳感激地看了关斯仁扎布一眼，欣然说道："关协理这个建议很好，我非常赞同。"

"这个办法好是好，不过有个问题，家里有适龄子弟上学的可能愿意出钱，可是没有适龄子弟的怎么办？他们需不需要出钱？"敖斯尔扎木苏提出疑问。

"我认为无论有无适龄子弟，都应该出钱出力。"关斯仁扎布坚定地回答。

敖斯尔扎木苏继续问道："这样做未免有失公允，有适龄子弟的家庭出钱理所当然，可是让那些没有适龄子弟的家庭出钱说不过去。如果硬逼他们出钱，恐怕会招来非议。"

"我说明一下，咱们这次兴办学校，主要是采取自愿的方式，不是按家摊派。"齐木德仁庆豪日劳向众人解释道。

"虽然是自愿，但也应该有个大概的数额，省得到时候你多我少地起争议。"敖斯尔扎木苏家没有适龄的孩子上学，不想出这笔钱，但又害怕别人耻笑，想少出点儿钱应付一下，既保住面子，又不至于落下话柄。

"咱们头上顶的是同一片蓝天，脚下踩的是同一片草原，对于各家各户的经济状况都一清二楚，我看咱们不必规定数额，根据各自意愿捐赠即可。"关斯仁扎布补充道。

"好吧，我知道了。"敖斯尔扎木苏点头答应，不再作声。

瓦其尔安本觉得这个办法好，欣然说道："这个办法好，既能解决办学事宜，又不使各家伤筋动骨，你看何时开始捐赠？"

"既然今天大家都在场，莫不如今天就开始，不知王爷意下如何？"

关斯仁扎布转头征求齐王的意见。

关斯仁扎布的提议正中齐木德仁庆豪日劳下怀,他赞许地看了关斯仁扎布一眼,点头表示同意。

"今天就捐赠,是不是太急了点儿?咱们今天是来议事的,又不是来搞捐赠的,谁也不能赶着牲畜来议事呀。"额尔敦朝克图梅林摇头反对。

"梅林,你误会我的意思了,我说今天捐赠,不是现在就要交出牲畜,而是大家报个数目,日后按今天说的数目来兑现。"

"哦,这还差不多,不过我还有个问题,校址选在哪里,是否请喇嘛来看一下风水?"

"至于校址嘛,我已经考虑过了,决定把学校设在沙日楚鲁庙,这样既能节省开支,又可以尽快开学。"齐木德仁庆豪日劳不假思索地回答。

瓦其尔安本担忧地说:"在沙日楚鲁庙办学校,会不会影响喇嘛做法事?"

"不会,咱们在喇嘛仓旁边的偏院里办学校,把通往佛殿的门堵上,这样就不会影响喇嘛做法事了。"齐木德仁庆豪日劳回答。

"既然校址已经选好,那咱们现在就开始捐赠吧,我先带个头,我出二百只羊、十头牛、五匹马。"关斯仁扎布带头进行捐赠。

在关斯仁扎布的带动下,其他人也上报了捐赠数目。有的人比较开明,有的家里有适龄的子弟,捐赠的数额就大一些,那些没有适龄子弟、思想保守的人,虽然心里不愿意,但又想在众人面前保住面子,只好忍痛割爱捐一些。有两位爱财如命的铁公鸡,一再哭穷,说自己家里生活困难,死活不肯捐赠。齐木德仁庆豪日劳知道他们在撒谎,懒得与他们计较。

关斯仁扎布命人将数目记录在册。众人报完数之后,关斯仁扎布进行了统计,然后将册子交到齐木德仁庆豪日劳的手上,齐木德仁庆豪日劳

第六章　兴办教育

看到众人捐赠了数千只羊、数百头牛、数十匹马，心里很是高兴。

"齐王，如今校址和资金都有了着落，你打算如何办学？聘请什么样的教书先生？"关斯仁扎布问。

"我是这么想的，咱们办的学校不能按照私塾那一套，应该效仿省城的新式学校，不但要学习语文，还要增加算术、自然等学科。教习蒙古语、汉语的先生可以就地解决，教新兴学科的先生就得花高价到省城去聘请。"齐木德仁庆豪日劳成竹在胸地说。

"对，咱们要办就把学校办像样。不过从外地聘请先生花的费用大，咱们是否能够承担得起？"瓦其尔担忧费用问题。

"我作为旗札萨克，又是倡导办学的带头人，理应担负更大的责任。你们放心，除去你们各自的捐赠，其他费用由我一力承担，即使倾家荡产，也要把学校办好。"齐木德仁庆豪日劳承诺道。

"齐王，好样的！"众人被齐王的办学精神所感动，纷纷开口表示赞扬。

接下来，齐木德仁庆豪日劳对办学的具体事项进行了安排，让关斯仁扎布去省城聘请教书先生，兼购桌凳及教学用具。他则负责学校的改建、在当地聘请教学先生以及筛选生员等事宜。

齐木德仁庆豪日劳找到沙日楚鲁庙第六世罗布森丹金道尔吉呼毕勒干，商量借用喇嘛仓西面的房子办学校的事儿。丹金道尔吉呼毕勒干见齐王亲自上门相商筹建学校培养人才的事项，当即表示同意。为相互不影响，在齐木德仁庆豪日劳的提议下，丹金道尔吉呼毕勒干同意将跨院通往庙里的门堵上，形成一个独立的院落。

商定妥当后，齐王派人清理房间，用白灰粉刷一新。又在院墙上打开一个正门，作为学校的大门，并在大门外平整出一块场地，作为学生日常活动的操场。

齐木德仁庆豪日劳忙于筹建学校期间，一直由额仁钦达来为学生上课。额仁钦达来教得认真，同学们学得努力，师生之间相处得十分融洽。齐木德仁庆豪日劳见妻子白天干活，晚上给学生上课，每天很辛苦，便提出不让妻子做家务，而是专心教学。额仁钦达来却不同意，说自己年轻，这点事不算什么，她能应付得了。齐木德仁庆豪日劳数次劝说无果，只能尊重妻子的意见。齐木德仁庆豪日劳心疼妻子，尽量抽时间为学生上课，以减轻妻子的压力。

数日后，关斯仁扎布从省城归来，不但购买了全部教具，而且带回两名年轻的教书先生。齐木德仁庆豪日劳安顿好他们的住处，设宴款待，同时邀请了两位私塾先生作陪。

校址和先生有着落之后，便开始招收学生。经过一番挑选，学校共招收了四十三名学生，其中包括齐王及关斯仁扎布各自家庭学校的学生，他们从八九岁至十四五岁不等。齐王、关斯仁扎布与先生们商议，根据学生的情况，分大、中、小三个班，取校名"青年学校"。由齐木德仁庆豪日劳担任校长，关斯仁扎布担任教务主管，负责教学方面的事情，瓦其尔担任总务主管，负责日常生活方面的事情。

经过一个多月的筹备，茂明安旗青年学校正式开学。齐木德仁庆豪日劳的举动引起了很大的反响，达尔罕旗札萨克策思德巴拉吉尔前来祝贺，就连担任乌兰察布盟盟长的云端旺楚克也派人携款前来祝贺。

开学典礼如期举行。操场的前面摆了一排桌椅，作为主席台，齐木德仁庆豪日劳带领来宾在主席台就座。全体学生们迈着整齐的步伐，喊着口号列队进入操场，向齐王及各位来宾行礼，操场周围站满了前来观看的民众。齐木德仁庆豪日劳首先讲话：

"今天我们茂明安旗青年学校正式成立了，我代表茂明安旗向前来祝贺的嘉宾表示热烈的欢迎！同时也向旗府捐赠钱款的各位王公台吉表示感谢！我们之所以成立青年学校，主要目的是培养人才。我们要大力倡导文化教育，培养更多更好的文明之士和栋梁之材。希望全体学生把握这来之不易的机会，勤奋学习，刻苦钻研。"

齐木德仁庆豪日劳的讲话赢得了一阵热烈的掌声。接下来，策思德巴拉吉尔代表来宾讲话，他在讲话中向齐王表示祝贺，盛赞齐木德仁庆豪日劳开明有远见以及倡导文化教育、培育人才的办学精神。

关斯仁扎布代表全体教职员工讲话，他表示要带领全体教师，全心全意，恪尽职守，认真履行职责，一定要把学校办好，绝不辜负齐王的厚望。

仪式结束后，学生们兴高采烈地走进学堂，正式开始上课。齐木德仁庆豪日劳与关斯仁扎布等人站在学堂外边，听着学堂里传出的朗朗读书声，脸上露出了满意的笑容。

学校办起来之后，经过一段时间的磨合，教学工作逐步走上了正轨。然而，由于聘请先生，加上先生的住宿及吃饭等，费用相对较高，虽有各位王公台吉捐赠，但毕竟数量有限，这些钱用在请先生、买桌椅、购教材等方面，已经所剩无几。齐木德仁庆豪日劳对家庭贫困的学生采取减免学费的政策，经费更是捉襟见肘，难以为继。齐木德仁庆豪日劳只好从家中往外拿钱来补贴。但他的钱毕竟有限，难以满足学校的需求。

为了解决经费问题，齐木德仁庆豪日劳接受了关斯仁扎布的建议，决定开办手工作坊，解决学校的开支问题。在关斯仁扎布等人的支持和筹措下，以青年学校的名义，相继开办了皮毛作坊、成衣坊等。采取雇师傅指导，学生学习技术的办法。这样一来，不但解决了经费不足的问题，还让学生学会了一技之长，掌握了一定的生存能力，可谓一举两得。

齐木德仁庆豪日劳自筹资金办学的举动，如同在一潭死水里丢下一块石头，激起了层层涟漪，引起了强烈的反响。各蒙旗争相效仿，纷纷开办形式各异的学校，为当地培养了大批人才。

第七章　子嗣风波

日出日落，草青草黄，转眼之间，三年匆匆而过。齐木德仁庆豪日劳与额仁钦达来这对幸福伴侣的感情并没有因为岁月流逝而淡薄，他们互敬互爱，举案齐眉，相敬如宾。无论是家人还是亲朋好友，都对他们羡慕不已。唯一让人感到遗憾的是，他们成亲数年却没能生育。虽然他们二人对此并不在意，但他们的家人暗自着急，尤其是斯琴最急，因为他们毕竟不是平常百姓，这会影响将来札萨克继承人的人选问题。

这天傍晚，齐木德仁庆豪日劳刚从外边回来，就被斯琴叫住："你到我屋里来一趟，我有话跟你说。"

"阿妈，啥事啊？"齐木德仁庆豪日劳一边问，一边随着阿妈走进屋内。

"也没啥大事，就是想问问你们成亲好几年了，怎么还没有动静？"

"阿妈，什么动静？"齐木德仁庆豪日劳一时没明白阿妈的意思。

"你说什么动静，额仁钦达来的肚子怎么还没动静？"

"噢，您问这事儿啊，我还以为什么大事呢。"齐木德仁庆豪日劳

第七章　子嗣风波

笑着说。

"你别不当回事，你是旗府札萨克，生儿育女不仅事关传宗接代，事关札萨克承祧之事，你说还有啥事比这个事大？"

"阿妈，您别担心，虽说眼下我们没有孩子，但我们还年轻，相信过几年一定会有的。"齐木德仁庆豪日劳显得很轻松。

"你别不当回事，你们都成亲好几年了，是不是你们的身体有什么毛病，不行的话，赶紧找大夫看看。"

"阿妈，我本身就懂医术，还用找别人看病？我俩的身体都很好，没啥毛病，您老就别操心了。如果您没有别的事，我就先回屋了。"齐木德仁庆豪日劳笑着走出阿妈的房间。

斯琴看着儿子的背影，摇着头无奈地说："唉，真是儿大不由爹，女大不由娘呦！"

齐木德仁庆豪日劳回到屋内，额仁钦达来迎上前帮他脱去外套、靴子，换上软底套鞋，一边脱一边问道："刚才我听到阿妈叫你，有什么事吗？"

"没什么大事，你就别打听了。"齐木德仁庆豪日劳不想谈及这个话题，有意回避。

"是不是我哪儿做得不好，惹阿妈生气了？"额仁钦达来猜测道。

"你别瞎猜，不是这么回事。"

"那是咋回事？你干吗瞒我？"齐木德仁庆豪日劳越是不说，额仁钦达来就越着急。

"我没有瞒你，是……是……是因为咱们一直没有孩子，阿妈有些着急。"齐木德仁庆豪日劳怕妻子往歪处想，只好实话实说。

额仁钦达来听完，神色黯淡，半晌没出声。

齐木德仁庆豪日劳见状，赶紧安慰道："其实阿妈也没说什么，只是随便问一句,你别往心里去。"

"我能不往心里去吗?你说我这个肚子怎么这么不争气。"额仁钦达来生气地用手拍打着肚子恨声说道。

"你不要这样,咱们身体这么好,早晚会有孩子的。"齐木德仁庆豪日劳扯住妻子的手劝慰。

"虽然你懂医术,但是医人难自医,我看咱们还是找郎中瞧瞧,看到底是什么原因导致我不怀孕吧。"额仁钦达来思考着说。

"行,我听你的。好了,咱们不想这些了,赶紧吃饭,晚上在被窝里再继续探讨生儿育女的事吧。"齐木德仁庆豪日劳拉着妻子的手戏谑道。

"人家跟你说正经事儿,你却开玩笑,我不搭理你了。"额仁钦达来脸色一红,不好意思地抽回了手。

这年正月,齐木德仁庆豪日劳陪额仁钦达来回家探望父母。二人一大早便骑马赶路,直到傍晚时分才赶到。

桑杰和格日乐得知女儿女婿要回来,下午就让儿子敖其尔去迎接。敖其尔在外边足足等了一个多时辰,才发现姐姐、姐夫的身影。敖其尔急忙大声向阿爸阿妈报信:"阿爸阿妈,我姐他们到啦。"同时快步跑上前去迎接。

桑杰和格日乐听到儿子的喊声,急忙走出毡房,心情激动地快步朝着女儿女婿迎了过去。额仁钦达来看到日夜想念的父母,急忙翻身下马。齐木德仁庆豪日劳也跟着跳下马背,快步来到桑杰和格日乐跟前,谦恭地以手抚胸,躬身施礼,问候道:"赛白努!阿爸、阿妈吉祥!"

额仁钦达来则一下子扑到阿妈的怀里,热泪盈眶地说:"阿妈,我想死您了,您还好吧?"格日乐紧紧地抱住女儿,泪眼婆娑地回道:"孩子,我也想你啊!"

第七章 子嗣风波

桑杰见这对母女只顾独自亲热，生怕冷落了姑爷，赶紧上前热情地拉着女婿的手说道："天这么冷，你们赶了一天的路，一定冻得够呛，赶紧进毡房暖和暖和。"然后转头对老伴和女儿说，"别在外边唠了，赶紧进毡房吧，姥爷、姥姥都等不及了。"

额仁钦达来拉着阿妈的手快步走进蒙古包。毡房内灯光明亮，地中央的火堆里干牛粪燃烧正旺，窜动的火苗将支架上的铜壶烧得吱吱作响，从壶口和壶盖处吐着腾腾热气。毡房内弥漫着奶茶的浓香。

色基米德格与乌勒吉年老体弱，行动不便，此时正坐在毡毯上着急地向外张望。额仁钦达来一下子扑到色基米德格的怀里，眼含热泪说道："姥姥，姥爷，你们好！"

"好，好，我们都很好。孩子，你过得好吧？"色基米德格双臂紧抱额仁钦达来，颤声问道。乌勒吉则面带笑容，用慈爱的目光注视着三年未见面的外孙女。

这时，桑杰陪着齐木德仁庆豪日劳走进毡房，齐木德仁庆豪日劳上前给两位老人请安，然后取出随身携带的礼物，分别送给家中的每个人。忙完之后，桑杰将女婿安排在西边的毡毯上就座，拿起案几上的木碗，倒了一碗奶茶，递给女婿，说："喝碗奶茶，暖暖身子。"

齐木德仁庆豪日劳欠身弯腰，双手接过奶茶，口中谢道："谢谢阿爸！"

桑杰回道："不必多礼，坐下喝茶。"然后自己倒上一碗奶茶，陪着女婿喝茶聊天。

桑杰陪女婿喝完奶茶，见格日乐及色基米德格仍然拉着额仁钦达来亲热地聊天，便对格日乐说道："你们先别唠了，女儿女婿赶了一天的路，一定饿了，赶紧张罗吃饭吧。"

"你看我光顾着唠嗑了，竟然忘了吃饭。"格日乐笑着拍着脑袋说。

"对，赶紧张罗开饭，咱们不能怠慢姑爷。"色基米德格笑着补充道。她的门牙已经残缺不全，说话有些漏风。

"好，现在就开饭，反正晚上有的是时间，吃完饭再接着聊。"格日乐边说边起身往桌子上端饭菜，额仁钦达来也赶紧起身帮忙。

"好，咱们晚上再继续唠，来，先吃饭。"额仁钦达来赞同地说。

由于事先接到女儿女婿今天回来的信息，桑杰和格日乐提前烤好了全羊，煮好了手把肉，准备了奶酪等美味佳肴。此时，一家人围坐在桌旁，其乐融融地一边饮着马奶酒，一边亲热地聊着家常，这顿饭足足吃了一个多时辰方才结束。

额仁钦达来出嫁后，今天是第一次回家，他们都觉得有说不完的话，但由于有齐木德仁庆豪日劳在场，他们又都有些拘谨。酒足饭饱之后，桑杰安排女婿单独歇息，然后一家人坐在一起，一边喝茶，一边无拘无束地尽情聊天。一直聊到月上中天，依旧兴致不减。桑杰担心阿爸阿妈身体吃不消，便劝他们去休息，乌勒吉答应着起身去歇息，色基米德格则兴致勃勃地说："我不累，你们都去歇着吧，今晚我和格日乐、额仁钦达来住在一起，我们娘儿仨还没唠尽兴呢。"

桑杰见色基米德格执意如此，只好尊重她的意见，同时叮嘱道："阿妈，你们也别唠太晚，反正明天他们不走，有什么话明天再唠。"桑杰说完，便带着敖其尔离开了。

待桑杰和敖其尔离开后，色基米德格关心地问额仁钦达来："你在婆家过得好吗？"

"姥姥，他们家人对我都很好，您就放心吧！"额仁钦达来面带笑容，满足地回答。

"嗯，这我就放心了。"

"你们一晃已成亲三年，你咋还没怀上孩子？"格日乐关心地问

第七章 子嗣风波

道。

"阿妈，我们都还年轻，这事不着急。"额仁钦达来笑着说。

色基米德格接过话茬："孩子，子嗣之事事关重大，你迟迟不生育，他们家一定会着急，一定会想各种办法解决这件事，弄不好会娶二夫人，你别不当回事。"

额仁钦达来自信地笑着说："您就放心吧，我和齐木德仁庆豪日劳的感情好着呢，他不会做这种事的！"

"我知道你们的感情好，但时间一长，加上别人撺掇，万一他听信了别人的话，真的娶了二夫人怎么办？"格日乐担忧地说。

"阿妈，您别担心，别的不敢说，在这件事上，我还是有自信的，即使我真不能生孩子，他也不会做让我伤心的事，您就放心吧。"

"话是这么说，不过凡事没有绝对，从古至今，忘恩负义的男人不在少数，为了子嗣再娶的人比比皆是，普通人家纳妾都很平常，何况贵为王侯之家。虽然你们的感情好，但没有孩子终究是缺陷。我是过来人，经历的事情多，你就听姥姥一句劝，赶紧解决子嗣问题，以免将来后悔！"色基米德格语重心长地劝道。

"姥姥，我也知道子嗣之事非同小可，我也很着急，可就是怀不上，您说我有什么办法？"额仁钦达来无奈地说。

"你要想办法尽快解决，我看不如趁你回家这段时间，咱们找郎中好好瞧瞧，看看是啥原因。"格日乐说出自己的想法。

"行，我听您的。"额仁钦达来顺从地点头答应。

色基米德格与格日乐之所以单独与额仁钦达来聊天，就是想跟她谈谈孩子的事情，因为这件事不便公开，所以她们娘俩事先合计好，单独和额仁钦达来谈。听到额仁钦达来同意看郎中，她们心中的一块石头方才落地。然后她们又聊了一些额仁钦达来婆家的事情，娘儿仨你问我答，聊得十分开心，一直聊到后半夜方才安歇。

第二天早上，格日乐张罗全家人吃过早饭，打发敖其尔前去请郎中丁铁旦。敖其尔骑着一匹马，又带了一匹马走出家门。说起这个丁铁旦，那可是大有来头，在茂明安旗被人誉为神秘大夫。丁铁旦出生在土默特右旗，十几岁就成了孤儿，为了生计，他在当地的一个富豪家放牛。这个富豪聘请了一位南方医生，教他的两个儿子学医。丁铁旦只要有空就在旁边听讲授，结果丁铁旦学得比富豪家的两个孩子都好。那位南方医生发现多了一个旁听者，而且学得非常认真，便睁一只眼闭一只眼，不去干涉。

丁铁旦成年后，因生活所迫，背井离乡来到茂明安旗南卜子村求生，仍然给人放牛。在放牛之余，他经常给村里或附近村子里的人看病，由于他的医术高明，一传十十传百，知道他会治病的人越来越多，名声也越传越远。此后，丁铁旦便辞退了放牛的差事，开始了行医生涯。

丁铁旦虽然不识字，但记忆力特别强，所学的医术都是靠死记硬背，对药材更是熟记于心，所有的药材他都认识，令人称奇。

齐木德仁庆豪日劳昨天晚上与敖其尔聊到很晚，本来说好今天一起去赛马，没想到敖其尔被岳母叫走了。齐木德仁庆豪日劳觉得很扫兴，问额仁钦达来敖其尔去了何处。额仁钦达来怕他知道内情，笑而不答。齐木德仁庆豪日劳见她如此，知趣地不再追问。

约莫中午时分，敖其尔独自一人回来了。格日乐见没有郎中，急忙把他叫到一边问原因。敖其尔告诉阿妈，说是郎中已经请到，只是郎中不肯跟着他一起骑马同行，而是让他先回来，说自己步行过来，并说立马就到。格日乐有些纳闷，心说有马不骑，偏要步行，还说立马就到，难道他会飞腾术不成？

正在格日乐狐疑之际，只见丁铁旦身背药箱，不紧不慢地走到跟前。格日乐顾不得多想，赶紧将丁铁旦请进毡房，让茶后，将女儿叫到跟

第七章　子嗣风波

前，对丁铁旦说："丁先生是否认识小女？"

丁铁旦一边喝茶，一边点头说："认识，不知身体有何不适？"

"丁先生，事情是这样的，小女成婚三年，不知什么原因至今尚无身孕，恳请先生诊治一二。"

"好说，请把手伸过来，待我把脉诊断。"

额仁钦达来抬起手腕，放在脉枕上。丁铁旦眯缝着眼睛，细心地把脉，同时问她有关妇科方面的情况。又换了另外一只手把脉，然后开口说道："从姑娘的脉象和陈述中，姑娘的身体一切正常，没什么毛病。"

"先生，既然一切正常，为什么迟迟怀不上？"格日乐不解地问。

"怀不上的原因很多，说不定与姑爷有关，最好让姑爷也检查一下。"

"既然如此，你去把姑爷喊过来，让丁先生帮忙诊一下。"格日乐对女儿吩咐道。

"这……"额仁钦达来担心丈夫不肯来，毕竟这件事涉及男人的脸面和自尊，故此欲言又止。

看到女儿的表情，格日乐恍然大悟，连忙说道："你是担心姑爷不好意思？俗话说有病不讳医，你去跟姑爷好好商量一下，毕竟子嗣之事不比平常事。"

"好吧，我去问问他，看他肯不肯来。"额仁钦达来不自信地走出毡房。

额仁钦达来找了一圈，在拴马的木桩前找到了丈夫。此时齐木德仁庆豪日劳正跟敖其尔谈论着彼此的坐骑。额仁钦达来把他叫到一边，低声对他说："有件事我想跟你商量一下。"

"有什么事你直接说，跟我还用客气。"

"嘿……"额仁钦达来不好意思地笑了笑，难为情地说："阿妈见咱们成家三年尚无子嗣，心里着急抱外孙，特意请郎中为咱们把脉。我拗不过阿妈，已经把过脉了，郎中说我的身体没毛病，并提出要为你把脉，不知你是否愿意？"

"咱俩的身体这么好，能有啥毛病？再说我本身就懂医道，哪还需要找外人把脉？真是多此一举！"

"我也知道此事不妥，只是母命难违，只好答应了阿妈的请求。再说咱们不是已经商量好找大夫瞧瞧吗？你就听我一句劝，让大夫瞧瞧，权当给我个面子，让我在阿妈面前有个交代。阿妈这么做也是出于对咱们的关心，我不想拂了阿妈的一片好意。"

"好吧，我跟你去。"齐木德仁庆豪日劳勉为其难地跟着妻子走进毡房。

丁铁旦见到齐木德仁庆豪日劳，赶紧起身施礼道："小人拜见齐王。"

齐木德仁庆豪日劳还礼道："不必多礼，有劳丁先生啦。"

"齐王请坐，容在下为您把脉。"丁铁旦态度谦恭地说着，开始为其把脉。把完一只手，又换了另一只手，同时询问了一些身体情况，然后说道："从贵体的脉象看，没有什么毛病。"

齐木德仁庆豪日劳高兴地一拍胸脯，自信地笑着说："谢谢先生，我就知道我的身体没毛病，可她执意让我来把脉，这下总该放心了吧？"说完，齐木德仁庆豪日劳客气地与丁铁旦道别，然后牵着妻子的手走出了毡房。

"先生，既然她们二人均无毛病，为什么这么长时间怀不上孩子？到底是啥原因？"格日乐心有不甘地问丁铁旦。

丁铁旦无奈地回答："至于什么原因，我也弄不明白，不要心急，一切随缘吧！"

第七章　子嗣风波

格日乐拿出一块大洋作为诊费，丁铁旦摆手道："在下无能，没能查出病因，深感抱歉，哪好意思收取诊费。"丁铁旦说完，收拾好药箱，起身告辞而去。

三天后，额仁钦达来夫妻俩与家人告别。全家人恋恋不舍，一送再送，色基米德格和乌勒吉也拄着拐杖，步履蹒跚地为他们送行。额仁钦达来不忍分别，流着泪劝老人回去，老人执意不肯，站在雪地里，一直望着他们的身影消失在远方的茫茫雪原中，方才返回毡房。

齐木德仁庆豪日劳回到家中之后，发现妻子时常闷闷不乐，知道她是思念亲人，便自作主张，带着人来到希拉穆仁，声称妻子让他来接全家人去查干敖包探亲。桑杰及色基米德格信以为真，欣然收拾东西跟着齐木德仁庆豪日劳上路了。等他们一家人到了王府之后，才得知齐木德仁庆豪日劳不忍心看到额仁钦达来经常为思念亲人而郁闷，便私下做主把他们全家搬到查干敖包居住，这样既可以免去彼此的思念，又可以就近照顾他们的生活。色基米德格与桑杰虽然感到有些意外，但知道这是齐木德仁庆豪日劳的一片孝心，便尊重齐木德仁庆豪日劳的意见，在查干敖包居住下来。

若干年后，乌勒吉与色基米德格相继因病去世，都是齐木德仁庆豪日劳张罗处理的后事，此是后话，暂且不表。

自从丁铁旦给自己检查过身体之后，齐木德仁庆豪日劳更加自信了。每当阿妈提及生育的事情，他都以丁铁旦的话来回复。斯琴无话可说，只能暗自着急，私下里曾多次去召庙及敖包山求神拜佛，祈祷神佛保佑儿子媳妇早生贵子。虽然她想尽了办法，却没有任何效果。老人失望之余，萌生了为儿子娶二房夫人的想法。他怕儿子不同意，便来到了大女儿刚格玛的家，想找女儿女婿帮忙说服儿子。

刚格玛见到阿妈不请自来，心里感到纳闷，此时刚格玛已经生育了两男两女四个孩子，大女儿已经十几岁了，小儿子也满地跑了。他们围着姥姥身前身后亲热地叫着,老人看到活泼可爱的外孙,心里更不是滋味。

刚格玛让人端来奶茶和奶酪,母女俩一边喝茶,一边唠嗑。刚格玛问道:"阿妈,您怎么突然想起上我这儿来了,咋不事先告诉我一声,我好派人去接您。"

"我在家里待着烦,到你这里散散心。"斯琴神情不快地说。

"您老吃穿不愁,儿子媳妇孝顺懂事,有什么烦的?"刚格玛笑着问阿妈。

"他们虽然孝顺懂事,但是这么多年一直没有小孩,家里只有几个大人,整天冷冷清清的,有什么意思?你看你们家多好,儿女双全,热热闹闹的。"

"原来您是为这件事烦心啊?他们迟迟不生育,确实是个问题,但是我听说他们曾找郎中瞧过,郎中说他们的身体没毛病。"

"他们确实找郎中瞧过,说是没毛病,可就是不见动静,你说着急不着急?"

"这件事咱们着急也没用,得他们自己着急才行。"

"谁说不是呢?他们整天乐呵呵的,像没事儿人似的,一点儿都不着急。"

"阿妈,要我说您就别跟着操心了,儿孙自有儿孙福,他们愿咋就咋吧。"刚格玛劝解道。

"那怎么行!你的兄弟虽然多,但你大兄弟出家当喇嘛,三弟年纪小还没成亲,四弟又在召里当沙比,这传宗接代的事情目前只能靠他们俩了。再说这件事关系到将来札萨克继承人,事关宗祧大事,他们偏偏没有孩子,这可怎么得了!我都这么大年纪了,说不定哪天就过去了,到时候你阿爸问起我子嗣的事情,让我如何面对你的阿爸?"

"阿妈,您的身体这么硬朗,咋能说这不吉利的话。您别着急,等

第七章　子嗣风波

我有时间了好好劝劝他们。"

"我都劝过多少遍了，管用吗？这回我想好了，再也不能听他们的了，实在不行我就采取果断措施，给他娶二房。"

"阿妈，他们的感情那么好，二弟会答应吗？"

"我想好了，等我回去就要他们表态，如果能生孩子就赶快生，如果不能生，就得答应娶二房，两样选一样。"

"阿妈，不是我打击您，以他们的个性，我看这事八成行不通。"

"我也知道他们个性强，所以来找你，想让你帮我好好劝劝他们。"

"阿妈，劝他们可以，但我不能保证他们会听我的。"

"你不必有顾虑，尽管去劝。他们听劝最好，如果不听也不要紧，反正这回我是下狠心了，再也不能由着他们的性子来了。"

"好吧，我听您的。"刚格玛顺从地说。

"哎，这才是孝顺女儿，知道为妈分忧。"斯琴满意地笑了。

数日之后，刚格玛抱着孩子，跟着阿妈一起回到娘家，额仁钦达来自然是热情款待。吃过晚饭后，刚格玛抱着孩子来到额仁钦达来的住处。额仁钦达来非常喜欢孩子，抱着孩子不撒手，好吃好玩的找了一大堆，还不停地亲孩子的脸蛋，逗孩子开心。

"弟妹，我想跟你说点儿事，不管对与错，你千万别生气。"刚格玛看着额仁钦达来为难地说。

"大姐，有什么话尽管说，我不会生气的。"

"弟妹，咱们姐妹一向相处得很融洽，有些话我本不应该说，但又不得不说。古人说，不孝有三，无后为大。咱们家的情况比较特殊，不但事关传宗接代，而且牵扯到爵位承继的大事。如果你们再不生育，阿妈说不定会采取极端的方式解决子嗣问题，阿妈这么做也是迫于无奈，希望你不要记恨阿妈。"

"大姐,我不记恨你们,都怪我自己不争气。"

"弟妹,难得你这么通情达理,你跟我说实话,你们俩到底有没有毛病?"

"大姐,你二弟本来就懂医术,而且我俩都找丁铁旦仔细瞧过,我们的身体没毛病。"

"我问你点儿私密话,你别介意。你的月经是否正常,与二弟的床笫之事是否和谐?"

"大姐,我不骗你,我们一切正常,就是迟迟不怀孕,不知道咋回事。"额仁钦达来如实说道。

"弟妹,咱们都是女人,我知道做女人的难处,所以我不想难为你。虽然你们的身体没毛病,但我建议还是再找个大夫好好瞧瞧,吃点儿有助生育的补药调理一下,不到万不得已,绝不能走下一步。"

"谢谢大姐,我听你的,一定再找大夫好好瞧瞧。"

额仁钦达来送走刚格玛后,独自躺在床上沉思。齐木德仁庆豪日劳回来后,见额仁钦达来闷闷不乐,关心地问道:"你怎么啦?咋不高兴呢?是不是大姐跟你说什么了?"

额仁钦达来从床上坐起,对丈夫说道:"阿妈见我迟迟不生育,心里着急,让大姐劝劝咱们赶紧再找大夫瞧瞧,实在不行就吃药调理一下。"

"咱们的身体这么棒,而且已经找大夫瞧过,还找大夫干吗?"齐木德仁庆豪日劳不以为意地说。

"你不要怪阿妈和大姐,她们这么做也是为了咱们好。我看咱们就听她们的话,再找大夫瞧瞧,如果有毛病,咱们就吃药调理,如果没毛病,咱们也就放心了。"

第七章 子嗣风波

"好，我听你的。"齐木德仁庆豪日劳觉得妻子说得有理，痛快地答应了。

接下来的一段时间，齐木德仁庆豪日劳与额仁钦达来偷偷地看过几个有名的大夫，还去了一趟绥远城，都没有检查出毛病。

他们回来后把检查结果告诉阿妈及大姐。她们听后虽然感到高兴，却依然四下淘换有助生育的药方，按方抓药，斯琴亲自煎药，端给额仁钦达来服用。额仁钦达来本不想喝这些苦药水，但碍于情面，只好顺从地喝下。一连喝了三个月，依然未能怀孕。斯琴失去了信心，决定采取第二套方案，给儿子娶二房。

为了达到目的，斯琴再次找女儿女婿商量，让他们帮着劝说齐木德仁庆豪日劳娶二房。关斯仁扎布本不想参与此事，但碍于岳母的情面，同时觉得自己作为姐夫兼协理，有必要关心爵位承继的大事。为此，他私下找到齐木德仁庆豪日劳，劝说他答应娶二房。虽然齐木德仁庆豪日劳对关斯仁扎布非常敬重，对他的话一向言听计从，但是在这件事上一反常态，态度异常坚决地予以回绝。

阿妈见关斯仁扎布出面未能奏效，便联络旗府其他官员，想让他们一起帮着说话。旗府的王公台吉们大多也在为札萨克继承人问题深感忧虑，因此遵从老人的意见，相继上门劝说，均被齐木德仁庆豪日劳断然拒绝。

官员们见齐王的态度如此坚决，担心日后札萨克继承人之事出现麻烦，联名上书要求齐王为子嗣计续娶二夫人。面对阖府官员及王公台吉的联名上书，齐木德仁庆豪日劳依然态度坚决，不为所动。

额仁钦达来为了顾全大局，忍痛对丈夫相劝："阿妈和众人是为了旗府继承人着想，你就答应他们吧，不必考虑我的感受。"

齐木德仁庆豪日劳深情地对额仁钦达来说："别人不懂我的心，难道你还不懂吗？自从我见到你之后，就深深地爱上了你，你就是我生命的全部，至于赐号和旗札萨克，对我来到说都不重要。我的心里除了你，无法容下其他的人，正所谓弱水三千，我只取一瓢饮之。"

"我知道你真心爱我，更感谢你对我一往情深，可是你身为札萨克，子嗣之事关乎将来宗祧大事，岂能儿戏！都怪我不争气，这么多年没能生育，否则不会有这么多麻烦。"

"生儿育女是两个人的事，怎么能怪你一个人呢？你不必自责，我已经想好了解决的办法。"

"什么办法？说给我听听。"

"我是这样想的，他们要求我续娶二夫人不就是为了解决王位继承人的问题吗？那我们干脆过继一个儿子，让他将来继承札萨克，这样一来，既解决了子嗣问题，又解决了王位继承人的问题，同时也堵住众人之口，岂不是一举三得。"

"这个办法好是好，可是抱养的总不如亲生的，万一将来不跟咱们一条心咋办？"

"你不必多虑，孩子谁养跟谁亲，咱们挑一个血缘较近的孩子领养，拿真心待他，再加上有血缘关系，我不相信他不跟咱们一条心！"

"你说得有道理，我听你的。不过到底过继谁的孩子合适？咱们应该好好合计一下。"

"这件事我留意已久，心里有一个合适的人选。"

"谁家的孩子啊？你快点告诉我。"

"这个孩子不是别人，是大姐家的小儿子格日乐图，不知你意下如何？"

"大姐家的格日乐图？这个孩子长得俊，聪明乖巧，而且亲上加亲，我很喜欢他，就是不知道姐姐和姐夫是否愿意。"

第七章　子嗣风波

"这件事我曾私下与姐姐和姐夫沟通过，他们虽然有些舍不得，但同意过继给咱们。既然你也喜欢这个孩子，明天咱们就去找姐姐和姐夫商量这件事。"

"这可太好了，就这么办。"额仁钦达来高兴地说。

第二天，齐木德仁庆豪日劳与额仁钦达来来到姐姐家，提出想要过继格日乐图的事情，大姐刚格玛以前虽然表示愿意把儿子过继给弟弟，可一到真格的便有些舍不得，沉思着没有表态。额仁钦达来见姐姐不作声，以为她反悔了，便说："既然姐姐舍不得，那就不勉强了。"

齐木德仁庆豪日劳看了姐姐一眼，着急地说："大姐，咱们不是说好了吗？你怎么能反悔呢？"

关斯仁扎布是个顾全大局的人，看着妻子说："他们结婚这么多年，一直没有生育，全家人都替他们着急，你曾答应将格日乐图过继给他们，怎么事到临头却不作声啦，难道你真的想反悔？"

刚格玛说："我不是不愿意，只是心里有些舍不得。"

"你这个人，真是想不开！咱们是一家人，他们是孩子的舅舅、舅妈，孩子在咱们家和在他们家都一样，有什么舍不得的？"

"我也明白这个道理，只是一时转不过这个弯。行了，别说了，我同意就是。"刚格玛冲着弟弟、弟媳不好意思地笑了。

齐木德仁庆豪日劳与姐姐、姐夫商量妥当之后，立即召集王公台吉及阖府官员议事，向他们说明自己过继格日乐图为养子，俟自己百年之后，由其养子格日乐图继承旗札萨克之职。众人见齐王主意已定，只好点头同意。至此，子嗣风波才算告于段落。

这年秋天，齐木德仁庆豪日劳带着瓦其尔和阿迪雅等人前往百灵庙朝圣。当他们行至灵鹫峰下的一处山坳时，只见层峦叠嶂，松柏滴翠，溪水环绕。齐木德仁庆豪日劳被眼前这俊秀的山峰所吸引，不由得开口说道：

"这里山清水秀,松柏环绕,真乃风水宝地,可作百年安息之地。"

瓦其尔笑着接过话头说道:"这里确实是块风水宝地,我当命人绘图堪舆,待齐王百年之后,在此安息。"

阿迪雅不以为然地说:"此地风水虽佳,可王爷正值壮年,现在说这件事未免太早。"

瓦其尔笑着说:"咱们齐王贵为一旗王爷,身份显赫,早一点选择安息之地有何不可?"

"其实我并没有建陵修墓的想法,只是觉得这里景色秀美而已。如果百年之后,能在这里长眠也不错。"齐木德仁庆豪日劳笑着说。

"我明白齐王的意思,已经记下了这个地方。"瓦其尔点头回答,并仔细观察了一遍附近的地形,然后跟在齐王的身后,沿着山峰向别处游玩。

翌日,他们起身返程,一路无话,数日后回到查干敖包。

第八章　惩治毒贩

毒品的危害众所周知，齐木德仁庆豪日劳对旗境内种植的罂粟进行了清除行动。他派出以桑杰为首的小分队，对境内的罂粟地进行逐一清查，发现一处销毁一处，基本肃清了境内的罂粟地。

齐木德仁庆豪日劳与关斯仁扎布对两名在押的毒贩进行审讯。齐木德仁庆豪日劳和关斯仁扎布将蒙古包临时改为审讯室，他们在蒙古包里摆上一张案几，案几上放着纸和笔，命人将捉获的种植罂粟的犯人带进来。

随着号令，一个五大三粗的年轻毒贩被带了进来，他一进门就"扑通"一下跪倒在地，连声求饶："大老爷，求你放过我吧！我家中还有六十多岁的老娘需要养活。"

"你不要害怕，只要你老实交代，我们可以饶你不死。"关斯仁扎布神情威严地注视着壮汉。

"大老爷，你让我说啥我就说啥。"

齐木德仁庆豪日劳问道："那好，我问你姓甚名谁？哪里人氏？"

"官爷，什么……什么是姓甚？什么……什么是人氏？"壮汉一脸懵地问。

"姓甚名谁就是你叫啥名,哪里人氏就是你家住哪里。"关斯仁扎布向他解释。

"啊!这么一说我就明白了。我叫董二虎,住在固阳县董家屯。家里有六十多岁的老娘,还有一个老兄弟、一个老妹子,还有……"

"行了,不必往下说了。我问你,种植罂粟几年了?"

"什么是……是罂粟?"董二虎一脸茫然地问道。

"你种的不就是罂粟吗?对了,你们管罂粟叫大烟。"

"对,我们都管这玩意儿叫大烟。你咋管大烟叫罂粟呢?这个叫法我是头一回听说。"

"问你什么说什么,不要啰唆。"关斯仁扎布威严地喝止。

"官爷不要生气,我说,我今年刚种。"

"你经何人介绍,是谁给你提供的罂粟种子?收获的鸦片,不,大烟卖给谁?"关斯仁扎布怕他不明白鸦片是什么东西,故此改称大烟。

"我是经刘柱子介绍的。他说种大烟赚钱快,我就跟他来了。这个王八蛋不讲究,看到你们来一个人跑了,也不知道去窝棚里叫醒我,等我再见到他非……"董二虎当时在睡觉,没有听见动静,被堵在窝棚里抓住的。

"别说没用的!我问你,割下来的大烟卖给谁?"

"不卖,我们种大烟不卖,只要交给白……白啥锁来着,我没记住他的全名,我们只要将割下的大烟交给白啥锁就行,他给我们工钱,听说一年能挣好几块袁大头呢,我长这么大都没……"

"好了,别说了。"齐木德仁庆豪日劳见董二虎说话颠三倒四的,知道再问下去也不会问出结果,便打断了他的话头,与关斯仁扎布交换了一下眼神,命人将他带走。那个董二虎以为自己没说好,害怕被杀头,一边往外走,一边着急地辩解:"大老爷,我刚才没说好,可以重说,你们

第八章　惩治毒贩

可千万别杀我，我还有一个六十多岁的老娘要养活呢。"

第二个毒犯三十出头，生得獐头鼠目。带进来之后，他用余光偷睃屋内人一眼，然后低头不语。

"你叫什么名字？家住哪里？"齐木德仁庆豪日劳怕这个人跟董二虎一样听不懂话，改用通俗的语言审问。

"官爷，我叫李狗剩儿，家住山西大同。都怪我一时糊涂，鬼迷心窍，跟着人干了这伤天害理的勾当，万望官爷饶恕小人性命！"

"看来你是个明白人，只要你老实交代，就可饶你不死。"

"官爷，有什么话尽管问，只要我知道的，一定如实交代。"

"你受何人指使种植大烟？你的同伙是谁？收割的大烟卖给谁？"

"我没有同伙，也没受人指使，是我自己听说种大烟赚钱，便前来种植，没想到第一年就被你们抓住了，真是倒霉！至于收割的大烟卖给谁，当然是谁出的价高就卖给谁啦。"李狗剩儿眼珠滴溜乱转，避重就轻地回答。

关斯仁扎布接过话头，沉声问道："这时候你还不说实话，看来你是不想活了。"

"官爷，我说的都是实话。"

关斯仁扎布"啪"地一拍案几，目光炯炯，语气威严地大声说道："既然你不肯说实话，就没必要跟你费口舌了，来人，把他拉出去毙了。"

随着关斯仁扎布一声令下，两名保安队员上前架起李狗剩儿就往外拖，吓得那个李狗剩儿急忙喊道："大老爷请息怒，小人该死，小人愿意说实话。"李狗剩儿一边大声求饶，一边跪地连连磕头。

关斯仁扎布朝手下摆了摆手，示意他们暂且退下，然后问道："既然你不想死，那就如实招来，如果有半句假话，马上拉出去毙了。"

135

"我不想死，我说实话。我小名李狗剩儿，大号李百盛，家住乌兰忽洞，受白银锁指使种植大烟，本钱和种子都是白银锁提供的，割下的大烟也是白银锁收走，我只是挣几个工钱。我说的都是实话，如有一句假话，天打雷轰！"李百盛显然是被刚才那一幕吓坏了，一口气把实情全都交代出来。

关斯仁扎布一脸威严地继续问道："白银锁是哪里人？怎么和他联系？"

"白银锁的家在乌兰忽洞，和我住一个屯，他是大财主白老生的侄子。白银锁从小吊儿郎当，游手好闲，长大后仗着叔叔白老生的势力，整天与一群狐朋狗友混在一起，喝酒玩乐，欺男霸女。前几年听说种大烟来钱快，他就雇了一帮人，借垦荒之机种植大烟，由他提供种子和本钱，到时候大家如数上交大烟。如果谁敢私藏或者上缴数量不足，他就带着人上门讨债，硬逼着对方用房屋或值钱的物品偿还，如果有谁无力偿还或泄露了秘密，他就用剁手指、割耳朵等手段进行惩罚。我求你们千万替我保密，否则我就死定啦！"

审完李百盛之后，齐木德仁庆豪日劳笑着对关斯仁扎布说："协理，还是你厉害，一个回合就把犯人镇住了。"

"齐王，审问犯人就要抓住他们的心理，别看他们平时瞎咋呼，声称天不怕地不怕，可是一到真章，没有一个不怕死的。故此我用枪毙来吓唬他，他果然害怕了，乖乖地说了实话。"关斯仁扎布见多识广，社会经验丰富，了解罪犯的生活状况，掌握他们的心理活动，知道用什么办法对付他们。

"协理，既然已经掌握了大烟贩子白银锁的证据，咱们下一步是否可以采取抓捕行动？"齐木德仁庆豪日劳向关斯仁扎布征求意见。

"按理说是应该马上采取行动抓捕白银锁，可是这件事牵扯到白老

第八章 惩治毒贩

生，未免有些麻烦。"

齐木德仁庆豪日劳看了一眼关斯仁扎布，不屑一顾地说："有什么麻烦的？白老生不就是个财主吗？难道敢公开庇护大烟贩子不成！"

"齐王，看来你对白老生还不够了解，他可是一位富有传奇色彩的人物。据我所知，他的原籍在山西省偏关县走马檐村。他的父亲白发财于光绪年间逃荒来到固阳县阳湾村，靠给财主当长工养活一家老小。他精打细算，攒下一点钱，恰好此时朝廷实行蒙疆开放，他乘机开垦了一百多亩荒地，日子渐渐地好了起来。白老生出生于清光绪十九年八月，在兄弟中排行老四，加上他的父母年事已高，所以给他起名老生子。

"白老生从小聪明伶俐，勤劳简朴，善解人意，谈吐不凡，人们都很喜欢他。由于家境及社会环境因素，他没有读过书，人情世故却无师自通。他喜欢交朋友、结弟兄，十五岁就跟着商人跑草地，和咱们蒙古族人做买卖。他不但学会了蒙古族礼节，还能说一口流利的蒙古语，因此，牧民们都喜欢和他做生意。他的买卖越做越大，钱越攒越多。后来，他到达尔罕旗、庙仓做买卖。由于为人仗义，出手阔绰，深受云王、锡热喇嘛、大喇嘛、拉桑喇嘛的赏识和喜爱，并与云王结为拜把兄弟。

"白老生有云王做靠山，更是如虎添翼。他看到杨湾村附近的乌兰忽洞土地肥沃，便向云王提出开垦的想法，云王爽快地答应了他的要求。1921年，白老生雇人在乌兰忽洞开垦了一千多亩荒地。转年又在腮忽洞开垦了两千多亩荒地。新开的荒地有劲儿，加上风调雨顺，庄稼连年丰收，白老生很快就成了远近闻名的财主。

"白老生有了钱之后，先后开起了酒坊、油坊、磨坊，同时还办起了'钱盛长'买卖商号。他放高利贷，放粮食账，经营布匹绸缎、食品，收购皮毛，贩卖牲畜。各种生意加上种地，可谓日进斗金。可是白老生不满现状，前几年又在德成永滩开垦水田三百多亩、旱田三百多亩，购置了大批的牛、马、羊、骆驼，如今沿着艾布盖河南岸数十里的地界上，到处都是他的牲畜。与此同时，白老生还在归绥城万盛和街用一万多大洋购置了一处房地产，开办了'万盛和'商号，同时还结交了省城的一些达官贵人。他财大气粗，又有云王及省城的高官撑腰，势力不可小觑。"

"协理，自古邪不压正，你不必忌惮白老生的势力，虽然他财大气粗，有达官贵人撑腰，但我不相信他敢公开袒护大烟贩子。你放心去抓人，有什么事情我一力承担。"齐木德仁庆豪日劳年轻气盛，敢作敢为。

"齐王，我敬佩你的胆识，不过咱们不能鲁莽行事，你看是否先与云王打个招呼，以免到时候他出面干涉。"关斯仁扎布虑事周全。

齐木德仁庆豪日劳果断地说："没这个必要，万一云王把消息透露给白老生，势必引起白银锁的警觉。这样一来，会给咱们的抓捕行动带来麻烦，还是先把人抓住再说。"

"说得有理，不过我担心白老生知道咱们抓了他的侄子，不会善罢甘休，一定会动用他在省城及盟里的关系，托那些官员讲情，到时候咱们杀，杀不得，放，放不得，岂不是左右为难。"

齐木德仁庆豪日劳正气凛然地说："没什么为难的，咱们抓捕大烟贩子是为民除害，不管谁来讲情，我都不会妥协，更不能徇私枉法，即使拼着王爷的爵位不要，也要和他们抗争到底。"

齐木德仁庆豪日劳的胆识和魄力，让关斯仁扎布心生敬佩，当即派人再次提审李百盛，掌握了白银锁的详细住址及日常活动规律。然后派桑杰装扮成走街串巷的货郎，前去打探白银锁的消息。

这天，桑杰挑着货担，手里拿着招揽生意的拨浪鼓，来到了阳湾村，他一边摇着拨浪鼓，一边高声吆喝："木梳、箎子、扎头绳——顶针、锥子、蛤蜊油——针头线脑、洋花布啦……"

人们听到桑杰的吆喝声，纷纷从家里走了出来，围着桑杰挑选自己

第八章　惩治毒贩

中意的物品,并与之讨价还价。桑杰一边卖货,一边四下观察,只见买货的大多是大姑娘、小媳妇、老头、老太太以及一些看热闹的半大孩子。

卖了一阵货之后,买货的人逐渐散去,只剩下几个老头、老太太,还在不停地讨价还价。桑杰一边与他们讲价,一边与其中一位老者搭讪:"今天真是奇怪,怎么来的都是妇孺老幼,咋不见年轻小伙子买货?"

老者看了他一眼,反问道:"你问这个做甚?"

"你看我准备的年轻人的东西一样都没卖出去。"

"哦,原来是为这个呀!我看你是个老实人,就告诉你实话吧,我们村里的年轻人都躲起来啦。"

"青天白日,朗朗乾坤,躲个什么劲儿?"

"一看你就是外乡人,不知道我们这里发生的事情。茂明安旗的齐王目前正带兵捣毁大烟地,到处抓大烟贩子,所以村里的年轻人都躲了起来。"

"抓大烟贩子与你们村何干,干吗要躲起来?"

"你有所不知,这里的年轻人几乎都跟白银锁有来往,自从听说董二虎和李狗剩儿被抓,他们担心受到牵连,故此都躲了起来。"

"白银锁不是白大财主的侄子吗?他咋也躲起来,难道有人敢不给白大财主的面子?"

"你只知其一,不知其二。虽然白财主财大气粗,交际广泛,与云王有八拜之交,但听说这个齐王年轻气盛,做事有魄力,而且种植大烟犯的是死罪,一旦落入齐王之手,岂不麻烦?所以白财主让他侄子躲在府里避风头。"

"哦——原来是这么回事,难怪我的生意不好。我就不明白了,白大财主家财万贯,怎么会让他的侄子去做这种伤天害理的事情?"

"你这话真是冤枉白老生了,他这个侄子从小就不听话,长大后更是吃喝嫖赌，欺男霸女，什么事都干。为此没少挨白老生责骂，可他就是不知悔改，气得白老生要和他断绝关系。"

"既然如此，白老生为什么还袒护这个不争气的侄子？"

"都说虎毒不食子，白老生毕竟是他的亲叔叔，况且白银锁父母早亡，是白老生一手将他抚养成人，虽说他们是叔侄关系，却不亚于父子。别看白老生平时气得牙痒，如今侄子有难，他咋会坐视不管！"

"嗯，是这个理。好了，天不早了，我到别的村去转转。"桑杰说罢，挑着货担，朝着村外走去。

桑杰等人通过多方打探，得知白银锁确实躲在白老生家中。齐木德仁庆豪日劳与关斯仁扎布都很着急，白银锁躲在白老生家里，他们不敢贸然前去白老生家抓人。为此，齐木德仁庆豪日劳将关斯仁扎布及桑杰等人召集到一起，商量如何抓捕白银锁。经过商量，制定了引蛇出洞的办法，准备将白银锁引出白老生的家，然后伺机将其抓捕。

这天，江湾村来了一伙唱二人台的，据说是从省城请来的名角。尤其那个艺名叫小凤仙的旦角，无论长相还是扮相，无论唱腔还是动作，均属上乘。消息传开后，不但整个江湾村倾巢出动，就连附近十里八村的人都纷纷赶来看戏。

戏台搭在白老生府前，可容纳数百人的场地上挤满了看戏的人群。随着锣鼓声响起，先是丑角上台。说了一段"呱嘴"。然后用"叫门对子"将旦角请上台。小凤仙一亮相，就爆出了满堂彩，然后开始演唱《打金钱》。只听小凤仙唱道："说起个老天亲来它不亲，说起个老天它最恼人，轻风细雨它不下，每天起来刮怪风……"小凤仙唱腔甜美，观众的掌声和喝彩声此起彼伏，场面十分热闹。

白银锁害怕被抓，躲在白老生的府里不敢露面。此时听到外面如此热闹，急得抓耳挠腮，先是扒在墙头上观看，可是由于距离太远，又有人

第八章 惩治毒贩

遮挡，看得不甚清楚。之后便大着胆子走出府门，先是探头探脑地四下张望一番，见没有可疑之处，便低着头凑到戏台前看戏。此时台上正唱道："……说起爹娘亲来他不亲，说起爹娘最恼人，兄弟生下七八个，偏偏就把小的亲……"白银锁正听到兴头上，冷不防从身后上来两个人，一个用胳膊勒住他的颈部，同时用手捂住白银锁的口鼻，使他无法发声。白银锁心头一惊，暗说不好，急忙拼命挣扎，可是颈部被那条强壮有力的胳膊勒住，如同一道铁箍，勒得他有些窒息，浑身瘫软无力，另一个人上前抱着他的双腿，将他抬起，朝着不远处的一辆马车快速走去。

这两个人是桑杰和那日松，他们抱着白银锁来到马车旁，用绳子将他捆绑结实，并用破布将他的嘴堵上，然后赶着马车快速离开。

桑杰他们一路疾行，半夜时分赶回了驻地。齐木德仁庆豪日劳得知成功抓获白银锁，心里很高兴，决定连夜对白银锁进行审讯。白银锁依仗白老生的势力，摆出一副死猪不怕开水烫的架势，死活不肯认罪。关斯仁扎布用李百盛的供词与他对质，白银锁仍旧百般抵赖狡辩。直到关斯仁扎布命人将他拉到野外，声称枪毙他，他才彻底老实，不但跪地连声求饶，还主动承认了自己的罪行。齐木德仁庆豪日劳命人当场记录并让白银锁画押，然后命人对其严加看管。

齐木德仁庆豪日劳与关斯仁扎布突审完白银锁，已经天光大亮，躺下刚睡着就被瓦其尔叫醒了。齐木德仁庆豪日劳揉了一下眼睛，问瓦其尔有什么事。瓦其尔回说有个自称是云王的总管人求见。

齐木德仁庆豪日劳吩咐瓦其尔先去陪客人用茶，他随后就到。关斯仁扎布也醒了，他对齐木德仁庆豪日劳说："云王的消息可真灵通，咱们昨天晚上抓的人，他们一大早就找上门来，一定是冲着白银锁来的，咱们要有思想准备。"

齐木德仁庆豪日劳语气坚决地说："不管是谁，只要敢袒护毒贩，我就跟他翻脸，绝不会轻饶这些作恶多端的毒贩！"

"你先别忙着下结论，以我对云王的了解，他是不会公开袒护毒贩的。"

"你怎么这么肯定？他跟白老生是结拜兄弟，关系非同一般。"齐木德仁庆豪日劳不以为意地说。

"看来你对云王的为人不够了解，我这就把云王的情况讲给你听，保证你听完之后，就会改变看法。云端旺楚克生于清同治九年十月十五日子时，系元太祖二十世孙本塔尔台吉第八侄孙索达那木道尔吉从弟贡桑台吉之次子。

"云端旺楚克自幼聪明伶俐，忠孝义勇。八岁时，被乌兰察布盟盟长那木海道尔吉授以'桑盖艾济农（聪明、智慧）'称号。九岁时，延师读书，学习汉文、蒙古文、藏文，特别是对藏文密宗精心研究，颇有造诣。

"清光绪十七年，二十二岁的云端旺楚克袭任其兄斯仁道尔吉札萨克多罗达尔罕贝勒爵位，被称为云王。清光绪二十二年，年仅二十七岁的云端旺楚克任乌兰察布盟副盟长。

"云王幼年好学苦读，素有振兴教育之志。于1924年，由旗府出资，在王府附近盖房搭建蒙古包，聘请教书先生，招收牧民子弟斯仁道尔吉、孟克陶浩、那木海、阿木嘎等三十余名学生免费就读。他创办了达尔罕旗历史上第一所学校，对本旗文化教育的发展起到了启蒙作用。

"民国以来，连年战乱导致土匪蜂起，广大牧民深受其害。云王深感没有武装就不能保护牧民的安全，兴建了一支由八十多人组成的自卫队，其中有不少枪法精准的好猎手，由王府安本达穆仁苏荣率领，分驻本旗要地。同时动员二百余名箭丁，命名为'朝哈尔其日格'，平时各住自家，一旦有变即集中人马参加战斗。云王又向北洋政府申请了一批枪支弹

第八章 惩治毒贩

药,加强了自卫队的武器装备,提高了战斗力。

"1920年,云王以本旗武装配合外援,合力歼灭了流窜本旗西部、茂明安旗东部的近千名土匪,保卫了达尔罕、茂明安两旗民众的生命和财产安全。

"1926年,匪首秃指头刘,带领三百余名土匪窜扰本旗温都尔希勒一带,祸害百姓。云王命令梅林那顺瓦其尔率领一百多名兵丁,连续剿匪三个月,终于全歼了这股土匪。与此同时,本旗属民三达子勾结外来地主武装,趁混乱之机在百灵庙、哈沙图庙一带多次抢劫、骚扰百姓。云王派出兵丁剿灭了这批匪徒,并将三达子的财产全部充公。

"云王为人正直,执法严明,无论贵族还是平民,不分亲疏,只要犯罪,一经核实,就按法规严厉处置,绝不姑息。云王德高望重,享有很高的威望,深受广大民众的拥护和爱戴。你说凭云王的性格,会跟白老生同流合污吗?"

"我知道应该怎么做了,咱们现在就去见他的管家,看他怎么说。"

齐木德仁庆豪日劳与关斯仁扎布来到临时接待客人的蒙古包,只见瓦其尔正陪着两个中年人喝茶。齐木德仁庆豪日劳认出其中一个是云王府的达赖安本,于是赶紧以手抚胸与之见礼。达赖安本急忙起身还礼。关斯仁扎布也过来与之见礼。

达赖安本指着身旁的人向齐王介绍:"齐王,这位是白老生的管家白富贵。"

白富贵躬身施礼,谦卑地说:"久仰齐王大名,今日得见,不胜荣幸!"

齐木德仁庆豪日劳看了白富贵一眼,礼节性地说了一句:"久仰,请喝茶。"

齐木德仁庆豪日劳礼节性地问道："安本清晨来访，不知有何见教？"

"齐王客气，见教不敢当，我是奉云王之命，前来表示祝贺！"达赖安本谦虚地回答。

"祝贺？祝贺什么？"齐木德仁庆豪日劳一时没有反应过来。

"云王听说您亲自带队捣毁了大烟地，并抓住了几名大烟贩子，特地让我前来表示祝贺，并予以犒赏。"达赖说完，冲着外边喊道，"把云王及白大财主的慰军物品抬上来。"随着他的喊声，只见从外边走进四个抬着木箱的人，他们将木箱放在地上，然后转身离去。

达赖安本指着木箱说："齐王，这是云王馈赠的一千块银圆。"又指着另外一只木箱说，"这是白老生馈赠的两千块大洋。"

还没等齐木德仁庆豪日劳开口，白富贵笑容满面地说："区区薄礼，不成敬意，请齐王笑纳。"

"且慢，我与白财主素昧平生，从无交集，怎能受此大礼？"

达赖在一旁劝道："齐王，您先收下，我有话说。"

"安本有话但说无妨，钱万万不能收。"

"齐王，云王对你打击毒贩的行动深表赞赏，如果不是琐事缠身，他还打算亲自前来劳军，请您务必收下，否则云王会责怪在下做事不力。至于白老爷的钱，也是出于至诚，请您一并收下。"

"常言道无功不受禄，我怎么能收这不明不白的钱？"

"齐王，请您听我说。我们白老爷虽然富甲一方，但重感情、讲义气，喜欢结交各界朋友，与云王有八拜之交。只是无缘与齐王您结识，对此他深感遗憾。此次听说齐王带头打击毒贩，他也是深表赞同，所以派在下跟着安本前来劳军，并恳请齐王光临……"

"管家，既然白老生赞同打击毒贩，为什么还庇护带头种植罂粟的

第八章　惩治毒贩

白银锁？"齐木德仁庆豪日劳实在听不下去白富贵这番嘴不对心的恭维话，断然打断并反问道。

"齐王，您有所不知，白银锁虽然是白老爷的侄子，但是白银锁不成器，白老爷没少管教他，可他不知悔改。至于他种植大烟的事情，白老爷根本不知情，否则怎会让他干这种伤天害理的事情。"

"管家，你这话说得未免不实在。他是白老生的侄子，况且他种植罂粟，贩卖毒品也不是一年两年了，白老生作为叔叔，岂有不知情的道理？"

"齐王，我可以对天发誓，白老爷确实不知情，更没有袒护之意。我临来时，白老爷让我转告您，一定要对他严厉惩戒，让他长点儿记性，日后重新做人。"

"他常年种植罂粟，倒卖毒品，可谓罪大恶极，恐怕没有机会重新做人啦。"

"齐王，虽说白银锁罪孽深重，但他自幼父母双亡，白老爷将他抚养成人，视如己出，白老爷不想白发人送黑发人。请您看在云王及白老爷的面子上，给他留条生路。"达赖安本在一旁代云王及白老生向齐木德仁庆豪日劳求情。

"安本，白银锁的行为比盗马贼可恨十倍，你让我放他一条生路，岂不是徇私枉法？我岂能答应！"

"齐王，这是云王给您的手谕，请您过目。"达赖安本一边说，一边从怀里掏出一封信，交到齐木德仁庆豪日劳手上。

齐木德仁庆豪日劳接过手谕，只见上面写道：

齐王台鉴，欣闻尔等兴兵禁毒，擒获白银锁等一干毒贩，真乃可喜可贺！特筹军饷以劳军。望兄台将一干人犯押解至盟署，由盟署公开判决，

145

以唤醒民众之防范意识，彰显我辈禁毒之决心。

云端旺楚克手书

  齐木德仁庆豪日劳看罢，感到很为难，因为云王既是他的上司，又是他的长辈。听完关斯仁扎布的介绍，他对云王的为人更加敬重。如今云王亲笔写信，冠冕堂皇地来要人，如果自己不答应，情理上说不过去，如果答应，又感到不情愿。他拿着信，眉头紧锁，脑海里急速飞转，思考着应对之策。

  达赖之所以现在才拿出云王的信，不是做事没有章法，而是按着云王的吩咐行事。昨天晚上白老生发现白银锁被抓，连夜赶到达尔罕贝勒旗，向盟兄云端旺楚克请求帮忙。白老生为了保住侄子的性命，故意隐瞒了白银锁的罪行，只说侄子受人诱惑，跟着别人种大烟被齐王抓了，求云王帮忙讲情。云王虽然与白老生是结拜兄弟，但是对白银锁并不了解，更不知道白银锁是罪大恶极的毒贩，因此答应帮忙，并派达赖安本以劳军的名义向齐王求情。白老生不但承担所需费用，还央求云王写了一封亲笔信，由达赖带给齐王。云王本不想写信，但碍于白老生的情面，只好答应。临行前，云王特意嘱咐达赖，不到万不得已，不要把信拿出来。故此，达赖与齐王见面时，没有急着拿出云王的信，而是想以钱财打动齐王。不承想齐王不为所动，无奈之下，只好拿出最后一道王牌，想以云王的权势迫使齐王屈服。

  达赖见齐木德仁庆豪日劳拿着信沉思不语，心里很是得意，乘机劝道："齐王，想必你已经明白云王的意思了，他是想让我将人犯带回盟里，交由云王按律处置，您不会违抗盟长的旨意吧？"

  齐木德仁庆豪日劳眉头一挑，看着达赖说道："既然云王有令，我等自当遵循。俟我厘清人犯罪状，一并送交盟署处置。"

第八章 惩治毒贩

"齐王,既然云王有了手谕,您何必多此一举,莫不如现在就让我将人犯带走。"达赖不死心地说。

齐木德仁庆豪日劳面色一沉,态度坚决地说:"安本此言差矣,我乃一旗王爷,岂能草率行事,稀里糊涂地把人交给你?我意已决,尔等无须多言。"

达赖见齐木德仁庆豪日劳态度如此坚决,知道再说无益,只好做出让步,换上一副笑脸,语气和缓地说:"既然齐王主意已定,我等遵命就是,万望齐王早日将人犯解送盟署。"

齐木德仁庆豪日劳点头说道:"请转告云王,俟我审理清楚,就会将人犯押解至盟里,交由盟里处置。"

"多谢齐王成全,我等告辞。"达赖说完,打算带着白富贵离开,却被齐木德仁庆豪日劳叫住:"我一向公私分明,请把钱带走。"

"齐王,这是云王送来劳军的,如果您不收下,我等回去无法交差。"达赖说完,带着人匆匆离去。

达赖等人离开之后,瓦其尔有些着急地说:"王爷,你怎么能答应过几天就把毒贩交给他们呢,万一他们徇私枉法,放了白银锁咋办?"

"你无须担忧,我心里有数,白银锁罪大恶极,我不会轻易放过他。我之所以先答应他们,乃缓兵之计,我已经想好了办法。"齐木德仁庆豪日劳胸有成竹地说。

当天夜里,齐木德仁庆豪日劳带着关斯仁扎布及桑杰等人,趁着夜色的掩护,神不知鬼不觉地将白银锁等一干人犯,秘密押解至住地。同时根据白银锁的交代,连夜派人将白银锁的五名同伙一一抓获归案,并进行突击审问。那些毒贩得知白银锁被抓并交代了犯罪事实,心理防线瞬间崩溃,为了保命,全都如实交代了罪行。

第二天上午,齐王派人遍谕周边百姓,公开审理毒贩。百姓本来就对毒贩深恶痛绝，此时听说要公开审判毒贩，无不欢呼雀跃，纷纷前来参加公审大会。

在公审大会上，关斯仁扎布命人将白银锁等毒贩押至台上，历数白银锁的贩毒罪行。台下的百姓群情激愤，一再要求严惩毒贩。关斯仁扎布应百姓之请，将白银锁带到人群中，当面向百姓认罪。愤怒的百姓一拥而上，对其拳打脚踢，有人感到不解恨，用马鞭对其进行惩罚。没用多长时间，白银锁便气绝身亡。

事后，齐木德仁庆豪日劳给云王写了一封信，信中详细地述说了白银锁被愤怒的百姓殴打致死的经过，恳请云王处其失职之责。然后命人带着信，押着其他毒贩以及白银锁的尸体，还有那三千块大洋，一起送到了云王府。

云王当初看在盟弟白老生的面子上，派人前去向齐王求情。如今得知白银锁被愤怒的民众殴打致死，便猜到这是齐王有意为之。尤其是看到白银锁签字画押的供词，不由得脊背发凉，暗自庆幸，幸亏齐木德仁庆豪日劳足智多谋，假借民众之手除掉了白银锁这个作恶多端的毒贩，不仅让白银锁得到了应有的惩罚，而且保全了自己的名声。因此，云王非但没有生气，反而对齐王赞赏有加。白老生机关算尽，到头来落得人财两空却又无可奈何，只好打掉牙往肚子里咽，干吃哑巴亏。

齐木德仁庆豪日劳以惊人的胆识严厉打击了罂粟种植活动，惩治了作恶多端的毒贩，赢得了民众的拥护和爱戴。

这天，齐木德仁庆豪日劳带着瓦其尔安本、额尔敦朝克图等人，前去查看各地的垦荒情况。一行人来到了艾不盖河北岸时，突然听到远处传来了一阵惊恐的喊叫声："狼来了！狼群来了！"齐木德仁庆豪日劳等人听闻一惊，急忙策马朝着喊声奔去。当他们来到羊群跟前时，只见一群恶狼正肆无忌惮地撕咬着羊群。羊群吓得慌作一团，地上鲜血淋淋，死羊躺

第八章 惩治毒贩

倒一片,有的羊还没有断气,浑身抽搐,四蹄乱蹬,场面血腥,一片狼藉。齐木德仁庆豪日劳当即掏出手枪,冲着狼群"砰、砰、砰"就是三枪。其他人也跟着开枪射击。狼群听到枪声,吓得四处逃窜。几匹狼被子弹击中要害,当场倒地死亡,有两匹受伤较轻,挣扎着逃命。齐木德仁庆豪日劳等人连开数枪,将其击毙。

牧羊的是一位十几岁的半大孩子,从来没经历过这种事情,被狼群的袭击吓蒙了。此时狼群已被打跑,他依旧惊魂未定,瑟瑟发抖。经过瓦其尔等人的宽慰,才慢慢恢复常态。

齐木德仁庆豪日劳担心狼群再次来袭,让人将羊群拢到一起,帮着牧童将羊群赶回家中。约莫走了半个时辰,来到了孩子家中,从破旧的毡房内迎出一位六旬老者,自称是孩子的爷爷。瓦其尔把羊群遭遇狼群袭击的事向老者简单地说了一遍,老者以手抚胸施礼道谢:"感谢王爷相救之恩!"

齐木德仁庆豪日劳一边还礼,一边说道:"老人家不必客气,我等途经此地,遇到狼群攻击羊群,岂能坐视不管?"

"王爷洪福齐天,我等受此恩泽,福分匪浅。"老者再次表示感谢。

"举手之劳,何足挂齿。"

"幸亏王爷及时相救,否则整群羊都会被可恨的狼群祸害了。"

"这到底是咋回事?狼群为什么会在大白天攻击羊群?"

"王爷,最近狼灾猖獗,不但夜里经常袭击牲畜,白天攻击畜群的事也屡有发生,听说狼群还祸害了好几条人命。"

齐木德仁庆豪日劳气愤地说:"真是可恶至极!我一定采取措施,消灭狼群,为民除害。"齐木德仁庆豪日劳安慰了老者几句,然后带人离开。

回到王府之后，齐木德仁庆豪日劳与关斯仁扎布等人商量如何解决狼灾之事。齐王提出组织人马消灭野狼的想法，得到了关斯仁扎布等人的一致拥护。于是，齐王命人将旗保安队悉数召回，分成若干个小分队，分别由齐王、协理以及桑杰等人带队，前往狼灾最为严重的区域剿灭狼群。

斯琴听说儿子要带人去猎杀狼群，急忙赶来劝阻："我听说你要带人去猎杀狼群，可有此事？"

"阿妈，确有此事。"

"孩子，这万万使不得，赶紧取消这个命令。"

"阿妈，狼灾肆虐，危害极大，我剿灭狼群是为了保护百姓及牲畜，怎么使不得？"

"孩子，难道你没听说过苍狼和白鹿的故事吗？按这个说法，咱们蒙古族人都是苍狼和白鹿的后代，你可千万不能干这种事。"

"阿妈，苍狼和白鹿的故事不过是传说而已，您不要当真。"

"不管是传说还是真事，凡是老一辈留下来的规矩，我们都应该遵守。"

"阿妈，传说与现实是两码事，你不必太在意。况且目前野狼十分猖狂，不但攻击畜群，还伤害了几条人命，我不能坐视不管。"

"我说不过你，你自己看着办吧。"斯琴无奈地说。

齐木德仁庆豪日劳带着队伍前去剿灭狼群，他们连续追赶了数日，却收效甚微。生活在草原上的人都知道，狼是一种智商很高的动物，它们嗅觉灵敏、听觉发达，机警多疑，具备善奔跑、耐力强等习性，追逐和掠杀动物时，相互配合，采用多变的战术获取食物。一旦遇到危险，便相互报信，逃之夭夭。由于打狼的队伍无法预知狼群何时何地出没，每次得到狼群发起攻击的消息，赶到现场时，惨剧已经发生，狼群也已逃得不见踪影。

面对这种不利局面，齐木德仁庆豪日劳感到很沮丧，召集相关人员

第八章　惩治毒贩

一起商量对策。经过商议，齐木德仁庆豪日劳决定采用关斯仁扎布的建议，集中人力并发动僧侣、百姓，对狼群展开大规模围猎行动。

齐木德仁庆豪日劳带领保安队及数以百计的民众，赶到狼群经常出没的地域，从外围进行围猎，逐渐缩小狼群的活动范围，将狼群包围起来，然后集中火力进行合围。这一招果然奏效，狼群被围后，惊慌失措向外逃窜，死伤惨重，元气大伤，从此一蹶不振。

齐木德仁庆豪日劳消灭了狼灾，清除了狼患，保护了人们的生命财产安全，保证了畜牧业的发展，赢得了人们的赞誉。

第九章　抗日烽火

时间来到20世纪30年代，政治局势风云变幻，日本侵华战争爆发。德穆楚克栋鲁普出于个人政治野心，出尔反尔，倒行逆施，不惜投靠日本人的罪恶行径，引起爱国人士的痛恨，纷纷采取各种斗争形式进行抵制。

乌兰夫、纪松龄时为中共西蒙工委负责人，先后多次来到百灵庙，在蒙政会进步青年中开展工作，教育他们认清形势，不能被日本人利用，不能做有损国家和民族利益的事情。

蒙政会有一支由蒙古族青年组成的地方武装部队——保安队，当兵的大多数是来自察哈尔和土默特旗的牧民子弟。为了争取这支武装，中国共产党西蒙工委先后派遣大批共产党员加入保安队。共产党员云继先是黄埔军校毕业生，担任保安队长。共产党员朱实夫是苏联基辅炮兵学院毕业生，担任保安队副队长。北大高才生、少壮派代表人物纪贞甫担任训政处主任，纪寿山担任保安队中队长，黄埔军校毕业的云蔚担任新兵训练队队长。

乌兰夫叮嘱云继先、朱实夫、云蔚等人，一定要好好团结士兵，掌握武装，抓住机会，狠狠打击以德王为首的亲日派。

第九章 抗日烽火

根据乌兰夫、纪松龄的指示，云继先等人在蒙政会和保安队内散发传单，宣传抗日救国的革命道理，揭露德王及一小撮亲日派投靠日本人、卖国求荣的可耻行径。他们的宣传起到了作用，保安队大多数青年士兵对德王一伙的丑恶嘴脸有了清楚的认识，纷纷表示："誓死不做亡国奴！"

1935年冬季，百灵庙保安队得到消息：伪满洲国察东警备司令李守信，在日本人飞机大炮的掩护下攻占了察哈尔。德王在嘉卜寺和日本人搞了一个"蒙古军司令部"，下一步准备以百灵庙为基地组织攻打绥远城。这一消息在保安队中传开后，引起了很大的反响，广大蒙古族青年士兵对德王背叛祖国、追随日寇的丑行非常痛恨。

1935年秋，云继先、朱实夫、赵诚等人回到土默特旗，向中共西蒙工委汇报了武装暴动的准备情况。乌兰夫和纪松龄、奎璧、李森等人共同研究部署了起义计划。他们认为，一旦德王公然在日本人的操纵下搞独立运动，暴动的时机就成熟了，这时暴动才能给敌人以沉重打击。

百灵庙地处阴山北麓，四面环山，中间有一条小河，河水不深，四周山势陡峭，仅有九处山口可以进出，四周均为开阔地，方圆七十里内没有大的村落，只有零散的蒙古包。百灵庙为喇嘛、牧民的聚集中心，距绥远三百四十余里，距武川二百四十余里，北通漠北蒙古大库伦，东通化德，西南接包头，东南连归绥，战略位置十分重要。日本人在百灵庙修建了飞机场，修筑了大量的明碉暗堡，囤积了大量的军事装备和物资。驻守在百灵庙的兵力有近一万人。

百灵庙名义上是国民政府的蒙政会所在地，实际上日本和德王已经把它经营成了侵绥战争的后方基地，成为抗日军民的心头大患。因此，傅作义在组织绥东抗战之初，就把收复百灵庙作为重点进行周密部署。

1936年2月21日晚，百灵庙抗日武装暴动开始。按照事先的计划，暴动队伍分头行动。首先由云蔚率部到稽查处，处死了德王的亲信李凤诚，放出被关押的士兵。另一路暴动队伍打开军火库，武装了暴动人员。其他几路人马有的砸电台，切断蒙政会与德王府的通讯联系；有的包围了蒙政会驻会官员，促使文职人员参加暴动。暴动队伍还打开会计科的钱柜，将两万银圆全部抛掷于地，表明广大官兵抗日救国不贪钱财的态度。暴动成功后，起义人员与预先赶到南营盘的云继先、朱实夫会合，把这支近千人的暴动队伍连夜拉出百灵庙。德王得知暴动消息后立即派兵尾追，暴动队伍击退追兵，向归绥方向行进。暴动部队在傅作义部接应下到达归绥后，被暂编为归绥县和萨拉齐县"防共保安队"，分别在归绥县三两村和萨拉齐县水涧沟门村驻防。

1936年2月25日，暴动部队由云继先领衔发表通电，宣布脱离德王阵营，投身抗日行列。

收复百灵庙的消息传出后，各地报纸纷纷发表号外，全国军民备受鼓舞，各族各界纷纷捐款捐物，组织慰问团前来慰问抗战将士。

齐木德仁庆豪日劳得知百灵庙战役胜利的消息，欢欣鼓舞，高兴得一夜未合眼。

第二天清晨，齐木德仁庆豪日劳带人赶着牛羊，套上牛车，拉着慰问品前去犒赏抗战将士。此时已是隆冬，天寒地冻，皑皑白雪覆盖着茫茫草原。他们顶着寒风前行，胡须及眉毛上都因哈气结冰挂上了白霜。当他们行至百灵庙附近时，看到远处有人赶着牲畜结队而来。当对方行至眼前时，齐木德仁庆豪日劳一眼就认出骑马走在最前面的是策思德巴拉吉尔，立即催马上前，高声说道："兄长，原来是你呀，你这是干什么去？"

策思德巴拉吉尔看了一眼齐木德仁庆豪日劳身后的队伍，笑着说："兄弟，如果我没猜错，你也是去百灵庙劳军吧？"此时，策思德巴拉吉尔已经承袭札萨克多罗达尔罕贝勒爵位。

"兄长说得没错，我是去百灵庙劳军，看来咱们想到一块儿去啦！"

"咱们兄弟真是不谋而合，不但想法相同，就连时间选择也恰到好处，不知道的还以为咱们兄弟事先商量好了呢！"

"我看咱们不光心有灵犀，而且志同道合，咱们都痛恨日本人，都反对与日本人勾结的民族败类。"齐木德仁庆豪日劳表示赞同。

策思德巴拉吉尔态度坚决地说："说得对，日本人狼子野心，企图侵占我们的国土，凡是有识之士，都应该奋起反抗，齐心协力把日本人赶出中国去。"

"说得好！在这民族存亡的关头，咱们不能当缩头乌龟，要做一个堂堂正正，有良知的中国人！"齐木德仁庆豪日劳毅然表明立场。

"对，做堂堂正正的中国人，决不当亡国奴！咱们要挺身而出，积极参加抗日斗争，为民族解放事业作出贡献。"

"英雄所见略同，今后咱们兄弟联手共赴国难，纵然血洒疆场，也在所不惜！"

"好，就这么说定了，绝不反悔。"

他们一边说话，一边前行，很快来到了百灵庙。站岗的哨兵问清楚他们的身份，立刻予以放行，并向上级报告。

孙兰峰旅长听说两位王爷前来劳军，赶紧过来接待。孙兰峰身材挺拔，剑眉虎目，棱角分明，声音洪亮。他向齐木德仁庆豪日劳、策思德巴拉吉尔行了个标准的军礼，说道："二位王爷不辞劳苦，亲自前来劳军，我等感激不尽！"

齐木德仁庆豪日劳与策思德巴拉吉尔弯腰以手抚胸回礼："赛白努！"

策思德巴拉吉尔说："孙将军率领将士们与日伪军浴血奋战，英勇杀敌，令人钦佩！"

齐木德仁庆豪日劳附和道："孙将军率部英勇杀敌，一举收复百灵庙，令人欢欣鼓舞，我等代表民众向孙将军及全体将士表示慰问！"

"二位王爷高风亮节，忧国忧民，真是令人赞叹不已！"

齐木德仁庆豪日劳谦逊地说："孙将军，有道是'天下兴亡，匹夫有责'。我等只是尽一点微薄之力，何足挂齿。"

"齐王说得对，我等之行为，与前线将士相比，实在不算什么，只是略表心意而已。"

"二位王爷一片至诚，我却之不恭，代表全体将士向二位王爷表示感谢！"孙旅长说完，命人将他们带来的牲畜及物资一一签收，同时请他们进屋喝茶，并派人安排酒宴答谢。齐、策二人连忙推辞，声称不必，准备起身告辞。孙兰峰执意不肯放行，一再挽留。二人见孙兰峰诚意挽留，只好留下。在孙兰峰的陪同下，他们吃罢酒宴后起身告辞。孙兰峰一直将他们送出军营，方才分别。

齐木德仁庆豪日劳与策思德巴拉吉尔并驾而行，先是议论一番百灵庙战役，说着说着，话题转到目前的形势上来。

齐木德仁庆豪日劳担忧地说："兄长，日本人吃了这个大亏，一定会伺机报复，加上德王等人与日本人勾结，局势会变得更加严峻。"

"德王真是糊涂，卖主求荣、认贼作父。如果他再不醒悟，定会招人唾弃，遗臭万年。"说起德王，策思德巴拉吉尔很是气愤。

"在这纷繁复杂的形势下，咱们一定要明辨是非，认清形势，不能像德王那样，做仇者快、亲者痛的事情。"

策思德巴拉吉尔用手擤了一下鼻涕，愤恨地说："兄弟，我和你的想法一样，无论如何也不能做出卖祖宗和同胞的事情。要做一个有良知、有爱国心的中国人，坚决与日本人抗争到底，誓死不做亡国奴！"

"兄长，我有个想法，不知你是否赞同？"

第九章　抗日烽火

策思德巴拉吉尔看着齐木德仁庆豪日劳问道："什么想法？说说看。"

"我是这么想的，咱们生逢乱世，若想与日本人抗争，必须有人有枪才行。我想扩充旗自卫队，增强武装斗争的实力。"

"我赞同你的想法，只要咱们手里有人有枪，就有跟日本人真刀真枪地干的实力，即使血洒疆场，也死得其所。"策思德巴拉吉尔非常赞同齐木德仁庆豪日劳的想法。

"那好，咱们回去后就托人购买武器，扩充自卫队。另外，咱们还要相互配合，互通情报，齐心协力对付日本人。"

"这是自然的，双拳总比单掌有力，就这样说定了。"

两个人一边说着，一边前行，很快就来到岔路口，二人相互道别，分头而去。

1937年10月，日军大举进攻绥远省。傅作义率兵奋起抵抗，因敌我力量悬殊，被迫退到后套的陕坝地区，绥远省政府也随之西迁，漠南地区沦陷。

1938年秋天，八路军总指挥朱德，副总指挥彭德怀以及一二〇师师长贺龙、政委关向应，按照中央军委的命令，派遣两千三百多人，由李井泉任支队长兼政治委员，越过平绥铁路，挺进大青山，开辟了德胜沟等抗日游击根据地。

八路军在广大民众的支援下，对日军展开了进攻。先后奔袭包头东北石拐子据点，歼敌一部，又乘胜袭击平绥铁路苏安盖、陶思浩、察素齐、毕克齐等日伪军据点，进而威胁包头、归绥之敌。而且，八路军在绥南、绥中、绥西的广大地区展开了游击战争。八路军挺进敌后、英勇杀敌的消息，如同长了翅膀一样，在草原上迅速传播，极大地鼓舞了广大民众的爱国热情和斗志。

齐木德仁庆豪日劳回来后，将保安队改名为自卫队，并进行扩编，同时筹措资金，暗地派人购买了一批军火，增强了自卫队的实力。为了提高自卫队员的战斗力，齐木德仁庆豪日劳加紧了自卫队的训练。

这天早上，齐木德仁庆豪日劳带着博和道尔吉、那日松等人来到了训练场，查看训练情况。让人们感到惊奇的是，额仁钦达来也跟着来到训练场。只见额仁钦达来身穿蓝色蒙古袍，脚穿黑色皮靴，外罩一件红色缎面披风，腰扎武装带，武装带上别着两把匣子枪，英姿飒爽，威风凛凛。

自卫队员见齐王携夫人前来，操练更加卖力气，先是列队向齐木德仁庆豪日劳夫妇致敬，然后进行马术格斗及射击比赛。额仁钦达来看到自卫队员们在训练场上进行马术格斗表演，不由技痒，一把甩掉披风，催马来到训练场上，高声说道："各位兄弟辛苦啦！看到你们的情绪如此高涨，我深受鼓舞，也来凑凑热闹。"

齐木德仁庆豪日劳见额仁钦达来要下场比试，觉得她身为王妃，当着众人舞刀弄枪有失体面，急忙上前阻拦："你别胡闹，大庭广众之下舞刀弄枪的成何体统，注意你的身份。"

"你别拦我，我这不是胡闹，是想鼓舞一下士气。"额仁钦达来笑着解释道。

"你就让她下场过过瘾吧，我担保她不会给你丢脸。"桑杰了解女儿的本事，不但不制止，反而帮着说话。

齐木德仁庆豪日劳见岳丈讲情，不好意思地笑着说："既然阿爸替你说话，我不拦你，不过你一个人表演没意思，咱俩切磋一下如何？"

"好啊！当初若不是阿妈拦着，咱们早就切磋过了。你说怎么比试，我奉陪到底。"额仁钦达来性格开朗，自幼喜欢舞刀弄枪，自从成亲之后，一直没机会展露身手，心里一直憋着一股劲。这天早上听说丈夫要来训练场查看训练情况，央求丈夫带她去，却被一口回绝。齐木德仁庆豪

第九章　抗日烽火

日劳没想到，临行时，额仁钦达来一身戎装等在门口，见妻子如此执拗，他只好带着妻子一起来到训练场。

"咱们在草原上比试，无非是摔跤、马术、射箭这三样，你是女的，跟我摔跤不合适，如今射箭也已过时，咱们比试一下马术和射击吧。"齐木德仁庆豪日劳思考着说。

"好，依你，咱们就比试马术和射击。"额仁钦达来爽快地答应了。

听到王爷要和夫人比试，众人立刻停止训练，围在训练场边上瞧热闹。齐木德仁庆豪日劳命人将靶子放至一百米开外，然后对额仁钦达来说："我是男子汉，你是女流之辈，我让你先来。"

额仁钦达来笑着回道："比试场上分什么男女？你先来吧。"

齐木德仁庆豪日劳之所以让妻子先开枪，是怕妻子枪法不准，万一比输了会很没面子。他想等妻子打完，自己的枪法略胜妻子一筹即可，这样双方都能保住面子。谁知妻子不领情，执意让他先开枪，心说："既然你不领情，那我就给你点儿教训，让你知道什么叫人外有人，天外有天。"于是，齐木德仁庆豪日劳不再谦让，麻利地掏出手枪，"哗啦"一声将子弹上膛，瞄准靶心，"啪啪啪"就是三枪，枪枪命中靶心。人群中顿时爆发出一阵喝彩声。

齐木德仁庆豪日劳打完之后，得意地看着额仁钦达来。额仁钦达来知道丈夫的心思，含笑没有说话，让人并排摆上两个靶子。她气定神闲，双手举枪，甩手连开六枪，结果枪枪命中靶心。人群中再次响起喝彩声，而且更加热烈，因为他们见识过王爷的枪法，却是第一次见识王妃的枪法。

齐木德仁庆豪日劳被妻子的枪法惊呆了，他万万没有想到妻子的枪法如此之好，不由得暗自佩服。

接下来，二人要比试马术，当即有人牵过两匹鞍鞯齐全的骏马。齐木德仁庆豪日劳很绅士地让妻子先开始，额仁钦达来却说："刚才是你先开始的，这次还是你先来吧。"

"好，先来就先来。"齐木德仁庆豪日劳说完，翻身上马，一勒马缰，那匹马撒开四蹄，疾驰而去。齐木德仁庆豪日劳在马上做着镫里藏身、地上取物等动作，人群中爆发出一阵欢呼声。

齐木德仁庆豪日劳得意地跑回来，笑眯眯地看着妻子。额仁钦达来没有说话，飞身上马，不但重复了一遍丈夫的动作，而且增加了马上倒立、马上平衡等动作。众人被额仁钦达来的马术所折服，再次爆发出一阵雷鸣般的喝彩声。

齐木德仁庆豪日劳年轻好胜，博学多才，一向很自负，没有想到妻子竟然有如此高超的枪法和骑术，不由得心悦诚服！自此，齐木德仁庆豪日劳不但对妻子更加疼爱，同时还多了一份敬畏。

第十章　痛击日军

漠南沦陷后，日本人为了达到长期占领中国的目的，对草原各部落采取绥靖政策，保留了原有的管理模式，表面上承认蒙古族王公的统治地位，背地里设立特务机关对其进行监视和防范。日本人在各部落设立特务机关，专门搜集军事政治情报，监视和镇压漠南的爱国志士抗日活动。

日本人在百灵庙设立了特务机关，又分别在巴音花庙、杭盖乌苏、叱胡尼庙、翁根台庙等地设分驻所。设在巴音花高分驻所的所长白山岩经常派特务四处活动，只要发现有人对日本人不满，或者看谁不顺眼，就以"反蒙抗日"的罪名把人抓进特务机关严刑拷打，那些被抓进去的人几乎没有一个能活着出来。百姓对日本人恨之入骨，怨声载道。

日本特务机关的种种兽行，不断地传到齐木德仁庆豪日劳的耳朵里。他对日本人更加痛恨，有心想去跟日本人理论，但他知道跟这些人没道理可讲，只好把仇恨压在心里，抓紧时间训练自卫队员，提高他们的军事素养和战斗力，为日后对敌斗争做准备。

这天上午，齐木德仁庆豪日劳正在处理旗务，额尔敦朝克图进来对他说道："齐王，外面来了几个日本人要见你，是否让他们进来？"

"日本人要见我？他们是什么人？"齐木德仁庆豪日劳颇感意外地问道。

"有一个自称是日本特务机关巴音花分驻所所长白山岩，他带着一个翻译官和几个日本兵。"

"这个白山岩残害百姓，无恶不作，我恨不得将他碎尸万段，岂会跟他打交道？你去告诉他，说我不在。"齐木德仁庆豪日劳生气地断然回绝。

"齐王，日本人心狠手辣，什么缺德事都干得出来，我劝你还是与他们见上一面，如果你不给日本人面子，日本人一定会生气，万一他们找碴报复你怎么办？我知道你痛恨日本人，但是好汉不吃眼前亏，咱们只是和他们见面，又不是跟他们合作，无论他们说啥，咱们都当耳旁风。反正他有千条妙计，咱们有一定之规，只要敷衍应付就行，这样既不得罪他们，又可免受迫害，一举两得，何乐而不为？"

齐木德仁庆豪日劳厉声说道："日本人侵我国土，杀我同胞，烧杀抢掠，无恶不作，我恨不得饮其血、啖其肉，把其碎尸万段，斩尽杀绝，岂能与他们同流合污？你不必劝我，我意已决，今生与日本人势不两立！赶紧把他们打发走。"

额尔敦朝克图见齐木德仁庆豪日劳发怒了，不敢多言，点头答应着走出门。

额尔敦朝克图来到大门口，向翻译官解释说齐王有事外出，请他们回去了。日本人吃了闭门羹，心里很不高兴，但又不便发怒，只好悻悻离去。

额尔敦朝克图打发走日本人，转身回来向齐木德仁庆豪日劳汇报。齐木德仁庆豪日劳点头说："日本人离开时说啥了？"

"没说啥，不过他们离开时很不高兴，说不定还会来找麻烦，你要

第十章 痛击日军

早做准备,多加防范才是。"

"兵来将挡,水来土掩,没什么大不了的。"

"王爷,日本人凶狠毒辣,什么坏事都做得出来,咱们不能掉以轻心,还是早做防范为好。"

"你说的不无道理,知己知彼,百战不殆。明天你去了解一下白山岩特务机关的情况。"

"我一定把白山岩的情况了解清楚。"额尔敦朝克图答应着走出门。

齐木德仁庆豪日劳之所以派额尔敦朝克图前去了解日本特务机关的情况,主要是他心眼灵活,能说会道,善于随机应变。而且他对齐木德仁庆豪日劳毕恭毕敬,言听计从。故此齐木德仁庆豪日劳对他一向很信任,每当遇到交际或交涉活动,都交给他去办。

两天之后,掌灯时分,齐木德仁庆豪日劳正准备吃晚饭,只见额尔敦朝克图推门走了进来对他说道:"齐王,我回来了。"

"回来就好,天这么晚了,你没吃晚饭吧?来,坐下一起吃吧。"齐木德仁庆豪日劳一边说,一边吩咐那日松添了一副碗筷。

额尔敦朝克图笑着说:"齐王,不瞒你说,我从上午到现在,水米没打牙!"

齐木德仁庆豪日劳望着一脸疲惫的额尔敦朝克图,感激地说:"额梅林,辛苦你啦!"并亲手给他倒了一杯马奶酒。

额尔敦朝克图赶紧伸手接过马奶酒,仰脖一口喝干,用手背抹了一下嘴巴,谦卑地回道:"应该的,不辛苦。齐王,我已经把特务机关打听得差不多了,我现在就跟你说说……"

"不急,你先填饱肚子再说。"齐木德仁庆豪日劳摆手示意他不必着急。

额尔敦朝克图没再往下说,而是顺从地陪着齐木德仁庆豪日劳吃喝,酒至半酣，方才开口说道："齐王，这次我多方打听，并托人找到特务机关的吴翻译官，基本打听清楚了有关白山岩和特务机关的情况。这个白山岩今年四十多岁，是一个老牌日本特高课，这次他之所以前来见你，就是想拉拢你。自从吃了闭门羹，他一直耿耿于怀，有心找你的麻烦，又忌惮你的地位和身份，所以才没有公开实施报复。另外，我还了解到白山岩特务机关在迫害民众的同时，还到处抓年轻妇女，据说这些被抓的妇女是送给日本军队，供士兵们奸淫取乐，还美其名曰'慰安妇'。日本人把一个好端端的草原弄得乌烟瘴气，人人自危，人们纷纷把年轻的姑娘、媳妇藏起来，不敢让她们抛头露面，以免受到日本人的祸害。"

齐木德仁庆豪日劳"啪"的一声将筷子拍在桌子上，怒不可遏地说："这些日本强盗简直就是衣冠禽兽，难道他们没有姐妹吗？我一定要想办法收拾这些禽兽，替民众报仇雪恨！"

额尔敦朝克图也愤恨地说："他们简直不是人，早晚会遭报应的。齐王，咱们不能眼睁睁地看着这帮强盗在草原上杀人放火，要想办法收拾他们才行。"

"你放心，我不会便宜了这帮强盗。不过此事不能操之过急，必须找准时机，一击毙命才行。"齐木德仁庆豪日劳冷静地说。

额尔敦朝克图离开后，齐木德仁庆豪日劳坐在椅子上沉思良久，然后起身前往训练场督导自卫队员们训练。

这天上午，齐木德仁庆豪日劳正在操场上观看自卫队训练，突然听到远处传来一阵哭声，循声望去，只见瓦其尔搀扶着一位年迈的老汉跌跌撞撞地走到他跟前，扑通一下跪倒在地，用沙哑的声音说道："王爷，求求你救救我的儿子和儿媳妇吧！"

齐木德仁庆豪日劳赶紧上前一把将老人扶起来，口中说道："老人家，您别这样，发生了什么事？"

第十章　痛击日军

"我……我的儿子和儿媳妇被……被……被日本兵……"老人泣不成声，说不下去了。

"齐王，老人的儿子和儿媳妇都被日本兵给抓走了。"瓦其尔在一旁说道。

"老人家你别着急，日本兵为什么抓走他们？"齐木德仁庆豪日劳问道。

老人稳定了一下情绪，说道："王爷，事情是这样的，今天上午我的儿媳妇正在家中做奶食，突然闯进来几个日本兵，不容分说就把我儿媳妇抓走了。我和老伴上前阻拦，却被这帮畜生用枪托打伤了。我的儿子闻讯赶回来与他们理论，却被日本兵诬陷为'反蒙抗日分子'一并抓走了。"

"他们把你的儿子和儿媳妇抓到哪里去了？"齐木德仁庆豪日劳问道。

"他们朝着巴音花庙方向去了。"

"来人，集合队伍，跟我去把人抢回来！"齐木德仁庆豪日劳大声命令队伍集合，然后飞身上马，带着队伍朝着巴音花庙方向快速追去。

齐木德仁庆豪日劳一路快马加鞭，一口气追出二十多里地，才发现日本兵的身影。日本兵发现有人追赶，加快了行进速度。齐木德仁庆豪日劳带着人奋力追赶，一直追到巴音花庙附近，眼看距离越来越近，没想到日本兵躲进了一个大院。只见这个大院四周砌着两米高的砖墙，墙上架设着铁丝网，墙外边挖着三米多深、五米多宽的堑壕，大门口站着两名全副武装的日本兵，此时正端起枪向他们瞄准。院内正冲着大门口的掩体里的日本兵也架着机枪严阵以待，齐木德仁庆豪日劳被怒火冲昏了头，愤然拔出腰间的手枪，命令部队做好战斗准备。

桑杰见状，赶紧来到齐木德仁庆豪日劳跟前，低声提醒道："贤婿，敌人戒备森严，如果强攻必然两败俱伤，千万不能莽撞行事，必须从长计议才行。"

桑杰的话起了作用，齐木德仁庆豪日劳听完后，没有言语，心有不甘地怒视着敌人，脸色铁青，牙关紧咬，双手紧握，骨节发出"嘎巴、嘎巴"的声响。

桑杰继续劝道："贤婿，欲速则不达，听我一句劝，暂时放他们一马，咱们回去好好合计一下，再收拾他们不迟。"桑杰的话让齐木德仁庆豪日劳从盛怒中冷静下来，他愤恨地望了一眼，命令部队收起武器返回。

齐木德仁庆豪日劳回到旗府之后，待在屋内思考再三，然后把桑杰和博和道尔吉叫过来，命令他们前往巴音花庙进行侦察。

三天后，桑杰与博和道尔吉回来了，博和道尔吉向齐木德仁庆豪日劳汇报说："我们通过多方侦察，探听到了分驻所的大致情况，白山岩阴险狡猾，凶狠毒辣，手下有三十多名日本兵。特务机关戒备森严，门口二十四小时有人站岗，院内的掩体内也二十四小时不离人。院墙上的铁丝网一到晚上就会通上电，只要有人触动电网，特务机关的警报就会响起。至于特务机关的内部情况，由于敌人盘查得很紧，外人根本进不去，无法得知。"

"确实如此，咱们只能了解敌人外围的情况，无法了解到敌人内部的兵力部署情况，如果贸然发动进攻很难取胜。"桑杰在一旁补充道。

"目前敌情不明，需对敌人进行深入侦察，彻底摸清敌人的兵力部署和活动规律，然后才能采取行动。"齐木德仁庆豪日劳冷静地说。

"日本特务机关戒备森严，恐怕很难办到。"博和道尔吉为难地说。

"我已经想好了办法，明天我让额尔敦朝克图梅林以我的名义前去跟日本人交涉，你们俩也跟着一起去，到时候想办法寻找机会，弄清敌人的兵力部署和活动规律。"齐木德仁庆豪日劳说出自己的想法。桑杰和博

第十章 痛击日军

和道尔吉点头答应。

第二天早上，齐木德仁庆豪日劳把额尔敦朝克图叫来，让他拿着旗札萨克的名帖，带着桑杰和博和道尔吉一同前去巴音花庙特务机关进行交涉，要求日本特务机关放人。临行时，齐木德仁庆豪日劳一再叮嘱他们，务必寻找机会对特务机关内部的设防情况进行侦察。

三人走后，齐木德仁庆豪日劳一直待在屋里等候消息，他从上午等到掌灯时分，又等到初更时分，额尔敦朝克图、桑杰、博和道尔吉才回来。

额尔敦朝克图脸色通红，打着酒嗝说道："王爷，我们到了巴音花庙之后，通过翻译官引见，见到了白山岩，我把王爷的名帖递给他，向他说明此行的目的。没想到白山岩对我很客气，当即派翻译官询问此事，声称如果确有此事，他立马放人。同时还设宴款待我，我本不想与日本人喝酒，但为了给桑杰他们争取时间，我故意跟他套近乎，违心地跟他聊起有关日蒙亲善的话题，白山岩果然对这个话题感兴趣，对我讲了很多有关中日亲善、日满亲善、日蒙亲善的话。白山岩喝得高兴，还唱起了日本的拉网小调，桑杰与博和道尔吉则利用这个机会对特务机关内部的设防情况进行了侦察，至于侦察结果如何，让他们跟你说吧。"

桑杰接过额尔敦朝克图的话头说道："额尔敦朝克图说得没错，利用他和白山岩交谈以及吃饭的时间，我们假装上茅厕，分别对特务机关的兵力部署以及活动规律进行了一番侦察，基本掌握了特务机关内部的情况。他们有一个日军小队，共计三十余人，每个人都配有武器，另外还有两挺机枪、两门小钢炮，门口二十四小时有人站岗，戒备十分森严，武器装备精良。另外，我从翻译官口中得知，日本人每个月派人用汽车给他们送一次军需物资，每半个月用马车给他们送一次给养。这就是我们侦察到的全部情况。"

"你们提供的情况很重要,都先回去休息吧,让我好好琢磨琢磨。"齐木德仁庆豪日劳打发额尔敦朝克图三人回去休息,他则在屋内一边踱步,一边思考。

第二天,齐木德仁庆豪日劳再次把桑杰和博和道尔吉叫来,向他们询问有关运送军需物资及给养的具体时间。桑杰和博和道尔吉均称不了解详情。于是,齐木德仁庆豪日劳派他们再次出去侦察,务必了解运送军需物资和给养的具体情况。

在此期间,齐木德仁庆豪日劳又相继接到牧民哭诉,又有多名年轻女性被日本兵抓进了特务机关,请求齐王为他们做主。齐木德仁庆豪日劳非常气愤,恨不得立刻带人去救人。但他清楚地知道,此事不能蛮干,一定要选择最佳的时机,制定完整的行动方案,才能一举消灭敌人,解救被关押的妇女。

数日后,桑杰和博和道尔吉回来了,博和道尔吉向齐木德仁庆豪日劳汇报了此行的情况:"我们通过侦察,得知敌人的军需每个月送一次,由日本兵用汽车押送。至于给养每半个月送一次,由伪蒙军负责押送,每次由一个班伪蒙军出动两辆大车运送,一般都是早上启程,下午三点多到达。情况就是这些。"

"很好,你们再辛苦一趟,把他们的路线以及具体运送日期,还有中途打尖的时间摸清楚。"齐木德仁庆豪日劳再次下达命令。

齐木德仁庆豪日劳待桑杰与博和道尔吉离开后,起身前往关斯仁扎布的住处,与他商量对策。

此时关斯仁扎布卧病在床,但是精神尚好,齐木德仁庆豪日劳把日本特务机关残害百姓的事向他讲述了一遍,并说出自己准备采取武力行动的打算。

关斯仁扎布听完齐木德仁庆豪日劳的话,沉思片刻,说道:"日本

第十章 痛击日军

人狡猾凶残,根本不讲信用,跟他们讲道理无疑是对牛弹琴,只有付诸武力才能解决。我听说特务机关有日本兵防守,而且武器装备精良,若想消灭他们绝非易事。还有一个关键问题,即使咱们侥幸成功,他们也一定会派兵来报复。从目前的形势来看,不宜与日本人明刀明枪地干,而应该采取偷袭的战术,神不知鬼不觉地将其消灭。当然,无论采取什么方式,都会冒很大风险,你要想清楚后果。"

"我知道此事风险很大,但作为一旗札萨克,不能眼见咱们的兄弟姐妹被日本人蹂躏,我主意已定,即使风险再大,也要想办法将他们解救出来。"

"好,有骨气!我支持你,但是不能蛮干,要想一个万全之策。"

"所以我才来找你商量。"

"先说说你的想法,打算怎么干?"

"我是这么想的,既然特务机关防守严密,强攻没有胜算,莫不如选择敌人送给养时下手,这样能达到出其不意的效果。"

"这个办法很好,不过千万不能暴露自己,以免日后遭到敌人的迫害。我看这么办……"关斯仁扎布对齐木德仁庆豪日劳如此这般地说了一番。齐木德仁庆豪日劳一边听一边信服地点头称是。

数日后,太阳刚刚爬上头顶,只见百灵庙通往巴音花庙的土道上,出现了两辆胶轮大车和十几个伪蒙军,他们全副武装,在一个脸上长满络腮胡须,名叫阿西格的小队长的带领下,朝着巴音花庙方向进发。车上装的都是给巴音花庙特务机关的米面粮油及牛羊肉等物资,每辆车由三匹马驾车,车上除了一个赶车的,还有两个拿着枪押车的伪蒙军,其他的人则骑马跟在车后面。

此时正值寒冬季节,茫茫的草原被大雪盖得严严实实,凛冽的寒风夹杂着雪粒,刮在人们的脸上,如同刀刻般地痛。尽管这些人穿得较厚,依然无法抵御寒冷的侵袭，走了不到一个时辰，押车的人就冻得手脚发麻，无奈之下，他们只好跳下车跟在车后面跑一阵儿，一直跑得身体发热、气喘吁吁再上车。

中午时分，他们来到一个沙丘附近，停下打尖。阿西格命人从车上拿出一些干牛粪生火取暖。伪蒙古军们放下枪，从身上取出携带的食物和酒袋，一边烤火一边喝酒吃饭。就在这时，从不远处的沙丘后面冲出一队人马，还没等伪蒙军弄明白怎么回事，对方已经冲到了跟前，将他们团团围住，为首的军官身穿灰色军装，头戴八路军军帽，其他的人有的穿军装，有的着便装，用枪逼着他们举手投降。面对黑乎乎的枪口，阿西格不敢抵抗，赶紧命令部下缴械投降。

那名为首的军官命人上前收缴武器，然后命令他们双手抱头蹲在地上。那名军官对着他们大声说："你们不用害怕，我们是八路军侦察连的，奉命执行侦察任务，只要你们乖乖地配合我们，我保证你们的生命安全。"

"长官，我们愿意配合。"阿西格讨好地说。

"那好，把你们身上的军服脱下来，换上这些衣服。"那名军官说着，命人抱过来一堆衣服。

阿西格虽然不情愿，却不敢反抗，连忙命令手下脱掉外衣，换上了对方的衣服。换完衣服之后，其他人都被带走，只留下了阿西格。阿西格心里害怕，连忙跪地求饶，那名军官对他说："你不必害怕，只要你乖乖与我们配合，你的生命安全就有保障。"

"我一定听话，你们让我干啥我就干啥。"阿西格讨好地说。

"好，一会儿你按我说的做，如果敢动歪心眼，别怪我们对你不客气。"对方用枪点着他的脑门警告。

他们一直等到天色发暗，才押着阿西格赶车上路。晚上九点多钟，赶

第十章　痛击日军

到巴音花庙分驻所。门口的岗哨看见他们，拉着枪栓喝令："站住，干什么的？"那名八路军用枪顶着阿西格的后腰，低声告诉他如何回话，阿西格连忙答应，冲着岗哨说道："太君，别开枪，我们是百灵庙来给你们送给养的，请放我们进去。"

"你别动，我去报告长官。"日本哨兵说完，转身回去报告，另一名哨兵则端着枪密切监视。

工夫不长，那个哨兵带着一名翻译官快步赶到，那个翻译官冲着他们大声喊道："你们是干什么的？"

"吴翻译官，我是百灵庙蒙古军的阿西格，是给你们送给养的。"阿西格被枪逼着，小心翼翼地按对方的意思说，生怕说错话丢掉性命。

"哦，原来是你小子，你们怎么才来呀？"翻译官语气缓和下来。

"唉，别提了，半道上雪大，车上的物资又重，不慎把车陷在雪壳子里了。我们费了很大力气才把车弄出来，所以来晚了，赶紧让我们进去吧。"

"原来是这样啊，不过我做不了主，皇军有令，天黑后一律不准外人进入。"

"吴翻译官，我们从早上到现在水米没打牙，又饿又累，你总不能让我们在外边待一宿吧？"

"我知道你们有难处，但是皇军的命令谁敢违抗？"

"吴翻译官，你就可怜可怜我们这些穷兄弟吧，请你在皇军面前美言几句，放我们进去吧，我这里有三块大洋孝敬你。"

"算你小子有良心，好吧，我这就去跟太君求情，你们听我的信儿。"翻译官听说有钱，爽快地答应替他们向日本人讲情。

过了一会儿，翻译官回来了，他用日语对门口的岗哨叽里咕噜说了一通，日本兵才把大门打开，让他们进来。

吴翻译官站在门口，等候阿西格给他送礼，见到阿西格走了过来，吴翻译官赶紧迎上前去，准备去拿银圆，没想到面对的竟是一把硬邦邦的手枪。吴翻译官顿时吓得一激灵，刚想开口质问，只听那个用枪逼着他的人低声喝道："不许出声，我们是八路军，如果你敢乱动，我打爆你的头。"吴翻译官吓得浑身直哆嗦，哪里还敢出声。就在这时，只见那几个押送给养的"蒙古军"以迅雷不及掩耳之势，将门口站岗的日本兵用匕首捅死，然后将尸体拖到了一边，留下两个人在门口守护，其他人快速冲进院内。为首的那个人用手电向远处连按了三下，向躲避在后面的同伙发出信号。

原来这些半路截获送给养的人是桑杰和博和道尔吉等人，他们之所以化装成八路军，是为了掩护身份，以免日后遭到敌人的报复。他们身上穿的军装，是齐木德仁庆豪日劳按照八路军的军服改制的。为了便于行动，他们故意把时间拖延到晚上，同时用枪逼着阿西格和敌人对话。阿西格为了活命，不敢违抗，配合桑杰、博和道尔吉等人制服翻译官并杀死了门口的日本兵。齐木德仁庆豪日劳带人隐蔽在远处，见到桑杰发出的信号，在黑夜的掩护下，快速带人冲进院内。按照事先的部署，博和道尔吉带人消灭掩体内的敌人，桑杰带人消灭住在寝室的敌人，嘎旺扎布带人消灭值班室、看守弹药库和看守牢房的敌人。

博和道尔吉一马当先，带着十几个人快速冲进位于大门口处的掩体，掩体内的敌人还没反应过来，就被悉数消灭了。

与此同时，桑杰带着人猫腰顺着墙根冲到日本兵的住处，趴在窗户底下，从怀里掏出手榴弹，拉出弦后，投向屋内。其他人也跟着效仿，准确地把手榴弹投进屋内，顿时屋内传出剧烈的爆炸声和惨叫声。桑杰一脚将门踹开，对着屋内一阵扫射。急促的枪声过后，屋内安静下来。桑杰打开灯，只见屋内横七竖八地倒了一片，其中大部分已经死亡，只有两个受

第十章 痛击日军

伤的日本兵发出低沉痛苦的呻吟声。桑杰为了不暴露身份，没有留活口，上前补了两枪，将其击毙。

嘎旺扎布则带着队伍冲到值班室，消灭了值班室内、看守弹药库和牢房的日军。随着战斗的顺利进行，最后只剩下一座房子内有人不断用机枪进行抵抗。桑杰知道这是白山岩的住处，带着人将房子团团围住，对着屋内高声喝令其投降。屋内没有回音，依旧只有机枪的扫射声。

桑杰带人向屋内不断射击，白山岩负隅顽抗，桑杰见状，命人从两侧摸到窗户底下，向屋内连续投掷了数枚手榴弹，随着手榴弹的爆炸声，屋内的枪声戛然而止，桑杰带人冲进屋内查看，发现白山岩已经被炸死。

战斗结束后，齐木德仁庆豪日劳命人打扫战场，并从牢房内救出十几名妇女和一些被关押的平民，并以八路军的名义，对阿西格和那名翻译官进行了一番教育，然后将他们释放。

吴翻译官和阿西格听说八路军释放他们，感激不尽，连声称谢，然后仓皇逃命。

齐木德仁庆豪日劳命人将所缴获的军需物资装在拉给养的马车上，将一些无关紧要的物资及房屋浇上汽油烧毁，将围墙全部推倒，带着战利品乘着夜色返回王府。

第二天，百灵庙特务机关机关长阿司卡得知巴音花庙分驻所被摧毁的消息后，急忙带着军队前来查看。见到房屋被焚，院墙被推倒，并从废墟中捡到了一顶八路军军帽和一件带有八路军徽章的上衣，阿司卡认定是八路军所为。见此地已经变成一片废墟，只好放弃了这个分驻所，带着日本兵的尸体，垂头丧气地离开了。

事后，阿司卡找到了吴翻译官和押送给养的阿西格进行调查，他们一口咬定是八路军干的，阿司卡有心报复，无奈自己的兵力有限，只好打消了这个念头。

第十一章　耳目一新

凌晨，齐木德仁庆豪日劳带着得胜之师回到旗府，命令桑杰和博和道尔吉等人将战利品藏好，并告诫部下严格保密，任何人不得走漏风声，同时让人杀牛宰羊犒劳参战的自卫队队员。队员们虽然一夜未合眼，但因为打了胜仗，丝毫没有倦意，一个个兴高采烈地开怀畅饮。

天亮后，齐木德仁庆豪日劳安排那日松前往巴音花庙查看日本人的动静。那日松中午赶回来，向他报告了百灵庙的特务机关长阿司卡带人前去救援，并认定此次袭击是八路军所为。八路军夜袭白山岩特务机关的消息，如同长了翅膀一样，迅速在草原上传播开来，成为人们议论的焦点。

齐木德仁庆豪日劳听后，放心地吃了口饭，然后上床休息。他睡得十分踏实，这一觉足足睡了十几个小时，直到次日辰时才醒。

齐木德仁庆豪日劳起床后，还没来得及吃饭，瓦其尔就领着策思德巴拉吉尔走了进来。按照王府的规矩，如果有人想见齐木德仁庆豪日劳，必须先向他请示，经过他同意才能见面。这样不经通报就把人带进来，显然不符合规矩。瓦其尔跟随他多年，自然深谙此道，他之所以不经请示就把策思德巴拉吉尔带进来，主要是齐木德仁庆豪日劳以前有话，吩咐他们

第十一章　耳目一新

这个规矩对策思德巴拉吉尔例外，只要是策思德巴拉吉尔到来，无论任何时候都无需通报。故此，瓦其尔没有向他禀报，而是直接带着策思德巴拉吉尔与他见面。

齐木德仁庆豪日劳急忙站起身来，满面笑容地问道："兄长，你咋大清早就来了？有啥急事？"

策思德巴拉吉尔笑着回答："我来给你贺喜呀！"

"喜从何来？"齐木德仁庆豪日劳笑着说。

策思德巴拉吉尔说："兄弟，我听说白山岩日本特务机关被人连窝端了，心里感到特别痛快，现在草原上到处都在传颂这件事情，都说这件事是八路军干的。但我心里有数，知道这件事另有蹊跷，你跟我说实话，这件事是不是你带人干的？"

"兄长猜得没错，是我干的，这帮日本人无恶不作，我早就想给他们点厉害尝尝。"齐木德仁庆豪日劳直截了当地承认。

"兄弟，干得漂亮！快点儿跟我说说经过，让我也痛快痛快。"策思德巴拉吉尔竖着大拇指夸奖并询问经过。

"兄长，事情是这样的……"齐木德仁庆豪日劳与策思德巴拉吉尔关系特殊，故此毫无保留地把事情的经过完整地向他讲述了一遍，然后说道："以前日本人到处吹嘘'大日本强盛''日本人不可战胜'等言论，那些不明真相的人对日本人产生了恐惧心理，畏之如虎。通过这次战斗，我算是看清了，他们也不过如此。"齐木德仁庆豪日劳轻蔑地说。

"谁说不是！日本人也是爹娘生养的血肉之躯，又不是钢铸铁打的，与平常人有什么两样？只不过武器装备比咱们精良罢了。虽然目前抗日形势严峻，日本侵略者侵占了我国大片领土，但是中国人如果都能像你一样，拿起刀枪与日本侵略者展开抗争，何愁日寇不灭！好在目前中国人已经觉醒，建立了全国统一的抗日战线，各地民众也都掀起了抗日热潮，尤其是共产党所领导的八路军更是抱着誓死抗日的决心，与日寇展开艰苦卓绝的战斗。咱们远的不说，就拿大青山抗日游击根据地的八路军来说吧，他们虽然只有数千人马，武器也很简陋，但他们毅然挺进敌后，英勇杀敌。"策思德巴拉吉尔欣喜地说。

"八路军深入敌后，建立抗日根据地，英勇杀敌，是抗日英雄！"齐木德仁庆豪日劳竖着大拇指称赞道。

"兄弟，说得没错，八路军确实了不起，他们在缺少武器弹药和马匹的情况下，率部挺进敌后，建立了大青山抗日游击根据地，对日寇展开了艰苦卓绝的战斗，给日寇以沉重打击，赢得了人民的拥护。"策思德巴拉吉尔由衷地竖起大拇指。

"在草原上如果没有马匹，就如同人失去了双腿，可惜咱们跟他们联系不上，否则可以助他们一臂之力。"齐木德仁庆豪日劳表明态度。

"兄弟，咱们真是心有灵犀。我跟你说实话，今天我大清早来找你，一是当面向你求证袭击白山岩特务机关的事情，二是想跟你商量一下如何支援八路军的事情。"

"支援八路军。难道你和他们有联系？"

"不瞒你说，我有个亲戚是八路军侦察连连长，昨天他执行侦察任务来过我家，是他跟我讲的大青山抗日游击根据地目前缺少武器弹药和马匹的事情。同时他还告诉我八路军没有袭击白山岩特务机关，故此我便猜到此事一定是你所为。怎么样，我猜得准吧？"

"准极了，简直就是能掐会算的诸葛亮！兄长，既然是支援八路军抗战，我义不容辞，我愿意赠送八路军一批好马。另外我在消灭白山岩特务机关时缴获了一些武器弹药，原本打算留着扩大自卫队，好钢用在刀刃上，我决定把这些武器弹药送给八路军。"

"难得你对八路军这么支持，我替八路军谢谢你。你先准备好，听

第十一章 耳目一新

我的信儿,到时候咱们一起给八路军送过去。"

"行,我听你的。"齐木德仁庆豪日劳痛快地答应道。

"那好,咱们就这么说定了,我还有事,先告辞了。"策思德巴拉吉尔说完,起身打算离去。

齐木德仁庆豪日劳笑着说:"你真是个急性子,再急也不差一时半会儿。你起早来找我,一定连早饭都没吃吧?先别急着走,咱们兄弟喝几杯。"齐木德仁庆豪日劳一把拉住策思德巴拉吉尔的胳膊,并吩咐下人准备酒饭。

"我听说白山岩被消灭,高兴得忘了吃饭,爬起来就往你这儿跑。你这么一说,我才觉得饿,好,咱们哥俩儿今天痛快地喝几杯。"策思德巴拉吉尔摸着肚子说完,重新坐下喝茶聊天。

没过多长时间,酒菜端了上来,两个人边喝边议论有关大青山抗日游击根据地的事情,一直喝到下午,方才结束。

齐木德仁庆豪日劳送走策思德巴拉吉尔之后,亲自带人挑选了一批战马,一直忙到天黑才回到住处。

额仁钦达来关切地问道:"你这几天忙什么呢?数日不见人影。"

"没忙什么,只是处理一些平常的旗务。"

"你就别骗人了,没忙什么你会一连数日不着家?"

"你一个妇道人家,问那么多干什么?"齐木德仁庆豪日劳不想把打日本人的事情告诉妻子,以免她跟着担惊受怕。

额仁钦达来神色不悦地瞪了丈夫一眼,抱怨地说:"你今天怎么啦,对我的态度如此反常?咱们夫妻之间理应同心同德、相互帮衬才对,就好比一双筷子,谁都离不开谁,你怎么拿我当外人呢?"

"对不起,我不该用这种语气跟你说话,你别生气。"齐木德仁庆豪日劳见妻子不高兴,急忙笑着向妻子赔不是。

"你理解错了,我不是埋怨你的语气,而是觉得你有事不应该瞒我。"

"你别瞎猜,我怎么会有事瞒你呢?"

"我没瞎猜,是有依据的。自从咱们成家到现在,你从来没有对我撒过谎,今天却这么反常。我问你,你是不是在和策思德巴拉吉尔商量抗日的事情?"

"你真厉害,啥事都瞒不过你,既然你已经猜到了,我也没必要瞒你,我们确实是在商量抗日的事情,打算赠送八路军一些马匹和军需。"

"你做得对,我赞同你们的做法,不过目前的形势复杂,你们千万要慎重,不能疏忽大意。万一泄露了消息,日本人一定不会放过你们的。"

"日本人敢惹我,我就干他。"齐木德仁庆豪日劳毫不在乎地说。

额仁钦达来笑着说:"我知道你不惧怕日本人,否则就不会带着人马消灭白山岩特务机关了。"

"你咋知道这件事是我带人干的?难道是阿爸他们告诉你的?"齐木德仁庆豪日劳颇感意外。

"你别乱猜,我都好多天没有见到阿爸和敖其尔了,他们怎么告诉我?"额仁钦达来笑着辩解。

"那你是咋知道的,难道你能掐会算?"

"你别说笑了,我哪有那个本事?跟你说实话,是我猜的。你也不想想,咱们十几年夫妻,心意相通,平时的一举一动、一个眼神互相都能猜到是咋回事,何况这么大的举动。这几天你夜不归宿,前天晚上又带着人马一夜未归,昨天就传出白山岩特务机关被八路军消灭的消息。你平时那么痛恨日本人,却对这个大快人心的消息缄口不言。这不符合你的性格,因此我猜到一定是你带人干的。"

第十一章 耳目一新

"你真是聪明绝顶的女诸葛,什么事都瞒不过你!不错,是我带着自卫队消灭了白山岩特务机关,把那些被抓的妇女都解救出来了。"

"干得好!替咱们中国人争气!你们打算什么时候动身前往大青山抗日游击根据地?"

"我已经和策思德巴拉吉尔商量好了,过两天就动身。"

"我也跟你一起去,我想目睹一下抗日将士的风采。"额仁钦达来兴致勃勃地说。

"这次的情况比较特殊,我是第一次去大青山抗日游击根据地,不知是否顺利。再说我对外宣称到口外贩马,又不是到外地走亲戚,哪有带着夫人同行的道理?我答应你,将来有机会一定带你去。"

"好吧,我听你的。"额仁钦达来感到有些失望,然后又关心地问,"你这次打算带谁去?"

"此事属于高度机密,知道的人越少越好。我决定只带阿爸、敖其尔、那日松、博和道尔吉等几名亲信一起去。对外宣称去口外贩卖马匹,这样就不会引起敌人的怀疑。"齐木德仁庆豪日劳郑重地说。

"这个方法很好,不过路上一定要多加小心,千万不能出现任何纰漏。"

"你放心,我一定会把马匹和军需安全送到八路军手上。"

"我相信你。不过我有个请求,下次再打日本人时把我也带上,让我也亲手消灭几个日本人。"

"上阵杀敌是我们爷们儿的事,除非我们男人死绝了,才轮到你们女人上战场。"

"呸,呸,呸,别说这些死呀活呀的晦气话。"额仁钦达来动情地说道,"我知道你这么做是为了保护我,不想让我以身涉险。不过请你相信我,虽然我是女流之辈,但是到了关键时刻,我一定会挺身而出,绝不含糊!"

"有妻如此,夫复何求。"齐木德仁庆豪日劳被额仁钦达来的豪情所感动,情不自禁地一把抱住妻子,在她的脸蛋上不停地亲吻着。尽管他们结婚多年,却从来没有如此亲热过,额仁钦达来脸上腾起红晕,害羞地低头依偎在丈夫的怀里,像一只温顺的绵羊。

第二天上午,齐木德仁庆豪日劳接到策思德巴拉吉尔的口信,明日即可动身。

齐木德仁庆豪日劳派人将桑杰父子、那日松、博和道尔吉和自己的几名贴身侍卫叫过来,向他们交代了去大青山抗日游击根据地送马的事情。桑杰等人听说要去大青山给八路军送马,都非常高兴。齐木德仁庆豪日劳叮嘱他们严格保密,又交代了路上的一些注意事项,然后带着他们赶着马群和数辆勒勒车向大青山方向进发。

齐木德仁庆豪日劳事先将勒勒车进行了改装,在车铺板下加装了夹层,把武器和军需藏在夹层里面,上面用皮张做掩护,以防敌人沿途盘查。

傍晚时分,他们在艾不盖河边宿营。第二天天一放亮就动身赶路。中午他们在哈拉盖图与策思德巴拉吉尔会合。为了掩人耳目,齐木德仁庆豪日劳依旧化名其木格,策思德巴拉吉尔化名乌勒吉,并叮嘱手下人不许称呼他们王爷或札萨克,而是称呼他们掌柜的。

当他们行至乌兰忽洞时,遇到了日本兵的盘查,由于他们藏得隐秘,日本兵没有发现破绽,一行人顺利通过检查站。当晚,他们在塔尔浑河边住了一宿。第二天启程后,为了避开日本兵的盘查,他们没有走希拉穆仁至武川的路线,而是经由二份子直奔塔布河边的黑沙图,绕过日本兵驻守的西乌兰不浪至五家,从五家拐弯向南行,直奔大青山抗日游击根据地驻地德胜沟。

第十一章 耳目一新

他们沿着丘陵地带向山区行进,沿途的树木逐渐多了起来。突然,远处传来一阵马蹄声,齐木德仁庆豪日劳和策思德巴拉吉尔急忙勒住马缰望去,只见远处的山路上跑过来几位骑士,为首的是一位身材清瘦、身穿八路军服装、全副武装的年轻人。

策思德巴拉吉尔见到对方,高兴地对齐木德仁庆豪日劳说:"是八路军来迎接咱们了。"然后策思德巴拉吉尔催马上前,高声说道:"牧仁,我在这里。"

年轻人一边回答,一边在马背上挺直身躯,向策思德巴拉吉尔行了一个标准的军礼,口中说道:"赛白努!一路辛苦!"

策思德巴拉吉尔一边还礼,一边对齐木德仁庆豪日劳说:"这位就是我跟你说过的亲戚牧仁。"然后指着齐木德仁庆豪日劳向牧仁介绍:"牧仁,这位是齐木德仁庆豪日劳王爷。"

牧仁赶紧上前行礼并说道:"赛白努!大青山抗日游击根据地八路军侦察连连长牧仁奉命前来迎接王爷。"

齐木德仁庆豪日劳礼貌地回礼。

牧仁引导着策思德巴拉吉尔一行人,沿着山路艰难前行,下午三点多钟,来到了大青山抗日游击根据地所在地德胜沟。他们刚一进村口,就听到一阵锣鼓声,紧接着涌出欢迎的队伍,队伍中有男有女,有老有少,有百姓有当兵的。欢迎队伍的最前面,站着几位威风凛凛、身佩短枪的军官。为首的一位三十出头,个子不高,身体偏瘦,却显得很精神。最为明显的就是他左脸颊上的刀疤,这道刀疤从嘴角一直斜着延伸至耳畔,足有三寸长,宽约一指。虽然刀疤破坏了他的面部轮廓,却给人一种不怒自威、肃然起敬的感觉。齐木德仁庆豪日劳与策思德巴拉吉尔翻身下马,步行来到他的跟前。

牧仁抢先上前,行着军礼高声说道:"报告参谋长,侦察连连长牧仁已完成接应任务,特此报告。"

那位刀疤汉子向他回了一个军礼,沉声回道:"很好,辛苦啦!"

牧仁报告完毕,指着策思德巴拉吉尔和齐木德仁庆豪日劳介绍道:"参谋长,这位是达尔罕旗札萨克策思德巴拉吉尔王爷,这位是茂明安旗札萨克齐木德仁庆豪日劳王爷。"然后又指着刀疤汉子介绍道:"这位是大青山抗日游击根据地八路军参谋长姚喆将军。"

姚喆面带笑容向他们行了一个标准的军礼,用掺杂着湖南口音的普通话对他们说道:"二位王爷一路辛苦,感谢你们赠送的战马和武器,真是雪中送炭!我代表大青山抗日游击根据地的八路军向你们表示感谢!"

"八路军抗日救国,英勇杀敌,令人钦佩。能为抗日斗争尽一份力,是我等应尽的责任,何谈感谢。"齐木德仁庆豪日劳谦虚地以手抚胸躬身回礼。

策思德巴拉吉尔也跟着说道:"姚将军威名远扬,威震敌胆,我等早就有所耳闻,今日一见,果然名不虚传。"

"二位王爷过奖,身为军人,保家卫国,抗击外侮乃分内之事。"姚喆谦虚地回答。

接下来,姚喆向齐木德仁庆豪日劳和策思德巴拉吉尔介绍了身后的几位军官,然后朝着司令部走去。姚喆一边走一边向欢迎人群挥手致意,欢迎的队伍一直延续到司令部的门口。此时,司令部的门口站着一位不满三十岁、个头不高、身材清瘦、剃着光头、神采奕奕的年轻军人,见到齐木德仁庆豪日劳等人过来,急忙快步上前迎接。姚喆指着齐木德仁庆豪日劳和策思德巴拉吉尔介绍道:"这是齐木德仁庆豪日劳王爷,这位是策思德巴拉吉尔王爷。"然后又对二人介绍道:"这位是大青山抗日游击根据地的司令员李井泉将军。"

李井泉急忙上前说道:"欢迎二位到来,二位王爷深明大义,积极支

第十一章　耳目一新

援抗日斗争，我等深表谢意。"

"李将军，我等只是为抗日做了一点微不足道的小事，与你们这些在前线浴血奋战的将士相比，实在是不值一提。"策思德巴拉吉尔谦虚地回答。

齐木德仁庆豪日劳也说道："贵军深入敌后，英勇杀敌，令人钦佩，真是中华民族之幸！"

"二位王爷过奖，如果没有广大民众的支持，我们难以取得胜利。"李井泉说。

晚上，李井泉、姚喆在司令部设宴招待齐木德仁庆豪日劳和策思德巴拉吉尔，饭菜很简单，只有一盘炒肉、一盘炒鸡蛋以及几个青菜，李井泉为他们斟满酒，举着酒杯说道："非常抱歉，我们根据地条件有限，拿不出像样的饭菜招待你们，只有便饭薄酒，聊表谢意。"

"李司令，我听说八路军一向艰苦朴素，官兵平等，今日一见果然名不虚传。有你们这样英勇善战、纪律严明的军队，何愁日寇不灭。"

"光凭我们八路军的力量还不够，必须依靠广大人民群众的支持，团结全国一切抗日力量，才能把日本侵略者从中国赶出去。"

"日本人烧杀抢掠，无恶不作，我和齐王早就商量好了，决定积蓄力量对日开展武装斗争，不过齐王已先行一步，率领手下的自卫队一举消灭了白山岩特务机关，这次送来的武器就是他们缴获的战利品。"策思德巴拉吉尔指着齐木德仁庆豪日劳说。

"你们身为一旗王爷，能有如此爱国情怀，真是令人钦佩！毛主席在《论持久战》中说过，'兵民是胜利之本，战争的伟力之最深厚的根源，存在于民众之中。动员了全国的老百姓，就造成了陷敌于灭顶之灾的汪洋大海，造成了弥补武器等缺陷的补救条件，造成了克服一切困难战争的前提。'你们用实际行动诠释了毛主席的英明论断。"

"这个论断真是高屋建瓴，请问毛主席是谁呀？"齐木德仁庆豪日劳好奇地问道。

"毛主席就是我们共产党的领袖毛泽东。"李井泉自豪地回答。

"你们坚决抗日，看来与你们的领导人分不开。"齐木德仁庆豪日劳深有感触。

"对，我们共产党的队伍从上到下，都是坚定的抗日分子，没有一个孬种。"李井泉笑着说。

"我们也想加入你们的队伍，不知道你们是否愿意接纳我们？"齐木德仁庆豪日劳感到热血沸腾。

"你们的抗日热情这么高，我们当然愿意接纳你们。不过我觉得你们没有必要大张旗鼓地加入共产党，你们的身份比较特殊，可以利用其做掩护，暗中进行抗日活动。"

"你的办法好是好，不过我还是觉得真刀真枪上战场来得痛快！"策思德巴拉吉尔情绪激动地说。

"抗日斗争不能光凭痛快，其实抗日斗争有多种形式，与日本人在战场上拼杀是抗日，在敌后打游击也是抗日，利用自己的身份做掩护，刺探敌人情报，将敌人的情报提供给前方将士，前方将士根据敌情相机而动，一举消灭敌人也是抗日。你们不宜对敌进行公开斗争，而应当采取隐蔽的方式，利用你们的身份，为我们筹集弹药、药品，刺探情报，这样既能保证你们家人的安全，也能更好地帮助我们进行战斗。就拿这次赠送马匹和武器来说吧，你们就帮了我们的大忙，解决了我们缺少战马和武器的难题。等待时机成熟，咱们再联手对日本人进行致命一击，将日本人彻底赶出中国去！"

"李司令，你说得有道理，我们听你的。"齐木德仁庆豪日劳和策思德巴拉吉尔点头表示同意。

第十一章　耳目一新

第二天早上,姚喆陪着他们到根据地参观。他们刚走出不远,就听到后面传来一阵急促的马蹄声,原来是司令部参谋有紧急军情需要姚喆回去处理。姚喆感到很抱歉,让牧仁代他陪同参观,然后匆忙赶回司令部。

"你们八路军真有能人,你看李司令和姚参谋长如此年轻,就能统率千军万马,真是了不起!"策思德巴拉吉尔望着姚喆的背影,感慨地说。

"我们李司令是位了不起的人物,十六岁就参加了革命,参加过南昌起义。后来受委派,来这里建立大青山抗日游击根据地。"牧仁是司令部的侦察连连长,对上级首长的情况比较了解。

"那个姚喆看上去也不一般,威风凛凛,不怒而威,让人肃然起敬。尤其脸上的伤疤,更让人感到威严。"

"说起姚参谋长,更是一位传奇人物,他参加过平江起义,前前后后历经大小战斗二百余次,五次负伤,三次负伤不下火线,多次受到军团乃至军委的通令嘉奖。脸上的刀疤就是跟随彭德怀第三军团二次入闽作战,在攻打沙县的战斗中留下的。此后,大家便亲切地称他'姚一刀'。这次奉命挺进敌后,建立大青山抗日游击根据地,他更是立下汗马功劳,威震敌胆,只要敌人听到'姚一刀'的威名,就会狼狈逃窜。"

"怪不得八路军这么厉害!他们的领头人都是身经百战的将军。"齐木德仁庆豪日劳感叹道。

他们一行人边说边沿着山路往前走,很快就来到了一个村落。只见村头的一块石头上刻着"万家沟"三个字,村口有两名儿童在站岗。见到有人过来,他们端起手中的红缨枪将他们拦住:"干什么的?有路条吗?"牧仁笑着上前与之打招呼,并从口袋里掏出一张纸条,交给站岗的儿童,他们仔细看了一眼,然后交还牧仁,并放他们进村。

"这些孩子是干什么的?为什么阻拦咱们?"齐木德仁庆豪日劳好奇地问。

"他们是村里的儿童团员,都是十来岁的孩子。别看他们年纪小,作用却很大,每天白天都在村口站岗放哨,盘查过往的行人,如果没有根据地的路条,是不容许通过的。"牧仁笑着回答。

"你们可真厉害,连儿童都组织起来了。"策思德巴拉吉尔由衷地说。

一行人走进村子,只见村内到处都张贴着彩色的抗日标语。他们路过一个打谷场时,看见十几个身穿老百姓衣服的年轻后生,手里拿着木棍,正对着玉米秸秆扎成的假人练刺杀,假人的头上戴着日本兵的帽子。虽然他们手上拿的是木棍,但练习得很认真。

"他们是干什么的,为什么手里拿着木棍练刺杀?"齐木德仁庆豪日劳问牧仁。

"他们是万家沟的民兵,我们缺少枪支,手里只有一些火铳和大刀,平时只能用木棍练习刺杀。"

"他们没有武器,光用木棍练刺杀有什么用?到了战场上怎么能够发挥作用?"

"你别小看他们,这些民兵的作用很大。他们平时种地,遇到敌情就配合部队展开行动,像疏散百姓、运送给养弹药、救护伤员等。"牧仁解释说。

离开打谷场,他们来到了一个较大的院子,只见门上挂着一块木牌,上面写着"万家沟村抗日妇救会",刚到大门口,就听到里面传出一阵女人的说笑声。牧仁带着他们走进院子,只见院内有十几名妇女在一起做军鞋。她们一边忙着手里的活计,一边说笑着。见有人进来,她们的笑声戛然而止,有的人抬头注视着他们,有的人害羞地低下头。这时,一位三十多岁,面容姣好,梳着齐耳短发,腰里扎着一条武装带的妇女站起身来,笑着跟牧仁打招呼:"牧连长,你咋来啦?"

第十一章 耳目一新

"我奉姚参谋长的命令,带着两位……两位爱国人士参观咱们的根据地。"

牧仁本打算说带着两位王爷来参观,话到嘴边,觉得有些不妥,便改口称爱国人士。然后又对齐木德仁庆豪日劳和策思德巴拉吉尔说:"这位是万家沟妇救会的主任,名叫李翠华,他的爱人是我们侦察连的排长。"

李翠华大方地上前与他们握手问好,见到他们身穿蒙古族服装,便笑着问道:"你们是不是给根据地赠送马匹的客人?"

齐木德仁庆豪日劳和策思德巴拉吉尔对视一眼,没有回答。

牧仁接过话头说道:"你猜得没错,正是他们二位。"

李翠华边说边让人拿过几个木凳请他们坐下,并张罗沏茶,被牧仁劝止。齐木德仁庆豪日劳、策思德巴拉吉尔与李翠华交谈了几句便离开了。

接下来,他们先后参观了附近的几个村落,看到的情况基本与万家沟相似。在回来的路上,齐木德仁庆豪日劳由衷地说:"共产党不但坚决抗日,而且还把妇女儿童都组织起来了,真是名副其实的全民皆兵!"

"我们就是依靠广大人民群众的支持,深入敌后建立抗日根据地。大青山抗日游击根据地是范围比较小的根据地,只有几万人,你别看根据地小,可是各种机构,如抗日政府、学校、医院、店铺等一应俱全,而且人们的抗日热情高涨。"牧仁兴致勃勃地介绍。

参观归来,已经天黑,李井泉公务繁忙,由姚喆陪同他们吃晚饭。饭菜虽然简单,但是他们兴趣盎然,一边吃饭一边交谈。齐木德仁庆豪日劳和策思德巴拉吉尔对根据地赞不绝口。饭后,他们坐下来,就共同抗日的事情进行协商,并对日后如何联络、如何传递情报、如何运输物资等事项逐一进行了安排,同时决定由牧仁负责联络事宜。

齐木德仁庆豪日劳与策思德巴拉吉尔不仅将武器和马匹交给了八路军,还把那些用于掩护的皮张也留给他们,因为他们看到八路军战士的被服都很单薄，留下这些皮张可以给他们当御寒的褥子用。

第二天，齐木德仁庆豪日劳与策思德巴拉吉尔向李井泉和姚喆等人辞行。李井泉与姚喆把他们送出村口，并派牧仁带着一个班的战士护送。

牧仁一直把他们送出山口，然后带人返回。路上，齐木德仁庆豪日劳和策思德巴拉吉尔一直谈论着根据地的事情，对共产党赞不绝口。根据地的气象让他们深有感触，耳目一新，更加坚定了抗日的决心。

第十二章　山雨欲来

齐木德仁庆豪日劳从大青山抗日游击根据地回来之后，心情非常舒畅，整天乐呵呵的，无论干什么事情都觉得特别起劲。额仁钦达来见他如此，笑着问道："自从你去了一趟大青山，咋好像变了个人似的，你跟我说说，你在大青山遇到了什么高兴事？"

"我跟你说，这次大青山之行真是令我大开眼界，不仅见到了他们的司令和参谋长，还看到了他们的精神面貌。虽然根据地的军民生活条件艰苦，但是他们的抗日热情十分高涨，青壮年拿起武器抗击日本人，妇女和儿童也都组织起来共同抗日，按照他们的说法，叫全民皆兵。"

"你说的是真的吗？难道他们那里真有女兵和童子军上阵打仗？"

"我骗你干啥？你是不知道，根据地无论是当兵的，还是普通百姓，都在积极为抗日斗争做着自己应有的贡献。不但男人上阵杀敌，就连那些家庭妇女也都积极参加抗日斗争。根据地把这些妇女组织起来，成立了妇救会，在后方为战士缝军鞋、做军装、准备干粮等。他们把儿童也组织起来，成立了儿童团，负责站岗放哨、盘查行人、检查路条，遇到可疑的人，他们就会及时向上级汇报，起到了很大作用。这么跟你说吧，只要一走进大青山抗日游击根据地，就仿佛进入了一片崭新的天地。我们不仅受到了根据地军民的热烈欢迎，还受到了司令员李井泉及参谋长姚喆的接见，他们还派人带我们参观了大青山抗日游击根据地，所到之处，都能看到墙壁上贴满了抗日救亡的标语，让人耳目一新，备受鼓舞。令人敬佩的是，八路军不但斗志坚决，誓死抗战，而且纪律严明，和蔼可亲，官兵平等，深受民众的爱戴。说实在的，这次真是让我大开眼界。"

"都怪你，当初死活不让我跟着一起去，失去了参观大青山抗日根据地的机会。你答应我，以后一定要带我去看一看，让我见识一下八路军的风采，感受一下根据地军民的抗日热情和精神面貌。"额仁钦达来兴致勃勃地说。

齐木德仁庆豪日劳笑着回答："行，我答应你，将来有机会一定带你去好好感受一下八路军的风采。"

齐木德仁庆豪日劳与策思德巴拉吉尔从大青山回来之后，按照与李井泉及姚喆商定的计划，改变了斗争策略，不再公开对日本人进行武装斗争，而是采取隐蔽方式，暗中刺探敌人的情报，秘密购买武器和药品，通过秘密渠道送到大青山的八路军手上，解决了根据地武器弹药和药品短缺的问题。在此期间，齐木德仁庆豪日劳根据上级指示，与外蒙古革命党取得联系，积极为他们传递情报，输送武器弹药和急需药品。

为了便于工作，齐木德仁庆豪日劳与关斯仁扎布做了分工，由关斯仁扎布负责与外蒙古的联系。由于事关重大，必须严格保密，很多事情关斯仁扎布亲力亲为。关斯仁扎布原本患有肺病，前两年经过精心治疗虽有好转，却无法痊愈，因劳累过度，病情愈发严重，最终卧床不起。

齐木德仁庆豪日劳接到关斯仁扎布病重的消息，赶紧前去探视。只见关斯仁扎布躺在病榻上面色阴沉，病情十分严重。齐木德仁庆豪日劳当即将关斯仁扎布送到五当召去治疗。五当召的医生对其进行了全力医治，却

第十二章 山雨欲来

没有效果，病情愈发严重。齐木德仁庆豪日劳终日守在病榻前，想方设法为其医治，却始终不见好转。这天早上，关斯仁扎布命人将他扶起，由于身体虚弱，只好在身后垫个枕头勉强坐稳。关斯仁扎布屏退下人，从上衣口袋里摸出一个折叠的纸条交给齐木德仁庆豪日劳，喘着粗气对他说道："这是一个账单，上面记载着这两年同志送给咱们的活动经费，除了一些必要的花销，剩下的我都写在了账单上。本打算等我的身体好转再接着往下做，谁知一病不起，有负重托，只好将其交还给你了。"

齐木德仁庆豪日劳强忍悲痛将纸条收好，并宽慰道："姐夫，你别多想，我已经派人去绥远请大夫了，他们的医术精湛，一定会治好你的病。"

关斯仁扎布喘着气对齐木德仁庆豪日劳说："我知道我已病入膏肓，即使神仙也难医治，待我死后，一应丧事从简。另外，你今后一定要更加小心，保护好自己，不能让日本人发现蛛丝马迹，以免招致横祸。"

齐木德仁庆豪日劳心痛如绞，含泪一一答应。他们虽然是姐夫和妻舅、札萨克和协理的关系，但在齐木德仁庆豪日劳心中，关斯仁扎布更是他的启蒙老师和领路人，可以说是亦师亦友。齐木德仁庆豪日劳承袭爵位以来，关斯仁扎布更是全力辅佐，如今却要撒手人寰，怎不让他痛彻心扉！

关斯仁扎布交代完后事便停止了呼吸。齐木德仁庆豪日劳连夜将关斯仁扎布的遗体从五当召运回，旗府大小官员闻听噩耗，纷纷赶来料理后事。虽然关斯仁扎布生前留下遗嘱，一应丧事从简，但齐木德仁庆豪日劳不忍心将其草草安葬，而是建起灵棚，请喇嘛诵经，停灵期间，他每天都守在灵前，接待吊唁的来宾。停灵七日后，齐木德仁庆豪日劳执弟子之礼，含泪将其安葬。

前来参加关斯仁扎布葬礼的王公、台吉，在对关斯仁扎布不幸去世感到惋惜的同时，也对齐木德仁庆豪日劳的举动感到钦佩，夸他是个知恩图报、重情重义之人。

处理完关斯仁扎布的后事，齐木德仁庆豪日劳将瓦其尔安本和额尔敦朝克图叫到跟前，拿出关斯仁扎布交给他的纸条交给瓦其尔，低声交代了一番。

瓦其尔与额尔敦朝克图按齐木德仁庆豪日劳的吩咐，找到了关斯仁扎布生前的亲信达木林扎布和小扎布苏。达木林扎布与小扎布苏带着瓦其尔及额尔敦朝克图来到附近的山上，在一个石缝中取出皮褡裢，对瓦其尔说道："这是关协理在世时交给我们的，并叮嘱我们藏好，让我们轮流看守。"

"这褡裢里装的是什么东西？"额尔敦朝克图好奇地问道。

"具体装着什么东西我们不清楚，我们只是奉命看守。"达木林扎布如实回答。

"先不要管里面是什么东西，咱们按齐王的吩咐，去找协理夫人一起打开不就知道了。"瓦其尔安本说道。

于是，他们一行人带着皮褡裢来到协理府，见到刚格玛，向她说明其中的缘由。刚格玛当面打开皮褡裢，只见里面装有六百元外蒙古的银币、四个五十两的元宝、一把手枪和一张纸条。刚格玛打开字条，发现是一个账单。瓦其尔掏出齐木德仁庆豪日劳交给他的纸条与之核对，两个纸条完全相符。

刚格玛问瓦其尔："你的账单是哪儿来的？"

瓦其尔回道："齐王交给我的，他特意叮嘱我按账单拿出五十元交给敖日盖勒庙的喇嘛，留下二百元偿还操办协理后事的欠款，剩余部分带回去交给齐王。"

"既然齐木德仁庆豪日劳说了，那就按他的意思办吧。"刚格玛点

第十二章　山雨欲来

头表示同意。

瓦其尔和额尔敦朝克图带着皮褡裢回到王府,将枪支、银币及元宝交给齐木德仁庆豪日劳。齐木德仁庆豪日劳将皮褡裢收好,并叮嘱他们严格保密,不要对外人讲。

瓦其尔和额尔敦朝克图点头答应,然后离开。额尔敦朝克图心里有些不是滋味,觉得自己身为梅林,年纪又比瓦其尔大,理应由他亲手处理这件事,可是齐木德仁庆豪日劳却把账单交到瓦其尔的手上,自己反倒成为瓦其尔的陪同。这分明是齐木德仁庆豪日劳对他不重视。额尔敦朝克图城府很深,虽然心里不痛快,表面上却没有显露。

这天上午,齐木德仁庆豪日劳刚从外边回来,迎面碰见岳父领着两个陌生人走了进来。一位年纪四十有余,另一位二十出头。桑杰指着二人向齐木德仁庆豪日劳介绍道:"贤婿,这是我的兄弟乌力吉,按辈分你应该叫三叔。"指着那个年轻人介绍,"他是你三叔的儿子色勒莫。"然后对乌力吉说:"这就是齐木德仁庆豪日劳。"

色勒莫抢先向前施礼:"姐夫,赛白努!"

齐木德仁庆豪日劳连忙施礼问候:"三叔,赛白努!色勒莫兄弟,三白诺!"

乌力吉向齐木德仁庆豪日劳问候:"贤婿,赛白努!"

桑杰见他们如此客套,笑着说道:"都是一家人,不必客套,坐下说话吧。"

"对,请坐,上茶。"齐木德仁庆豪日劳热情地请他们入座,并吩咐下人上茶,然后疑惑地扭头问岳父:"阿爸,三叔他们打哪儿来的?以前我怎么没听您说过?"

"你三叔是我的嫡亲兄弟,住在大库伦附近,当年我因走失被驼队带到了希拉穆仁,我长大后跟着驼队回去,经过多方寻找,终于找到了失散多年的亲人。你三叔以前曾跟着驼队来过希拉穆仁草原,我也数次利用走驼道的机会回去看望亲生父母。后来局势发生变化,匪患猖獗,驼道生意被迫中止,我与家里断了联系。家里的亲人非常惦记我,这次你三叔带着色勒莫千里迢迢从大库伦来看我,我寻思他们父子来一趟不容易,便带着他们来看望你和额仁钦达来。"

"哦,我明白了,阿爸,额仁钦达来知道三叔来吗?"

"我先领着他们来见你,还没有见到她。"

"既然是一家人,赶紧让额仁钦达来过来。"齐木德仁庆豪日劳说完,吩咐下人去请额仁钦达来。

工夫不长,额仁钦达来赶了过来。桑杰为他们彼此做了介绍。虽然额仁钦达来与三叔及色勒莫从未谋面,但她早就听父母说过这些事情,因此一点儿都不觉得陌生,亲热地与之聊天。反倒是乌力吉、色勒莫与齐木德仁庆豪日劳显得有些拘谨。

齐木德仁庆豪日劳见状,借口准备酒饭起身离开。

齐木德仁庆豪日劳离开后,气氛顿时显得轻松了许多。他们无拘无束地聊着彼此不知道的事情,其乐融融,十分亲热。晌午时分,齐木德仁庆豪日劳带着两个随从走了进来,每位随从的手上分别端着一个木方盘,其中一个方盘上面摆放着一只烤全羊,另一个方盘里放着手把肉、奶酪等几道精致的美食。

齐木德仁庆豪日劳笑着对岳父等人说道:"赶紧坐下,咱们边吃边聊。"

额仁钦达来看到丈夫亲自动手准备酒饭,心里十分高兴,夸奖道:"你真是个善解人意的好丈夫,我代表三叔感谢你!"

乌力吉也起身谢道:"贤婿,你怎么能亲自动手呢?真是过意不去!"

第十二章 山雨欲来

"三叔,一家人不说两家话,您和色勒莫兄弟大老远来看我们,如果我招待不周,那才过意不去呢。"齐木德仁庆豪日劳一边说着,一边为各位斟满酒,然后举杯说道:"咱们是一家人,客套话不必说,我先敬三叔和色勒莫兄弟一杯酒,欢迎你们前来做客!"

"谢谢贤婿!"乌力吉举起酒杯,口中称谢,将酒一口喝干。

"谢谢姐夫!"色勒莫也口中称谢,举杯干了。

桑杰和额仁钦达来也把酒喝干了。

齐木德仁庆豪日劳再次劝说:"各位不必拘谨,请随意。"

额仁钦达来也在一旁劝道:"齐木德仁庆豪日劳说得对,咱们不必拘谨,随意。"

"行,我们听姐姐、姐夫的,不过姐夫你不用客气,在座的数我年纪小,理应由我负责给大家斟酒。"色勒莫伸手想从齐木德仁庆豪日劳手中要过酒壶。

齐木德仁庆豪日劳说:"兄弟,那可不行,你远道而来,怎么能让你斟酒呢?"

色勒莫笑着对齐木德仁庆豪日劳说:"姐夫,你还说不必客气呢,你看你比谁都客气。我远道而来不假,可我是你的兄弟,都说三人同行,小弟受苦,既然咱们是一家人,还分什么远近?"

"好,好,酒壶给你,咱们一起开怀畅饮。"齐木德仁庆豪日劳边说边把酒壶交到色勒莫的手上。

"这就对了,这才像一家人。"色勒莫说着将酒杯依次倒满。

额仁钦达来举着酒杯说道:"三叔,咱们是血脉相连的亲人,却从未谋面,真是令人遗憾,我从小就经常听阿爸念叨家里的事情,尤其逢年过节,阿爸念叨得更勤,我知道阿爸是思念远方的亲人⋯⋯"额仁钦达来眼圈一红,声音哽咽,停了下来。

桑杰及乌力吉父子亦被她的情绪感染，一个个泪眼婆娑。

乌力吉含着眼泪说道："侄女，你说得对，我们也非常想念你们，尤其是你的爷爷奶奶，听到日本人侵占了中国大片领土，到处烧杀掠抢，更是惦记你们的安危，每日吃不下饭，睡不着觉，催促我们前来探望。得知你们都平安，他们一定非常高兴。"

"可怜天下父母心！都是我不好，未能在老人膝下尽孝，反而让老人为我们牵挂，真是不孝之子。"桑杰神情痛苦地说。

"二哥，你不要自责，我知道你是个重情重义的人，你是为了报答养父母的恩情才留在这里的，阿爸阿妈没有怪罪你，只是想念你们而已。"乌力吉眼圈发红地劝道。

齐木德仁庆豪日劳见状，赶紧说道："我理解你们的心情，俗话说两山不能见面，两个人却能见面，咱们虽然离得远，但你看三叔和兄弟不是来看望我们了吗？你们骨肉相聚，久别重逢，应当高兴才对，来，我替你把话说完，为了三叔和兄弟的到来，为了这来之不易的相逢，咱们共同为亲情干杯！"

"说得好！来，为亲情干杯！"桑杰为了避免大家伤感，扭头拭去眼泪，举杯响应。

众人喝干之后，色勒莫再次斟满酒杯，站起身来，举杯说道："既然咱们是一家人，我也没必要客气，我敬一杯酒，祝姐姐、姐夫夫妻恩爱，厮守一生。"

"谢谢兄弟！"齐木德仁庆豪日劳口中称谢，举杯相迎。

其他人也跟着举杯喝酒。

色勒莫敬酒之后，他们相互不再敬酒，而是随意地边喝边聊。聊着聊着，话题就聊到眼下的局势上面来，他们的神情都显得严肃而凝重。

乌力吉向桑杰等人说道："我听说日本人在咱们中国烧杀抢掠，凶

第十二章 山雨欲来

狠残暴，干尽了坏事。"

桑杰叹了一口气说："可不是咋的，他们到处杀人放火，奸淫掠夺，无恶不作，简直就是一帮畜生！"

齐木德仁庆豪日说："现在已经开始全面抗战了，尤其是共产党领导的八路军抗日决心坚定。咱们远的不说，就说大青山抗日游击根据地的八路军吧，他们不怕流血牺牲，奋不顾身，沉重地打击了日本人的嚣张气焰，赢得了民众的尊敬和拥护！"

"姐夫，你也干得很不错啊！我听伯父说你们也在从事抗日活动，一举消灭了日本特务机关，你们也是了不起的抗日英雄！"色勒莫向齐木德仁庆豪日劳表示祝贺。

齐木德仁庆豪日劳谦虚地摆手说道："兄弟过奖，区区小事，何足挂齿。我们这点儿事与战场上跟日本人拼死厮杀的抗日将士相比，实在不值一提。"

"姐夫，我不是恭维你，你身为一旗王爷，却饱含爱国情怀，在民族危亡之际毅然奋起反抗，真是令人钦佩！"

"兄弟，天下兴亡，匹夫有责。作为中国人，我岂能眼看日本人侵我中华，杀我百姓而无动于衷！"齐木德仁庆豪日劳神情激昂地说。

"姐夫，你的精神可嘉，令人钦佩！不过你们孤军奋战，恐怕难以对日本人形成威胁，如果你们和蒙古人民革命党联手，共同抗击日本人，力量岂不是更大？你是否愿意和蒙古人民革命党联手？我可以从中帮忙。"

齐木德仁庆豪日劳看了色勒莫一眼，说道："兄弟，你对抗日活动这么上心，难道你是蒙古人民革命党？"

"我不是，但我支持抗日活动，痛恨日本人的侵略行径。我有朋友在蒙古人民革命党东戈壁省党部工作，如果你有需要，我可以帮忙。"色勒莫如实回答。

"哦，原来是这样。兄弟，咱们是一家人，我跟你说实话，我们并非孤军奋战，我们不但跟八路军有联系，与蒙古人民革命党也有联系，不过此事需要保密，不便跟你透露细节。好了，咱们不谈这些了，还是继续喝酒吧。"

"哦，既然如此，我就不多问了。"色勒莫知趣地说。

"我越来越看不透你了，你跟我说说，还有什么事情瞒着我？"额仁钦达来感到意外地问道。

"我不是故意瞒你，只是这些事情一旦被日本人发现，定会招致杀身之祸。我不想让你跟着担惊受怕，更怕你受连累。"

"你真是小看我了，咱们一起生活了这么多年，难道你还不了解我的性格，我是那种胆小怕事的人吗？"额仁钦达来不服气地埋怨丈夫。

"好啦，好啦，不要埋怨姑爷了，他这么做也是爱护你，你应当理解他的一片好心。"桑杰开口替齐木德仁庆豪日劳说话。

"三叔，你和色勒莫兄弟来一趟不容易，咱们只叙亲情，不说那些烦心事，以免影响情绪。来，咱们今天喝个痛快。"齐木德仁庆豪日劳说完，举杯劝酒，其他人跟着举起酒杯。

这顿酒一直喝到日头偏西，结束之后，齐木德仁庆豪日劳和额仁钦达来挽留乌力吉父子住下，桑杰没有同意，带着乌力吉和色勒莫回去了。

第二天，齐木德仁庆豪日劳与额仁钦达来赶到岳父家，前来看望乌力吉父子。此时色基米德格与乌勒吉已经相继去世，家中只有格日乐及敖其尔夫妇。乌力吉父子远道而来，桑杰与格日乐十分高兴，杀牛宰羊，盛情款待。如今女儿和女婿都回来了，桑杰与格日乐更是高兴，敖其尔与妻子桑艾盖煮了手把肉，烤了全羊，精心准备了精美的奶食，一家人围坐在一起，一边品尝美酒佳肴，一边叙亲情。

第十二章　山雨欲来

正当一家人其乐融融，尽情地吃喝时，博和道尔吉急匆匆地从外边走了进来，他在齐木德仁庆豪日劳耳边低声说道："齐王，我有紧急情况向您汇报。"

齐木德仁庆豪日劳看着一脸严肃的博和道尔吉说道："有啥事你就说吧，这里没有外人。"

博和道尔吉看了乌力吉等人一眼，为难地说："此事有些特殊，还是请您跟我到外边说吧。"

齐木德仁庆豪日劳知道一定有紧急情况，不便对众人说，于是站起身来，对乌力吉等人说道："不好意思，我出去一趟，你们慢用。"说完，起身与博和道尔吉走出毡房。

齐木德仁庆豪日劳来到外边，看着博和道尔吉问道："发生了什么事？"

"齐王，事情是这样的，我有一个兄弟在翁公德格庙当喇嘛，他告诉我庙里的巴特尔喇嘛是日本特务机关收买的特务。据我兄弟讲，前两天巴特尔喇嘛去牧场捉马时，发现雪地上有并排两匹新鲜的马蹄印由北向南而去。巴特尔喇嘛当即骑马逆向寻觅，发现两匹马的蹄印是越过乌珠日哨布图中蒙边界而来，巴特尔又顺着马蹄印向南追踪至桑杰家附近，于是巴特尔便立即向日本驻百灵庙特务机关做了汇报。此时日本特务机关正派出密探，到处打听从外蒙古来的间谍，我一得到消息，就赶来向你汇报了。"

齐木德仁庆豪日劳听后神情一变，看着博和道尔吉问道："你兄弟怎么知道这个情况的？"

"我兄弟与巴特尔同住一个庙仓，对巴特尔的身份早就有所了解，是我让他假装跟巴特尔亲近，以便从他嘴里探听有用的情报。这次巴特尔从百灵庙特务机关回来，拿着日本人给的赏钱向我兄弟炫耀，我兄弟借机问他是怎么回事，巴特尔得到赏钱心里高兴，便得意地说了事情的经过，并叮嘱他不要告诉别人。他不知道我们的关系，故此没有戒备。"

"我知道了，你去把桑杰叫出来。"齐木德仁庆豪日劳镇定地说。

桑杰等人正觉得纳闷，此时听到博和道尔吉叫他出去，意识到事情一定很严重，急忙跟着走了出来。

齐木德仁庆豪日劳把博和道尔吉的话告诉岳父，然后征询岳父的意见："阿爸，情况就是这样，你看如何是好？"

桑杰听了齐木德仁庆豪日劳的话，心头一紧，暗自替乌力吉父子担心，生怕他们被日本特务当成间谍给抓起来，急忙说道："日本人蛮不讲理，一旦被他们抓去，势必会对他们动刑，万一屈打成招就麻烦了，我看还是尽快送他们离开吧。"

"我也是这么想的，安全起见，还是赶紧离开为好。"

"行，就这么说定了，我现在就去跟你三叔说。"桑杰说完，与齐木德仁庆豪日劳回到毡房内，把相关情况告诉了乌力吉和色勒莫。

色勒莫不以为意地说："有什么可怕的？我又不是间谍，日本人凭什么抓我？"

"孩子，跟他们没有道理可讲，他们只要抓住你，便会用各种酷刑来对付你，手段十分残忍，最终屈打成招，死于非命。我劝你们还是赶紧离开这里，以免招致横祸。"桑杰劝道。

乌力吉接过话头，说："哥，我明白你们的意思，你们的担心不无道理，我听从你们的意见，抓紧时间离开。"

"那好，我现在就安排人送你们回去。"齐木德仁庆豪日劳说完，转身出去布置。

事出突然，全家人都感到有些难舍难分，格日乐抹着眼泪说道："兄弟骨肉刚刚相聚，就被该死的日本人给搅和了，这是什么世道啊！"

"嫂子，您别上火，等局势缓和了我们再来看你。"乌力吉含着眼泪

第十二章　山雨欲来

说道。

"三叔，兄弟，你们一路保重，等以后天下太平，我一定和阿爸阿妈去看望你们和爷爷奶奶。"额仁钦达来眼含热泪对乌力吉和色勒莫说道。

"事不宜迟，还是抓紧时间动身吧，以免夜长梦多。"桑杰虽然心里不舍，但是为了兄弟和侄子的安全，只能把满腹思念之情藏在心底，硬着心肠催促他们抓紧时间动身。

桑杰本打算带着敖其尔送弟弟和侄子，齐木德仁庆豪日劳觉得不妥，因为桑杰的身份特殊，在这一带名气很大，一旦被人认出，势必引起日本人的怀疑。于是，齐木德仁庆豪日劳派自己的沙毕（徒弟）苏格尔和达巴海护送乌力吉父子。

格日乐和额仁钦达来含泪与乌力吉父子道别，桑杰与敖其尔骑着马一直送出数里之遥，彼此互道珍重，洒泪而别。

齐木德仁庆豪日劳惦记乌力吉父子的安危，一直在客厅等待消息，直到晚上八点多，才把苏格尔和达巴海等回来。

一见面，齐木德仁庆豪日劳就着急地问道："你们怎么才回来？是否已经把他们安全护送出境？"

"王爷，我们已经将他们安全护送出境了，你就放心吧。"

"很好，你们沿途是否遇到过麻烦，是否碰到过熟人？"

"我们走的是偏僻小道，没有遇到麻烦。"

"这我就放心了，你们切记，不要把这件事告诉任何人！"齐木德仁庆豪日劳叮嘱他们。

"王爷请放心，我们一定把这件事烂在肚子里，打死都不会说。"

"好，我相信你们，你们累了一天，赶紧回去歇息吧。"齐木德仁庆豪日劳满意地吩咐他们回去休息。

第十三章　为国捐躯

苏格尔和达巴海离开后，齐木德仁庆豪日劳放心地回到住处。此时额仁钦达来因为惦记乌力吉父子还没有睡觉。齐木德仁庆豪日劳一进屋，她就急忙问道："你咋才回来？三叔他们是否安全出境？"

"他们已经安全出境了，你就放心吧！"齐木德仁庆豪日劳笑着回答。

"这就好！你说这是什么世道，走个亲戚都担惊受怕的，日本人真是太可恨了！"额仁钦达来感叹道。

"你说对了，不把日本人赶走，就别想过安生日子。"齐木德仁庆豪日劳深有同感地说。

第二天上午，齐木德仁庆豪日劳没有见到苏格尔和达巴海，心说他俩一定是昨天护送乌力吉父子过度劳累而在家歇息，故此没放在心上。

第三天，齐木德仁庆豪日劳依旧没有见到他们的身影，不由得心生疑虑，他们理应每天到王府当差，即使有事耽搁也应该向安本告假，不会无缘无故不来。于是，齐木德仁庆豪日劳派博和道尔吉前去一探究竟。

第十三章 为国捐躯

约莫过了一个时辰,博和道尔吉回来了,齐木德仁庆豪日劳赶紧问道:"见到他们了吗?"

"没见到,他俩的家人都说他们昨天早上出门,晚上没回来,以为有什么事情留在王府了呢。"博和道尔吉回道。

"这就奇怪了,昨天一天没见到他们的人影,而他们的家人又说他俩来王府了,我看其中一定有问题。你带人火速查找一下他们的下落。"齐木德仁庆豪日劳着急地说。

博和道尔吉答应着走出去,来到自卫队驻地,将自卫队员召集在一起,让他们分成若干个小组,顺着苏格尔和达巴海的家至王府这段路,仔细查找。

齐木德仁庆豪日劳焦急地等了一天,直到傍晚时分,博和道尔吉带着人回来了。齐木德仁庆豪日劳着急地问道:"怎么样,打听到他们的下落没有?"

"齐王,打听到了,不过……"

"不过什么?他们现在在哪里?"齐木德仁庆豪日劳急于知道苏格尔和达巴海的消息,故此打断了博和道尔吉的话。

"齐王,您别急,听我把话说完。他们可能是被日本人抓走了。"

"啊?你怎么知道他们被日本人抓走了?"齐木德仁庆豪日劳吃惊地问道。

"我是从一个牧羊人的口中听说的,他说昨天早上看到苏格尔被几个身穿便服的人截住并强行带走了。虽然目前还没打听到达巴海的消息,但我推断达巴海极有可能也被抓走了。我之所以怀疑是日本人所为,是因为他们是您的沙毕,除了日本人,还有谁敢这么做?"

"你分析得有道理,先下去歇息吧。"

博和道尔吉走后,齐木德仁庆豪日劳反复思考着,觉得博和道尔吉说

203

得没错，一定是日本人抓走了苏格尔和达巴海，至于抓他们的原因，一定与护送乌力吉父子有关。为了弄清原因，齐木德仁庆豪日劳决定先派人去百灵庙探听一下情况，于是，他派人把额尔敦朝克图叫来。

额尔敦朝克图见到齐木德仁庆豪日劳，谦恭地说："王爷，您叫我有何吩咐？"

齐木德仁庆豪日劳让他坐下，给他倒了一杯茶，低声对他说："事情是这样的，我夫人的三叔和兄弟来探亲，本来是一件很普通的事情，谁知日本特务机关误以为他们是间谍。我怕他们被诬陷，派苏格尔和达巴海将他们护送出境，没想到他们二人因此被抓走了。我想这事一定是日本人干的。为了弄清这件事，只能辛苦你跑一趟，去百灵庙打听一下有关苏格尔和达巴海的下落。你心思缜密，做事牢靠，只有你去我才放心。"

"王爷，这是属下分内的事情，何谈辛苦二字？我现在就动身前往百灵庙，您放心，我一定想办法弄清他们的下落，绝不辜负您的信任！您不要着急，耐心等待，我少则五日多则七日便回。"

"如此甚好，我静候你的佳音。"齐木德仁庆豪日劳满意地说。

自从额尔敦朝克图走后，齐木德仁庆豪日劳每天都焦急地盼着他早点儿回来。可左等右等，一直等了七天，额尔敦朝克图仍然没有回来。这让齐木德仁庆豪日劳更加着急，担心苏格尔和达巴海的同时，又增添了一份担心，生怕额尔敦朝克图行动不慎，牵连到此事之中。齐木德仁庆豪日劳每天都在焦虑中度过，真是食不知味，夜不能寐。

正当齐木德仁庆豪日劳为苏格尔、达巴海被抓的事犯愁时，姐姐刚格玛派人给他送信，说日本人抓走了协理生前的亲信小扎布苏，随后又让小扎布苏带路，抓走了达木林扎布以及他的达哈拉（通讯员）额尔登其木格和厨师老成子等人。

真是一波未平一波又起，齐木德仁庆豪日劳深感问题严重，心中更

第十三章 为国捐躯

加焦虑不安,担心日本人会对这些人下毒手。齐木德仁庆豪日劳想带着自卫队前去营救,但因情况不明,不敢贸然采取行动,只能一面命令自卫队加强王府警戒,严防日本人找麻烦,一面耐着性子等待额尔敦朝克图的消息。齐木德仁庆豪日劳等了足足两周时间,才把额尔敦朝克图盼了回来。

见面后,齐木德仁庆豪日劳焦急地问道:"你打听清楚没?他们为什么被抓?现在咋样?"

"王爷,您等着急了吧?我跟您说,我已经打听清楚了,日本人之所以抓他们,是因为有人告密,说您的部下有人参与抗日活动。日本人抓他们是为了核实情况,一旦查明原因,证实他们的清白,就会放了他们。另外我还得知日本人没有为难他们,也没有对其刑讯逼供。"额尔敦朝克图很轻松地说。

"你是怎么知道这些情况的?"齐木德仁庆豪日劳盯着额尔敦朝克图问道。

"这是日本特务机关长阿司卡亲口对我说的。"额尔敦朝克图脱口而出。

齐木德仁庆豪日劳一怔,急忙追问道:"你见到日本特务机关长了?"

"王……王爷,情……情况是这样的。我在百灵庙探听到达巴海等人确实被日本人给抓了。为了摸清日本人的意图,我决定以身涉险,前往百灵庙特务机关,直接找到日本特务机关长阿司卡,当面质问他为什么无故抓人。虽然我知道这么做很危险,但是为了完成王爷您交给我的使命,我豁出去了。没想到日本人非但没有为难我,还对我以礼相待。咱们误会日本人了。"

"日本人会这么好心?那他们说没说什么时候放人?"齐木德仁庆豪日劳不相信地问。

"阿司卡说了，只要能够证明这些人是清白的，他立马放人。"

"有这好事？他们打算怎么证明这些人的清白？"齐木德仁庆豪日劳不相信地问道。

"阿司卡让我带话，请您去一趟百灵庙，当面把事情解释清楚，他就可以放人了。"

"日本人请我去？你没听错吧？"

"没有，他亲口对我说的，岂能有错！"

"日本人一向凶狠狡诈，他们的话不可信，万一他们使诈怎么办？"齐木德仁庆豪日劳充满疑虑。

"日本人固然可恨，但是我觉得这次他们是诚心的，你看他们既没有难为被抓去的人，对我这个梅林也很客气，何况您是堂堂旗府王爷，岂有不敬之理。"

齐木德仁庆豪日劳点了一下头，没有表态，停顿片刻之后，又征询额尔登朝克图的意见："根据日本人的态度，你觉得我是否应该去？"

"王爷，这件事我也吃不准，不过我觉得一味地躲避也不是办法，咱们越是避而不见，日本人越会怀疑咱们，就不可能答应放人。"

齐木德仁庆豪日劳一时难下决断，只好对额尔敦朝克图说："我知道了，让我考虑考虑，你连日劳累，早点儿回去歇息吧。"

额尔敦朝克图走后，齐木德仁庆豪日劳便开始在心里盘算对策，思考了很长时间，也没有想出一个妥善的办法。于是，他把旗府的一些官员召集过来，想和他们商量个办法，可是众人的意见不统一，有的人说应该去，有的人说不应该去，商量了一下午，也没能商量出一个切实可行的办法。

齐木德仁庆豪日劳回到住处，依旧愁眉紧蹙，沉默不语。额仁钦达来知道他是为了救人的事情犯愁，便劝道："救人固然要紧，但你的身体

第十三章 为国捐躯

更要紧,你整天愁眉不展的,万一急出毛病怎么办?"

"他们是我的部下,是按我的要求护送三叔他们父子出境的。如果不是我派他们去,他们就不会被日本人抓走!此事因我而起,我岂能坐视不管?无论用什么方法,我一定要把他们救出来!"

"事已至此,光着急不管用,应当想个妥善的办法才行。"

"办法倒是有,只是我觉得有些不妥,额尔敦朝克图说日本特务机关长阿司卡请我去一趟,只要把事情当面说清楚,他就可以放人。"

"你打算怎么办?不会真的去见日本人吧?"

"我也觉得日本人的话不可信,但额尔敦朝克图拍着胸脯说日本人一定不会为难我,实在不行我就冒险一试。"齐木德仁庆豪日劳似乎下定了决心。

"那可不行,日本人阴险毒辣,什么事都做得出来,万一这是日本人设计的圈套呢?你千万不能去冒险!"

"为了救人,我顾不得那么多了。"

"救人固然重要,但是你的安全同样重要,如果你冒险去见日本人,万一有啥闪失怎么办?"额仁钦达来不放心地说。

"我看还不至于,额尔敦朝克图说达巴海等人被日本人抓去后,日本人没有难为他们,也没有对他们刑讯逼供,同时对额尔敦朝克图也礼遇有加。如果日本人想难为咱们,首先就不会放过额尔敦朝克图。"

"我知道你对额尔敦朝克图一向很信任,但是人心隔肚皮,他的话也不能全信,万一其中有什么猫腻怎么办?"

"额尔敦朝克图对我一向忠心耿耿,我相信他不会欺骗我。"齐木德仁庆豪日劳有些不高兴地说。

"好啦,当我没说,行了吧?不过我还是有些担心,即便额尔敦朝克图说的是实情,你也不能以身试险,万一日本人放长线钓大鱼,故意引你这条大鱼上钩怎么办？"

"我已经想好了，只要能把他们救出来，即使搭上性命也值！"

"我理解你的心情，但你想过没有？日本人不是那么好对付的，既然他们敢公开抓人，定然掌握了一些证据。你见到日本人，他们一定会让你们当面对质，万一有人说走嘴露出破绽，日本人岂会轻易放过你！到时候非但救不出他们，反而会把你搭进去。我不同意你去见日本人，至于应该采取什么办法，我觉得还是应该好好合计一下，尽量想出一个万全之策。"

"我已经与旗府的官员们合计过了，他们也都没有好办法。"

"俗话说，养兵千日，用兵一时，这些人平日说得头头是道，怎么到了关键时刻却想不出一个好主意，真是尸位素餐之辈！"

"你不必埋怨他们，这件事确实很棘手，况且他们的能力有限，没有那么大的韬略，假如姐夫还在就好了，他一定会帮我想出一个万全之策。"齐木德仁庆豪日劳想到了已故的关斯仁扎布。

"姐夫这么好的人，说没就没了，真是令人痛惜！"

"人在难处想亲朋，现在姐夫已经不在了，只能自己的梦自己圆了。你说得有道理，日本人的话不可信，我听你的，不到万不得已，我是不会去见日本人的。另外我想了一个办法，打算去盟里找云王求情，请云王出面跟日本人交涉。云王德高望重，在牧民心中享有崇高的威望，日本人对他也是忌惮三分，如果他肯出面向日本人施压，说不定日本人会看在云王的面子上，释放苏格尔和达巴海等人。"

"这个办法可以，既不用和日本人见面，又可以救出咱们的人。既然你已经想好了对策，为什么不早点儿说出来？害得我跟你着急上火！"额仁钦达来听了丈夫的计划，点头表示赞同，同时抱怨道。

"不瞒你说，这几天我反复琢磨，想了好几种办法，刚才听了你的

第十三章　为国捐躯

一番话，促使我最终决定采取这个办法。"

额仁钦达来关切地问："你打算何时动身，准备带多少人？"

"事不宜迟，我决定明天就动身，此事应秘密进行，不宜人多，带几名贴身侍卫就够了。另外，我已经让人把汽车从归绥开回来了，我们坐汽车去，速度快，一个上午就能赶到。"

"既然已经想好了对策，那么赶紧吃饭吧，你已经好几天没有吃顿像样的饭了。"额仁钦达来心疼地对丈夫说。

翌日，齐木德仁庆豪日劳吃过早饭，命人把汽车开过来。这辆车是齐木德仁庆豪日劳几乎花了半个家当，从一个传教士手里买来的二手车。此前一直舍不得用，一是草原上的路不好，二是油料紧张，所以一直停放在归绥城里。如今要去盟里见云王，特意让司机龚才堂把车开回来。除了龚才堂，还有一个司机学徒索德那木苏。这个索德那木苏原本是齐王的随从，因为比较精明，所以齐王让他跟着龚才堂学开车。除了两名开车的司机，齐木德仁庆豪日劳原本决定带额尔敦朝克图一起去，因为他曾跟阿司卡打过交道。可是额尔敦朝克图称病没来。齐木德仁庆豪日劳没有多想，带着瓦其尔安本、阿迪雅管旗章京、敖斯尔扎木苏以及博和道尔吉等几名随从一同前往。

临行前，额仁钦达来一再叮嘱丈夫多加小心。齐木德仁庆豪日劳对妻子说道："你不必多虑，此去无论如何都要想办法把苏格尔等人救出来。你要记住，不管发生什么事，你都不要参与进来，更不能以身试险，切记！切记！"

齐木德仁庆豪日劳说完，毅然决然地转身朝汽车走去。额仁钦达来望着丈夫的背影，心里感觉空落落的，一直目送丈夫的汽车远去。

齐木德仁庆豪日劳坐车从住地查干敖包出发，沿着大道朝盟里行驶。大约一个多时辰后，车子来到了百灵庙附近时，齐木德仁庆豪日劳对司机龚才堂说:"咱们不进百灵庙,从旁边绕道而行。"

龚才堂回道:"齐王,这条路是通往盟府呼和额日格的唯一通道,如果不走百灵庙,就得走西北梁的便道,不但绕远,而且坑坑洼洼的很不好走。"

"没事,这条便道虽然难走,但可以绕过百灵庙的日本特务机关。"

龚才堂答应着把方向盘向左打,拐上了百灵庙左边的便道。这条便道确实很不好走,路面窄不说,还到处是坑,汽车一路颠簸着缓慢向前行驶。当行至百灵庙后面的山丘时,前面突然出现十几个日本兵,拦住了去路。齐木德仁庆豪日劳悚然一惊,急忙命令龚才堂往回倒车,没想到仅退行几十米,身后也出现了日本兵。齐木德仁庆豪日劳见此,命令司机加足马力往前开,打算硬冲过去,却因为路况不好,汽车无法提速,只能颠簸着缓慢而行。日本兵乘机围了过来,用枪对准汽车,喝令停车。齐木德仁庆豪日劳见状,只好命令司机停车,博和道尔吉等人上前举枪与日本兵对峙。就在这时,从远处开过来一辆卡车,从车上又下来一队日本兵,将他们围在中间。

一个翻译官走到车前,对着齐木德仁庆豪日劳等人说:"所有人通通下车接受检查。"

齐木德仁庆豪日劳见此情形,知道无法脱身,便坦然地从车上下来,对翻译官说道:"我是茂明安旗王府的齐木德仁庆豪日劳,到盟府呼和额日格公干,你们无权阻拦我的车辆。"

那个翻译官冷笑道:"你不说我们也知道你是谁,我们已经在这里恭候多时了,识相的赶紧让你的手下放弃抵抗,乖乖地跟我们走。"

齐木德仁庆豪日劳听了翻译官的话,知道日本人早有预谋,如果跟他们硬拼,势必会白白搭上手下人的性命。他本是为了救人而来,如果再搭上这些无辜的生命,岂不得不偿失。于是,齐木德仁庆豪日劳摆手让博和

第十三章　为国捐躯

道尔吉等人放弃抵抗。博和道尔吉等人虽然不甘心，但只能遵守齐木德仁庆豪日劳的命令。日本兵端着枪走上前来，收缴了他们的武器，然后把他们押上卡车，朝着百灵庙方向开去。

齐木德仁庆豪日劳坐在车里，心里反复琢磨日本兵怎么会出现在便道上。本来他这次是秘密出行，别说行动时间和路线，就是知道这次行动的人都少之又少，为什么日本人知道他们的行踪？难道有人向日本人走漏了风声？那个人会是谁呢？齐木德仁庆豪日劳把知道内情的人挨个想了一遍，也无法确定谁是内奸。

卡车沿着便道行驶一段时间，拐上了通往百灵庙的大道，很快来到了百灵庙。齐木德仁庆豪日劳等人下车后，被带到路边的一个大蒙古包里。这个蒙古包是关斯仁扎布前年在百灵庙治病时临时搭建的，一直没有拆。齐木德仁庆豪日劳走进蒙古包，发现阿司卡坐在里面。

一见面，阿司卡就对齐木德仁庆豪日劳大声责问道："我让人给你捎话，叫你到特务机关来，你为什么不来？"

面对阿司卡的责问，齐木德仁庆豪日劳没有回答，而是反问道："你凭什么无故抓我的人？"

"你的人图谋不轨，私通蒙古革命党。"

"你说他们私通蒙古革命党，证据何在？"

"我已经查明苏格尔和达巴海私自护送两名蒙古革命党出境，这就是证据。"

"他们护送的人是我的亲属，不是革命党。"

"事到如今你还狡辩，真是冥顽不化。来人，把他带到我的房间，我要好好和他谈谈。"阿司卡话音甫落，立刻上来了几名日本兵，强行把齐木德仁庆豪日劳带走了。

博和道尔吉等人见状打算上前阻止，齐木德仁庆豪日劳冲博和道尔吉等人使了个眼色，示意他们不要冲动，同时厉声制止："你等不许胡来，我跟他们去，咱们没做亏心事，没什么可怕的！"说完，齐木德仁庆豪日劳神情坦然地跟着阿司卡朝特务机关走去。

日本人带走齐木德仁庆豪日劳后，将阿迪雅和敖德斯尔扎木苏等人就地看押。他们每天都能从蒙古包里窥视到齐王被阿司卡带到南院的审讯室，一去就是好久。同时还看到齐王的脸部青肿淤血，头部还被包扎过。他们知道日本人对齐王刑讯逼供，心里非常焦急。

几天之后，阿司卡突然宣布释放齐王的随从，只把阿迪雅、敖德斯尔扎木苏、瓦其尔留下。阿迪雅猜到这是日本人没有从齐王嘴里问出证据。博和道尔吉等人不愿意弃齐王而去，阿迪雅力劝他们离开，并嘱咐他们回去后向夫人报信。在阿迪雅的劝说下，博和道尔吉命令其他人先行离去，自己坚持留下。

自从丈夫走后，额仁钦达来一直放心不下，盼着丈夫早日归来。本来说好一两日便回，哪知一连数日没有丈夫的音讯，额仁钦达来急得吃不下睡不着，无时无刻不牵挂着丈夫的安危。此时听说齐王的随从们回来了，赶紧询问情况。随从们按照阿迪雅的嘱咐，把齐王被日本人扣押的经过告诉了她，但是隐瞒了齐王受刑的事情。额仁钦达来听说丈夫被日本人扣押，心里更加着急，想带人去百灵庙解救丈夫，又怕如果不成功反而连累了丈夫。她想起丈夫的临行叮嘱，不敢轻举妄动，只好耐着性子，一心祈盼丈夫早日脱困归来。

桑杰和格日乐得知女婿被日本人抓走的消息，急忙赶了过来，见到女儿每天愁眉不展，暗自流泪，便劝女儿往宽了想，说不定齐木德仁庆豪日劳过几天就能平安回来。额仁钦达来为了不让母亲为自己担心，表面上显得很平静，其实内心焦急万分，度日如年。

这天中午，格日乐正陪着女儿在屋内说话，突然听到门外有人高声

第十三章　为国捐躯

喊道："夫人，齐王的汽车回来了。"

额仁钦达来听后心中一喜，急忙奔出房门，朝着停放汽车的地方跑去，格日乐也紧随其后。

额仁钦达来一口气跑到汽车跟前，看见了几个日本兵及阿迪雅和瓦其尔等人，唯独不见丈夫的身影，急忙问道："你们都回来了，怎么没看见齐王？"

瓦其尔与阿迪雅一脸悲戚，看了额仁钦达来一眼，痛苦地低头不语。

额仁钦达来心头产生了一种不祥的预感，她冲着阿迪雅大声喊道："你们怎么不说话，齐王到底怎么了？"

阿司卡板着面孔走到额仁钦达来跟前，看了她一眼，冷冷地说道："你们的札萨克是八路军的密探，已经开枪畏罪自杀，我把他的尸体送回来了。"

额仁钦达来怒不可遏地一把抓住阿司卡的衣领，大声质问道："胡说！我丈夫被你们带走时是活人，而你送回来的却是尸体。你们把他无故关押起来，他到哪里去找枪？怎么可能开枪自杀？一定是你们杀死了札萨克！"

阿司卡看了额仁钦达来一眼，恼羞成怒地说："信不信由你，来人，把尸体抬下去。"阿司卡的话音刚落，几个日本兵从车上抬下一具用白布遮盖的尸体。

额仁钦达来扑上前去，双手颤抖着掀开蒙在尸体上的白布，发现昔日活蹦乱跳的丈夫已然变成了一具冰冷的尸体，不由得悲恸万分，心如刀绞，只觉得胸口发闷，眼前一黑，昏倒在地。

阿司卡视而不见，十分蛮横地说："你们的札萨克是畏罪自杀，你们也有私通八路的嫌疑，来人，给我彻底搜查！"

随着阿司卡一声令下，一群日本兵端着带刺刀的步枪对王府的每个角落进行仔细搜查，整个王府顿时陷入一片混乱。

王府的人对齐王的死感到悲痛万分，一个个泪流满面，对日本兵的野蛮行径非常气愤，但是面对日本兵的刺刀，他们敢怒不敢言，只能眼睁睁地看着日本兵横行。

日本兵把王府搜了个遍，没有找到他们想要的证据，却乘机把一些贵重物品当成私通八路的"证据"抢劫一空，而后坐车离开。

第十四章　查明真相

话说格日乐见女儿晕倒在地,急忙上前救治。只见额仁钦达来双目紧闭,牙关紧咬,面色煞白,不省人事。格日乐急得一边大声呼喊,一边用手掐人中,女儿却没有任何反应。格日乐急忙让人舀来一瓢凉水,用嘴吸了一大口,对着女儿的脸"噗"的一声喷去,依然不见效。无奈她让人将女儿抬到床上,命人前去请郎中。

约莫半个时辰,丁铁旦身背行医的背囊赶到。丁铁旦进屋后,一边把脉一边询问原因。诊完脉之后,丁铁旦从背囊里拿出一套银针,先是在额仁钦达来的人中处扎一针,又分别在头顶以及四肢的穴位行针。行完针后,他从背囊中取出一粒药丸,研碎并用酒稀释,用骨签子将额仁钦达来的嘴撬开,将药灌了下去。

格日乐着急地向丁铁旦问道:"大夫,她这是怎么了?要不要紧?"

丁铁旦看了额仁钦达来一眼,回答道:"不要紧,她这是悲伤过度,急火攻心,痰迷心窍所致。我已经为她行针用药,等一下就会苏醒。"格日乐听了大夫的话,心内稍安。

约莫一炷香的工夫，额仁钦达来的面色由白变红，逐渐有了血色，手臂动了一下，慢慢睁开了眼睛。格日乐见女儿苏醒过来，吐出一口长气，急忙上前探视，发现女儿眼神迷茫，神情呆滞，好像傻了一般。

格日乐刚刚放下的心又悬了起来，急忙向丁铁旦询问。

丁铁旦回道："我已经说过了，她是悲伤过度，急火攻心，痰迷心窍所致。这种病急不得，需要慢慢调养，我开个药方，每天按方服药，数日即可痊愈。"

额仁钦达来服药之后，不吃不喝地躺在床上，如同丢了魂一般。格日乐担心她想不开，对她百般相劝。斯琴强忍丧子之痛，前来探望儿媳，见她这副模样，不由得伤心落泪，并把自己的表孙女乌日娜留下来照顾额仁钦达来。乌日娜今年十六岁，自幼父母双亡，斯琴看她可怜，将她收养。乌日娜是个聪明伶俐、善解人意的好姑娘。

数日后，正当人们为额仁钦达来的病情深感焦虑时，额仁钦达来却自己走下床来。她神情平静，表情冷漠，与往日大相径庭，仿佛变了个人似的。格日乐见她如此反常，放心不下，再次请丁铁旦诊断。丁铁旦把脉之后，说她的病已经痊愈。格日乐虽然相信丁铁旦的医术，但对他的话还是半信半疑，既然她的病已经痊愈，为何行为如此反常？

齐木德仁庆豪日劳不幸遇害的消息在蒙古族王公中引起了极大的震动，人们怀着无比悲痛的心情，纷纷前来吊唁。

策思德巴拉吉尔闻听噩耗，悲恸万分，心痛难忍，大叫一声"痛死我也！"随即一口鲜血喷涌而出，只觉一阵天旋地转，两眼一黑，摔倒在地。他的手下宁日格、哈日淘高等人见状，急忙上前救治，有人掐人中，有人用冷水喷，好一阵忙活，才将策思德巴拉吉尔救醒。

策思德巴拉吉尔苏醒后，不顾身体的病痛和家人的劝阻，执意要去吊唁齐木德仁庆豪日劳。家人拗不过他，只好让人陪着前去吊唁。

第十四章 查明真相

策思德巴拉吉尔怀着无比悲痛的心情来到齐王府，当他看到昔日朝气蓬勃、谈笑风生的好兄弟，此时已经变成了一具僵硬的尸体，不由得悲从中来，大叫了一声"兄弟"，只觉嗓子发咸，又吐出一口鲜血，昏厥在地。宁日格、哈日淘高等人赶紧上前掐人中，将他救过来。

阿迪雅赶紧端过一碗热茶，悲戚地对他说："王爷，人死不能复生，您要节哀顺变，保重身体！"

策思德巴拉吉尔接过茶碗，放在一边，说道："我没事，你跟我说说，我大哥到底是怎么殁的。"

"具体原因尚不清楚，日本人说是自杀。"

"日本人的话怎么能信？这帮畜生阴险毒辣，杀人不眨眼。齐王一定是被日本人害死的。"

"我也是这么想的，齐王身陷狱中，失去人身自由，不可能开枪自杀！"

策思德巴拉吉尔咬牙切齿地说："该死的日本人，我一定要他们血债血偿，替我兄弟报仇雪恨！"

齐王为人正直，刚正不阿，在草原上享有极高的声望，如今惨遭杀害，英年早逝，令人悲痛万分。王公贵族经过商议，决定全旗为齐王停灵四十九日，吊孝一百天。

在停灵期间，每天都有人赶来吊唁，有人在灵前长跪不起，有人号啕大哭。策思德巴拉吉尔虽然胸口时常疼痛，依然抱病坚持守灵四十九日。

出殡当天，人们从不同的地方赶来，怀着沉痛的心情，送齐王最后一程。送葬的人数众多，黑压压的一片，有的人暗自落泪，有的人失声痛哭，悲声阵阵，哭声一片。令人不解的是，额仁钦达来的神情很平静，始终没有说话，也没掉一滴眼泪，让人感到十分意外。

瓦其尔等人按照齐木德仁庆豪日劳的遗愿，将他的骨灰送到五台山安葬。额仁钦达来捧着丈夫的骨灰，一直跟着送葬的队伍走到五台山，来到灵鹫峰下的墓地，将齐木德仁庆豪日劳安葬。直到此时，额仁钦达来方才放声大哭，哭得伤心欲绝，肝肠寸断，晕倒在墓前。刚格玛命人抬着她离开了墓地。

众人离去后，策思德巴拉吉尔独自一人留在坟前，放声痛哭了一场后，怀着无比悲愤的心情离去。

策思德巴拉吉尔回到家中，将心腹宁日格叫到身边，吩咐他去百灵庙打探消息。宁日格点头答应着起身离开。

数日后，宁日格回来向策思德巴拉吉尔汇报情况："经过侦察，我基本掌握了敌人的兵力及武器配备情况。百灵庙特务机关大院四周是两米多高的砖墙，墙上拉着电网，院内有一栋正房，还有东西两排厢房。大门口有两名哨兵站岗，从大门往院里延伸二十多步，是一道用沙袋垒的掩体，掩体内有人轮流把守。院内还有一座木制的岗楼，岗楼上有人站岗，还有一盏探照灯三百六十度旋转着朝周围照射。自从齐王遇害后，日本特务机关加强了警戒，增添了岗哨和巡逻的次数。"

"我知道了，你现在就返回去，密切注意敌情，如有变化及时向我汇报。"

"好，我马上返回。"宁日格答应着离开了。

过了几天，宁日格再次向策思德巴拉吉尔汇报："昨天日本人撤掉了增派的岗哨，减少了巡逻次数。"

"很好，你准备一下，咱们今晚就动手。"

当天夜里，策思德巴拉吉尔从保安团挑选了三十多名精干的队员，组成偷袭小分队，亲自带领小分队向百灵庙进发。为了防止百灵庙有敌人增援，策思德巴拉吉尔命令自卫队队长哈日淘高带一部分人阻击援军。

午夜时分，小分队在距百灵庙三里远的后山梁停了下来。策思德巴拉

第十四章 查明真相

吉尔命人将马匹交给专人看管,然后带队向百灵庙特务机关摸去。

在夜色的掩护下,小分队神不知鬼不觉地来到百灵庙特务机关附近,策思德巴拉吉尔借着月光仔细观察了一番,然后命令宁日格带领三名勇士去解决门前的岗哨。

宁日格四人分成两组,分别从左右两个方向避开探照灯的照射,猫着腰紧贴着墙根朝着大门口的哨兵摸去,很快摸到哨兵身后。只见宁日格如同一只敏捷的猎豹,以迅雷不及掩耳之势,飞身扑向哨兵,用胳膊勒住哨兵的脖子,双手抓住哨兵的脑袋,猛然用力,将哨兵的颈骨扭断,哨兵闷哼一声倒地身亡。与此同时,对面的两个自卫队队员以猛虎扑食的招数快速扑向目标,从背后发起攻击,哨兵只觉得脖子一凉,喉咙已被锋利的匕首割断。哨兵喉咙被割断的瞬间,下意识地扣动了扳机。只见火光一闪,一声清脆的枪声划破夜空,打破了夜晚的宁静。

随着枪声响起,特务机关内立刻传来一阵刺耳的警报声。策思德巴拉吉尔见偷袭不成,当即下令小分队发起强攻。宁日格带人从大门往里攻,岗楼和院内掩体内的敌人在探照灯的照射下,用机枪进行疯狂扫射,密集的子弹打得宁日格抬不起头。策思德巴拉吉尔见攻击受阻,随手拿过一支步枪,端枪瞄准探照灯就是一枪,探照灯被打爆,四周瞬间漆黑一片。策思德巴拉吉尔趁着这个间隙,指挥队员快速冲到大门口,与宁日格等人会合,继续向院内发起进攻。敌人借助掩体内和岗楼上的火力,形成了交叉的火力网,阻挡住了攻势。策思德巴拉吉尔为了避免造成重大伤亡,下令暂停进攻。战场陷入了僵持局面。

话说苏格尔、达木林扎布、小扎木苏等人被敌人抓去后,受到了严刑逼供,逼着他们交代齐王与外蒙古革命党联系的罪行。他们不肯卖主求荣,任凭敌人严刑拷打,始终不肯屈服。齐王遇害后,敌人放松了对他们的看管,将他们从牢房移到普通房间关押,还解除了他们的刑具。此时听

219

到外面枪声大作，几个人心中一喜，盼望有人将他们解救出去。听了一会儿，他们发现枪声开始减弱，未免有些失望。

达木林扎布对同伴们说："咱们不能坐等外边的人，如果他们攻不进来，咱们岂不是无法逃出去了？俗话说机不可失，时不再来，咱们不能白白失去这次逃生的机会。"

额尔登其木格信服地说："我们都听你的。"

"咱们不能坐等，要趁敌人慌乱之际，想办法逃出去。"

"行，我们都听你的，你说咋办就咋办。"众人纷纷表示同意。

"好，做好准备，按我的命令行事。"达木林扎布说完，对着外边大声喊道，"有人吗？"他连喊数声，却不见一个人影。达木林扎布果断地说："敌人一定都忙着打仗，无暇顾及咱们，咱们现在就开始行动。"于是，他们用力把门撞开，借着夜色的掩护，溜到墙根底下，翻过墙头，逃了出去。达巴海因为跑在最后，不幸被流弹击中小腿，无法翻越墙头，没能逃出去，最后被阿司卡枪杀了。

话说策思德巴拉吉尔见进攻受阻，果断改变策略，命人将手榴弹集中到一起，由十几个人对着沙袋构筑的掩体同时投弹。这一招果然见效，随着一阵激烈的爆炸声，掩体内的敌人大部分被炸死，剩余的人也都受伤倒地，失去了战斗力。策思德巴拉吉尔趁机带人冲进院内，却被岗楼上的火力封住。策思德巴拉吉尔再次命人集中手榴弹，准备向岗楼发起攻击。

宁日格急忙劝阻道："王爷，岗楼太高，手榴弹恐怕不会奏效。"

"我的目的不是炸毁岗楼，而是让岗楼起火。此时正是春夏之交，天气干燥，木制的岗楼容易起火，一旦岗楼起火，敌人必然军心大乱，到时候不攻自破。"

宁日格信服地点头称是，带着人用手榴弹向岗楼发起攻击。在手榴弹的爆炸声中，岗楼被炸得木屑横飞，有的木屑被手榴弹爆炸的火星点燃，很快燃起熊熊大火，逐渐蔓延到岗楼上。岗楼上的敌人见岗楼起火，顿时惊慌失色，不顾一切地想办法逃生，有人冒险往下跳，结果被摔死，胆小的则被烧死。阿司卡见院内的掩体和岗楼接连被攻克，赶紧带着残兵败将，龟缩在地堡里负隅顽抗，等待救援。

阿司卡刚开始受到攻击，就向驻扎在百灵庙的日军部队请求增援了。日军接到求援后，立刻派出援兵。由于地堡十分坚固，加上敌人拼死抵抗，策思德巴拉吉尔连续发动了几次进攻均未奏效。此时哈日淘高的阻击分队已经与敌增援分队展开激战，人员和弹药消耗都很大。面对这种不利情况，策思德巴拉吉尔果断命令部队停止进攻，快速撤出战场，同时命人通知阻援部队撤出战斗。

策思德巴拉吉尔带着队伍回到住所后命宁日格再次化装前往百灵庙探听消息，得知百灵庙特务机关除了躲在地堡里的少数人，大部分都被消灭。策思德巴拉吉尔得知阿司卡侥幸逃脱，感到非常愤怒，因为他这次行动的目的就是杀了阿司卡为齐木德仁庆豪日劳报仇。

第二天，策思德巴拉吉尔带着遗憾骑马来到敖包山，摆上祭奠的物品，手擎酒碗，遥望天空，含泪说道："兄弟，我知道你是被日本人害死的，我已带人攻打了百灵庙特务机关，消灭了几十个日本人，也算替你出了一口气。但令人遗憾的是没能消灭阿司卡，不过你放心，我还会寻找机会杀了阿司卡，为你报仇雪恨！"说完，他把酒碗里的酒洒在敖包山前，躬身祭拜，然后含泪而去。

额仁钦达来从五台山回到王府，沉默寡言，整日愁眉不展，把自己关在屋子里，很少出门。人们看到额仁钦达来性情大变，陷在痛苦中难以自拔，不由得暗自叹息。

齐木德仁庆豪日劳遇害之后，王府的官员也都沉浸在悲痛之中，忙着处理札萨克的丧事，无心理政。额尔敦朝克图却拿着德王签署的由他暂代札萨克的手谕，出面暂理旗政。王府的官员对此很不情愿，但额尔敦朝克图手里握有德王的手谕，众人只能屈从。

齐木德仁庆豪日劳百日孝期期满，全旗的王公贵族为他举行了隆重的除孝仪式。参加悼念活动的有旗内的王公贵族，还有外旗来的一些齐王的生前好友。额尔敦朝克图出面主持仪式。他暂理旗政以来，整天摆出一副不可一世的架势，对下人吃五喝六，俨然以旗札萨克自居。此时，他的朝帽上虽然缠绕着蓝色布带，脸上却看不出一丝的悲伤，反而显露出春风得意的神情。他装模作样地率领着众官员向齐木德仁庆豪日劳的遗像默哀。默哀后，额尔敦朝克图大声宣布："齐王的百日孝期已经结束，请各位摘下孝巾。"说完，他率先取下了缠绕在朝帽上的蓝色布带。其他人也跟着除掉了蓝布带，唯独额仁钦达来没有摘掉蓝布带。

额尔敦朝克图见状，走到额仁钦达来跟前，用关切的口吻劝道："夫人，我知道你与齐王感情深厚，但人死不能复生，还望夫人节哀顺变，将孝巾除掉。"

额仁钦达来面色凝重，语气平静地说："谢谢你的关心，我决定终生为齐王守孝。"

额尔敦朝克图神色一变，提高声音说道："夫人，你这是何必呢？你这么年轻，还有大把的好时光等着你，我劝你不要一时冲动做傻事，要为自己的后半生着想，我看不如干脆找个好人嫁了吧！如果你信得过我，我可以帮你。我看百灵庙特务机关的吴长官就挺适合你，要不要我给你介绍介绍？"

额仁钦达来眼里喷射着愤怒的火花，盯着额尔敦朝克图回道："谢谢你的'好意'，我的事不劳你费心。"然后转过身来，神情悲戚地对众人说，"今天是齐王百日孝期，我向前来参加悼念活动的亲朋好友表示感谢，同时也向各位王公台吉表个态，我将终生为齐王守孝，请大家为我做

第十四章　查明真相

个见证。"

额仁钦达来此言一出，在场的王公贵族都深受感动，纷纷称赞额仁钦达来有情有义。

额尔敦朝克图气急败坏地说："齐王不是为了让你执政而娶了你，而是为了接续香火才娶你，既然你这么多年都没能给他生下一儿半女，还守个什么寡？请你看明白自己的身份和处境。"

"额尔敦朝克图梅林此言差矣，你虽然暂理旗政，但你无权干涉我的人身自由，更无权干涉我的决定。我与齐王一往情深，如今他不幸遇害，我作为他的夫人，甘心为他终生守孝，这是我与齐王之间的事情，也是我的自由，任何人无权干涉！"

"夫人，好样的！""夫人，我们支持你！"在场的王公贵族纷纷表态，公开支持额仁钦达来的壮举。

额尔敦朝克图见众人一致表态支持，知道再阻止恐招众怒，不但于事无补，反会落下骂名，不再出言反对，而是带着几名亲信悻悻离去。

额仁钦达来精明干练，处事公平，待人和气，在旗府内享有很高的声望，无论是旗府的官员还是广大牧民，都对她十分敬佩。即使齐王不幸离世，人们依旧把她当札萨克夫人看待。额尔敦朝克图心里很不是滋味，心里明白只要额仁钦达来待在王府一天，他就形同虚设，就无法真正发号施令。为此，额尔敦朝克图想把额仁钦达来弄出王府，假意以关心额仁钦达来为名，劝额仁钦达来改嫁。却被当众打脸。额仁钦达来表明一辈子不会离开王府的决心，这分明是公开向他发出挑战。因为只要额仁钦达来不改嫁，她就还是齐王的夫人，可以名正言顺地住在王府。

额尔敦朝克图见劝其改嫁的计谋落空，便以保护额仁钦达来安全为由，派亲信昼夜在额仁钦达来的住处警戒。名义上是保护夫人的安全，实则是监视她的一举一动，等于变相把她软禁了。

额尔敦朝克图以为额仁钦达来一定会对此不满，没想到额仁钦达来坦然处之，每日待在家中，很少出门。婆母怕她孤单，把乌日娜留在她身边，一是为了照顾她的饮食起居，二是给她做伴。乌日娜对额仁钦达来非常尊重，整天一口一个夫人地叫着。额仁钦达来觉得不习惯，便与以她姐妹相称。乌日娜起初不敢答应，后来相处时间长了，熟络之后，相约在人前称呼额仁钦达来为夫人，私下里则以姐妹相称。

转眼数月过去了，额尔敦朝克图得知额仁钦达来每日待在屋里，既不出门，也不与外人接触，心中暗自得意，心说额仁钦达来虽然性子刚烈，但毕竟是女流之辈，没什么大韬略，以前不过仗着齐王撑腰才表现得无所畏惧，如今失去了齐王这个靠山，她这个母老虎已然变成了一只病猫。因此，额尔敦朝克图放松了对额仁钦达来的监视。

额仁钦达来的做法让人们感到不解，有人以为她因齐王猝然离世受到了打击，导致性情大变，岂不知这是额仁钦达来采取的韬光养晦策略。额尔敦朝克图果然被额仁钦达来所蒙蔽，误以为她已经屈服，故此放松了警惕。

转眼年关将近，这天上午，额仁钦达来让乌日娜把瓦其尔安本和阿迪雅管旗章京请了过来，并对外宣称请他们来是为了商量过年的事宜。负责监视额仁钦达来的人没有阻拦，乌日娜顺利地将他们请到札萨克仓。

额仁钦达来见到瓦其尔和阿迪雅，起身让座倒茶，然后低声对他们说道："你们两位跟随齐王多年，是齐王生前最信赖的人，而且跟齐王一同被日本人抓去，我想问问你们，齐王到底是咋死的？"

"夫人，我觉得齐王不是自杀，是被日本特务杀害的。"阿迪雅肯定地回答。

"你说日本特务害死齐王，有什么证据？"

"我没有证据，但是我敢断定齐王不是自杀。一是齐王没带手枪，即

第十四章 查明真相

使有也被日本特务收缴了。二是阿司卡是个老奸巨猾、训练有素的日本特务，手枪不可能随意乱放，更不可能让齐王有机会拿到枪。三是齐王入殓时，我曾他的伤口，他背后的弹孔小，前胸的弹孔大，说明子弹是从背后穿胸而过，是被人从后面开枪杀害的。他死在日本特务机关，不是日本人干的还会有谁？"

"你分析得有道理，我也觉得是日本特务杀害了齐王。不过我不明白，日本人既然敢动手杀害齐王，为什么不敢承认，还宣称齐王是自杀？"额仁钦达来不解地问道。

"日本人怕激起民愤，故意掩盖他们犯下的罪行。"

"日本人真是阴险狡猾！不过我不明白，按理说咱们的一切抗日活动都是秘密进行的，日本人怎么会知道？你们不觉得蹊跷吗？"额仁钦达来再次问道。

"我也觉得蹊跷，一定是有人向日本人告密，导致齐王被日本人杀害。"阿迪雅肯定地说。

"你觉得会是谁出卖了齐王，是否有证据？"额仁钦达来看着阿迪雅问道。

阿迪雅沉思片刻，说道："我虽然没有直接证据，但根据种种迹象分析，一定有人向日本人告密，出卖了齐王，否则日本人不会提前在路上设埋伏，将我们拦截并抓走。另外，我们被抓后，日本人始终不让我们与齐王见面，我们担心齐王的安危，便想方设法寻找机会接近齐王，却始终未能成功。有一次，索德那木扎木苏窥到阿司卡带着日本兵押着齐王经过，发现齐王的脸上青肿，一定是日本兵对他用刑所致。还有一次，博和道尔吉看到齐王被带到院外较远的地方，好像是出去方便。博和道尔吉有心接近他，却被看押的日本兵喝止，只能远远看着齐王。齐王也看到了他，拿起一根草棍，在地上写了几个字，临走时，又特意用手指了指地下，博和道尔吉会意地点了点头。齐王离开后,博和道尔吉趁人不注意,来到齐王方便的地方,只见地面的细沙上写着:'我语成夜,彼言成昼。'齐王的留言比较隐晦,博和道尔吉猜不透其中的意思,回来后向我们说了这件事。我们几个分析了半天,猜出这是齐王提醒我们,有人向日本人告密把齐王出卖了,无论齐王如何辩解,日本人也不肯相信。日本人肯定掌握了齐王参与抗日活动的情况,但齐王坚强不屈,导致日本人在愤怒之下将其杀害了。"

瓦其尔接过话头说道:"阿迪雅说得没错,齐王肯定是被日本人杀害的!"

额仁钦达来泪流满面,无比悲伤地说:"齐王壮志未酬,却惨死在日本人手里,我一定要查明真相,揪出那个叛徒,替齐王报仇雪恨!你们仔细分析一下,谁会是内奸?"

"我觉得这个人一定是齐王平日信任的人并参与了抗日活动,否则日本人不会知道得那么清楚。"

"有这个可能,你们觉得这个告密者会是谁?他是出于什么目的出卖齐王的?"额仁钦达来继续问道。

"夫人,告密者究竟是谁,我不敢妄下定论,但我觉得有个人很可疑。"瓦其尔说。

"我也觉得一个人可疑。"阿迪雅跟着说道。

"既然咱们都觉得有人可疑,莫不如把各自认为可疑的人写出来,然后进行分析和甄别。"额仁钦达来提议道。她这么做,一是想确认这个可疑的人,同时也是为了提防隔墙有耳。

额仁钦达来让乌日娜拿出铅笔和纸,分别交给瓦其尔和阿迪雅,然后他们各自转身,将怀疑的人的名字写在纸上。写完之后,他们各自拿出纸条,只见三张纸条上都赫然写着额尔敦朝克图的名字。

第十四章　查明真相

额仁钦达来眉峰一展，指着纸条说道："既然咱们怀疑的是同一个人，那就先说一下怀疑的依据吧。"

"我之所以怀疑他，是因为当初苏格尔和达巴海被日本人抓走后，札萨克为了弄清这些人被抓的原因，曾派额尔敦朝克图去百灵庙打探消息。约定一周内返回，他却走了近两周，回来说阿司卡请齐王去一趟，并担保日本人不会为难齐王，这是其一。其二是这次齐王本想带着他一起去见云王，他却临时称病不肯跟着去，结果我们在百灵庙被抓，如果不是有人提前给日本人通风报信，日本人怎么会知道我们的行程及路线？又如何事先设伏？"瓦其尔低声说出了自己的想法。

阿迪雅接着说："我的想法基本与瓦其尔一致。自从齐王遇害以后，咱们这些人都遭到了日本人的迫害，唯有额尔敦朝克图独善其身，日本人不但没有刁难他，反而对他甚是关照。就拿这次他暂理旗政的事情来说吧，他跟德王本没有什么关系，德王却写手谕让他代理旗政。如今日本人当政，如果日本人不发话，德王怎么敢做这个主？我怀疑这就是日本人的主意。再说自从齐王遇害之后，额尔敦朝克图就跟日本人走得特别近，日本人说什么他就做什么，并且公开带着日本人到王府搜查，企图寻找抗日的证据。我还听说额尔敦朝克图近期频繁来往于百灵庙和归绥之间，据说还给阿司卡送过礼物。"

"你们分析得很有道理，他确实可疑，不过咱们不能凭怀疑下结论，一定要把真相调查清楚，既不冤枉一个好人，也绝不放过一个坏人。稳妥起见，在真相没有水落石出之前，千万要保守秘密，不要告诉任何人。"额仁钦达来点头表示赞同，并叮嘱二人保密。

额仁钦达来送走了瓦其尔和阿迪雅之后，在心里反复合计派谁去核实这件事。她知道此事非同小可，必须派信得过的人才行。她首先想到的人是父亲，觉得父亲去最合适，可又担心父亲年纪大了，怕他的身体受不了。额仁钦达来思来想去，决定让敖其尔和博和道尔吉去做这件事。敖其尔是自己的亲弟弟，自然信得过，博和道尔吉是齐木德仁庆豪日劳生前最信任的贴身保镖，还兼任王府卫队的队长。他们俩不但可信，而且精明能干，让他们去办这件事最合适不过。于是，额仁钦达来把敖其尔和博和道尔吉叫来，向他们交代了相关事项，并仔细叮嘱一番，二人郑重答应，随即动身。

敖其尔与博和道尔吉按额仁钦达来的要求，小心谨慎地展开调查。他们二人先到百灵庙，后到归绥等地进行调查。随着调查的深入，发现很多事情与阿迪雅和瓦其尔的怀疑相吻合，同时还获得了额尔敦朝克图与日本特务机关勾结的证据。

敖其尔与博和道尔吉返回查干敖包，向额仁钦达来汇报调查结果。

博和道尔吉向额仁钦达来说："我们先后到百灵庙及归绥城进行调查，调查结果表明，额尔敦朝克图确实与日本特务机关相勾结。他曾向阿司卡赠送过一套蓝缎子蒙古袍，还常赠送奶油等。他曾多次以各种借口到旗府搜查，妄图搜到札萨克与外蒙古革命者交往的文件和物品。种种迹象表明，额尔敦朝克图肯定是内奸，一定是他向日本特务机关告密，导致齐王被抓并遇害的。"

"博和道尔吉大哥说得没错，额尔敦朝克图肯定就是出卖姐夫的奸细，咱们不能轻饶他！"敖其尔说。

额仁钦达来满意地点头说："你们的调查很重要，我绝不会饶恕这个败类！此事事关重大，你们千万要保密，不得向任何人泄露。你们连日辛苦，先去休息吧，我有事再通知你们。"

敖其尔与博和道尔吉离开后，额仁钦达来坐在椅子上仔细谋划复仇之策。

第十五章　处决内奸

　　过年期间，王府的官员都回家与亲人团聚。额仁钦达来与婆母因齐木德仁庆豪日劳不幸离世，心中悲愤万分，根本没有心思过年，整个王府冷冷清清，笼罩在一片悲戚之中，看不到一点儿喜庆气氛。

　　额仁钦达来陪着婆母过完正月十五，带着乌日娜回娘家给父母拜年。其实她回家拜年只是一个幌子，真实目的是想与家人商量如何为齐王报仇。

　　敖其尔的妻子桑盖艾憨厚朴实，不善言谈，心地善良，与公公婆婆相处得十分融洽，过门之后便包揽了全部家务。以往每年正月，都是女儿女婿一起回来拜年，如今女婿不幸去世，只有女儿孤身一人回来，格日乐心疼地拉着女儿的手，眼泪止不住往外流。

　　桑杰在一旁劝道："你这个老婆子，孩子回来给咱们拜年，应该高兴才对，你怎么哭天抹泪的？"

　　格日乐赶紧转过身，一边用衣角擦掉眼泪，一边解释："谁流泪了，我这是风流眼，一见风就淌眼泪。"

　　"阿爸阿妈，我现在挺好的，你们不必为我担心。"额仁钦达来强忍悲伤，装作一副高兴的样子宽慰母亲。

格日乐明白女儿的心思，拉着女儿的手说道："外边风大天冷，咱们赶紧进屋吧。"

进屋之后，额仁钦达来拿出送给家人的礼物。送给父亲的是两坛马奶酒，送给母亲的是一块披肩，给弟弟的是一双蒙古靴，给弟媳的是一块围巾，她还送给侄子、侄女每人一块银圆压岁。

桑盖艾与姐姐说了一会儿话，便起身张罗饭菜，格日乐和额仁钦达来想帮着一起做，却被桑盖艾劝止。桑盖艾手脚麻利，没用一个时辰就做好了饭菜。吃饭时，全家人刻意不提齐木德仁庆豪日劳，生怕额仁钦达来伤心。额仁钦达来却举起酒杯说道："阿爸阿妈，以往过年都是我和齐木德仁庆豪日劳一起回来给你们拜年，如今他走了，女儿只能独自回来给你们拜年了！祝阿爸阿妈、弟弟弟媳及孩子们过年好！"

女儿提起女婿，再次勾起格日乐伤心之情，她心里一酸，眼泪止不住流了下来。

桑杰见妻子如此，赶紧说道："今天女儿回来拜年是件喜庆事，咱们应当高兴才对，来，喝酒。"

格日乐知道丈夫是怕女儿伤心，赶紧举起酒杯说道："你阿爸说得对，过年应该高兴，来，喝酒吧！"

大家一起举杯，将酒喝干。

额仁钦达来给家人斟满酒，接着说："阿爸阿妈，我知道你们怕我伤心，故意不提齐木德仁庆豪日劳的事。其实，你们不必为我担心，我知道该怎么做，我已经想开了，不再苦想他啦！"

格日乐接过女儿的话头说："你能这么想，我们就放心了！"

"你这么想就对了，人已经殁了，再怎么悲伤都无法挽回，逝者已逝，生者如斯，活着的人一定要好好活着。"桑杰也跟着相劝。

第十五章 处决内奸

"你以后有什么打算?"格日乐关心地问女儿。

"阿爸阿妈,我已经在齐木德仁庆豪日劳百日除孝时明确表态,终生为他守孝。"

"你有这个想法令人钦佩,不过你是否想过,你今年尚未满三十岁,又没有生儿育女,年纪轻轻的就守寡,该有多么不容易啊!"格日乐想到女儿的处境,心中不免为女儿的后半生感到担忧。

"阿妈,您不必担心,我不但立志为齐木德仁庆豪日劳终生守孝,还要想办法替他报仇雪恨!"额仁钦达来态度坚决地说。

格日乐虽然不赞成女儿为女婿终身守寡,但她了解女儿的性格,知道她认准的事情一定会坚持到底。故此,她不再出言相劝。

桑杰深感忧虑地说:"我们理解你的心情,也赞同你的想法,不过你一个妇道人家,报仇谈何容易?"

"阿爸,不瞒你说,我已经让敖其尔与博和道尔吉核实过了,确认额尔敦朝克图就是出卖齐木德仁庆豪日劳的奸细。他卖主求荣,甘心做日本人的走狗,我决不能让他苟活于世,一定亲手替齐木德仁庆豪日劳报仇雪恨!我之所以迟迟没动手,是因为额尔敦朝克图对我监视太严,如今他放松了对我的监视,回家过年去了,这正是我报仇的好机会。我今天回来就是想与你们好好合计一下报仇的事情。"

"既然你决心已定,我一定全力帮你,但光凭咱们爷儿几个不行,要想办法联合更多的人一起行动,才能确保成功。"

"这是自然的,我已经让博和道尔吉暗中联系自卫队队员了,多数人都愿意为齐王报仇。"

"如此甚好,不过此事千万不要声张,以免走漏风声。额尔敦朝克图这个人生性多疑,狡猾奸诈,他做下了伤天害理的事情,一定会严加防范,咱们必须筹划周全。我看莫不如……"桑杰说到这里,停顿了一下,看着格日乐及儿媳一眼，对她们说道："这件事非同小可，你们最好不要参与，以免日后受牵连。"

格日乐不满地瞪了丈夫一眼，毅然决然地说："你真是小看我了！咱们在一起生活了几十年，难道你不了解我的为人？人生在世，就要恩怨分明，有仇报仇，有恩报恩。别看我年纪大了，但我不服老，只要能帮女婿报仇，即使搭上我这条老命也心甘情愿。姑娘，我支持你，如果需要阿妈做什么，尽管说，阿妈绝不皱眉头！"

"阿爸、阿妈、大姐，咱们是一家人，理应团结一心，患难与共，我支持你们的行动，誓与你们共进退，绝无二话！"桑盖艾态度坚定地表明了立场。

额仁钦达来看了阿妈和弟媳一眼，感激地说："有你们的支持，我的信心更足了。"

桑杰见格日乐和桑盖艾的态度如此坚决，很是欣慰，当下便把自己的想法说了一番。额仁钦达来一边听，一边不住地点头称是。然后他们又对细节进行了补充和完善，共同商定了一个完整的行动计划。

额仁钦达来与父母商量妥当之后，带着父亲及兄弟一起赶回查干敖包。额仁钦达来让敖其尔把博和道尔吉、韩宝道尔吉、索德那木苏、根东扎木苏、铁本都如布以及从日本特务机关逃出来的小扎木苏、达木林扎布、苏格尔等人请来，向他们说了抓捕额尔敦朝克图为齐王报仇的计划。

博和道尔吉等人对齐王有很深的感情，对齐王不幸遇害都非常悲愤，如今听说要为齐王报仇，纷纷表示同意。额仁钦达来很是高兴，让他们分头去联系其他的自卫队队员。

这天上午，额仁钦达来将人召集到查干敖包山下，额仁钦达来腰别双枪，英姿飒爽，威风凛凛。乌日娜全副武装紧随其后，俨然是个忠实的保镖。

第十五章　处决内奸

额仁钦达来慷慨激昂地对众人说:"自卫队的弟兄们,今天把大家召集到一起,是为了替齐王报仇雪恨。种种迹象表明,额尔敦朝克图就是出卖齐王的叛徒,由于他向日本人告密,导致齐王被抓并遇害。作为齐王的未亡人,我决定除掉这个卖主求荣,甘当日本人走狗的败类,不知道你们是否愿意跟我一起为齐王报仇?"

"愿意!我们都愿意!"大家纷纷表示拥护。

"谢谢!谢谢你们愿意挺身而出为齐王报仇。既然如此,事不宜迟,咱们现在就出发去捉拿这个叛徒。"额仁钦达来说完,翻身上马,带领着队伍朝着额尔敦朝克图的住处进发。

上午十点多,额仁钦达来带着队伍抵达了额尔敦朝克图的住所。额仁钦达来命人下马隐蔽,桑杰则装扮成找寻马匹的人,前去打探额尔敦朝克图是否在家,以免计划落空。

桑杰怀里揣着一把手枪,手里拎着马笼头,径直走到额尔敦朝克图家的大门口。只见门口有两个持枪的汉子站岗警戒。自从齐王被害后,额尔敦朝克图做贼心虚,担心有人向他寻仇,便花钱雇了十几个保镖,为他看家护院。

桑杰不紧不慢地走到保镖跟前,问道:"请问梅林老爷在家吗?"

其中一位年约四十的保镖看了桑杰一眼,回道:"你是干什么的,找梅林有什么事?"

桑杰神情自若地举起手里的马笼头,不紧不慢地说:"我的一匹马走失了,有人看见被梅林老爷的马群裹走了,我想找梅林讨还马匹。"

"你真是癞蛤蟆打喷嚏——好大的口气。我家梅林老爷身份显贵,不是谁想见就能见的!"一个身材瘦削的年轻保镖没好气地嘲讽桑杰。

"军爷,我知道梅林老爷身份显贵,本不该打扰他老人家,只是我们小户人家生活窘迫,一匹马相当于我的半个家当,请你们行行好,让我去见一下梅林老爷吧。"桑杰哀求着说。

"你这个人怎么这么啰嗦,我们是梅林花钱雇的,又不是你花钱雇的,凭什么受你指使?"年轻保镖没好气地说。

桑杰赔着笑脸说道:"军爷,别生气,我怎么敢指使您?求您行行好,帮个忙,在下感激不尽。"

"光嘴上说感激有什么用?"年轻保镖话里有话地说。

"军爷,我明白您的意思,你看这样行不行?如果您帮我找回马匹,我愿意出一块大洋请你们喝酒。"桑杰当即作出承诺。

"你打发要饭的呢,一块大洋我们两个人怎么分?"年轻保镖连连摇头不肯答应。

"兄弟,他这么大年纪了,也不容易,你就别难为他啦,赶紧去问梅林一声,如果有这事,咱们白得一块大洋,如果没这事,咱们也没搭啥。"年长的保镖对年轻保镖说道。

年轻保镖有些不情愿地说:"既然仁兄说了,我就去问一声。"说完,转身朝着院内走去。工夫不长,年轻保镖回来了,有些失望地对桑杰说:"我已经问过梅林大人了,他说根本没有这回事,你到别处去找吧。"

"对不起,让您受累了,我再到别处去找找。"桑杰一边说着一边转身朝东面走去。桑杰之所以往东面走,是因为他们事先约定了暗号,如果额尔敦朝克图在家,他就朝东走,如果不在家,他就往西走。

额仁钦达来看到阿爸朝东面走,知道额尔敦朝克图在家,遂命令韩宝道尔吉带着敖其尔和索德那木苏前去执行抓捕行动。

韩宝道尔吉他们大摇大摆地来到大门前,对门口的保镖说:"麻烦你通报一下,我是梅林的亲戚,前来给梅林老爷拜年。"

保镖看着他们问道:"拜年的?你叫什么名字?"

第十五章 处决内奸

"我叫韩宝道尔吉,跟梅林是亲家。"韩宝道尔吉说的是实话,他与额尔敦朝克图确实有亲戚关系,额尔敦朝克图的侄女是他的外甥媳妇。

"好吧,你们等一下,我现在就去通报。"年轻保镖说完,转身朝着上房快步走去。

工夫不大,保镖回来了,对韩宝道尔吉说:"梅林请你到客厅见面。"

"谢谢!我知道了,麻烦你给我带路。"

"好的,小的愿意效劳,请跟我来。"年轻保镖不敢得罪主人的亲戚,痛快地答应了,领着韩宝道尔吉等人朝客厅走去。

韩宝道尔吉在保镖的引领下,绕过影壁墙,穿过天井,来到位于上房的客厅。保镖上前打开房门,只见额尔敦朝克图已经坐在了客厅的太师椅上。

韩宝道尔吉急忙趋步上前,躬身施礼说道:"赛白努!"

额尔敦朝克图起身还礼:"赛白努!"

韩宝道尔吉问候之后,从敖其尔手里接过一条哈达,双手平行手掌朝上,托着哈达,来到额尔敦朝克图跟前,将哈达献给他。额尔敦朝克图弯腰低头,披上哈达,口中称谢道:"他了日哈拉[1]!"低头从怀里掏出一个鼻烟壶,用手举着递给韩宝道尔吉。

没想到韩宝道尔吉没有去接鼻烟壶,而是麻利地从身后掏出一把手枪,用枪顶着额尔敦朝克图的头,低声喝道:"不许动!"

"亲……亲家,你这是干……干什么?快……快点儿把枪放下,咱们有话好……好说。"额尔敦朝克图吓得说话都结巴了。

韩宝道尔吉用枪指着额尔敦朝克图,说道:"跟你这个卖主求荣的内奸没什么好说的,乖乖地跟我走,否则一枪打死你!"

---

[1] 他了日哈拉:蒙古语,意为"谢谢"。

额尔敦朝克图见情况不妙，一边奋力挣扎，一边大声喊叫："快来人！救我呀！"随着额尔敦朝克图的喊声，从门外冲进来十几个保镖，用枪对准他们三人。

韩宝道尔吉见情况危急，急忙用枪顶住额尔敦朝克图的脑袋，高声喝道："不许动，谁动我就让他去见阎王！"

额尔敦朝克图生怕丢掉性命，赶紧对手下的保镖大声说道："都别乱动！"

保镖们虽然有心解救额尔敦朝克图，但又怕伤着额尔敦朝克图，不敢轻举妄动，只能端着枪与韩宝道尔吉等人对峙。

额尔敦朝克图见韩宝道尔吉等人被保镖围住，胆气壮了许多，但为了能够脱身，额尔敦朝克图低声下气地求饶："亲家，咱们是亲戚，往日无冤，近日无仇，有什么事好说，何必如此呢？"

"你卖主求荣，充当日本人的走狗，我与你势不两立，没什么可说的！"

"亲家，人为财死，鸟为食亡，我这么做也是迫不得已，求你放了我吧，有什么条件我都答应你。"额尔敦朝克图向韩宝道尔吉哀求道。

"你休想！赶紧让你的人让开一条路，否则我就打死你！"韩宝道尔吉厉声反驳，喝令保镖让路。

"亲家，你这是何苦呢？你们只有三个人，而我有十几个保镖，如果你敢开枪，我的人一定会把你们打成筛子。我劝你还是放了我，免得两败俱伤！"

"你别痴心妄想了，今天就是拼了性命，我也要为齐王报仇！"韩宝道尔吉毅然决然地回答。

额尔敦朝克图见韩宝道尔吉不为所动，便偷偷地向保镖们使眼色，让他们向前逼近，寻找机会把他救下来。保镖们根据他的暗示，端着枪，

第十五章　处决内奸

慢慢地挪动脚步向他们逼了过来。

韩宝道尔吉不由得暗自着急，生怕保镖一齐动手，他们三人难以抵挡，岂不是功亏一篑！

在这危急时刻，博和道尔吉带人冲了进来，从后面用枪顶住保镖的腰，喝令他们放下枪。原来，博和道尔吉已经带人将门口的保镖制服，及时带人冲进了客厅。他们将保镖缴了械，然后押着额尔敦朝克图快速离开。

额仁钦达来带着接应的队伍与韩宝道尔吉等人会合，命人将额尔敦朝克图抬到骆驼上，将他带回胡仁好日雅，派人严密看守。

初战告捷，额仁钦达来心里非常高兴，吩咐手下杀牛宰羊，犒劳全体将士，庆贺胜利。

自卫队队员们围着篝火，一边饮酒，一边高兴地谈论擒拿额尔敦朝克图的经过。额仁钦达来没有与部下一起庆祝，而是带人连夜审讯额尔敦朝克图。

随着额仁钦达来一声令下，两名自卫队队员将额尔敦朝克图押了进来。额尔敦朝克图面色苍白，神情颓废，失去了往日的威风。

额仁钦达来威严地看了他一眼，厉声问道："额尔敦朝克图，你可知罪？"

"你们无缘无故把我抓来，我不知有何罪。"额尔敦朝克图眨巴着眼睛，抱着侥幸心理狡辩道。

"我问你，齐王让你去探听消息，约定一周之内回来，你却用了近两周时间，这期间你干什么去了？"

"这算什么罪过，我尽心尽力为齐王办事，时间虽然长了点儿，但不辱使命。"

"好个不辱使命！难道你暗中与日本特务机关勾结，向日本人告密，出卖齐王是不辱使命？"

"你这是冤枉我，我没有与日本人勾结，更没有出卖齐王。"

"你真是不见棺材不落泪。我问你，为什么你一再担保日本人不会为难齐王？为什么齐王身边的人都被日本人抓了，你却独善其身？"

"这……这……这我怎么知道，你去问日本人哪！"

"死到临头你还狡辩，我再问你，为什么在齐王被抓期间，你频繁往返于百灵庙与归绥之间？你为什么向阿司卡赠送蓝缎子和奶油？"

"我……我……"额尔敦朝克图支支吾吾地答不上来了。

"额尔敦朝克图，我原以为你是一个响当当的蒙古族汉子，没想到你竟然是敢做不敢当的孬种！"

额仁钦达来的话如同一把利剑，彻底击破了额尔敦朝克图的心理防线，他自知罪孽深重，扑通一声跪地哭道："夫人，小人知罪，小人罪该万死！其实我也不想背叛齐王，当初齐王派我去百灵庙打听消息，结果我一到百灵庙就被日本人抓住了。他们对我严刑拷打，我真的没有背叛齐王。后来日本人以我家人的性命相要挟，说如果我不跟他们合作，他们就杀光我全家，为了保全家人的性命，我不得已背叛了齐王。"

"我相信你说的是真话，齐王一向对你信任有加，视为心腹，你却为了一己私利，不惜卖主求荣，甘心当日本人的走狗。你这么做对得起齐王的信任，对得起自己的良心吗？"

"日本人答应让我做旗札萨克。都怪我一时鬼迷心窍，才相信了日本人的话。"

"我问你，是不是你把齐王率领自卫队攻打白山岩特务机关以及给大青山抗日游击根据地的八路军送马匹和军需的事情告诉日本人的？"

"是的，是……是我说的。"额尔敦朝克图低头承认。

"我再问你，是不是你把关协理及齐王与外蒙古革命党联系的事情告

第十五章 处决内奸

诉日本人，导致小扎木苏和达木林扎布等人被抓？"

"是我告的密。"额尔敦朝克图脸色煞白，头上冒出了冷汗。

"日本兵在半路上设卡将齐王拦截并抓走，是不是你事先向日本人报的信儿？"

"是我做的，都是日本人逼我干的。"

"我问你，齐王到底是怎么死的？"

"齐王的死与我没关系，我再不是人也不能伤害王爷的性命啊！不过我听说王爷是被阿司卡开枪打死的，这是那个为王爷送饭的齐达布多尔济亲口对我说的。"

"齐达布多尔济是什么人？"额仁钦达来沉声问道。

"齐达布多尔济是个心地善良的牧人，因有外蒙古特务嫌疑被日本人抓起来，受刑不过，屈打成招。为了保命，他答应替日本人做事，因此受到了阿司卡的信任，并成了日本特务机关长端茶倒水的贴身侍者。别看齐达布多尔济表面对日本人毕恭毕敬，却跟日本人不是一条心。由于他每天为齐王送饭，看到齐王的坚贞不屈，心里很是钦佩，便利用自己的方便条件对齐王给予照顾。齐王感受到他的好意，觉得他是个可以信赖的人，便用话对他进行试探，齐达布多尔济表示愿意帮助他传递消息。于是，齐王写了一个纸条，让他交给瓦其尔，纸条上写着：'我在受刑，想在夜里逃走，请你们开车到西北梁后等我，另外还有什么办法救我？'

"齐达布多尔济将纸条藏在身上，打算找个合适的机会交给瓦其尔，没想到出门时碰到了阿司卡。齐达布多尔济心里有事，神情有些慌张。阿司卡觉得不对劲儿，对他仔细盘问，并派人对其搜身，结果发现了齐王写的纸条。阿司卡盛怒之下，赶到关押齐王的地点，冲着齐王的后心开了一枪。据说齐王被子弹击中后，当时没有倒下，而是用手捂着汩汩冒血的伤口，愤然转过身来，怒目直视着阿司卡。阿司卡在他的怒视下，心里发虚，不由自主地后退了两步。由于子弹命中要害，齐王劳跟跄地朝前迈了两步，身体支撑不住，颓然倒地，气绝身亡……"

"别说了！"额仁钦达来心如刀绞，愤然打断了额尔敦朝克图的话，悲伤的泪水夺眶而出。她咬紧牙关，极力控制情绪，怒不可遏地质问道："齐王明明是被日本人打死的，你为什么帮日本人说话，说齐王是自杀的，目的何在？"

"这都是日本人逼我说的。他们怕齐王的死激起民众的抗日情绪，借此掩盖事实真相，把齐王的死说成是自杀。我这么做都是被日本人逼的，请夫人看在同宗同族的份上，饶我一条命吧！"

"你现在想起同宗同族了？你勾结日本人、残害同胞、卖主求荣的时候，怎么没想到同宗同族？你这是罪有应得，死有余辜！来人，把他押下去！"额仁钦达来义正词严地说。

额尔敦朝克图精神崩溃，面如死灰，瘫倒在地。额仁钦达来命人架着额尔敦朝克图朝着远处的南山坡走去。自卫队队员们听说要处决残害同胞、卖主求荣的叛徒，感到非常解恨，纷纷举着火把，聚到处决叛徒的现场。

额仁钦达来看着群情激愤的人群，高声说道："兄弟们，额尔敦朝克图已经承认了勾结日本人，残害同胞，卖国求荣，为虎作伥，甘当日本人走狗的事实，实乃十恶不赦，罪大恶极……"

"杀死这个叛徒，为齐王报仇！"人群中爆发出一阵愤怒的喊声，将额仁钦达来的声音打断。待众人的情绪平稳后，额仁钦达来接着说："为了伸张正义，报仇雪恨，我代表旗府宣布判处额尔敦朝克图死刑，立即执行！"

额仁钦达来说完，对着额尔敦朝克图连开数枪，随着清脆的枪声，额尔敦朝克图颓然倒地。

第十五章 处决内奸

处决了额尔敦朝克图之后，额仁钦达来对众人说道："弟兄们，感谢你们坚持正义，一举除掉了这个忘恩负义、恶贯满盈的叛徒，齐王在九泉之下定会感激你们！如今叛徒已除，真是大快人心！但我担心这件事一旦被日本特务机关知道，必然会采取报复行动，如今我们已经没有退路，更不能坐以待毙，只有和日本人抗争到底才是唯一的出路！可是咱们人少枪少，无法与日本人正面交锋，为了保存实力，我决定前去投奔八路军，不知你们是否愿意？"

"我们愿意追随夫人投奔八路军，誓与日本人抗争到底！"博和道尔吉、韩宝道尔吉等人异口同声。

额仁钦达来见众人表态，心里很高兴，把父亲及博和道尔吉叫到一边，对他们说道："你们曾跟齐王去过大青山，熟悉通往大青山的路线，由你们来选择行军路线。另外，你们与大青山抗日游击根据地的八路军联系一下，让他们派兵来接应。"

"选择行军路线没问题，但我们无法与八路军取得联系。"博和道尔吉回答。

"你们以前不是经常跟着齐王与八路军打交道吗？为什么无法与他们取得联系？"额仁钦达来不解地问。

"夫人有所不知，以前都是齐王与八路军侦察连连长牧仁单线联系，我们不清楚联系方式。自从齐王遇害后，联系就中断了。"

"哦，我知道了，不过不要紧，只要熟悉行军路线就行，反正没多远。"

"对，只要途中没有麻烦，两天就能赶到。"

"好，事不宜迟，咱们现在就出发。"额仁钦达来担心日本人报复，连夜带着队伍朝着大青山方向开进。

第二天早上，起义队伍来到了艾不盖河边，额仁钦达来命令队伍停下歇息。敖其尔带着人用铁锥在冰面上凿了几个冰眼，轮番饮马。每个人就着冰凉的河水，嚼了几口牛肉干，然后继续上马前行。

　　下午，他们行至乌兰忽洞附近，队伍突然停下来，额仁钦达来急忙上前询问："咋停下了？"

　　桑杰指着远处的一片树林说："你看到那片树林了吧？"

　　额仁钦达来顺着父亲手指的方向望去，看到了远处有一片树林。同时还看到树林上空有几只乌鸦在盘旋。"我看到了，有啥反常情况吗？"

　　"你看空中的乌鸦，一直在树林上空盘旋，它们一定受到了惊吓，我怀疑树林里有情况。"桑杰经验丰富，指着远处的乌鸦说道。

　　"嗯，是有些不对劲，博和道尔吉，你赶紧带人侦察一下。其他人做好战斗准备。"额仁钦达来果断地下命令。

　　博和道尔吉与敖其尔骑马快速朝着树林跑去。到达树林附近时，他们勒住马缰，仔细观察树林里的动静，只见树林随风摆动，地面上白雪覆盖，没有发现异常。

　　就在这时，博和道尔吉看到树林中隐约有白光闪现，心中一紧，急忙对敖其尔说道："不好，树林里有埋伏。"

　　敖其尔不解地问："你咋知道有埋伏？"

　　"你看到树林中隐约的白光了吧？那是步枪的刺刀在阳光的折射下形成的，赶紧撤，再晚就来不及了。"博和道尔吉说完，连忙调转马头，快速后撤。敖其尔紧随其后，跑出没多远，便听到身后传来了一阵枪声。

　　额仁钦达来正带着队伍等待博和道尔吉的消息，突然听到远处传来枪声，心说不好，赶紧大声命令道："有情况，准备战斗！"

　　这时，博和道尔吉和敖其尔身子伏在马背上快速跑了回来，他们的身后出现了一队日本兵，一边追赶，一边朝他们开枪射击。

　　额仁钦达来见状，立即命令道："赶紧接应，把日本人打退。"说

第十五章 处决内奸

完,一马当先,朝着敌人冲了过去。她手里的双枪同时响起,随着枪声,两名日本兵应声倒地。身后的自卫队队员们也纷纷举枪射击,伴随着枪声,又有几名日本兵被击中。额仁钦达来果断出击,打死了数名日本兵,其他的日本兵不顾死伤的同伴,掉头往回跑。额仁钦达来第一次与日本兵交手,本来心里有些紧张,可是看到几个日本兵死在自己枪下,不由得胆气倍增,率领队伍向敌人追去。

桑杰见状,赶紧催马上前,一把扯住额仁钦达来的马缰绳,大声说道:"赶紧停下,不能往前追。"

"阿爸,别拦我,今天要让小鬼子尝尝咱们的厉害!"额仁钦达来一边开枪射击,一边说道。

"行军打仗不是儿戏,不能光凭一时痛快。敌人显然是有备而来,他们没有吃大亏,却往后撤,这不正常,当心鬼子使诈!听我的,赶紧后撤。"桑杰厉声说道。

桑杰的话让额仁钦达来冷静下来,她意识到自己过于冲动,赶紧命令部队停止追击并后撤。

就在这时,只见树林两端分别冲出一队日本兵,分左右两路向他们包抄过来,而且正面的敌人返身向他们发起进攻。

额仁钦达来这才明白敌人故意示弱,是想将他们包围并全歼,如果刚才不是父亲及时阻止,此时他们已经被敌人包围了。额仁钦达来感激地看了一眼父亲,命令部队一边开枪阻击,一边快速后撤。

身后的敌人紧追不舍,两边包抄的敌人又逐渐逼近,几名自卫队队员被子弹击中,掉下马来。

桑杰见情况危急,急忙对额仁钦达来说:"你赶紧带着人后撤,我来掩护。"

额仁钦达来虽然不愿意阿爸留下掩护,但她知道情况危急,父亲的做法是对的。于是，她没有反驳，命人将受伤的人扶上马，让博和道尔吉等人一起跟着父亲断后，她则带着人马快速向后撤退。

桑杰带着博和道尔吉等人集中火力，拼死阻击，迟滞了敌人的进攻。额仁钦达来趁机带着队伍冲了出去。桑杰见女儿已经脱险，便招呼博和道尔吉等人上马，一边开枪还击，一边快速向后撤。敌人在后面紧追不舍，幸亏他们骑马速度快，加上天色已暗，借着夜色的掩护，他们摆脱了敌人的追击。桑杰等人半路上遇到了额仁钦达来派回来的接应人员，跟着他们与额仁钦达来会合。

见面后，额仁钦达来清点了一下人数，发现这一仗死了两个人，另外还有五个人受伤，其中有两个人伤势较重。

宿营后，博和道尔吉带人负责警戒，敖其尔则按照父亲的吩咐准备了饭食。由于骑马走了一天的路，又和敌人打了一仗，队员们已饥肠辘辘，面对可口的食物，狼吞虎咽地吃了起来。可是额仁钦达来发现有一部分人情绪很低落，无精打采，没有食欲，心事重重。

额仁钦达来觉得很不正常，急忙召集博和道尔吉、韩宝道尔吉、达木林扎布、苏格尔、父亲及兄弟敖其尔等人商量对策。

额仁钦达来首先说道："我今天把大家召集起来，是发现有些人情绪不对，他们闷闷不乐，精神不振，是不是后悔了？"

博和道尔吉说："夫人，我也注意到这个情况并进行了大概的了解，他们之所以情绪波动，是因为对打仗死人感到恐惧，还有人是因为舍家撇业的后悔了。"

"你说得没错，他们当初出于义愤，决定跟着咱们一起为齐王报仇，却没有想报仇之后该怎么办。如今舍家撇业投奔八路军，途中遇到敌人拦截，并有同伴伤亡，因此产生了恐惧心理，想打退堂鼓。还有人觉得咱们人单势孤，根本不是日本人的对手，弄不好会全军覆灭，感到前途渺

第十五章 处决内奸

茫。"桑杰补充道。

额仁钦达来听后，低头沉思片刻，说道："他们的想法无可厚非，怪我虑事不周，没有挨个征求意见就匆忙做出投奔八路军的决定。人各有志，不能勉强，我要尊重每个人的意愿，不想干的可以走，想干的留下。"

"事到如今，只能这么办啦。"博和道尔吉等人表示赞同。

次日早上，额仁钦达来把人召集到一起，高声对众人说："兄弟们，你们跟随我为齐王报仇雪恨，我十分感激你们！如今你们有各种顾虑，产生了不同的想法，我尊重你们的意愿，去留自便。无论你们做出什么选择，我都不会怪你们，并希望你们多多保重，再次感谢你们的支持与帮助！"

众人听了额仁钦达来的话，都低头沉默不语。

额仁钦达来接着说道："你们别不好意思，请根据自己的想法做决定，我绝不勉强。现在我宣布，决定留下来的人走到这边，想走的人站在原地不动。"额仁钦达来知道想走的人不好意思，便让想留下来的人走出来，这样可以避免那些想走的人尴尬。

博和道尔吉、韩宝道尔吉、苏尔格、达木林扎布等四十余人应声从队伍中走了出来，那些剩下的人打算离开。他们打算离开，但都觉得有些内疚，一个个低着头不敢见人。

额仁钦达来知道这些人出于各自的考虑，无奈选择离开。因此，她把这些人召集到一起，好言安慰，同时让人准备酒饭，把酒为他们送行。

额仁钦达来拿着酒坛，分别为每个人倒满酒，举着酒碗真诚地说："兄弟们，我理解你们的苦衷，尊重你们的选择。你们回去后，一定要提防日本人报复，切莫与日本人硬拼，一定要想办法保全自己及家人。咱们相聚一场，好聚好散，请各位多保重，相信以后咱们还会相见。来，共同举杯,喝下这碗送行酒!"额仁钦达来说完,与各位逐一碰杯,然后将酒一口喝干。

那些决定离开的人没想到额仁钦达来如此大度,不但没有责怪他们,反而摆酒为他们送行,让他们深受感动和自责,脸上的表情很复杂,有的人低头不语,有的人面带羞愧之色,有的人流下了眼泪。有两个人当即表示留下,其中一个人说:"夫人如此看重我们,我们不能对不起夫人。我改主意了,不走了,留下来跟着夫人一起干,无论遇到任何危险都不后悔!"

"我也不走了,留下来跟着夫人一起干!"在这两个人的带动下,又有几个人表示要留下。

额仁钦达来见此,赶紧说道:"我早就明确表态,去留悉听君便,想留下来的我欢迎,想走的我欢送。请你们自己做选择。"

"我想好了,愿意留下,就是拿枪逼我也不走了!"那个带头的人态度十分坚决。另外几个人也表示坚决留下来。

就这样,又有五个人选择留下来,其他打算离开的人临行时,把自己的好马和枪支留下,怀着复杂的心情默默离去。

额仁钦达来望着那些人远去的背影,心里五味杂陈,很不是滋味,担心他们回去以后日本特务机关会找他们的麻烦。同时,她也为留下来人的担忧,没有了他们的照顾,他们家人的生活将会更加艰难。她也想起了自己的家,他们这样甩手走了,日本特务机关一定会去家中找麻烦,说不定自己的家人会因此而受到伤害。想到这里,额仁钦达来把父亲叫到一边,低声说:"阿爸,我有个想法不知当说不当说?"

"咱们爷俩儿之间有什么不能说的?有什么话你就直说。"

"阿爸,我是这么想的,咱们都离开了家,家里没有主事的人,处境将会变得更加艰难!不然您回去吧,一来您的年纪大了,恐怕身体吃不

第十五章 处决内奸

消,二来您回去能照顾阿妈和桑盖艾。"

"孩子,你说的这些我明白,咱们都离开了,家里人的生活一定会很艰难,可是我不能回去,都说家贫出孝子,国难显忠臣。如今山河破碎,没有国哪有家?天下兴亡,匹夫有责,我要跟着你们一起投奔八路军打日本人。别看我年纪大了,身体依然硬朗,腿脚利落着呢,真要上了战场,保证一点儿不比你们年轻人差。再说,你不必担心家里,你阿妈做事有主见。她年轻的时候,为了去找我,经历了很多艰难险阻,九死一生都没有难住她,如今独立承担家庭的生活重担,同样不会难住她,我相信她的能力。"

父亲的一番话让额仁钦达来很是感动,表示尊重父亲的意愿。

其实,桑杰之所以选择留下,一是因为他有血性,痛恨日本人的侵略行径,抱定了与日本人抗争到底的决心,二是放心不下女儿。虽然女儿做事有主见,但她性情刚烈,宁折不弯,如果途中受到日本军队的堵截,她一定会强硬地与之对抗,光凭这几十个人的队伍,无法与日本军队硬拼,正所谓一着不慎满盘皆输。敖其尔性格随和,年纪尚轻,涉世不深,遇事没有主见。万一遇到什么危险,女儿身边没有得力的亲人帮她怎么行?于国于家,于情于理,他都必须留下来,与儿女们共渡难关。

第十六章　三枪传奇

额仁钦达来送那些人离开后,带着剩下的四十多人继续向大青山行进。此时人数虽然少了,但队伍更加精干,而且都是誓死追随她的坚定的抗日志士。那些走的人把好枪好马都给他们留下了,此时他们几乎人手一杆快枪,平均每人两匹坐骑,士气非常高涨。队伍出发前,博和道尔吉带着人去侦察敌情,发现敌人在通往大青山的路上布置了重兵。额仁钦达来命令队伍向西南方向挺进,准备绕开敌人的防线,绕道向东折返,迂回进入大青山。

当他们行至壕口附近的一处沙丘时,负责探哨的敖其尔返回报告,前面发现日本军队。额仁钦达来赶紧下令后撤,没想到身后也发现了日本兵,左右两边的沙丘上同时出现了日本人的身影。额仁钦达来见四面受敌,不敢贸然行动,赶紧勒住马,手握双枪,警惕地观察四周的敌情,同时下令准备战斗。

就在这时,前边的沙丘上传来了喊声:"你们已经被包围了,如果反抗,统统枪毙。"

随着喊声,额仁钦达来看到一小队日本兵朝着他们逼过来,为首的

第十六章 三枪传奇

正是百灵庙特务机关长阿司卡,他的身边还有一个翻译官。正所谓仇人相见,分外眼红。额仁钦达来一见到阿司卡便怒火中烧,举枪瞄准阿司卡。

桑杰见情况紧急,生怕女儿开枪,赶紧上前阻拦,低声说道:"咱们四面受敌,不可意气用事,先把敌人稳住,再想办法脱身。"

额仁钦达来没有说话,而是冲着父亲点了点头。其实即使父亲不阻拦,她也不会轻易开枪的,她清楚目前的处境,如果贸然开枪,后果将不堪设想。但她不甘示弱,高声喝道:"站住,再往前走就开枪了。"

阿司卡被额仁钦达来的话吓得停下脚步,那个翻译官也连忙摆着手说:"不要开枪,太君有话说。"

"有什么话就在那里说。"额仁钦达来用枪指着阿司卡,他身旁的乌日娜用枪逼住翻译官。

翻译官说道:"我来是想告诉你们,只要你们乖乖地配合,皇军保证不会伤害你们。"

桑杰盯着阿司卡和翻译官问道:"怎么配合?"

"太君知道你们都是安分守己的良民,只是为了替齐王报仇杀死了额尔敦朝克图梅林。太君说不怪罪你们,并承诺只要你们交出武器,便不再追究你们杀死额尔敦朝克图的责任,让你们回家安心过日子。"

"让我们缴械投降,绝对办不到!大不了拼个鱼死网破,你就死了这条心吧!"博和道尔吉愤怒地一口回绝。

"你们已经走投无路了,我劝你们不要一意孤行,更不要做无谓的抵抗,以免招致灭顶之灾。"阿司卡指着周围的日本兵,得意地威胁道。

额仁钦达来看了四周一眼,心里暗自焦急,此时身陷重围,如果贸然采取行动,势必会有重大伤亡,弄不好会全军覆没,必须想一个妥善的办法,安全脱身才行。到底该怎么办?额仁钦达来脑子里急速地思考着……突然灵光一闪,想出了一个大胆而冒险的想法。她按照这个思路,进一步加以完善，觉得可以冒险一试。于是，额仁钦达来显得很无奈地说："你们说话算数？只要我们交出武器，就会放过我们？"

阿司卡暗自欣喜，拍着胸脯保证道："大日本皇军一向说话算数，只要你们肯交出武器，我绝对保证你们的安全。"他在中国待了好几年，能说一口流利的汉语。

"那好，我们愿意接受你的条件，不过你要说话算数，不能出尔反尔。"

"你放心，我绝对会遵守承诺，保证说到做到。"阿司卡满口答应，心想毕竟是女流之辈，只是恐吓了几句，就挺不住了。

乌日娜着急地冲着额仁钦达来喊道："姐姐，你咋能答应日本人的条件？日本人的话不可信！"

"是啊！日本人向来不讲信用，万一咱们把枪交出去，他们反悔了怎么办？"博和道尔吉忍不住质问道。

桑杰疑惑地看着女儿，以他对女儿的了解，她是绝对不会向日本人妥协的。但她此番用意何在？他没有琢磨透，故此没有出言制止。

额仁钦达来向博和道尔吉等人使了个眼色，高声说道："咱们已经替齐王报仇了，日本人既然答应既往不咎，咱们也没必要再与日本人作对，我决定答应日本人的条件，交出武器，回家去过太平日子。"额仁钦达来说完，转头冲着阿司卡说道，"我同意你的条件，愿意放下武器。"说完，额仁钦达来带头将两支手枪放在了地上。博和道尔吉等人虽然没有参透额仁钦达来的真实意图，但他们知道额仁钦达来一定想好了应对之策，纷纷放下手中的武器。

阿司卡见计谋得逞，得意扬扬地带着几名日本兵前来收缴武器。他走到额仁钦达来跟前，得意地说："这就对了，你们也不想想，凭你们这几条破枪，竟敢与皇军作对，真是不自量力！"说到这里，阿司卡话锋一

第十六章 三枪传奇

转,面露凶残之色,对身后的日军下达命令:"把枪都收起来,把他们统统带走!"

"你不是答应放我们走吗?"桑杰愤怒地质问道。

"哈哈哈——你们太天真了!如果我不答应你们,你们肯缴械投降吗?"阿司卡原形毕露,面目狰狞地大声狂笑,觉得自己已经胜券在握,没必要隐瞒真实目的了。

就在阿司卡得意忘形之际,只见额仁钦达来突然从靴子里掏出一把精致的手枪,以迅雷不及掩耳之势顶在阿司卡的脑门上,同时伸出左手快速夺下他的枪。

阿司卡万万没想到额仁钦达来会留一手,当即改变口气,向额仁钦达来哀求道:"有话好说,其实刚才我是跟你们开玩笑的,我一定话复前言,绝对保证你们的人身安全!"

"我岂会轻信你的鬼话!赶紧让你的兵后退,否则我一枪打死你!"额仁钦达来厉声命令阿司卡。

额仁钦达来的举动不但骗过了日本人,就连桑杰以及部下也深感意外,他们被眼前这戏剧性的一幕惊呆了,他们没想到,这个平日喜欢舞枪弄棒的王爷夫人在这危急时刻,竟能想出这种出奇制胜的办法,真是令人敬佩!与此同时,他们纷纷弯腰把枪捡起来,对准日本兵。

阿司卡心有不甘,用力挣扎着想脱身。额仁钦达来不敢大意,左手用力卡住阿司卡的喉咙。阿司卡顿时感到呼吸困难,四肢乏力,身体瘫软。

为了保命,阿司卡大声对部下命令道:"都别动,赶紧退后。"

那些日本兵见阿司卡被挟持,不敢轻易动手,按照阿司卡的命令,端着枪倒退着后撤。

额仁钦达来见日本兵后撤,命令博和道尔吉带着部队向西南方向撤退,虽然这个方向与大青山相反,但情况紧急,额仁钦达来顾不上考虑那么多,只想尽快摆脱敌人。

桑杰担心女儿押着阿司卡行动不便,骑马来到女儿身边,一把扯过阿司卡,将他横放在坐骑上,用枪顶住他的头,跟着队伍一起后撤。

额仁钦达来带着队伍一口气跑出十几里路,本以为摆脱了敌人,刚想停下来喘口气,就发现敌人的汽车追了上来。额仁钦达来只好带着队伍继续往后撤,敌人的汽车在后面紧追不舍。额仁钦达来带着队伍跑出去三十多里始终无法摆脱敌人的追击。马匹经过长时间的奔跑,体力明显不支,奔跑的速度逐渐慢了下来。而追击的敌人依然乘坐汽车全速追击,彼此的距离逐渐拉近。额仁钦达来见始终无法摆脱敌人,心里暗自着急。

就在这时,只见桑杰骑马来到她的身旁,焦急地对她说:"一味后撤不是办法,咱们的马再快也跑不过敌人的汽车轮子,再说马总有跑不动的时候,敌人的目的是想把咱们累得筋疲力尽,然后再进行围歼。到那时候,即使咱们有人质也会失去作用。"

"我知道这样跑下去不是办法,但敌人的汽车紧追不舍,我们能有什么办法!"额仁钦达来焦急地说。

"你带着队伍先撤,由我押着人质断后,想办法迟滞敌人的追击速度,这样就可以与敌人拉开距离,等到天黑就能摆脱敌人了。"

"不行,我不能把你一个人留下,那样太危险了。"

"孩子,你不必为我担心,我已经想好了对策。"桑杰说完,掉转马头,迎着敌人的汽车跑去。

额仁钦达来心里着急,急忙勒住马缰,那匹马正在急速奔跑,猛然被勒住马缰,不由得前蹄竖起,身子腾空,发出一声嘶鸣,险些把额仁钦达来摔下马。额仁钦达来用力稳住坐骑,冲着父亲大声喊道:"阿爸,快回来!"

第十六章 三枪传奇

桑杰回头冲女儿一摆手,大声说道:"你不要管我,保住队伍要紧。"然后头也不回地朝着敌人跑了过去。

额仁钦达来望着父亲的背影,热泪夺眶而出,她明白父亲这么做,是想以人质为要挟,迫使敌人停止追击,以便为他们争取更多的时间脱险。此去定然凶多吉少,额仁钦达来带着哭声喊了一声"阿爸",然后挥泪带着队伍快速后撤。

桑杰回头看了一眼,见女儿已经带着队伍快速离开,欣慰地笑了,押着阿司卡坦然地迎着日本兵走去。

车上的日本兵害怕伤到阿司卡,赶紧停下车,纷纷从车上跳了下来,恶狠狠地端枪将桑杰围住。

阿司卡见状,得意地对桑杰说:"你已经被包围了,识相的赶紧把我放了,否则你难逃一死。"

桑杰蔑视地看了一眼周围的鬼子,神情镇定地说:"你不必威胁我,我告诉你,爷爷早已将生死置之度外,如果你敢耍花招,我就和你同归于尽。"

阿司卡得意地说:"你这是何必呢?蝼蚁尚且惜命,何况人乎。你现在孤身一人,被我的部下团团包围,即使有天大的本事也在劫难逃。我虽然受制于你,但人的精力有限,时间长了,你就会因疲劳而分神,到时候我的人就会把你拿下,我就会反败为胜。如果你现在把我放了,我不但可以保证你的生命安全,还可以保证既往不咎,我劝你还是选择跟我合作吧。"

桑杰用枪顶着阿司卡的脑袋说道:"这是生死攸关的大事,我不能轻信于你,万一到时候你反悔了怎么办?容我好好想想再答复你。"

阿司卡急于脱身,拍了一下胸脯说道:"你放心,我一定说话算数,你就别犹豫了。"

桑杰仿佛下定了决心，说道："好吧，我跟你合作，不过我有个条件，你必须让人用车将我送走，而且不许带武器，我安全离开这里了，才能放你回去。"

阿司卡低头思考了片刻，说道："好，我答应你。"于是，阿司卡示意日本兵退到一边，为桑杰让开一条道。桑杰用枪顶着阿司卡走到汽车旁边，命人打开车门，让桑杰上车。桑杰没有按照阿司卡的要求进驾驶室，而是用胳膊夹着阿司卡，纵身跳上车厢，站在油箱的位置上面。

就在汽车即将发动时，突然听到桑杰一声怒吼："姑爷，为父替你报仇啦！"随着喊声，桑杰拉响了怀里的手榴弹。

桑杰之所以答应阿司卡的条件，目的就是接近汽车并将其炸毁，让日本兵无法乘车追赶额仁钦达来。阿司卡本以为计谋得逞，突然听到桑杰的喊声，知道大事不妙，拼命向外挣扎，却被桑杰死死抱住。周围的日本兵听到喊声，吓得慌忙四下躲避。随着手榴弹的爆炸声，汽车的油箱也发生爆炸，燃起了熊熊大火。火势迅速蔓延，汽车被大火吞噬。由于火势凶猛，燃烧的速度非常快，不一会儿两辆汽车便只剩下了残骸。阿司卡被炸死了，还有几个日本兵被炸死炸伤。由于汽车被炸毁，无法继续追赶额仁钦达来，日本人只好抬着同伴的尸体，垂头丧气地返回百灵庙。

额仁钦达来带着队伍，加快速度向前奔跑，跑出数里之遥，突然听到身后传来一阵爆炸声，她立马猜到父亲出事了，心头一阵剧痛，身子摇晃了几下，差点儿掉下马。其他人听到爆炸声，也都不由自主地停下脚步回头张望。

敖其尔大声哭着对额仁钦达来说："姐儿，一定是阿爸出事了，咱们赶紧回去救阿爸！"

额仁钦达来虽然心如刀绞，但她清楚目前的处境，唯有快速离开才能脱离危险。于是，她强忍悲痛，命令队伍继续加速前进。敖其尔却死活

第十六章 三枪传奇

不肯跟着队伍走，非要回去救父亲。额仁钦达来心里惦记父亲的安危，便命令博和道尔吉带着敖其尔回去查看情况。

她叮嘱博和道尔吉："切记，无论遇到什么情况，一定要控制情绪，千万不能蛮干。"并与他约定了会合地点和联络暗号。

博和道尔吉答应着与敖其尔掉转马头，朝着爆炸声传来的方向奔去。额仁钦达来则含泪带着队伍继续快速前行。

额仁钦达来带着队伍马不停蹄地一直跑出几十里地，直到天色完全黑下来，方才命令队伍停下来休息。额仁钦达来吸取在沙丘被敌人包围的教训，一边宿营，一边派人去周边查看情况，同时加派岗哨，以免遭到敌人偷袭。

由于奔波了一天，吃过饭之后，队员们都因疲劳而进入了梦乡。额仁钦达来独自坐在火堆旁想心事。她想到父亲生死未卜，博和道尔吉与敖其尔一去未归，同时担心敌人追来，让她无法入眠。

午夜时分，额仁钦达来起身前去查岗，突然听到远处传来一阵马蹄声。额仁钦达来心里一惊，立刻掏出手枪，低声唤醒队员们。队员们听说有情况，立刻睡意全消，操起枪准备战斗。额仁钦达来命人用土将火堆掩灭，带着人警惕地注视着。随着马蹄声临近，额仁钦达来听出马蹄声稀稀拉拉，不像是敌人偷袭，便按照与博和道尔吉约定的信号，低声学了几声野鸽子叫，对方立刻回复了几声。

额仁钦达来心中一喜，赶紧问道："博和道尔吉，是你们吗？"

"夫人，我们回来了。"远处传来博和道尔吉的声音。

额仁钦达来急忙站起身，迎着他们跑去，边跑边着急地问道："你们两个都回来啦？是否有阿爸的消息？"

博和道尔吉没有回答，敖其尔却哭了起来。

额仁钦达来听到弟弟的哭声，心头一阵剧痛，双腿一软，瘫坐在地上。她颤声问道:"你先别哭,快点儿告诉我,阿爸到底怎么啦?"

"姐,阿爸……呜——"敖其尔话没说完,忍不住又哭了起来。

"博和道尔吉,快点儿跟我说说,阿爸到底咋样了?"额仁钦达来虽然已经从弟弟的哭声中预感到父亲已遭不测,但还是抱着一线希望追问博和道尔吉。

"夫人,老人家他……他……他殁了!"博和道尔吉带着哭音说道。

"阿爸是咋殁的?"

"具体情况我们也不清楚,我和敖其尔赶到出事地点时,敌人已经撤走了,只看到两辆被火焚烧过的汽车残骸以及散落在各处的肢体碎块,看样子是老人抱着阿司卡同归于尽的。由于烧毁严重,已经无法辨认老人的残骸了。"博和道尔吉强忍悲痛地说。

额仁钦达来闻听阿爸罹难,悲从中来,泪如雨下。其他人闻听桑杰老人为了保护他们壮烈牺牲的消息,悲痛不已,哭成一片。

父亲壮烈牺牲让额仁钦达来悲痛万分,心如刀割,但她深知自己责任重大,要以大局为重,于是强忍悲痛说:"兄弟们,阿爸是为了保护我们英勇牺牲的!我们要铭记老人的英雄事迹,誓死与日本人血战到底,让他们血债血还,为阿爸报仇!"

"报仇!报仇!"人群中爆发出一阵惊天动地的喊声。这喊声表达了他们心中的无限悲痛之情,表达了对日本侵略者的无比仇恨,更表达了他们誓死与日本人抗争到底的决心。

黎明时分,额仁钦达来强忍丧父之痛,把博和道尔吉、韩宝道尔吉、达木林扎布等人召集到一起,商量下一步的行动计划。

额仁钦达来首先说道:"目前敌人在大青山一带布置重兵对咱们围追堵截,形势非常严峻,咱们应该怎么办?"

第十六章　三枪传奇

"从敌人的行动来看，显然知道了咱们投奔大青山抗日游击根据地的计划，故此设下重兵防守，同时派兵对咱们进行拦截和追击，我看投奔八路军的计划恐难以实现。"韩宝道尔吉首先说道。

"目前的形势确实对咱们很不利，敌人的目的很明显，就是千方百计阻止咱们投奔八路军。依我看咱们不能蛮干，应该采取灵活的战略方针，打乱敌人的计划，摆脱敌人的追剿。"博和道尔吉说道。

"敌人在大青山外围严密设防，并派兵对咱们紧追不舍，你说怎么才能摆脱敌人的追剿？"韩宝道尔吉不以为然地说。

"根据目前的形势，我觉得只有放弃投奔八路军的想法，才能打乱敌人的计划。咱们没必要在一棵树上吊死，既然投奔八路军困难重重，我看莫不如改投国军。目前傅作义将军驻扎在陕坝一带，离这儿也不远，而且路上没有日本人阻拦。反正都是抗日队伍，投奔谁都一样。"博和道尔吉说出自己的想法。

"投奔傅作义将军确实是一步好棋，可是咱们跟傅作义将军没有联系，不知道他们是否会收留我们。"韩宝道尔吉担忧地说。

"现在提倡全民抗战，只要是抗日队伍，到哪儿都会受欢迎，岂有不收留之理？"博和道尔吉自信地说。

"我觉得博和道尔吉的办法可行，既然都是抗日队伍，咱们投奔谁都是为了打鬼子，我决定改变计划，投奔傅作义将军。"额仁钦达来当即表态，同时命令队伍改变方向，朝着陕坝方向进发。

额仁钦达来为了摆脱日本军队的追击，被迫改变行军路线，违背了投奔八路军的初衷。当初她的想法很简单，觉得无论投奔国民党还是共产党，都是为了抗日。可她万万没有料到，当初的一念之差，导致她的命运发生了根本性的改变，以至数十年后，她还为自己当初的决定耿耿于怀，追悔莫及。

桑杰的壮烈牺牲，让人们都沉浸在巨大的悲痛之中。额仁钦达来更是悲痛万分，但她不想让这种悲伤情绪在部队中蔓延，否则会影响部队的士气。

　　晚上宿营时，额仁钦达来特意让人准备了酒肉，她首先端起酒碗，对众人说："我知道你们因我阿爸牺牲而悲痛难过，我也为失去父亲悲痛不已！但同时，我也为父亲的壮烈牺牲感到骄傲和自豪。父亲是为了保护我们而牺牲的，更是为了抗日而壮烈牺牲的！他死得光荣，死得伟大！我们要继承他的遗志，化悲痛为力量，誓死与日本帝国主义抗争到底，不把日本侵略者赶出中国决不罢休！这碗酒祭奠父亲的英灵，愿他一路走好，魂兮归来！"说完，额仁钦达来将酒泼洒在地上，其他人纷纷将酒洒在地上。

　　额仁钦达来再次将酒斟满，继续举碗说道："我刚才已经说了，父亲是为了抗日而牺牲的，我们要为他的壮烈牺牲感到骄傲和自豪！我们祭奠他，是为了纪念他的功绩，是为了唤起我们的斗志，我们要从悲痛中走出来，因为我们的前面充满了艰难险阻，需要我们振作精神去面对。如果我们长期陷入痛苦之中不能自拔，就会辜负老人的一片苦心，老人家在九泉之下会责怪我们的。我们这次成功处决了内奸，摆脱了敌人的围追堵截，取得了起义的胜利，来，为了胜利干杯！"

　　众人听了额仁钦达来的话，深受鼓舞，大部分人都举起酒碗，将酒一口气喝干。唯有敖其尔和博和道尔吉几个人没有喝，额仁钦达来走到他们跟前，劝他们将酒喝下去。敖其尔本有几分酒量，由于悲恸过度，喝了一碗酒就醉了。额仁钦达来害怕他情绪失控影响到别人，吩咐人们继续喝酒，她则带着敖其尔和乌日娜一起去查哨。额仁钦达来一边查哨，一边苦口婆心地开导敖其尔，陈说其中的利害关系。敖其尔在姐姐的劝导下，情绪逐渐稳定下来。

第十六章 三枪传奇

额仁钦达来查完岗哨，布置了警戒哨和流动哨。她之所以如此小心谨慎，是因为目前还没有脱离险境，她要为部队的安全负责。

第二天，额仁钦达来表现得很平静，从容地安排人员吃过早饭，然后带队出发。众人在她的带动下，一扫昨日的悲痛情绪，打起精神朝着五原方向快速前进。

两天之后，额仁钦达来带着队伍来到五原城附近。额仁钦达来命令队伍停下休息，同时派博和道尔吉与达木林扎布先行与城里的驻军取得联系，以免造成不必要的误会。

博和道尔吉和达木林扎布骑马来到城门口，门口站岗的国民党士兵用枪指着他们高声问道："站住，你们是什么人？"

"我们是茂明安旗起义的队伍，前来投奔傅作义将军，请带我去见你们的长官。"博和道尔吉赶紧向站岗的士兵说明来意。

站岗士兵打量了他一眼，问道："你们投奔傅作义将军？有多少人，领头的是何人？"

"我们有四十多人，领头的是王爷的夫人额仁钦达来。"博和道尔吉如实回答。

"你们的人在哪里？"

"现在城外的树林里歇息，派我等前来联系。"

"好吧，你跟我来。"哨兵了解完情况，带着他俩去见长官。

驻守五原县城的国民革命军暂编第三军军长孙兰峰听到副官的禀报，急忙命人将博和道尔吉二人带到会客室。

孙兰峰详细地询问了情况，得知额仁钦达来毅然带领队伍处决了叛徒，途中摆脱了日本兵的围追堵截，前来投奔傅作义将军，尤其听到额仁钦达来靴里藏枪，机智地骗过日本人，并抓住日本特务机关长为人质，成功地摆脱了敌人包围的经过，不由得大为赞赏，当即命令副官代表他前去迎接起义队伍。

额仁钦达来看到博和道尔吉与几名军官向他们走来，高兴地对大家说："他们回来了，那几名军官一定是来迎接咱们的。你们都打起精神，以最佳的状态展示咱们的精神风貌，别让人瞧不起。"

队员们按照额仁钦达来的命令，整理好自己的行装，精神抖擞地准备进城。

额仁钦达来与孙兰峰的副官见面后，带着队伍进城。额仁钦达来身佩双枪，精神抖擞地骑在马上。别看他们只有四十多人，却有八十多匹马，此时排成一字长蛇阵，显得很壮观，引来城里的行人驻足观看，高声叫好。民众奔走相告，一传十，十传百，很快就传遍了五原城，城中百姓为了一睹王爷夫人的英姿，扶老携幼前来观看，将城门堵得水泄不通。

守城的士兵赶紧维持秩序，一再劝说，民众才让出一条道，让额仁钦达来的队伍顺利进城。

副官带着额仁钦达来的队伍径直来到孙兰峰的军部。孙兰峰早已在门口等候。见到队伍走到近前，孙兰峰急忙迎上前去。额仁钦达来见到孙兰峰，赶紧甩镫下马，快步走到孙兰峰跟前，双手抱拳问候道："额仁钦达来拜见孙将军！"

孙兰峰挺直身板，向额仁钦达来行了一个标准的军礼，口中说道："欢迎王爷夫人举兵抗日，智胜顽敌，真是巾帼不让须眉！"

"孙将军过奖，日本人侵我国土，杀我同胞，掠我财富，凡是有血性的中国人都应奋起抗争，我只不过尽了一个中国人的责任，何足挂齿。"

"夫人不必过谦，夫人举兵抗日，英名传遍漠南，极大地鼓舞了民众的抗日热情，真乃抗日之楷模也！"孙兰峰一边说一边热情地将额仁钦达来等人请进客厅。

第十六章 三枪传奇

他们一边喝茶一边探讨抗日的事情。孙兰峰对额仁钦达来的义举深表赞赏,腾出营房安置额仁钦达来的队伍暂住,并为其举办了欢迎酒宴。

在宴席上,孙兰峰对额仁钦达来的义举称赞不已,频频举杯敬酒。额仁钦达来借花献佛,举杯回敬。酒过三巡,菜过五味,酒足饭饱,尽兴而散。

第二天上午,孙兰峰将军在市中心广场召开了欢迎大会,参加会议的有各界代表、各抗日团体以及自发前来的民众,人数多达千人。

孙兰峰在大会上发表讲话:"尊敬的各位父老乡亲,今天我们在这里举行隆重的欢迎大会,欢迎毅然举旗抗日的茂明安旗王爷夫人额仁钦达来及所率的抗日队伍。日本人惨无人道,用卑鄙的手段杀害了茂明安旗札萨克齐木德仁庆豪日劳,额仁钦达来作为夫人毅然举兵发动武装起义,不仅处决了叛国投敌的奸细,还在队伍遭遇包围时,临危不惧,沉着冷静地与敌人周旋,机智地擒获了日本特务机关长,成功地摆脱了敌人的包围和追击,赢得了'三枪传奇'的美名。额仁钦达来作为王爷夫人,能够放弃优渥的生活,不顾个人安危,高举抗日大旗,积极投身抗日,令人深感敬佩!她的英雄事迹,震撼了整个漠南地区,点燃了民众的抗日热情,极大地鼓舞了民众的抗日斗志!我代表全体抗日军民,对他们的抗日行动表示感谢,对他们的到来表示热烈欢迎!"

孙兰峰将军的讲话,赢得了与会人员雷鸣般的掌声。

接下来,与会的各界代表相继上台讲话,他们在讲话中盛赞额仁钦达来的义举,并表示以她为榜样,积极投身抗日救国斗争当中。

额仁钦达来代表起义队伍上台讲话,她在讲话中向孙兰峰将军和广大军民的欢迎表示感谢,同时也表明了誓死抗日的决心。她的讲话把民众的抗日热情推向高潮,欢迎大会在民众慷慨激昂的口号声中结束。

第十七章　战火洗礼

额仁钦达来在五原休整数日后，孙兰峰将军派了一个排的兵力，护送额仁钦达来前往陕坝见傅作义将军。额仁钦达来在陕坝见到了傅作义将军，傅作义将军盛赞额仁钦达来抗日的壮举，高度赞扬了她的爱国主义情怀，同时代表绥远省政府向国民政府报请，在陕坝成立茂明安旗临时政府和茂明安旗保安司令部，委任额仁钦达来为茂明安旗代理旗札萨克兼保安司令，授予少将军衔。

额仁钦达来派韩宝道尔吉、敖其尔以及谢二老虎等七人，回到茂明安旗宝日根图，取回王府印章并着手进行旗府组阁事宜。额仁钦达来任命韩宝道尔吉为保安队队长，博和道尔吉为行政科科长，那木海为总务科科长。启用国民政府授予的茂明安旗铜质旗印。

额仁钦达来的爱国主义行为，极大地鼓舞了民众的抗日斗志，很多具有爱国主义情怀的热血青年纷纷慕名前来，自愿加入了她的队伍。短短一个月时间，旗保安队就扩充到了三百多人。傅作义将军特意为他们更换了武器装备，增强了保安队的战斗力。

额仁钦达来的爱国行为，受到了广大民众的尊敬和钦佩，极大地激

第十七章 战火洗礼

发了民众的抗日热情，同时也严重破坏了日本人的绥靖政策，威胁到了他们的利益，因此日本人对额仁钦达来恨之入骨，欲除之而后快。

这天晚上，额仁钦达来处理完公事，已经夜里十点多了，洗漱之后上床休息。齐木德仁庆豪日劳去世后，乌日娜始终与她共处一室，一来是跟她做伴，二来也是为了保护她的安全。额仁钦达来的防范意识很强，每晚睡觉前都把手枪压在枕头底下，而且子弹上膛。乌日娜也是枪不离手，以防不测。

午夜时分，劳碌的人们进入了梦乡。除了偶尔听到远处传来一两句低沉的口令声和换岗士兵的脚步声，整座兵营静悄悄的，笼罩在静谧的夜色之中。

就在这时，兵营外边的围墙边闪出几个黑衣人，他们快步来到一棵大树旁。这棵大树距离围墙足有一丈远，树干高达三丈，直径一尺有余。几个黑衣人聚到一起低声说了两句话，其中一个人身手敏捷地爬到树上，仔细地观察军营内的动静。观察了一会儿，发现远处走过来一队巡逻的士兵，树上的人赶紧给同伴发出信号，并将身子贴在树干上。等到巡逻队走远，树上的那个人纵身一跃，身体在空中画了一个完美的弧线，越过围墙上的铁丝网，悄无声息地落在了围墙内。其他人如法炮制，相继爬树纵身越过围墙，顺着墙根直奔司令部而去。

他们来到司令部附近，躲在暗处仔细观察，发现司令部门前有两名士兵站岗。为首的一个壮汉暗中比画了一个手势，只见两个人分别从不同的方向，沿着墙根朝门口的哨兵摸去。相距数步时，两个人手持匕首，同时飞身跃起，分别扑向站岗的哨兵。两个哨兵猝不及防，一个被抹了脖子，当即倒地身亡。另一个哨兵发现有人偷袭，不由得"啊"了一声，还没等他做出反应，脖子已被锋利的匕首割断。

额仁钦达来睡觉十分警觉，睡梦中被这短促的喊声惊醒，一把从枕头底下抽出手枪，双手握枪飞身跃到窗台底下。与此同时，乌日娜也被惊醒，握着枪飞身扑到门旁的墙角。这时，房门和窗户同时被踹开，紧接着传来一阵急促的扫射声，密集的子弹打在额仁钦达来的床上，瞬间把床打成了马蜂窝。

随后，门口冲进了两个身影，额仁钦达来抬手"砰砰"两枪，将其打倒在地，其中一个被击中头部，当场死亡，另一个被击中胸部，兀自趴在地上挣扎。乌日娜对准他的脑袋补了一枪，那个人停止了挣扎。额仁钦达来一滚，躲在墙角。屋外的人见两个人瞬间毙命，心生畏惧，不敢往里硬冲，只是盲目地疯狂射击。

额仁钦达来和乌日娜躲在墙角处，正是射击死角，相对比较安全，为了防止敌人冲进来，她们不断开枪还击，与偷袭的敌人形成了对峙。这时，博和道尔吉闻讯率领警卫队赶过来救援，博和道尔吉带人一边开枪射击，一边指挥士兵快速向额仁钦达来的住地靠拢。额仁钦达来见外面有部队增援，便和乌日娜用枪封住门口和窗户，防止敌人冲进来。就在这时，一颗手雷从外边飞了进来，手雷冒着烟在地上滚动，眼看就要爆炸，额仁钦达来顾不得多想，飞起一脚，将手雷踢出门外。随着手雷的爆炸声，弹片四下乱飞，有些碎片飞进了屋内，幸亏额仁钦达来和乌日娜躲在死角，没有受伤。就在二人庆幸之时，门外又飞进来一颗手雷，乌日娜见情况危急，飞快转身，用身体将额仁钦达来护住。与此同时，屋内传来一声巨响，手雷爆炸了。弹片瞬间飞向四周，乌日娜的后背和大腿同时被碎片击中，鲜血瞬间染红了衣服。这颗手雷的炸药当量很大，具有很强的杀伤力。幸亏她们躲在墙角处，又有房门遮挡，乌日娜才没被炸死。

博和道尔吉听到手雷连续爆炸，十分焦急，命令警卫队不惜一切代价往前冲。偷袭的敌人身边没有任何隐蔽物，全部暴露在火力之下，最终被悉数打死。

第十七章 战火洗礼

枪声停歇后,额仁钦达来扶着乌日娜走出来,博和道尔吉等人见她们身上有血迹,赶紧上前询问伤在哪里。

额仁钦达来说:"我没事,乌日娜受伤了,我衣服上沾的是乌日娜的血。"

额仁钦达来命人火速送乌日娜去医院救治,同时命人打扫战场,发现共有六具尸体。经过仔细辨认,发现其中一具尸体竟是保安队的宝音,另外五人身份不详。

额仁钦达来指着宝音的尸体对博和道尔吉说:"怪不得敌人对咱们的情况如此了解,原来有奸细!你马上带人查清宝音的身份和社会背景,调查他平时跟谁关系好,与谁走得近。记住,不要声张。"

博和道尔吉神情凝重地点头答应。

处理完战场的事情,额仁钦达来放心不下乌日娜的伤情,命索德那木苏开车前往医院看望乌日娜。此时乌日娜正在手术室抢救。医生告诉额仁钦达来,乌日娜后背和大腿多处被弹片击中,所幸没有伤及骨头,现在已经将弹片取出,共计取出十几块弹片,目前生命体征平稳。额仁钦达来听了医生的话,方才放心。

天亮时,额仁钦达来刚从医院返回保安司令部,索德那木苏就进来向她报告,政工处处长王克俊求见。

额仁钦达来起身出门相迎,将王克俊请进司令部。王克俊今年三十多岁,身材高挑,气宇轩昂,一表人才。

王克俊向额仁钦达来行了一个标准的军礼,口中说道:"政工处处长王克俊拜见额司令,傅将军听闻司令部遇袭,深感震惊,特命王某代劳慰问!"

"感谢傅将军关心!感谢王处长前来慰问!"额仁钦达来回礼致谢,然后请王克俊落座喝茶。

265

王克俊一边喝茶，一边询问遇袭经过，然后向额仁钦达来传达了傅作义将军的意见："傅将军非常关心您的安全，让我捎话给您，这次偷袭一定是日本人所为，这次没有得逞，他们一定不会就此罢手。俗话说明枪易躲，暗箭难防，你们一定要加强戒备。同时对内部进行清查，严加防范。"

"请向傅将军转达我的感激之情！请傅将军放心，我一定加强警戒，同时在内部展开调查。"

"如此甚好，我一定向傅将军转达。"王克俊说完，起身告辞。

额仁钦达来送走王克俊，博和道尔吉进来向她汇报了情况："现已查明宝音家住百灵庙，一个月前加入保安队，被分到二中队五小队。此人行事低调，不善交际，前两天声称母亲病重请假回家，其他情况尚不清楚。"

"你要对他进行深入调查，一定要查清他生前的活动轨迹。"额仁钦达来叮嘱道。

额仁钦达来的住所因遭到偷袭，门窗严重破损，无法居住，只好搬到司令部暂住。韩宝道尔吉为了确保额仁钦达来的安全，特意增强了保护措施：门口有哨兵二十四小时站岗，司令部值班室昼夜有人值班，在司令部周边设置了暗哨，命令巡逻队加强巡逻频率，以防敌特再次偷袭。

额仁钦达来每天依然正常处理公务，并抽时间亲临训练场查看训练情况，并提出严格的训练要求。在她的严格监督和指导下，部队的战斗力有了很大的提高。

保安队的队员基本都是本地人，对当地的地形非常熟悉。故此，保安队多次接受上级的命令，化装深入敌后进行侦察，每次都出色地完成了侦察任务，为部队部署兵力及制定战斗计划作出了重大贡献。

1943年夏天，保安队接到命令，去后方押运军需。额仁钦达来担心

第十七章 战火洗礼

路上有闪失,亲自带队前往。为了确保军需安全运抵,上级特派骑兵十二旅警卫连配合押运。警卫连连长名叫段得胜,三十多岁,身材魁梧,语言粗鲁,满嘴脏话,一身匪气,喝酒后经常打骂部下,并多次对保安队出言不逊。保安队队员不堪其辱,向额仁钦达来诉苦,额仁钦达来顾全大局,劝部下不要与他计较。

这天傍晚,部队在一个小村落宿营。这个小村落只有十几户人家,额仁钦达来命人将车辆集中在一个比较大的院落内,派一个中队负责守护。

半夜时分,突然从远处传来一阵马蹄声,紧接着传来一阵激烈的枪声。额仁钦达来急忙命令部队保护军需物资,并指挥部队进行还击。段得胜听到枪声,派一个排配合保安队守护军需物资,他则带两个排绕到敌人身后,向敌人发起进攻。敌人腹背受敌,乱作一团,在额仁钦达来和段得胜的前后夹击下,无路可逃,全部被歼灭。

额仁钦达来通过了解,得知抢劫军需物资的是活动在当地的一股土匪,这帮土匪在这一带抢男霸女,无恶不作,村民饱受土匪荼毒,对他们恨之入骨。如今见土匪被消灭,村民们怀着感激之情,连夜准备了酒饭前来慰问。

段得胜面对村民们的恭维,得意忘形,连连干杯,很快就喝醉了。部下见他喝醉,搀扶他进屋休息,没想到他却借酒调戏房东的儿媳妇。额仁钦达来听后非常气愤,前去劝阻。段得胜非但不听劝,还对额仁钦达来动手动脚,满口污言秽语。额仁钦达来一怒之下,命人将段得胜绑了起来。段得胜虽然醉酒,但心里明白,对额仁钦达来破口大骂,并蛮横地让部下为他松绑。他的部下们虽然有心帮他,却不敢违背额仁钦达来的命令。额仁钦达来是少将军衔,文武兼备,傅作义都对她另眼相看,如果违抗她的命令,一定不会有好果子吃!故此,他们眼睁睁地看着段得胜被绑,没人敢为段得胜出头。额仁钦达来当即宣布命令,由连副暂代连长一职。

段得胜之所以这么嚣张，是因为他与旅长鄂友三关系特殊，他们不仅是磕头弟兄，就连他的媳妇都是鄂友三送的。他的媳妇名叫三女子，家住四子王旗，因为长得有几分姿色，被鄂友三娶为小老婆，鄂友三娶了很多老婆，玩腻了就送给部下做老婆，段得胜就是其中之一。

段得胜仗着与旅长的关系，专横跋扈，胡作非为，无人敢惹，却没想到这次栽在额仁钦达来手里。额仁钦达来将军需物资安全押运到驻地，鄂友三听说段得胜被额仁钦达来抓了起来，不由得火冒三丈，怒气冲冲地赶到保安司令部找额仁钦达来算账。他带着人闯进保安司令部，冲着额仁钦达来大声吼道："你真是吃了熊心豹子胆，竟敢随便关押我的人，我看你是活得不耐烦了！"

额仁钦达来稳坐在椅子上，平静地说："鄂旅长不要发火，有话坐下好好说。"

"好好说，怎么好好说？我问你，为什么私自扣押我的连长？"鄂友三梗着脖子质问额仁钦达来。

"鄂旅长，段得胜酒后猥亵民女，难道不应该受到惩治吗？"

"段得胜是抗日英雄，别说调戏妇女，就是睡了她又何妨？用你狗拿耗子多管闲事？"

额仁钦达来动气了："难怪段得胜如此下流，真是上梁不正下梁歪！"

"你说对了，老子别的爱好没有，就是喜欢漂亮娘们儿。"

额仁钦达来气得一拍桌子，"腾"地站起身来，指着鄂友三怒斥道："你真是禽兽不如！难道你没有母亲姐妹吗？"

"你竟敢骂老子！信不信老子一枪崩了你？"鄂友三恼羞成怒，掏枪对准额仁钦达来。

敖其尔担心额仁钦达来受伤，一步上前用身体挡住额仁钦达来，用

第十七章 战火洗礼

枪顶着鄂友三,气氛骤然紧张起来。

额仁钦达来一把将敖其尔拉开,神情自若地说:"你闪开,我不信他敢开枪!"然后大义凛然地说,"姓鄂的,有种你就开枪,我要是皱一下眉就算孬种。"

"你别逼我,鄂某人天王老子都不怕,难道会怕你一个娘们儿不成!"鄂友三虽然口气很硬,却显得有些心虚。

"姓鄂的,你没搞错吧?明明是你拿枪逼着我,怎么反倒成了我逼你?我还是那句话,有种你就开枪,没种就赶紧滚,少在我面前丢人现眼。"

"既然你自己找死,那就怪不得我了。"鄂友三拉了一下枪栓,虚张声势地说。他没有想到额仁钦达来会如此硬气,软硬不吃,让他骑虎难下。

额仁钦达来嘴角带着冷笑,轻蔑地看着鄂友三,没有说话。

就在这时,门外传来一阵脚步声,只见王克俊从外边走了进来,见到鄂友三用枪指着额仁钦达来,急忙大声喝止:"鄂友三,休要放肆,赶紧把枪收起来!"

王克俊的出现,缓解了室内的气氛。鄂友三借坡下驴,将手枪收起,嘴里嘟囔着说:"王处长,我这么做都是她逼的。"

"王处长,你也看到了,明明是他拿枪威胁我,却说是我逼他,真是岂有此理。"额仁钦达来生气地说。

"好啦,好啦,额司令不要跟他一般见识。"王克俊说完,转身对鄂友三说:"鄂友三,你身为旅长,怎么不知法度,竟然拿枪威逼额司令。这要是让傅将军知道了,你岂不是吃不了兜着走。"

"王处长,其实我没想开枪,她说话太噎人。我只是想吓唬吓唬她,我求求你不要把这件事上报傅将军。"鄂友三低声下气地说。别看他平时盛气凌人，不可一世，却不敢得罪傅作义将军手下的人，何况对方是傅作义将军司令部四大处之首的政工处处长呢！

"鄂旅长，看在咱们往日的情分上，我就不把这件事向傅将军汇报了，不过你要向额司令赔礼道歉。"

"我愿意，我愿意向额司令赔礼道歉。"鄂友三害怕受到傅作义将军责罚，赶紧赔着笑脸说，"额司令，对不起！刚才语言多有冲撞，请原谅！"

额仁钦达来虽然心里憎恶鄂友三，但为了顾全大局，不想与鄂友三闹僵，便点头表示接受。

王克俊见他们的关系已经缓和，便对鄂友三说："傅将军得知段得胜违犯军纪，非常生气，特命我全权处理。段得胜身为国军连长，竟敢酒后调戏民女，理应严惩，念其作战有功，从轻发落，免去连长职务，降为普通士兵。"

鄂友三对这个处理意见很满意，因为段得胜是他的人，只要回到部队，怎么处置由他说了算，明里免去他的连长职务，暗里可以另行重用。

王克俊命人将段得胜带过来，当场松绑并交给鄂友三带走。段得胜松绑后，一边搓着发麻的手腕，一边不怀好意地冲着额仁钦达来说："额司令，谢谢您的惩戒之恩，在下铭记在心。"

鄂友三已经领教过额仁钦达来的厉害，担心节外生枝，故此瞪了段得胜一眼，说道："少废话，赶紧跟我走。"说完，鄂友三向王克俊行礼告辞而去。

鄂友三走后，王克俊劝额仁钦达来不要为此事生气，同时对她治军严谨表示赞赏。王克俊与额仁钦达来谈论了一些军务，不知不觉已到中午，额仁钦达来命人安排了酒饭，由韩宝道尔吉等人作陪吃了一顿饭，饭菜虽然简单，王克俊却吃得十分开心。

第十七章 战火洗礼

数日后,王克俊派人给额仁钦达来送来一个美式望远镜。额仁钦达来本不想收他的礼物,但送礼物的人放下望远镜转身就走,额仁钦达来只好收下。

这天,额仁钦达来处理往来信函时,发现一封标明她亲启的信。额仁钦达来没有多想,顺手拆开信封,抽出信函,只见信函字迹端正,笔锋遒劲,赫然写道:

额司令钧鉴,我乃王克俊是也。今日冒昧致函,实乃情之所至,性格使然。自从见面初始,我即对你产生爱慕之情,同情你的遭遇,敬重你的品行,钦佩你的爱国情怀!我想用炽热的胸膛抚慰你受伤的心灵,用挚诚的爱给你带来美好的幸福生活!如蒙不弃,我愿与你结为秦晋之好,终生守护在你身边,此情此心,矢志不渝,天地可鉴!

爱慕敬重你的王克俊

额仁钦达来看着这封情真意切的求爱信,心里五味杂陈,眼睛里闪现出渴望的火花,但很快又暗淡下来,轻轻地叹了一口气,将信装进信封,放在抽屉里。

三日后的晚上,王克俊怀着忐忑的心情,独自一人来到保安司令部。额仁钦达来对于他的到来,既没有感到兴奋,也没有感到不悦,而是十分平静地以礼相待。

额仁钦达来礼貌地请坐,然后说道:"王处长,你的来信已阅,内情尽知,感谢你对我的溢美之词,也感谢你对我的关爱。但是,我不能答应你,因为我的心已经随着我的爱人死去,再也无法泛起爱的涟漪。"

"额司令,我知道你曾当众立誓,终生为齐王守寡。可是你想过没有?人生之路漫长而曲折,你一个人独自生活,该有多么艰难!我劝你再好好想一想，不要因为当初的一句誓言而放弃追求幸福的权利，这样对你不公平！"

"你想错了，我之所以立誓，不是一时冲动，也不是做样子给谁看，而是出于我的真实想法。我和齐木德仁庆豪日劳感情深入骨髓，血肉相连，融为一体，我们曾立下誓言：生同衾死同穴，绝不相负！如今他不幸去世，我理当为他守孝，假如我死在他的前头，他也一定会像我一样信守诺言！请你理解我的心情，尊重我的选择。"

"额司令，你的情操让我感到汗颜。与你相比，我的心胸显得狭隘，显得低级趣味。我尊重你的选择，保证今后再也不会打扰你的生活，同时，我愿与你保持纯洁的友谊，做你的好朋友。"

"谢谢你的理解和支持，我愿意交你这个好朋友。"额仁钦达来欣慰地说。

三个月后，乌日娜伤愈，额仁钦达来去接她出院。乌日娜在医院住了三个多月，由于长时间待在病房内，肤色白了许多，显得更加漂亮了。保安队里只有额仁钦达来和她两位女性，在军营中格外显眼。额仁钦达来的身份和职位让这些男性不敢放肆，乌日娜则不同，无论走到哪里都会招来贪婪的目光，成为男性追逐的对象。

在众多追求者当中，有一个名叫满都拉图的最积极，他经常找借口与乌日娜套近乎，时常送乌日娜一些小礼物。尽管乌日娜对他很冷淡，他还是很执着，每次将礼物放下就走，让乌日娜很是无奈。

乌日娜协助额仁钦达来处理军务，接待来访的客人，担任她的贴身侍卫，保护她的人身安全，每天忙得不亦乐乎，根本不想谈个人问题。对于满都拉图的追求，她曾明确表态拒绝，满都拉图却不死心，依然对乌日娜死缠烂打，经常找借口到司令部和住处找她。每次都是乌日娜下逐客令，他才不情愿地离开。

第十七章 战火洗礼

这天晚上,乌日娜陪着额仁钦达来忙到十点多,离开司令部往住处走。两个人走出几十步,突然听到后面传来脚步声,额仁钦达来和乌日娜急忙回头查看,发现两个蒙面人已经扑到身后,手握长刀分别向她们发起攻击。额仁钦达来无暇多想,连忙闪身躲避,只见刀锋顺着肩膀边上划过。蒙面人一刀劈空,连忙改换招数,手腕一翻,刀锋拦腰横劈过来。额仁钦达来刚刚仓促躲过一刀,此时已无法躲避,只好顺势仰身后倒,一道寒光从眼前闪过,她躲过了致命一击。蒙面人见接连两招均未奏效,再次举刀欲劈。只见额仁钦达来飞起一脚,踢中蒙面人握刀的手腕,将刀踢飞,身子顺势一滚,另一只脚也扫了过去,这一脚正好踢中对方的脚踝,将对方踢倒在地,然后一个鲤鱼打挺,飞身跃起,用枪逼住蒙面人的脑袋。额仁钦达来这几个动作一气呵成,瞬间便将蒙面人制服。乌日娜的身手较弱,面对突如其来的攻击,显得有些慌乱,仓促地开了一枪,没有打中对手,同时看到一道白光朝着她的脑袋劈了过来。乌日娜赶紧侧身缩头躲避刀锋,饶是她躲避及时,躲开了对方的致命一击,但是衣襟仍被下落的刀削掉一片,显得十分狼狈。这时,额仁钦达来手中的枪响了,随着枪响,攻击乌日娜的蒙面人应声倒地。乌日娜解恨地对着蒙面人连开两枪。这时,敖其尔带着警卫赶过来增援。发现额仁钦达来已经化险为夷,上前一把拽下蒙面人的头套,发现竟是满都拉图。额仁钦达来连夜对满都拉图进行审讯,满都拉图如实交代了罪行,承认自己与宝音等人都是日本特务机关收买的奸细,他们按照日本特务机关的指令,趁保安队扩充实力之机,混进保安队,任务是配合日本特务伺机刺杀额仁钦达来。上次宝音带着日本特务偷袭失败并被打死,日本人非常生气,给他们下了死命令,不惜一切代价刺杀额仁钦达来。满都拉图为了寻找下手机会,假借追求乌日娜之名,接近乌日娜并摸清了额仁钦达来的生活规律。由于司令部及他们的住处防守严密,他们决定在司令部至住处的路上下手。为了不惊动哨兵和巡逻队，他们用刀进行偷袭。没想到额仁钦达来武功高强，临危不乱，再一次挫败了敌人的暗杀行动。

这年秋天，日本军队向五原发动进攻，傅作义将军命令孙兰峰死守五原，同时派部队进行增援。额仁钦达来闻听日军进犯，便请求率部参加。额仁钦达来的请求没有获得批准，却接到给前线押送给养和弹药的命令。额仁钦达来觉得运送给养弹药不如直接上前线杀敌过瘾，但是军令如山，她只好集合队伍，押着给养弹药直奔前线。

额仁钦达来到了前线，将军需交付完毕，向孙兰峰请求留在前线杀敌，孙兰峰却拒绝了她的请求。额仁钦达来感到很失望，只好带着队伍怏怏不快地往回走。当他们行至塔尔湖营子附近时，突然与一股敌人相遇。面对突如其来的日军，额仁钦达来果断命令部队开火，同时命人将敌情火速上报。

原来日军对五原久攻不下，派出了这支部队，打算秘密迂回到五原城后面形成前后夹击，没想到半路竟与保安队相遇并受阻。日军为了尽快完成合围计划，命令部队不惜一切代价强行进攻。一时之间，硝烟弥漫，战斗十分惨烈。有些保安队队员初次上战场，突然与敌人遭遇，没有思想准备，见到日本人哇哇叫着往上冲，不由得产生了恐惧心理，有几个胆小的吓得浑身直哆嗦，惊慌失措地胡乱开枪。

额仁钦达来厉声说道："你们不是一直渴望上战场打日本人吗？如今上了战场，怎么变成胆小鬼了！别看日本人气势汹汹，其实没什么可怕的，刚才咱们不是已经消灭了十几个日本人吗！你们都给我听好了，没有我的命令，不许擅自开枪，否则以军法论处！"额仁钦达来的话稳定了军心，激发了斗志，几个胆小的人羞愧地低下了头。

额仁钦达来见敌人来势凶猛，命令队员们占据有利地形进行抗击，数次打退敌人的进攻。额仁钦达来利用战斗间隙，下令赶紧构筑工事，同

第十七章　战火洗礼

时清点伤亡人数，发现有十余人伤亡，另有十几匹马被打死。额仁钦达来命人救治伤员，清点弹药，严阵以待。日军进攻受挫，恼羞成怒，再次发动进攻。面对来势汹汹的日军，额仁钦达来沉着迎战，为了节省弹药，有效打击敌人，额仁钦达来下令将敌人放近再打。额仁钦达来端着枪，密切注视进攻的敌人，一百步、五十步，直到距离三十步远，她才果断命令开枪。随着一阵疾风骤雨般的枪声，冲到前边的鬼子如同被切割的庄稼一般，倒下一大片，剩余的鬼子趴在地上进行还击。额仁钦达来见状，命令投掷手榴弹，炸死了一批敌人，侥幸活下来的敌人丢下同伴的尸体及伤兵仓皇后撤。

见到敌人的进攻再次被打退，保安队队员们士气大振。那日松见弹药不足，带着几名队员冲出阵地，跑到日本人的尸体旁捡拾武器弹药。突然远处传来一声枪响，将那日松打倒在地。额仁钦达来赶紧命令机枪掩护，同时大声命令他们赶紧后撤。那日松被抬回阵地时，已经昏迷不醒，他的胸口被子弹击中，鲜血从伤口处汩汩而出，额仁钦达来赶紧命人进行包扎，但那日松最终因伤势过重，气绝身亡。

自从齐木德仁庆豪日劳继承王位，那日松就一直担任他的贴身侍卫，对他忠心耿耿。齐王遇害后，那日松跟随额仁钦达来惩治了内奸，一同投奔傅作义参加抗日斗争，如今不幸战死沙场。额仁钦达来倍感心痛，但大敌当前，为了稳定军心，她硬着心肠命人将那日松的尸体抬下阵地，命令队员们严阵以待，密切监视敌人的动向。

一个多小时后，日军再次发动进攻，这次敌人不惜血本，倾巢出动，为首的敌人端着机枪一边射击一边往上冲，数挺机枪同时开火，如同潮水般朝着阵地冲了过来，打得队员们无法抬头。面对凶猛的敌人，额仁钦达来感受到前所未有的压力，抱着视死如归的决心，命令队员全力阻击。敌人凭借强大的火力，很快就冲到了阵地前。

额仁钦达来从乌日娜手里接过一把马刀，大声喊道："兄弟们，为国捐躯的时候到了！我们就是用牙咬也要把小鬼子打下去，决不能让敌人占领阵地！"说完，额仁钦达来挥舞马刀，带头冲出阵地，挥手一刀将一个日本人的脑袋削掉。其他人紧随其后，与敌人展开白刃战。只见刀光闪烁，血肉横飞，战斗十分惨烈。

在这危急时刻，从身后传来一阵急促的马蹄声，一队骑兵疾驰而来。只见他们手中挥舞着马刀，如同一阵旋风冲进战场，对着敌人猛劈下去。

额仁钦达来见援兵赶到，大声喊道："咱们的援兵到了，兄弟们冲啊！"

由于援兵及时赶到，战场的形势发生了逆转，保安队与援兵一道将阵地前的敌人悉数消灭。后面的敌人见大势已去，慌忙狼狈溃逃。额仁钦达来与援兵乘胜追击，全歼了敌人。

这场遭遇战不仅粉碎了敌人的合围计划，而且打出了保安队的威名。傅作义将军特此颁布嘉奖令，表彰保安队英勇作战的功绩。

经此一战，额仁钦达来的保安队打出了声誉，打出了信心，提高了士气，经受住了战火的洗礼，成为一支抗日劲旅。此后，保安队多次配合主力部队作战，立下了赫赫战功。额仁钦达来的威名传遍了漠南，极大地鼓舞了抗日军民的斗志。

第十八章　绥远起义

　　1945年8月15日，日本宣布无条件投降。中国人民经过艰苦卓绝，不屈不挠的斗争，付出了惨痛的代价，终于战胜了日本侵略者，取得了抗日战争的伟大胜利。

　　消息传来，举国上下一片欢腾，军民自发地涌上街头，敲锣打鼓，燃放鞭炮彻夜狂欢，庆祝这来之不易的伟大胜利。

　　在这不眠之夜，额仁钦达来与部下一起走上街头，汇入狂欢的海洋。他们欢呼雀跃，载歌载舞，鸣枪放炮，一直庆祝到天亮，方才意犹未尽地返回驻地。

　　额仁钦达来回到住处，依然处在亢奋之中。作为抗日战争的亲历者和参与者，她为自己参加抗日战争感到自豪，同时也感到悲伤，这场战争改变了她的命运，让她失去了两位亲人——父亲和丈夫。如果不是这场战争，父亲和丈夫就不会牺牲，她也可以在平静和安逸中幸福地度过一生，正是这场可恨的战争让她饱尝失去亲人的痛苦。

　　额仁钦达来悲喜交加，满腹心事无处发泄，便让乌日娜陪着她喝酒聊天。她们说到高兴处，开心地放声大笑，说到伤心处，便痛哭流涕。她们就这样哭着、笑着、喝着，直至醉倒在床上。

这年9月，额仁钦达来带着乌日娜来到五台山祭奠丈夫的亡灵。自从丈夫去世，她第一次来丈夫的墓地祭奠。

额仁钦达来含泪摆上祭品，声音哽咽地说："齐木德仁庆豪日劳，我来看你了，你在那边好吗？告诉你一个天大的好消息，日本人无条件投降了，咱们胜利啦！你的鲜血没有白流，你的遗愿已经得偿。齐木德仁庆豪日劳，我想你！"说到这里，额仁钦达来再也控制不住心中的悲伤，放声大哭。乌日娜在一旁陪着她流泪。额仁钦达来守在丈夫的墓前，一直待到天晚，方才离去。

抗日战争胜利后，绥远省政府由陕坝迁回归绥，额仁钦达来的保安司令部亦随之迁至归绥驻扎。当时跟随苏联红军一起参战的蒙古军还没有撤离。

10月初的一天，值班的副官进来向额仁钦达来报告："门口站岗的哨兵向我汇报，说是门外有两位蒙古军军官求见。"

"我和蒙古红军从未打过交道，他们说没说有何事？"额仁钦达来疑惑地问。

"他们没说啥事，只是说慕名前来拜访。"副官如实回答。

"那好吧，请他们进来。"额仁钦达来吩咐道。

副官答应着走出门，很快带着两名蒙古军官走了进来。其中一位高个子身着佩有中尉肩章的军服，一位身材健壮的身着上尉肩章的军服。

他们来到额仁钦达来跟前，先是行了一个标准的军礼，然后各自说道："蒙古军中尉都岱、上尉齐达布多尔济，拜见额司令。"

额仁钦达来起身回敬军礼，并请他们落座喝茶，然后礼貌地说道："二位骤然来访，不知有何见教？"

那自称都岱的高个子中尉起身回道："额司令，我们慕名前来拜

第十八章 绥远起义

访。"

"我们素未谋面,拜访不敢当。"额仁钦达来客气地说道。

"额司令,你有所不知,咱们虽然没有见过面,但是我们跟齐王早就熟悉了。"

"哦,有这事?我怎么以前没听他说起过?"额仁钦达来感到有些意外。

"额司令,当年齐王在世时,我们曾多次见面,并相互配合从事抗日活动。齐王先是委派关斯仁扎布协理与我们联系,关斯仁扎布协理因病去世后便由他亲自负责此事。这么多年来,齐王多次为我们传递情报,协助和掩护我方侦察人员,为抗日斗争作出过卓越的贡献,他是一位真正的革命者!我们得知齐王牺牲的消息后非常悲痛,都想为他报仇,但受条件限制,无法完成夙愿。没想到你毅然决然地率众为齐王报仇雪恨,处决了出卖齐王的内奸,率部投奔抗日队伍,为抗日斗争作出了杰出的贡献。我们对你的壮举深感敬佩,故此前来拜见!"

"二位过奖,齐木德仁庆豪日劳是我的丈夫,我为他报仇是分内的事情。至于抗日,我作为一名中国人,面对日本人的侵略,岂能袖手旁观?我只不过做了一名中国人应该做的事情,不值得夸奖。"

"额司令真是深明大义,我等佩服之至。"齐达布多尔济赞许地说。

会面结束,额仁钦达来备酒款待都岱及齐达布多尔济,并让韩宝道尔吉等人作陪。酒宴结束,额仁钦达来一直把他们送到大门口,然后彼此作别。

额仁钦达来送走都岱和齐达布多尔济之后,心情难以平静。齐木德仁庆豪日劳之所以没把这些事情告诉她,是不想让她担惊受怕,更害怕她受到连累。此时,额仁钦达来更加思念丈夫,脑海里浮现出他们从相识到成亲后的幸福情景……

额仁钦达来身兼茂明安旗札萨克之职，按理说应该回到茂明安旗就职。当初额仁钦达来离开时，一些蒙古族王公按旧制，在查干敖包推举齐木德仁庆豪日劳的弟弟那楚克道尔吉承袭了茂明安旗第十一代札萨克，仍用清朝时期授予的银质旗印处理旗务。这样一来，茂明安旗出现了两个旗政权并存的特殊时期。

那楚克道尔吉1945年春不幸病逝，协理额尔登陶克陶暂掌旗印，代理札萨克之职。额仁钦达来回到归绥后，便给额尔登陶克陶去函，催促他让旗府的官员到归绥城轮流当值。额尔登陶克陶便把旗府的两个协理以及梅林、扎兰等官员带领数名笔帖式分两人一班，轮流到归绥城协助额仁钦达来料理公务。当时旗内或旗间行文由掌印协理额尔登陶克陶签字，加盖清朝时期的大印；向归绥城递送的行文，则由额仁钦达来签字，加盖民国时期的印章。当初傅作义下令成立以额仁钦达来为首的茂明安旗，是为了宣传抗日，凝聚人心，其日常经费由绥远省政府提供。如今抗战胜利了，绥远省政府取消了经费，改由旗府承担。旗府财政有限，不足以支付两个旗府的费用，只好以多增赋税的方式解决，从而加重了牧民的负担。

由于长期战乱，牧民的生活本来就十分艰难，如今增加赋税，更是雪上加霜。额仁钦达来对此深感不安，经过认真思考，决定从根本上改变这个现象。于是，她上书呈报傅作义将军，建议两个旗政合并，由齐王的养子格日乐图继承札萨克之职。额仁钦达来的请求得到傅作义将军允诺。于是，额仁钦达来派人去沙日楚克庙，将在那里学习的格日乐图接到身边，亲自随绥远省官员额贵麟等人乘坐大卡车，在十名士兵的护送下，带着设计好的旗札萨克衙门府的图纸，来到茂明安旗查干敖包。他们在查日敖包的达日扎建了四间蓝砖瓦房及四间灰色车跟殿，准备工程竣工后，由格日乐图继承札萨克之位。

与此同时，额仁钦达来把有关格日乐图继承旗札萨克的事情，告诉了旗掌印协理额尔登陶克陶,没想到额尔登陶克陶表示反对,认为格日乐图是齐木德仁庆豪日劳的外甥,虽然是其养子,但毕竟没有直系血缘关系,外姓血统的人继承札萨克位,与理相悖,应由那楚克道尔吉之子苏和继承札萨克位。额尔登陶克陶的意见得到了旗府一些官员的支持,这些官员认为苏和的血统纯正,继承札萨克名正言顺。额尔登陶克陶得到旗府官员的支持,信心大增,决定立那楚克道尔吉之子苏和为第十二代札萨克,请五当召葛根为其赐名为宝音博和道尔吉,宣布于全旗,并向满都拉喇嘛请教:"苏和拜谁为师好?"

喇嘛答复:"苏和应拜东公旗协理陶德吉日嘎拉为师。"

于是额尔登陶克陶立即派旗府扎兰达哈拉以向陶德吉日嘎拉请安为名,将苏和送到陶德吉日嘎拉处学习。因札萨克未成年不能掌旗印,仍由掌印协理主持旗政。

额尔登陶克陶这一行动,打乱了额仁钦达来的计划,致使立格日乐图为札萨克的计划落空,同时加深了双方的矛盾。在此期间,西公旗发生了旗保安队队长枪杀齐俊峰及其养子的事件,还传出风声,有人要效仿西公旗的做法,加害额仁钦达来。额仁钦达来权衡再三,觉得没必要为了争夺札萨克之位,导致两个旗府并立的局面无法解决,还增加了同旗之间的矛盾和对立,作出了取消格日乐图继承札萨克的决定,避免矛盾进一步激化。

刚格玛得知额仁钦达来取消了儿子格日乐图旗札萨克资格,心里很不高兴,认为额仁钦达来说话不算数,一气之下,取消了额仁钦达来的认养资格,将格日乐图领回。

额仁钦达来听说后,去做大姐的思想工作,劝大姐继续承认她对格日乐图的领养权,因为这是齐木德仁庆豪日劳生前的决定。可是刚格玛死活不同意,无奈之下,额仁钦达来只好作罢。

当年额仁钦达来与父亲及弟弟离开后，格日乐便带着儿媳妇桑盖艾艰难度日。额仁钦达来担心被日本特务机关发现，一直没敢回去看望自己的母亲，只让敖其尔偷偷回去看望过两次。一次是他们刚到陕坝，额仁钦达来让弟弟带着一些钱，半夜悄悄溜回家，把父亲牺牲及他们的近况告诉阿妈。格日乐无法接受桑杰牺牲的事实，当即昏倒在地。敖其尔与妻子好不容易把阿妈救醒。格日乐醒过来之后，性情大变，整日沉默寡言，时常独自喃喃自语，说的都是丈夫在世时的一些家务事。每当过年过节，她都会在饭桌上为丈夫摆上碗筷，并给他夹菜倒酒，仿佛桑杰依然健在一般。无论谁劝说，她都不肯改变。

抗战胜利后，额仁钦达来得以回家看望阿妈，虽然分别不足三年，但阿妈的头发白了，背驼了，脸上爬满了皱纹。额仁钦达来见到日思夜想的母亲，泪流满面，哽咽地说不出话来。格日乐见到女儿非常高兴，流着泪与女儿说话聊天，聊着聊着，她突然指着毡房的柱子说："老头子，咱们的女儿回来看咱俩来了，你还站在那儿傻笑什么？还不赶紧去准备吃的。"

额仁钦达来知道阿妈承受不住父亲去世的打击，精神有些不正常，请大夫为阿妈进行治疗。经过一段时间的精心治疗，阿妈的病情有所好转。

额仁钦达来待母亲的病情稳定后，去看望婆母。斯琴看到额仁钦达来，不由得悲喜交加，失声痛哭。额仁钦达来也陪着婆母伤心流泪，经那楚克道尔吉的夫人索布德的劝说，方才止住眼泪。此时那楚克道尔吉也已因病去世，当初额仁钦达来与弟媳相处得很融洽，如今两个人都失去了丈夫，可谓同病相怜，加上数年没见，彼此都觉得有许多话要说。因此，二人夜里共处一室，聊了一个通宵。索布德原本对额仁钦达来非常信服，如今听她侃侃而谈，无论是家庭琐事还是当今政局，都有自己独到的见解，

第十八章 绥远起义

索布德对她更加敬佩。

1947年春天,达尔罕旗传来噩耗,齐木德仁庆豪日劳的好友、末代达尔罕贝勒、旗札萨克策思德巴拉吉尔不幸病逝于达尔罕旗嘎硕庙,终年三十九岁。

策思德巴拉吉尔与齐木德仁庆豪日劳生前既是知己朋友,又是志同道合的好兄弟。额仁钦达来闻听噩耗,心里非常悲伤,推掉一切事务,赶到达尔罕旗王府查干胡布,替逝去的丈夫送策思德巴拉吉尔最后一程。额仁钦达来拜祭并跟着众人一起守灵,直到葬礼结束,方才返回。

按照惯例,策思德巴拉吉尔去世后,应由他的儿子嘎拉僧斯仁继位,可是由于嘎拉僧斯仁年纪尚幼,不能执政,由东协理旺庆苏荣代行札萨克权力。

抗日战争胜利后,解放战争开始了。随着三大战役的胜利,国民党军队已是四面楚歌。

1949年初,傅作义在北平和平起义,驻守在绥远一带的国民党军队已经完全孤立。根据战局的发展和漠南地区的复杂形势,中国共产党提出用"绥远方式"解决绥远问题,即用和平谈判、不流血的斗争方式争取国民党军队整编制加入人民解放军序列,争取绥远地区和平解放。

驻扎在绥远省的国民党军队原属傅作义的部队,董其武是这支部队的最高长官。为了早日促成绥远起义,中共华北局和傅作义派人先后去绥远,协助绥远省主席董其武进行和平起义工作。

消息传来,受苦受难的民众无不欢欣鼓舞,满怀欣喜地盼望着这一天早日到来。那些坚持反动立场,与共产党为敌的人,却惶惶不可终日。他们到处散播流言,污蔑共产党的主张,企图欺骗和瓦解民心,破坏绥远和平起义的顺利实施。

按中共中央的原定计划,绥远起义将于中国人民政治协商会议召开之前完成。可是由于国民党发动的破坏行动及德王召开"蒙古自治大会"的干扰，已经八月中旬了，绥远起义仍未实现。以毛泽东为首的党中央十分关心绥远问题，在关键时刻，绥远方面的反共顽固分子和特务欺骗群众，说"和共产党讲和平靠不住，傅作义起义后已被共产党监禁起来了，傅作义又从北平跑到广州国民党那里去了……"使一些不明就里的军政人员产生了顾虑。傅作义等人的到来，攻破了国民党特务们散布的种种谣言，指出走和平起义的道路是唯一正确的道路，打消了一些人心中的顾虑，坚定了起义人员走向革命阵营的决心。

在双方的共同努力下，绥远起义的时机成熟了。1949年9月19日，董其武率领绥远省党政军及各界人士，进行起义签名仪式。

参加绥远起义签名的各界代表共计三十九人，他们联名在起义书上签字，向毛泽东主席、朱德总司令、华北军区聂荣臻司令员、薄一波政委发出通电，宣布脱离国民党反动派阵营，举行起义。

此后，董其武写了一首七律诗，表达了起义成功的喜悦心情。诗中写道：

> 为迎东风排万难，
> 义旗终插青山巅。
> 弃暗投明党指路，
> 起死回生恩胜天。
> 从今矢志勤改造，
> 他日立功赎前愆。
> 任务不计多艰苦，
> 喜看万民解倒悬。

第十八章 绥远起义

起义成功的当天晚上,额仁钦达来抑制不住喜悦的心情,与乌日娜聊了许久。她们从当年齐王遇害,谈到处决额尔敦朝克图,又聊到桑杰为了掩护队伍而壮烈牺牲等过程,唏嘘不已。

乌日娜对她说道:"姐姐,当初咱们原本打算投奔八路军,谁知途中遇到日本军队阻截而被迫改变方向,改投傅作义将军,如果不是阴差阳错,那么咱们现在就不是起义队伍,而是接收部队了!"

"谁说不是呢!真是世事难料。当初咱们因为痛恨日本人,觉得不管是国民党还是共产党,反正都是中国人,跟谁都是为了抗日,都是为了把日本人赶出中国去。当初咱们虽然选错了路,但没必要后悔,不过是多走了一段弯路而已,咱们现在不是已经回到了革命阵营吗?今后我们一定要认真学习共产党的主张,努力提高自己的政治觉悟,无论任何时候都坚定不移地跟着共产党走,绝不动摇!"

"姐姐,你说得对,我听你的,你咋说我就咋办!"乌日娜对额仁钦达来一向信服,连连点头表示同意她的想法。

1950年3月20日,乌兰察布盟人民自治政府在四子王旗的乌兰花成立。额仁钦达来应邀从归绥前来参加庆祝会议,并被选举为乌兰察布盟人民自治政府委员。

在会上,额仁钦达来遇到了前来参加会议的茂明安旗代表罗卜僧道尔吉、斯庆毕力格、额尔登陶克陶、那顺博和道尔吉等十余人。尽管额仁钦达来与额尔登陶克陶因为札萨克继承人的事情产生过分歧,但她觉得时过境迁,没必要再去纠缠过往的事情,因此,见面时额仁钦达来热情地与他们打招呼。会议结束时,额仁钦达来还特地请他们吃了一顿饭。酒桌上,宾主频频举杯,相互敬酒,谈笑风生,气氛欢快而融洽,就好像往日那些不快不曾发生过一般。

会议结束之后,额仁钦达来回到归绥城,将她设立在归绥城的茂明安旗临时政府和旗保安司令部向乌兰察布盟人民自治政府移交，同时还移交了枪支弹药和财物，并办理了移交手续。

为了便于处理乌兰察布盟人民自治政府委员的工作，额仁钦达来搬到了乌兰花居住。

这些年来，乌日娜始终陪在额仁钦达来身边，为了照顾额仁钦达来，乌日娜特意要求到乌兰察布盟人民自治政府担任通讯员，目的是能和额仁钦达来在一起。

她们住的是政府提供的宿舍，按级别额仁钦达来住单间，乌日娜只能住集体宿舍。额仁钦达来没让她去住集体宿舍，而是和她住在一起。她们住的是一间二十多平方米的房间。房间东侧并排摆放着两张单人床，床对面窗户前摆放着一张桌子，桌子旁放着一把木制椅子，桌子上整齐地摆放着两排书、一个台灯、一支笔筒、一方砚台，砚台旁放着一块墨块，笔筒里放着几支毛笔和钢笔，还有一瓶钢笔水、一套茶具和暖水瓶。桌上的物品虽然较多，但摆放得井然有序，桌面上一尘不染。桌子旁是一个柜子，里面装着她们的衣物及生活用品。靠门的墙角放着一个木凳，凳子上放着一个铜盆，铜盆上方的墙壁上挂着一面镜子，另一面并排钉着几个衣挂钩，挂钩上挂着两条毛巾。青色的方砖、白灰粉刷的墙壁和屋顶、蓝色的门和窗户，使整个房间显得淡雅素净，很有格调。

当时实行供给制，她们住的是集体宿舍，吃饭是集体食堂。每天除了工作，根本不用为柴米油盐操心，生活过得很是舒心。

绥远起义之后，按照中央人民政府的相关规定，对起义人员进行了妥善安置。在安置过程中充分尊重个人的意愿和选择，敖其尔和一部分人选择了回家。

临行前，敖其尔向姐姐辞行："姐，我明天就回去了。"

"这么快就走？我知道你是放心不下阿妈和桑盖艾，所以才选择回去的，这样也好，有你照顾阿妈，我就放心啦！"

"姐，你放心吧，我一定会照顾好阿妈的。这么多年，我之所以不肯离开你，主要是放心不下你。如今中华人民共和国成立了，我们再也不用上战场上拼杀了，因此我选择回去照顾阿妈。姐，我走之后，你一定要保重身体！"敖其尔眼圈发红地说。

"你不用惦记我，我会照顾好自己的，再说还有乌日娜跟我做伴呢！你回去后告诉阿妈，等忙完这一阵，我就回去看望她老人家。另外我给阿妈、桑盖艾及孩子们准备了一些东西，你带回去。"

"好的，我一定转告阿妈。阿妈听说你要回去，一定高兴得睡不着觉。"敖其尔点头答应。

额仁钦达来将准备的一些衣服、食品及玩具交给敖其尔，让他带回去。吃过晚饭后，额仁钦达来恋恋不舍地将敖其尔送出大门口，互道珍重而别。

第十九章　岁月如歌

1950年初冬时节，伴随着西伯利亚的寒流袭来，天气变得特别寒冷。

清晨六时，额仁钦达来准时起床，这是她多年养成的习惯。当她从温暖的被窝里坐起来，伸出胳膊去取放在床边的衣服时，只觉得皮肤一阵发凉，浑身冻得一哆嗦。她急忙抓起衣服裹在身上，麻利地穿好裤子，穿上靴子，然后站起身来，用手拢了一下有些散乱的头发，顺手打开窗帘。只见窗外白雪飘洒，漫天飞舞，房顶上，树枝上都挂满了白雪。烟囱里的炊烟被风吹得四处飘散，与漫天的雪花交织在一起，整座城市笼罩在灰蒙蒙的烟雾之中。

这时，乌日娜也醒了。起床后，她们用暖瓶里剩余的开水洗漱，对着镜子梳理头发，然后一起到食堂吃早饭。

她们踩着厚厚的积雪，朝着乌兰察布盟人民自治政府大院的食堂走去，当她们来到政府大院附近时，听到广播里传出来雄壮有力、慷慨激昂的歌声："雄赳赳，气昂昂，跨过鸭绿江。保和平，卫祖国，就是保家乡。中国好儿女，齐心团结紧，抗美援朝，打败美帝野心狼……"

第十九章　岁月如歌

乌日娜听着激昂有力的歌声，不由得说道："姐，志愿军入朝作战这么长时间了，不知战事如何了。"

"你没听广播里说吗，志愿军入朝参战之后，接连打了好几场大胜仗。"额仁钦达来接过话头回道。

这时，广播里的歌声停止了，随后传来一个男播音员深沉有力的声音："现在播送朝鲜战场最新战报，伟大的中国人民志愿军在朝鲜人民军的配合下，在彭德怀司令员的带领下，于10月25日开始在西线发动突然性打击，经过中朝军队十天浴血奋战，将以美国为代表的联合国军从鸭绿江边驱除到清川江以南，挫败了企图在感恩节前占领朝鲜的计划，初步稳定了朝鲜战局，此役共歼敌一万五千多名……"

额仁钦达来听到这一消息，心里很激动，脸上挂着喜悦的笑容说道："真解气！中国人民志愿军太伟大了！"乌日娜也兴奋地随声附和。

俩人一边说着话，一边走进食堂，只见食堂内吃饭的人们一边吃饭，一边兴致勃勃地大声议论着有关朝鲜的战事："中国人民志愿军就是了不起！""美帝国主义就是纸老虎！你看咱们志愿军刚入朝参战，就取得了胜利，真是太厉害啦！"额仁钦达来和乌日娜怀着激动的心情，也参与到议论的人群当中。

吃完饭后，她们走进盟自治政府大院，只见大门旁边的宣传栏前围着一群人，额仁钦达来透过人群，从缝隙中看到一则募捐通知：

敬告机关全体同志，为了支援抗美援朝战争，盟机关决定于本日下午一时，举行支援抗美援朝募捐活动，希望各位共产党员、共青团员以及广大革命群众，积极踊跃参加募捐。

募捐地点：盟会议室。

特此通知。

额仁钦达来回到办公室，忙完手头的工作，坐在椅子上低头沉思。这时，乌日娜手里拿着一份文件，推门走了进来，见她这副模样，便笑着问道："姐儿，想什么呢？"

"啊，我在想募捐的事情。"

"募捐有什么好想的，这次自愿募捐，捐多捐少，数目不限，凭个人意愿而定。"乌日娜一边将手里的文件交给额仁钦达来签字，一边说道。

额仁钦达来若有所思地说："咱们新中国刚刚建立，经济比较落后，国库空虚，咱们一定要尽最大努力，积极募捐，积极支援抗美援朝战争。"

"你说得太对了，目前国家既要打仗，又要保障人民群众的日常生活，确实面临着困境。"

"正因如此，才需要全国人民积极募捐。我们一定要倾其全力，积极捐款捐物，为抗美援朝尽一份力。"额仁钦达来若有所思地说。

中午下班后，额仁钦达来没有去食堂吃中饭，而是匆忙赶回家中，从床底下拽出一只皮箱搬到床上，打开皮箱低头挑选值钱的物品。

这时，乌日娜推门走了进来，她的手里拎着一个饭盒，笑着对额仁钦达来说："姐儿，你咋没去吃饭？我给你带回来了，你赶紧趁热吃，一会儿该凉了。"

"你先放一边吧，等我找完东西再吃。"

"姐儿，你连饭都顾不上吃，这样着急忙慌地翻箱倒柜做什么？"

"我是想找点儿值钱的物件捐了。"额仁钦达来继续低着头寻找，从箱子里面找出了几样金银首饰。

"捐款不就是捐钱吗？没听说要捐金银首饰啊！"乌日娜看着面前

第十九章　岁月如歌

的金银首饰问道。

"我是想捐款，可是我的钱太少了，只能把这些东西都捐出去，让政府换成现钱。"额仁钦达来一边说着，一边在箱子里面继续寻找。

"我听说捐款出于个人自愿，捐多捐少不限，没必要这么认真吧。"

"乌日娜，美帝国主义把战火烧到家门口了，全国人民同仇敌忾，纷纷捐钱捐物支援抗美援朝战争，咱们虽然不能像梅兰芳先生和常香玉女士那样捐献飞机大炮，但咱们也应该倾其所有捐款才行。"

"这些首饰都很值钱，你当真舍得全部捐出去？"

"有什么舍不得的，没有大家，哪来小家。"

"姐儿，你说得对，我这儿也有几样首饰，你一起拿去捐了吧。"格日乐说着，拿出自己的首饰盒，取出几件值钱的金银首饰。

"我的傻妹妹，每个人都有捐款的义务，你给我干吗，自己不会去捐？难道你不怕被人说成落后分子！"额仁钦达来笑着把首饰推了回去。

乌日娜笑着将首饰收回，用手绢包好。额仁钦达来将挑出来的金银首饰及几十块银圆用方巾包好，揣在怀里，二人兴冲冲地走出家门。

她们径直来到会议室，只见会议室主席台的上方用红纸写了一排大字"乌兰察布自治人民政府抗美援朝募捐仪式"。两边的墙壁上分别张贴着"踊跃捐款支援抗美援朝战争""庆祝抗美援朝的伟大胜利！""誓死保卫世界和平！""打倒美帝国主义及其一切走狗""伟大的中苏友谊万岁""伟大的共产党万岁""伟大的领袖毛主席万岁"等标语。此时会议室捐款的群众已经排起了长队。额仁钦达来和乌日娜赶紧站在捐款队伍的后边排队等候，没过多久，她们的身后又排出一溜长队。

当额仁钦达来把价值不菲的金银首饰以及银圆放到桌上时，负责募捐登记的人员不由得发出一声惊呼："哎呀！这么多金银首饰！"

随着登记人员的惊呼声，人们不由得从各个方位伸头观看，一边观看，一边羡慕地赞叹："这么多首饰，还有一大堆银圆，真是令人敬佩！"

额仁钦达来被人看得不好意思，满脸通红地低着头，没等募捐的同志登记完毕，她就快步离开了。

当时人们的生活比较困难，普遍没有多少积蓄，额仁钦达来一下子捐出这么多贵重物品，立刻引起了轰动。大多数人夸她思想觉悟高，为了支援抗美援朝，无私捐献了这么多贵重物品。还有个别人说她到底是王爷夫人，家底就是丰厚。还有一些别有用心的人说她这么做是为了出风头。总之，说什么的都有。这些议论传到了额仁钦达来的耳朵里，她却丝毫没放在心上。

乌日娜从十六岁开始跟随额仁钦达来，屈指已经八年，如今已经出落成亭亭玉立的美女。都说窈窕淑女，君子好逑。乌日娜年轻貌美，身边自然不乏追求者，其中索德那木苏对乌日娜用情最深。索德那木苏是一位聪明机灵的小伙子，十几岁就跟随在齐王身边，既是齐王的沙毕，也是他的达哈拉，同时又是他的司机学徒。当年为给齐王报仇，他跟着额仁钦达来一起参与行动，从处决额尔敦朝克图开始，一直到现在。绥远起义后，很多人选择回草原生活，索德那木苏则留在盟自治政府当了一名司机。他之所以选择留下，主要是为了乌日娜，他们一个是齐王的徒弟，一个是额仁钦达来的亲随，两个人接触的时间比较多，彼此都有好感。索德那木苏已经暗恋乌日娜多年，乌日娜却迟迟不肯答应。

额仁钦达来知道索德那木苏与乌日娜彼此有情，也明白乌日娜是为了照顾她，才没有答应嫁给索德那木苏。额仁钦达来觉得自己拖累了乌日娜，耽误了她的终身大事，感到很内疚，决定说服乌日娜，成全他们的好事。

第十九章　岁月如歌

这天晚饭后，乌日娜陪着额仁钦达来到室外散步，街道两旁的商铺尚未闭店，来往的行人很多，显得很热闹。

额仁钦达来看着眼前的情景，深有感触地说："共产党就是英明伟大！你看，在共产党的领导下，人民生活稳定，安居乐业，精神面貌焕然一新，干什么事都有奔头，与旧社会相比，简直天壤之别。"

乌日娜随声附和道："可不是咋的，共产党处处为老百姓着想，一心为人民群众谋福利，咱们真是赶上了好时代！"

"你说的没错，生活在和平年代就是幸福，如今天下太平，生活安居乐业，你也该考虑一下自己今后的生活啦。"

"姐儿，我明白你的意思，但我不想离开你。"

"傻妹子，天下没有不散的筵席，你已经二十四岁了，早已到了谈婚论嫁的年龄，不能因为我而耽误了你的终身大事。"

"姐儿，别这么说，承蒙你看得起我，待我情同姐妹，我真的舍不得离开你。"

"妹子，我明白你的心意，也理解你对我的一片苦心，我十分感激你陪伴我度过了那些艰苦的岁月，如今苦难已经过去，我不能再把你留在身边了，这样我会内疚，你就听我一句劝，追求属于你自己的幸福生活。再说咱们在一起工作，几乎每日都能见面，又不是远隔千山万水，你有什么舍不得的？"

"姐儿，我怕你一个人孤单，如果我离开了，你身边连个说话的人都没有，我怎么放心得下！"

"妹子，实话跟你说，我也有自己的理想和追求，你离开后，我也会重新安排自己的生活，你就放心吧。"

"姐儿，莫非你也有了意中人？他是谁？快点儿跟我说说。"

"你……你……你想……"额仁钦达来本想说"你想哪去啦"，话到

293

嘴边却没说出口，因为她想到了一个说服乌日娜的办法。

"瞧你，对我还保密，咱们情同姐妹，有什么不好意思的？"

"妹子，我是打算开始自己的新生活，不过时机尚未成熟，所以不能告诉你，不过你放心，用不了多长时间，你就会知道真相的。"

"姐儿，你能这么想，我真替你感到高兴。我答应嫁给索德那木苏，同时祝你早日开始新生活！"

额仁钦达来做通了乌日娜的思想工作，又找到索德那木苏，把乌日娜的决定告诉了他。索德那木苏大喜过望，激动万分，连连称谢。

接下来，额仁钦达来遍喻亲朋好友，亲自为他们二人操办婚事，在博和道尔吉以及韩宝道尔吉等人的帮助下，为乌日娜和索德那木苏二人举办了婚礼，让两个相爱多年的有情人结成伴侣。

额仁钦达来望着脸上洋溢着幸福笑容的一对新人，如释重负地笑了。

1952年10月，根据中华人民共和国政务院的指示，绥远省人民政府民政字第127号令，将茂明安旗与达尔罕旗合并，全称达尔罕茂明安联合旗，旗府所在地设在百灵庙，由原达尔罕旗旗长旺庆苏荣任联合旗旗长，额尔登陶克陶任副旗长。

1954年3月5日，根据政务院命令撤销绥远省建制，将其原辖地统一交内蒙古自治区人民政府领导。乌兰察布盟自治人民政府改称乌兰察布盟人民政府。达尔罕茂明安联合旗隶属内蒙古自治区乌兰察布盟人民政府。

绥远省的建制撤销后，额仁钦达来被莫名其妙地调离了乌兰察布盟委员的工作岗位，安排到乌兰察布盟医院妇产科当护理员。按理说这个安排不合常理。但是额仁钦达来什么都没说，而是默默地接受了这一安排。

额仁钦达来从盟政府的集体宿舍搬到医院的家属宿舍。安顿好住处之后，额仁钦达来没有急于上班，而是向领导请假，回去看望阿妈及弟弟

第十九章　岁月如歌

一家人。

额仁钦达来清晨动身，一路上马不停蹄，太阳落山时赶到家中。格日乐见女儿回来，高兴地流着眼泪，攥着她的手，不停地询问她的情况。吃饭时阿妈依然在桌子上为丈夫摆上碗筷，不停地冲着碗筷说话。额仁钦达来见此情景，不由得想起牺牲的阿爸和丈夫，心里悲痛万分，但她害怕刺激阿妈的情绪，强忍泪水，装出一副平静的表情，陪着阿妈吃饭聊天。

晚上，额仁钦达来与阿妈住在一起，在聊天中，她提出了接老人去城里生活的想法，老人当即表示同意。

第二天清晨，格日乐早早起床，为儿女们准备吃的，等敖其尔和桑盖艾起来时，她早已将早饭准备妥当。

吃早饭时，额仁钦达来把自己打算接母亲去城里生活的事情告诉敖其尔和桑盖艾，敖其尔和桑盖艾感到惊讶和不解。

敖其尔说："姐，阿妈在我这里生活得好好的，你怎么突然想把阿妈接走？"

桑盖艾也紧跟着问道："姐儿，你突然要把阿妈接走，是不是觉得我不孝顺，没有照顾好阿妈？"

"你们想哪儿去了，我知道你们都很孝顺，对阿妈照顾得十分周到。我想把阿妈接走，也是想尽一份做儿女的孝道，你没听说树欲静而风不止，子欲养而亲不待吗？"

"姐，我知道你这么做是想尽一份孝道，可是你想过没有，你一个人又要上班又要照顾阿妈，怎么能忙得过来？"敖其尔担心地说。

"我现在已经调到医院工作了，没有那么忙，我一定会照顾好阿妈的，你们就放心吧。"

"我知道你们舍不得我跟你姐走，但是你们想过没有，你姐一个人生活有多孤单，我去了能跟她做个伴儿。再说我的身体很硬朗，不需要照顾。"格日乐接过话头，表明态度。

"阿妈，您都快七十岁了，万一身体有点儿毛病，大姐一个人怎么能照顾过来？"敖其尔劝阿妈不要离开。

"我知道你们都想把我留在身边尽孝，我很欣慰。你们都别争了，我想好了，两边轮流住，在城里住腻了，我就回草原，在草原住一段时间，再回城里，这样总行了吧？"格日乐说出自己的想法。

"好吧，我尊重您的意见。"敖其尔不情愿地说。桑盖艾也只能点头同意。

"那好，咱们就这么说定了，过两天我就带阿妈回城里。"额仁钦达来高兴地说。

尽管敖其尔和桑盖艾同意阿妈跟姐姐去城里暂住，心里却很难受。他们的三个孩子听说奶奶要跟姑姑去城里，都吵着嚷着不让奶奶走，尤其是三岁的小孙子吉日格乐，平日跟奶奶睡习惯了，如今听说奶奶要走，又哭又闹抱着奶奶的大腿不撒手，非要跟奶奶一起去姑姑家。

格日乐见此情景，不禁触动了心事。她抱着吉日格乐，把儿子和儿媳叫到一边，说道："我跟你们商量个事儿，你们有两个儿子，一个闺女，你大姐孤身一人，年轻时还好说，将来老了身边连个照顾的人都没有，我想把吉日格乐过继给你大姐，让她老来有个依靠，不知道你们是否愿意？"

"阿妈，我同意。"桑盖艾首先表示同意。

"阿妈，我听您的。"敖其尔痛快地答应了。

格日乐把额仁钦达来叫到身边，把过继吉日格乐的事情告诉她。额仁钦达来担心弟弟、弟媳舍不得，再次征询他们的意见，二人均表示愿意，方才欣然接受。

格日乐见事已谈妥，按照当地的规矩，让敖其尔去请斯琴、齐森德

第十九章 岁月如歌

仁庆豪日劳的弟媳索布德、大姐刚格玛、二姐查干达日、大哥图布登尼玛以及瓦其尔、阿迪雅等人做见证。斯琴年事已高,但听说过继孙子,遂不顾身体有恙,坚持与儿媳索布德一起坐着勒勒车赶来,大哥图布登尼玛、二姐查干达日也赶了过来,只有大姐刚格玛因为当初过继之事,觉得没有脸面而不肯来。瓦其尔与阿迪雅等人也应邀前来。

格日乐事先准备了烤全羊、香甜的奶酪和醇香的马奶酒,当众宣布额仁钦达来过继吉日格乐为继子。格日乐领着吉日格乐向额仁钦达来磕头改口,称呼额仁钦达来阿妈。众人向额仁钦达来表示祝贺,并送给吉日格乐一些银锁、银手镯等礼物做纪念。在众人的祝福声中,过继仪式结束,众人开怀畅饮,直至夜深方休。

在额仁钦达来和格日乐的挽留下,斯琴、索布德、查干达日住了三天,额仁钦达来一直陪在她们身边。临行时,额仁钦达来不忍分别,骑在马上送了一程又一程。在斯琴、索布德及查干达日的一再劝说下,方才停下脚步。

额仁钦达来极力控制自己的情绪,强忍泪水与婆母等人道别,一直目送婆母的身影消失在远方,方才调转马头回去。

第二天,额仁钦达来带着阿妈和吉日格乐回到城里。她现在住的是医院分的两间砖瓦房,外带一个独立院落,院门两侧是耳房,中间是一条用砖铺的甬道。两间上房朝南面开门,进门是客厅,客厅后面是厨房,另一间是卧室。客厅很宽敞,靠山墙一侧摆放着一张办公桌、一把椅子。办公桌上摆放着台灯、笔筒、笔架等办公用品。紧挨着办公桌是一张方桌和几把木凳,桌上摆放着茶具及暖水瓶等生活用品。方桌里面是一个卷柜,卷柜的上层装着一些书籍和文件,下层装着她的衣物及一些生活用品。另一间房从中间一分为二,前边当卧室,后面当厨房。卧室里有一铺火炕。

自从把阿妈及吉日格乐接来同住之后,额仁钦达来每天既要上班,还要忙着洗衣做饭，很是辛苦。格日乐为了减轻女儿的负担，主动承担了午饭和晚饭的活计。额仁钦达来担心阿妈的身体，一再劝说阿妈不要动手做饭，可阿妈就是不肯。额仁钦达来的本意是想接阿妈到城里享福，没想到反而让阿妈受累，心里过意不去，便把这件事告诉给弟弟、弟媳。

敖其尔担心阿妈累出毛病，急忙赶到姐姐家，想把阿妈接回去。可当他看到阿妈的精神状态很好，身体也比以前硬朗了许多后，便改变了主意。他劝姐姐不要阻拦老人做家务，并说老人适当地做一些力所能及的家务对身体有好处。额仁钦达来觉得弟弟说得有理，但她担心累着阿妈，便与阿妈约法三章，每天的早晚两顿饭由额仁钦达来做，中午饭由阿妈做，家务活重的归女儿，轻的归阿妈。格日乐理解女儿的一片孝心，当即表示同意。于是，格日乐每天只做中午饭，干一些力所能及的家务活，早饭和晚饭由女儿做。如此一来，额仁钦达来才感到心安。

这年春节前夕，额仁钦达来去为丈夫上坟，她本想带着吉日格乐一起去，但是考虑到儿子太小，便打消了这个念头。

额仁钦达来独自登上五台山菩萨顶，来到齐木德仁庆豪日劳的坟墓前，摆上祭品，泪流满面地说："齐木德仁庆豪日劳，我来看你了，咱们虽然感情深厚，却没能留下一儿半女，让咱们觉得很遗憾。如今阿妈及姐弟们做证，让咱们认领吉日格乐为儿子，咱们总算后继有人了。我想你一定会感到高兴的。"

祭奠完毕，额仁钦达来在丈夫的墓前一直待到日头偏西才离开。

额仁钦达来对妇产科的工作一窍不通，只能干一些力所能及的事情，这让她感到很苦恼。有一次，额仁钦达来跟随医疗队到草原巡诊，医生们拿着听诊器为牧民检查身体，她只能拿体温计给牧民量体温，这让她觉得有些难堪。

这天晚上，医生们都去出诊了，毡帐里只剩下额仁钦达来一个人留

第十九章 岁月如歌

守。额仁钦达来闲着没事,信手拿起一本医书翻看。这时,从远处传来一阵急促的马蹄声,马蹄声由远而近,在蒙古包外边停了下来,随着一股冷风,蒙古包的门被推开,只见一位年轻的汉子走了进来。

那个年轻的汉子一把拉住额仁钦达来,一脸焦急地说:"大……大夫,求……求你跟……跟我去……救……救人。"

"你别急,有什么事慢慢说。"额仁钦达来看着年轻汉子说道。

"大……大夫,我……我老婆生……生……不下来,求……求你救……救……救她!"

"是不是你老婆生孩子难产了?"

"对,对,求你赶紧去救救她吧!"年轻汉子连连点头,说话也连贯了。

"你来得真不是时候,大夫都出诊去了,一时半会儿回不来,这可咋办?"额仁钦达来心里很是着急,可是自己不懂接生,只能干着急。

"你不就是大夫吗?求你去救救我老婆吧!"那个汉子拉着她的衣角哀求道。

"我不是大夫。"额仁钦达来向他解释。

"你和他们一样,都穿着白大褂,咋说不是大夫呢?"

额仁钦达来看着眼前的汉子,感到十分为难,有心跟着去救人,但又觉得心里没底。虽然她以前跟着别的医生为产妇接过生,但每次都有医生在场,自己不过是跟着打下手,从没有单独接生过。如果是正常的产妇,自己倒可以试一试,可如今面对的是难产的产妇,自己又没有独自接生的经验,万一出现意外怎么办?可这个汉子一口认定自己就是大夫,这也不能怪他,因为普通人对医院的工作不了解,认为只要穿白大褂的就是医生,哪里知道医院还分什么医生、护士、护理员……

那个汉子见她不说话,以为她故意推辞,心里非常着急,情急之下,"扑通"一声跪在地,边磕头边哭着说:"大夫,你就行行好吧,赶紧去救我老婆吧!我给你磕头啦!"

"你不要这样,赶紧起来,你听我说,我真的不是大夫,也不懂医术,去了也没用。"额仁钦达来向他解释。

"你不是医疗队的吗?怎么会不是大夫?这可怎么办呀?"年轻汉子无助地哭了起来。

额仁钦达来望着哭泣的汉子,心里充满了愧疚,只恨自己的医术有限,无法去治病救人。可是如果不去,产妇有可能因难产而死,这可是人命关天的大事,自己怎么能见死不救?想到这里,额仁钦达来毅然说道:"我跟你去。"

那个汉子听到额仁钦达来答应了,立马止住哭声,口中连连称谢:"谢谢大夫,您可真是救苦救难的活佛!"

"我跟你说,我不是医生,更不是什么活佛,我只能尽力而为。"额仁钦达来说完,向汉子问清住址,随后写了一张纸条,说明自己的去向和原因,告诉医疗队的医生们,无论谁回来了,请务必赶到产妇家救人。然后,她背起急救箱随着汉子走出毡帐。

额仁钦达来跟着那个汉子心急火燎地赶到他家,看见一名产妇脸色煞白,有气无力地躺在炕上。产妇看到丈夫带着医生回来了,紧张的心情放松下来,用乞求的眼神看着额仁钦达来。额仁钦达来急忙上前为她检查,发现产妇的羊水已破,胎儿异位。一般的胎儿都是头冲下,脚冲上,可是这个胎儿头冲东脚冲西,横在宫口。额仁钦达来知道如果把胎儿的体位顺过来,就可以顺利生产。于是,额仁钦达来让产妇放松,开始为胎儿进行移位,可是,忙活了一个多小时,胎儿依旧横在子宫内。

经过这番折腾,产妇的身体更加虚弱了,额仁钦达来知道时间一长,势必会给产妇带来危险,同时也容易造成胎儿大脑缺氧,唯有马上进

第十九章 岁月如歌

行剖宫产手术，才能确保母子平安。可是自己根本不会做剖宫产手术。

时间一分一秒地过去，产妇的情况更加危急，额仁钦达来无助地望着脸色煞白、有气无力的产妇，心里充满了自责：产妇危在旦夕，自己却束手无策。

就在这时，突然听到远处传来一阵马蹄声，额仁钦达来心中一喜，说道："一定是医疗队的医生到了，你赶紧出去迎一迎。"

男主人答应着跑了出去，工夫不长，便带着医疗队的妇产科医生刘佩兰走了进来。

刘佩兰麻利地检查了一下产妇的情况，然后果断地说："产妇的羊水已经没有了，必须马上做剖宫产手术。"

额仁钦达来按照程序进行消毒，刘佩兰开始做手术。取出胎儿后，她们发现胎儿脸色发青，一声不吭。刘佩兰对婴儿进行了一番救治，婴儿依然没有反应，最终确认婴儿因在母体内时间过长，已窒息死亡。

产妇听说孩子已经死亡，失声痛哭，男主人悲痛欲绝，双手握拳不断地敲打自己的脑袋。额仁钦达来看着眼前的情景，心里充满了自责，暗自下决心一定要努力学习医术，避免这种悲剧再次发生。

额仁钦达来拜刘佩兰为师，虚心向她学习医术。刘佩兰悉心教授，不厌其烦地仔细讲解，并找来一些相关书籍供她学习。通过一段时间的学习，额仁钦达来的医术有了很大的提高，半年之后，便能独立为产妇接生并做剖宫产手术，还学会了治疗妇科疾病。数年之后，随着临床经验不断增加，她成为一名合格的妇科医生。

1957年5月，额仁钦达来接到达尔罕茂明安联合旗通知，应邀参加达尔罕茂明安联合旗举行的政协第一届会议。会议一共举行了三天，额仁钦达来当选达尔罕茂明安联合旗政协委员。

1958年，乌兰察布盟人民政府改称乌兰察布盟行政公署，达尔罕茂明安联合旗仍隶属乌兰察布盟行政公署。

1961年10月,乌兰察布盟召开第三届政协会议,额仁钦达来应邀参加了会议,并当选盟政协委员。此后,额仁钦达来参加达尔罕茂明安联合旗政协第三届会议,当选旗政协委员。

1963年6月,额仁钦达来接到婆母病重的消息,急忙带着吉日格乐回去探望。吉日格乐已经十二岁了,正在上小学。躺在病榻上的斯琴虽然病情严重,但是神志清醒。见到儿媳和孙子,她的脸上露出了难得的笑容,让人将她扶坐起来。她疼爱地拉着吉日格乐的手问长问短。吉日格乐十分懂事,和阿妈一起守护在奶奶的病床前,为奶奶喂水喂药,十余日衣不解带,悉心照料。额仁钦达来四处寻医问药,全力救治,却无力回天,最终斯琴驾鹤西去。

老人去世了,吉日格乐悲痛万分,痛哭失声,执意跟随大人一起守灵,前来吊孝的宾客都夸他孝顺懂事。苏和原本对吉日格乐很不友好,觉得他是领养的,根本不想认这个没有血缘的弟弟。但是见到他每日守在奶奶的病床前,尽心尽力照料奶奶,去世后又守灵尽孝,他深受感动,对吉日格乐的看法发生了根本性改变。

处理完斯琴的后事,额仁钦达来带着儿子前往五台山菩萨顶为齐木德仁庆豪日劳上坟。她们母子来到齐木德仁庆豪日劳的坟前,摆上祭品后,额仁钦达来对着坟墓说道:"齐木德仁庆豪日劳,我和儿子看你来啦!以前我就想领他来看你,因为他太小,所以没有来。如今他已经长大了,我带他来让你们父子相认。来,儿子,给你阿爸磕头。"额仁钦达来让吉日格乐跪在墓前磕头认父。吉日格乐按照阿妈的吩咐,庄重地向父亲磕了三个头,每磕一次,喊一声阿爸。

祭奠完毕,额仁钦达来嘱咐吉日格乐,记住这里,以后要经常来看望父亲。吉日格乐神情凝重地点头答应。

第十九章 岁月如歌

1964年12月7日,达尔罕茂明安联合旗政协举行第四届会议,额仁钦达来以政协委员的身份出席会议。

会议结束不久,由于工作需要,额仁钦达来从盟医院调到达茂旗政协工作,并搬到百灵庙居住。达茂旗领导十分关心额仁钦达来的生活,特意安排她住进了旗政府机关家属区。

1965年,吉日格乐高中毕业,考入呼和浩特市一所畜牧学校。额仁钦达来把他送到学校。这是他们母子第一次分开,彼此都恋恋不舍。分别时,吉日格乐眼圈发红,一直把阿妈送到学校的大门口。额仁钦达来虽然舍不得与儿子分别,但她怕儿子伤心,强忍离别之痛,一再叮嘱儿子好好学习,照顾好自己。吉日格乐含泪点头答应。额仁钦达来望着儿子远去的背影,情不自禁地流下了泪水。

1966年夏天,一场突如其来的政治风暴席卷全国,额仁钦达来也未能幸免,卷入漩涡中。敖其尔听说姐姐出事了,赶到城里探望,并把阿妈接回家中。

1967年秋天,额仁钦达来带着满身伤病,回到了新宝力格公社去牧羊。吉日格乐也受牵连中止了学业,回到新宝力格公社参加劳动。

面对落魄而归的额仁钦达来,乡亲们敞开博爱的胸怀迎接她。他们经常偷偷地去看望她,并给她送去一些生活用品。她每天赶着羊群去放牧,晚上回到放牧点后,经常能够看到门口放着乡亲们送来的饭菜,乡亲们的关爱让额仁钦达来深受感动。当时牧区的生活条件比较艰苦,尤其是医疗条件更是落后,面临着缺医少药、看病困难的窘境。额仁钦达来在医院妇产科工作十余年,虽然是半路学医,但她虚心学习,刻苦钻研,已是一名合格的妇产科医生。额仁钦达来怀着感恩的心,利用自己的专长,免费为牧民们接生和治病,更加受到牧民的爱戴。

在此期间,格日乐老人不幸逝世,由于额仁钦达来的行动受到限制，未能回去送老人最后一程，留下了终生的遗憾。

1968年1月13日，新宝力格公社繁荣生产大队那木嘎小队的武桂英跟着母亲额尔登其其格赶着羊群去放牧。武桂英二十二岁，父亲因病早逝，母亲额尔登其其一个人含辛茹苦把女儿抚养成人。如今女儿到了谈婚论嫁的年纪，却因为舍不得阿妈，迟迟没有成家。

她们早晨离开时，天气很晴朗，没想到下午两点多天气突变，乌云密布，北风呼啸，温度骤降，母亲急忙招呼武桂英将散落的羊群往一起驱赶，打算顺原路返回。羊群在大风的吹刮下惊恐万状，四散奔逃。母女二人费了很大力气才把羊群拢在一起。风越刮越大，夹杂着漫天大雪铺天盖地而来，羊群再次被风吹着往前跑。母女二人为了保护羊群，跟在后面奋力追赶，数度将羊群圈住。无奈风雪太大，刮得羊群站不住脚。雪越下越大，脚下堆起厚厚的积雪，狂风越刮越急，天地陷入一片混沌之中，早已分不清方向。母女二人为了保护羊群，只能被动地跟在羊群后面不停地奔走，由于长时间奔走，累得气喘吁吁，满脸淌汗，汗水被冷风一吹，她们的头发上、衣领上结了一层厚厚的白霜。就这样，她们从下午一直走到天黑，从天黑又走到深夜，十几个小时水米未进，又累又饿，早已筋疲力尽。但是为了保护公社的羊群，母女俩相互鼓励着奋力追赶羊群，心里只有一个念头，不管遇到任何难处，都要保护好集体的财产。

走着走着，一只老母羊倒了下来。武桂英急忙走上前去，见到母羊倒在地上，四肢痉挛，口吐白沫。武桂英用力往起拽，刚一撒手，母羊又倒下了。

额尔登其其格见状，急忙对女儿说："把它交给我，你赶紧去追赶羊群。"

武桂英看着体力不支的母羊，担心地说："阿妈，你一个人能行吗？"

第十九章　岁月如歌

"你别担心我，保护羊群要紧。"额尔登其其格着急地说。

武桂英没再说话，急忙追赶羊群，没想到羊群已经消失在风雪中。武桂英顺着蹄印往前追，追了很长时间，才追赶上羊群。在风雪的裹挟下，羊群继续向前奔跑，武桂英在后面紧追不舍。

黎明时分，风力开始减弱，雪也停了，羊群移动的速度慢了下来。一些体力差的羊经过长时间奔跑，体力不支，逐渐落在了后面，几百只羊拉开了一里多远的距离。武桂英好不容易将羊群圈拢在一起。

武桂英安顿好羊群，借着微弱的晨曦，转身回去接应母亲。她顺着来时的方向，走出去二里多地，看到母亲背着母羊，步履踉跄地往前走。武桂英急忙迎上前去，发现母羊肢体已经僵硬，说道："既然已经死了，你还费力背着它干什么？"

额尔登其其格喘着粗气对女儿说："羊是集体财产，即使死了，也不能丢掉，否则会被野兽吃掉的。"

武桂英从母亲手里接过羊，背在背上，一齐朝着羊群走去。

天亮时，母女二人赶到羊群身边，此时风雪彻底停歇，羊群跑累了，聚在一起歇息。武桂英想和母亲将羊群赶回去，却发现母亲的手脚已经不听使唤了，刚一迈步，身子一歪，不由自主地坐在了地上。

武桂英见状急忙上前去搀扶，带着哭声说道："阿妈，您咋的啦？您怎么站不起来了？"

"孩子，别哭，阿妈没事，你扶我起来。"母亲一边说，一边奋力挣扎着起身。

武桂英赶紧用力搀扶。在女儿的帮助下，母亲艰难地站了起来，尝试着迈步，脚却不听使唤，身子一踉跄，差点儿再次摔倒。

武桂英忙把阿妈扶住，说道："阿妈，您要坚持住，我扶着您往回走。"

"孩子，我们不能丢下公社的羊群，就是死也要坚持到最后。"额尔登其其格神情坚定地说。

"阿妈，我听您的。"武桂英郑重地点头答应。

那木嘎小队的牧民们发现武桂英母女没有回来，连夜顶风冒雪地找，足足寻找了一夜，终于在呼奈楞附近的一处沙丘上找到了她们母女。此时武桂英冻得说不出话来，额尔登其其格已经处于昏迷状态。

救援的人们以最快的速度将武桂英母女送到白云鄂博矿山医院抢救。额尔登其其格的双手因为背羊裸露在外，已经变黑，两只脚冻得发黑变紫。武桂英的手脚发黑，伤势十分严重。闻讯赶来的各级领导见她们的伤势如此严重，当即下令将她们转到医疗条件更好的内蒙古医学院附属医院救治。经过救治，她们的伤势得到有效控制，但由于冻伤严重，需要进一步治疗。她们又被转到部队的二五三医院。部队医院根据她们的伤情，对她们进行了截肢手术。

时任内蒙古自治区革命委员会副主任的高锦明前来医院探望并慰问，盟、旗及公社各级领导相继到医院探望。

她们在医院治疗了三个多月，回到家中继续养伤。

5月13日，《内蒙古日报》报道了她们母女的英雄事迹。紧接着全国各大报纸纷纷转载，《人民日报》发表评论，高度赞扬她们的思想品德和英雄事迹。

同年6月8日，武桂英被提拔为新宝力格公社革命委员会副主任。

1971年3月24日，武桂英和母亲额尔登其其格成为光荣的中国共产党党员。

1970年夏天，武桂英随同公社的几位领导坐着车前往繁荣生产大队检查工作。当他们行至一片牧场时，被一群羊挡住了去路。司机很是恼火，不住地按喇叭。牧羊的是一位年近五旬的妇女，见到羊群挡路，急忙

第十九章　岁月如歌

过来驱赶。

司机没好气地训斥道："你是怎么放的羊？把路都挡住了。"

牧羊的妇女一边加紧驱赶羊群，一边低声道歉说："对不起！"

这时，坐在副驾驶位上的公社革委会副主任达木林扎布制止道："你大呼小叫的干吗？真是没礼貌！"说完，达木林扎布打开车门，向牧羊的妇女抱歉地说："额大姐，对不起！司机年轻不懂事，我已经批评他了。"

那个妇女看了一眼达木林扎布，说："不怨他，是我没有看好羊群。"她一边说着，一边快速将羊群驱赶至道边。

车子重新启动后，武桂英好奇地问达木林扎布："这个人是谁呀？你对她这么客气。"

"你连她都不认识？真是不应该，她就是额仁钦达来！"达木林扎布一脸崇拜地说。

"啊？她就是大名鼎鼎的额仁钦达来？"武桂英惊呼道。

"对，她就是享誉漠南的抗日女英雄额仁钦达来。"达木林扎布自豪地说。

"我听说她在政协工作，怎么到草原上来放牧了？"武桂英早就听说过额仁钦达来的传奇故事，对她非常崇拜。

"你那是老皇历了，如今她下放到咱们这里接受劳动改造。"

武桂英扭过头望着驱赶羊群远去的额仁钦达来，心里充满同情。

数日后，傍晚时分，武桂英骑着马来到了额仁钦达来的住处。呈现在她眼前的是一间低矮的土房，四周是用土墙围成的院落，用木栅栏做了大门。武桂英走到大门口，院内顿时响起了犬吠声，随着犬吠声，从院子里跑出两条牧羊犬，冲着武桂英不停地吠叫。额仁钦达来听到狗叫，从屋内走了出来，在她的喝止下，两只牧羊犬停止了吠叫，摇着尾巴向主人讨好。

武桂英连忙跳下马背，鞠躬问好：“赛白努！额仁钦达来大姐。”

额仁钦达来眯着眼睛打量这位客人，说道：“请问您是谁？”

"额大姐，我叫武桂英，前来拜望您！"

"哦，你就是与母亲一同保护公社羊群的武桂英？"额仁钦达来求证道。

"是的，我就是武桂英。"武桂英回答。

"你来我这里有什么事？"

"额大姐，我早就听说过您的英雄事迹，特来拜访您。"武桂英显得很激动。

"过去的事情不要再提啦。"额仁钦达来面无表情地回答。

"我知道您受了很多委屈，但您是我心中仰慕的英雄，我必须来！"

"武桂英，你是远近闻名的英雄人物，不怕我连累你？"

"我的事情与您不可相比，您才是真正的英雄！我有幸结识您这样的巾帼英雄，感到骄傲和自豪！"

额仁钦达来看了武桂英一眼，没有说话，把她请进屋里。额仁钦达来请武桂英坐在炕沿上，给她倒了一碗热茶。

武桂英看到室内的摆设十分简单，几乎没有什么像样的家具，只有一些简单的生活用具，不由得说道："额大姐，想不到您的生活这么艰苦，以后有啥困难就跟我说，我一定想办法帮您解决。"

"我现在没有什么奢求，只求过安稳日子。"

"额大姐，我为您的不幸遭遇深感不平，我一定想办法改变您的生活条件。"武桂英态度十分坚定地说。

"谢谢你的好意，千万别为我的事情操心，以免受到牵连。"

"额大姐,我不怕牵连。"武桂英说。

她本想与额仁钦达来好好聊聊,却来了一位找额仁钦达来看病的牧民,武桂英只好起身告辞。

武桂英言而有信,数日之后,在她的努力下,额仁钦达来离开了牧场,调到公社卫生院工作,生活条件得到了改善。

武桂英经常去看望额仁钦达来,并给她带一些食物和日用品。武桂英想打听她当年的抗日事迹,额仁钦达来怕引来不必要的麻烦拒绝了。后来接触时间久了,两个人的感情逐步加深,额仁钦达来才把当年的抗日经历讲给她听。武桂英听了额仁钦达来的讲述,对额仁钦达来更加崇拜。武桂英利用公社革委会副主任的身份,多次出面保护额仁钦达来,使她免受迫害。久而久之,两个人成了无话不谈的忘年交。

第二十章　此生无悔

1977年春天，充满了生机和希望，在这寒冬消退、春回大地、万物复苏的季节，额仁钦达来离开了新宝力格公社，回到了旗政协工作。

额仁钦达来回到旗政协工作不久，吉日格乐也被组织安排到旗畜牧局工作。

春节前夕，额仁钦达来带着儿子前往五台山上坟。到了五台山之后，却怎么也找不到齐木德仁庆豪日劳的坟墓。额仁钦达来感到奇怪，她对丈夫坟墓的位置记得十分清楚，怎么会找不到呢？无奈之下，额仁钦达来只好向方丈打听。方丈告诉她，坟墓已经在十年前被人铲平了。额仁钦达来带着愤懑和遗憾，根据记忆中的大概方位，在原来坟墓的位置上又重新推起一个坟包，并重新立了一个简易墓碑，并嘱咐吉日格乐记住这个位置。

1978年9月8日，中国妇女第四次代表大会在北京召开，额仁钦达来以内蒙古自治区妇委会执行委员的身份参加了会议，并受到了党和国家领导人的接见。

1979年春节，吉日格乐带着女朋友包晓英回家过年。包晓英在达茂旗邮局工作，身高一米六二，圆脸盘，大眼睛，两条眉毛如同一对新月，

第二十章　此生无悔

一条乌黑的发辫垂在脑后。包晓英长得漂亮，性格开朗，落落大方，对额仁钦达来十分敬重，初次见面就抢着干家务，给额仁钦达来留下了良好印象，她对这个准儿媳非常满意。

当年五一劳动节，额仁钦达来为他们举办了婚礼。婚礼当天，额仁钦达来早早起床，烹制了一桌丰盛的饭菜，并在乌日娜的协助下，将新房布置一新。在婚房的门窗上贴上大红喜字，婚床上铺着崭新的彩缎被褥，显得非常喜庆。额仁钦达来没有大操大办，参加婚礼的只有敖其尔夫妇、乌日娜夫妇及包晓英的父母等十几位亲近的人。

婚礼简单而隆重，在乌日娜的引导下，包晓英和吉日格乐相互鞠躬行礼。

然后额仁钦达来做婚礼致辞："今天，是我的儿子、儿媳的大喜之日，在这是个喜庆的时刻，我代表我的儿子、儿媳向各位莅临婚礼的亲朋好友致以热烈欢迎和衷心感谢！感谢我的亲家、亲家母，你们含辛茹苦，精心培养了一位优秀的好女儿。从今以后，咱们多来往，多亲近，两家人变成一家人。同时，祝一对新人新婚幸福，爱情甜蜜，白头偕老！祝你们在生活中互敬互爱、相互理解，工作中互帮互学、取长补短、共同进步，祝你们早生贵子，白头偕老！"

额仁钦达来致辞完毕，婚宴正式开始，人们围坐在酒桌旁，宾主频频举杯敬酒，开怀畅饮。

额仁钦达来举着酒杯，兴高采烈地唱道：

清澈明亮的召河水呦，
缓缓流淌。
辽阔美丽的大草原呦，
散发芬芳。

紫色羽毛的野山鸡呦，

展翅飞翔。

啊！美丽的希拉穆仁，

我可爱的家乡。

那里有我童年的记忆，

那里有我可爱的爹娘，

我要为你祝福、为你歌唱……

祝福慈祥的父母，

身体健康；

祝福草原风调雨顺、

六畜兴旺。

歌唱幸福的新生活，

歌唱伟大的共产党！

宾客们伴随着优美的旋律，跳起了欢快的舞蹈，气氛热烈而融洽，欢歌笑语不绝于耳，尽欢而散。

婚后第二年，包晓英十月怀胎，一朝分娩，生下一个大胖小子。额仁钦达来特意请了一个月假，照顾儿媳坐月子。吉日格乐夫妇请奶奶给孩子取名，额仁钦达来为孙子起名乌云图。吉日格乐夫妇对这个名字十分满意。包晓英对额仁钦达来十分孝顺，不管工作多忙，每天都坚持做饭，收拾家务，从不让额仁钦达来伸手。额仁钦达来看到儿媳如此孝顺懂事，心里十分开心。

1981年8月3日，额仁钦达来参加了达茂旗政协举行的第五届委员会第一次会议。额仁钦达来在会议上提出了有关圈养牲畜、保护生态环境、防止草原沙化的建议。

第二十章 此生无悔

这届政协常务委员当中,有一位新面孔,她就是草原英雄小姐妹之一的龙梅。当时参加会议用的名字是吴龙梅。龙梅经历暴风雪之后,人生的道路很顺利,十六岁参军入伍,复员后进入包头市医专、内蒙古蒙古文专科学校学习。毕业后回到家乡工作,在达茂旗政协第五届会议上被选举为政协常委。

虽然额仁钦达来与这对姐妹年纪相差几十岁,但是额仁钦达来对这对姐妹的工作及生活十分关心,龙梅和玉荣对额仁钦达来非常敬重,通过频繁的交往,彼此结下了深厚的友谊。

几年后,年逾七旬的额仁钦达来身体硬朗、思路清晰、精力充沛,工作之余,积极参与文史的整理和编写工作,每天忙得不亦乐乎。为了响应中央发出的有关培养和选拔年轻干部的号召,她毅然向上级领导提出退休申请。上级领导出于多方面考虑,批准了额仁钦达来的退休申请。

额仁钦达来从工作岗位退下来后,生活节奏变得慢下来。此时,乌日娜已经退休并搬回百灵庙居住,她没事的时候,经常过来陪额仁钦达来唠嗑。

额仁钦达来退休后,没有在家颐养天年,而是积极投身于各种公益活动当中。她经常应邀到学校去演讲,讲述当年自己的亲身经历,教育广大师生牢记历史、勿忘国耻,以振兴中华为己任。

这天早晨,包晓英做好早饭,叫婆母起床吃饭。她推门走进婆母的房间,发现婆母有气无力地躺在床上,满脸烧得通红,嘴唇发干,眼睛发红。

包晓英摸了一下婆母的额头,惊呼道:"阿妈,您发烧了?咋不喊我们呢?"

"没什么大事,可能是夜里着凉了。"额仁钦达来不在乎地说。

吉日格乐听到包晓英的声音,急忙来到母亲的房间,着急地说:"你烧得这么厉害,赶紧去医院吧。我现在就给老干部局打电话,让他们派车送您去医院。"吉日格乐一边说着,一边抄起电话,准备给老干部局打电话。

额仁钦达赖连忙制止道:"不要打,我只不过是感冒发烧,又不是什么大病,不要麻烦组织。你用自行车推我去医院就行了。"

吉日格乐知道阿妈的脾气,只好听从她的意见,用自行车将她送到了医院。经过医生诊断,她因感冒引发了肺炎,需住院治疗。

额仁钦达来非要开药回家养病。这次,吉日格乐没有听阿妈的话,自作主张为她办理了入院手续。

医生为额仁钦达来打点滴、服药之后,她的烧退了,病情有所好转。

乌日娜闻讯赶到医院看望。

额仁钦达来对儿子、媳妇说:"我没什么事了,你们都去上班吧,有乌日娜陪着我就行了。"

"那怎么行,我们放心不下您的病。"

"你们听我的,赶紧去上班,否则我现在就出院。"

吉日格乐和包晓英知道老人的脾气,只好遵照她的意愿去上班,临离开时,不放心地一再叮嘱乌日娜,如果阿妈的病情有变化,一定要及时告诉他们。

中午,包晓英送来饭菜,伺候婆母吃过饭,又回去为婆母熬鸡汤。

"我又没什么大病,熬什么鸡汤?赶紧去上班。"

"我已经跟单位请假了,专心照顾您。"包晓英说完,赶回去熬鸡汤了。

乌日娜对额仁钦达来说:"姐儿,你躺下歇一会儿吧。"

"乌日娜,实话对你说,你下午得陪我出去一趟。"

"你不好好在医院养病,出去做什么?"乌日娜不解地问。

"我前几天与旗一中约好了,今天下午要去学校为同学们做演讲。"

"你都生病住院了,怎么能去演讲?我现在就给学校领导打电话,让他们推迟几天,等你病好了再说。"

第二十章 此生无悔

"那怎么能行？我已经答应他们了，咋能失信！你不要劝我，我说什么也得去。"额仁钦达来态度十分坚决。

乌日娜拗不过额仁钦达来，只好为她换下病号服，穿好日常衣服，偷偷地溜出医院，用自行车驮着她赶往学校。

当她们来到学校时，学校操场上已经坐满了学生，学校的领导亲切地向额仁钦达来握手问候，并陪她走上讲台。台下的同学们立刻响起一阵热烈的掌声。

额仁钦达来虽然身体不适，但面对可爱的孩子们，立刻精神焕发，忘记了病痛，满怀激情地讲述着当年抗日的事迹，滔滔不绝地讲了两个多小时。她讲得十分精彩，不时被同学们的掌声打断。

演讲结束后，学校的领导邀请她们留下吃晚饭，额仁钦达来婉言谢绝。学校的老师和同学们一直将她们送到学校大门口，恋恋不舍地与她们挥手告别。

额仁钦达来离开了同学们的视线，转过身扶着自行车后座，准备上车，突然感到一阵眩晕，身子一歪，差点儿摔倒，幸亏乌日娜一把将她扶住。

"姐儿，是不是病情加重了？我说不让你来，你偏不听，万一病情严重了怎么办？"乌日娜着急地说。

"你别担心，可能刚才有些累了，休息一下就没事了。"额仁钦达来不当回事地笑着回答。

"你都险些摔倒了，还说没事？真拿你没办法！"乌日娜一边埋怨着，一边将她扶到车座上，一手把着车把，一手扶着额仁钦达来，朝着医院缓慢地走去。

她们来到医院大门口时，天色已经暗了下来。她们发现吉日格乐、包晓英以及其他医护人员正四处寻找。原来包晓英熬好鸡汤之后，提着保温盒来到病房，发现病房没人，以为是乌日娜陪着婆母去上厕所了，也没有在意。包晓英坐在病房里等了一会儿,依然不见她们的身影,便到厕所去寻找,却没找到。她心里着急,急忙去问值班医生。医生说不清她们的去向,赶紧陪着她一同寻找。正当人们因寻找不见她们而焦急万分时,乌日娜用自行车推着额仁钦达来回来了。医护人员看到她们,连声埋怨。额仁钦达来一再赔笑道歉。乌日娜气不过医护人员的态度,向她们解释了额仁钦达来带病去学校为学生们做演讲的事情。

医生和护士为额仁钦达来的精神所感动,不好意思地向她道歉。额仁钦达来却道歉说自己不应该擅自离开医院,并表示今后一定遵守医院的规章制度,不再给医院添麻烦。

由于额仁钦达来带病去学校讲演,她的病情有所加重,出现了发烧、咳嗽等症状。医生们竭尽全力进行救治,病情才稍有好转。额仁钦达来在医院住了十几天,吉日格乐夫妻几乎衣不解带,不分昼夜地悉心照顾,医生和护士们都夸他们孝顺。

1995年9月1日,额仁钦达来接到自治区统战部邀请函,邀请她参加自治区统战部举办的庆祝世界反法西斯暨中国人民抗战胜利五十周年活动。额仁钦达来接到邀请函后十分高兴,准备应邀前往。

吉日格乐听说阿妈要去自治区参加庆祝活动,担心她的身体吃不消,劝她不要参加了。额仁钦达来却不肯听,执意要去参加。吉日格乐见劝说无效,只好请乌日娜帮着做工作,希望她能劝阿妈改变主意。没想到乌日娜不但支持额仁钦达来前去,并答应陪着她一同前往。最终吉日格乐只好让步,不再阻拦。

额仁钦达来不顾年老体弱,在乌日娜的陪伴下,参加了自治区举行的抗战胜利五十周年庆祝大会,随后又参加了抗日英模宣讲团,到各地进行巡回讲演,一直忙了一个多月才返回家中。

1997年,达茂旗政府决定编写达茂旗文史资料。为了能够客观地反

第二十章　此生无悔

映当年驼运商业在达茂旗境内的活动情况，旗政协的特木尔巴格那同志找到额仁钦达来了解情况。此时，额仁钦达来已是耄耋之年，但身体依然健朗，头脑清晰。她凭着记忆讲述父亲桑杰当年走驼道的经历，与特木尔巴格那交谈了两个多小时，为文史资料编撰工作提供了宝贵的历史资料。

寒来暑往，斗转星移，时间老人迈着规律有序的步伐，将人类带入21世纪。伴随着21世纪的钟声，人们敲锣打鼓，燃放礼花，载歌载舞庆祝人类进入新纪元。

1999年12月31日上午，额仁钦达来吃过早饭，独自在院子里散步。虽然岁月的风霜在她的脸上留下了皱纹，头发斑白，动作有些迟缓，但她耳聪目明，思维清晰，精神矍铄。额仁钦达来刚走了一会儿，突然听到有人推门走了进来。抬头见到来人是乌日娜，不由得笑着说："你不是上姑娘家帮着带孩子去了吗？什么时候回来的？"

"我的亲家母把我替了，昨天刚到家。"

乌日娜的女儿在包钢工作，自从女儿生小孩后，乌日娜没事就往女儿家跑，帮忙照看孩子。

"她们一家人都挺好的吧？"

"都挺好的，就是这个外孙太淘气了，整天不着闲。看孩子可真累人！"

"俗话说三岁四岁讨狗嫌，这个年龄段正是孩子淘气的阶段。淘小子出好的，淘姑娘出巧的。孩子淘气是天性，淘气说明孩子身体健康，说明脑瓜儿聪明。"

"我也听过这个说法，孩子长大有没有出息我不知道，我只知道淘气的孩子太累人，看一天孩子简直比干一天体力活还累。"乌日娜笑着抱怨道。

"儿孙绕膝是天伦之乐，再苦再累也高兴，你别在我面前假抱怨，如果人家不让你看，你准不高兴！这次回来打算待多长时间？"

"这次能多待一段时间，姑爷的父母打算过完春节再回去。"

"那好啊，咱们俩又可以经常在一起说话聊天啦。人老了就是念旧，我见不着你，还怪想你的。"

"可不是咋的，我也想你，在姑娘家待的不安生，白天想你，夜里也经常梦见你，前两天我还梦见姐夫了。"

"日有所思，夜有所梦，我也经常梦到他。"

"这次梦的与以往不同，梦境十分清晰，我梦见姐夫叫我跟他回来看你，梦的真真的。姐夫还像当年那样年轻，有说有笑的，还说这次回来是为了陪你，你说怪不怪？"

"嗨——他走了这么多年，一个人孤孤单单的，确实可怜！一个死去的人咋能回来陪我？真是痴人说梦。要说我哪天去陪他还差不多。"

"你身体这么好，姐夫若想让你去陪他，至少还得等上十年八年的，姐夫只好继续苦等下去了。"

"这也不好说，黄泉路上没老少嘛。"

"姐儿，咱们姐妹情深，虽然无法与你和姐夫的感情相比，但我还没跟你相处够呢，你可不能丢下我不管！"

"我和你说笑，你还当真了。如今生活这么好，儿子、儿媳对我这么孝顺，我好日子还没过够呢，怎么能丢下儿孙去找你姐夫呢！"

"我就说嘛，你不会这么偏心。"

这时，包晓英从屋内走了出来，见到乌日娜，赶紧打招呼："乌姨，您什么时候回来的？"

"昨天回来的，你和吉日格乐都挺好吧？"

"我们都挺好的。阿妈，外边挺冷的，赶紧跟乌姨进屋吧。"

"好。"额仁钦达来答应着，亲热地拉着乌日娜的手，一起回到屋里。

额仁钦达来与乌日娜已数月未见，聊得十分开心。包晓英准备了午饭，

第二十章　此生无悔

吃过午饭后，乌日娜打算回去，额仁钦达劝她住下陪她唠嗑，包晓英也在一旁不住地挽留。乌日娜只好点头答应。额仁钦达来很是高兴，顾不上午休，拉着乌日娜唠得十分开心。

她们一直聊到晚上，额仁钦达来又挽留乌日娜吃晚饭。额仁钦达来的兴致很高，一再张罗喝酒。吉日格乐夫妻担心她的身体，一再相劝，乌日娜也在一旁劝说。额仁钦达来却很固执，坚持要陪乌日娜喝一杯。吉日格乐只好顺从母亲的意愿。一杯酒下肚之后，额仁钦达来意犹未尽，还想喝，奈何乌日娜等人一再劝说，只好作罢。

晚饭后，乌日娜打算告辞。额仁钦达来却意犹未尽，一再挽留她留下。乌日娜见额仁钦达来如此盛情，便爽快地答应。并给老伴索德那木苏打电话说不回去了。姐妹二人回到卧室，躺在床上，兴致勃勃地聊天，一直聊到后半夜才入睡。

第二天，恰逢千禧年元旦。乌日娜吃过早饭，向额仁钦达来说道："姐儿，今天是元旦，孩子们都放假回来过新年，我得回去了。"

额仁钦达本不愿意乌日娜离开，但听她说得在理，不好意思挽留，便点头同意，并将她一直送到大门口。二人又在门口拉着手聊了好一会儿，临别时，乌日娜承诺过了元旦便来看望她，然后三步一回头，依依惜别而去。额仁钦达来一直站在门口，目送乌日娜的身影消失在街头拐角处，才转身回屋。

元旦放假，孙子乌云图特地从呼市赶回来与家人团聚，此时乌云图已经是内蒙古农业大学的大二学生，学的是畜牧专业。额仁钦达来见到孙子，高兴得合不拢嘴，拉着孙子的手不停地问这问那。乌云图一边回答，一边笑着逗奶奶开心。包晓英特地准备了一桌丰盛的晚饭，一家人其乐融融地围坐在饭桌旁，开始跨年晚宴。

额仁钦达来让乌云图给她斟满酒，然后举起酒杯说道："今天是个不平凡的日子，再过几个小时，人类就要跨进21世纪了。在这特殊的时刻，我提议，为了庆祝千禧年，喜迎新世纪，为了祖国繁荣昌盛，为了咱们全家人团聚，共同举杯庆贺！"

吉日格乐知道阿妈心脏不好，有心劝她不要喝酒，可是看到老人兴致这么高，不忍心让她扫兴，没有出言劝止，跟着一起干杯。

额仁钦达来兴致勃勃地一口喝干，然后举着空酒杯示意给她斟酒，却被吉日格乐拦住："阿妈，您的心脏不好，医生不让您饮酒。"

额仁钦达来笑着对儿子说："你不必为我担心，我当过医生，知道怎么保养身体。虽然我的心脏有点儿小毛病，但没有你们想象的那么可怕。今天全家难得相聚，又欣逢千禧年，这么喜庆的日子，一杯酒怎么能尽兴？"

"阿妈，我知道您今天高兴，但身体要紧。"吉日格乐考虑到阿妈的身体情况，耐心相劝。

额仁钦达来不高兴地瞪了儿子一眼，固执地说："我清楚自己的身体情况，我说没事就没事。"

包晓英见状赶紧打圆场，对吉日格乐使了个眼色，笑着对婆母说："阿妈，都是吉日格乐不好，不该惹您生气，不过他也是出于对您的关心，您的身体虽然硬朗，但您已经八十多岁了，身体的各个器官均已老化，不能与年轻时相比，身体再好，也应该注重保养。不过今天是个特殊的日子，既然阿妈高兴，就让阿妈再喝一杯吧。"

额仁钦达来听了儿媳的话，满意地笑着说："还是我儿媳妇的话中听，我知道你们不让我喝酒是担心我的身体。我并非馋酒，而是因为今天全家人相聚，又恰逢人类进入21世纪，我心里很激动！当年，你的外祖父和阿爸为了保卫祖国，为了捍卫民族尊严，不顾危险，不怕流血牺牲，毅然决然与日本侵略者做斗争，先后献出了宝贵的生命。如今祖国繁荣昌盛，人民生活幸福美满，如果他们地下有知，定会含笑九泉！我有幸活到八十

第二十章　此生无悔

多岁,过上了幸福生活,心里非常欣慰,生老病死是自然规律,谁都无法逃避。回首我的一生,虽然没有做过什么惊天动地的大事,但在祖国和人民需要我的时候,我没有退缩,而是迎难而上,做了自己应该做的事情,可以说无愧于心。如今生活安逸,你们对我又这么孝顺,我感到非常满足,说句不吉利的话,即使离开这个世界,也没有什么可遗憾的……"

"阿妈,今天是个高兴的日子,咱们不说这些不吉利的话。"包晓英害怕婆母伤感,赶紧拦住了她的话头。

"人活百岁,终有一死,我都这么大岁数了,还有什么可忌讳的?今天嘱咐你们几句,等我将来去世了,你们要把我葬在五台山,让我永远陪伴你阿爸。"

"阿妈,您的身体这么硬朗,一定会长命百岁的。万一将来真有那么一天,我们一定遵照您的盼咐。今天是个喜庆的日子,咱们不说这些了,来,为了您身体健康,也为了迎接新世纪的到来,咱们共同干杯!"包晓英及时转移话题。

众人干杯之后,额仁钦达来没有再坚持饮酒,而是以茶代酒,与儿孙们一边喝酒聊天,一边看电视,等待新世纪的钟声。时间在人们的期盼中缓缓流过,午夜的钟声终于敲响了。

额仁钦达来满怀的喜悦无以发泄,于是,她没有征求儿子的意见,伸手拿过酒壶,为自己斟上一杯酒,笑着举杯说道:"期盼已久的新世纪终于来临,让我们举杯同庆,祝福我们伟大的祖国繁荣昌盛,祝福人民生活幸福快乐,祝福咱们全家人身体健康,生活幸福,心想事成,万事顺意!干杯!"

额仁钦达来的话赢得了全家人的热烈响应,他们各自举起酒杯,将酒一口喝干。然后他们观看各地的庆祝活动,直到电视转播结束,方才各自歇息。

由于放假，加上头一天睡得太晚，第二天早上，包晓英睡到八点多才起床。她穿好衣服，走出卧室，来到客厅，没有看见婆母的身影，心说婆母一向早睡早起，每天这个时候早就起床了。今天迟睡未起，一定是昨天休息的太晚了。故此没有多想，而是开始准备早饭。为了不惊扰家人，包晓英轻手轻脚的，尽量避免发出响动，悄没声地熬好了奶茶，制作了奶酪及面食。

忙完这些后，见婆母卧室的房门依旧紧闭，便信步走到婆母的房门前，轻轻地敲了两声，嘴里轻声呼道："阿妈，睡醒了吗？"

包晓英连问了两遍，室内却没有回应。包晓英心说平时婆母的睡眠很轻，只要有一点儿动静就会醒，今天怎么如此反常。想到此，包晓英急忙推门走了进去。

吉日格乐早已睡醒，此时正赖在被窝里享受这难得的休闲时光，突然听到包晓英惊慌失措的喊声，心头一惊，一把掀开被子，穿着内衣内裤，光着脚，三步并作两步，跑进母亲的卧室。只见妻子双手抱着母亲，嘴里不停地呼喊着。

吉日格乐慌忙上前查看，只见额仁钦达来双目紧闭，面色安详，没有任何反应，悚然一惊，带着哭声呼喊："阿妈，您咋的啦？咋不喘气了？！"

包晓英抱着额仁钦达来哭着大声喊道："阿妈，您这是咋的了，咋不说话呢？！"

这时，乌云图被父母的喊叫声惊醒，穿着睡衣跑了过来。看到奶奶双目紧闭，任凭父母如何呼唤都没有反应，赶紧对父母说道："阿爸、阿妈，赶紧打电话叫救护车吧！"

"对，赶紧打电话叫救护车！"吉日格乐下意识地说着，然后跌跌撞撞地走到电话机旁准备叫救护车。由于神情慌乱，他拿着话筒，连拨号都忘记了，冲着话筒连声呼喊医院救人。

第二十章　此生无悔

乌云图赶紧走过来，从父亲手里抢过话筒，拨通了120急救电话，说明了住址及奶奶的病症。放下电话后，见父母方寸大乱，他赶紧给乌日娜打电话，说了奶奶的情况。大约十几分钟后，救护车赶到。与此同时，乌日娜与索德那木苏也匆忙赶到。医务人员为额仁钦达来进行了仔细的检查，然后遗憾地告诉大家，老人已经去世了。

吉日格乐听了医生的话，拽住医生的手，高声说道："大夫，你看我阿妈面目安详，身体温软，一定是睡着了，求你赶紧想办法叫醒阿妈！"

"我们医生的职责就是治病救人，如果能够救过来，岂能见死不救！老人确实已经去世了，我们也无力回天。"

"你一定是搞错了，阿妈的身体这么硬朗，怎么能毫无征兆地去世呢？"吉日格乐依然抓住医生的手，死活不肯相信。

"老人是心脏病突然发作，在睡梦中去世的。老人这么大年纪，在睡梦中离世，是修来的福分！我劝你们还是节哀顺变，准备后事吧。"医生说完，带着医务人员离去了。

吉日格乐和包晓英悲痛万分，哭成了泪人。

乌日娜守在额仁钦达来身边，强忍悲痛对吉日格乐和包晓英说道："你们别光顾着哭了，赶紧准备后事吧。她的装老衣服准备了吗？"

包晓英抽泣着答道："我前几年就偷偷地准备好了，怕阿妈看到犯忌讳，没敢告诉她。我现在就去取。"包晓英抹着眼泪起身朝自己住的卧室走去。

须臾，包晓英拿着一个包袱回来，乌日娜与他们夫妻流着泪为额仁钦达来穿上寿衣，停放妥当，乌日娜对哭成泪人的吉日格乐说道："人死不能复生，你不要过度悲伤，当务之急是处理后事。你赶紧给政协办公室打电话，同时通知亲友前来吊唁。"

吉日格乐带着哭声说："阿妈生前曾叮嘱过，后事从简，不给组织和亲友添麻烦。"

乌日娜神情凝重地说："你阿妈一生刚强，做过惊天动地的大事，可以说活的轰轰烈烈，怎么能让她这样默默无闻地离开呢？听我的，不能委屈了她，赶紧打电话通知组织及亲友，要风风光光地送老人最后一程。"

吉日格乐含泪抄起电话，向旗政协办公室及亲朋好友通报了老人不幸去世的消息。旗政协接到电话，立刻上报旗委、旗政府。旗委、旗政府主要领导同志赶到吉日格乐的家中，向额仁钦达来的遗体告别，并安排了善后事宜。然后，他们返回单位，召集相关人员开会，成立了额仁钦达来同志的治丧委员会，并向全旗发出讣告。

乌云图悲痛欲绝地守在奶奶的身旁，伤痛的泪水如同决了堤的洪水一样肆意流淌。敖其尔和桑盖艾接到姐姐去世的消息，以最快的速度赶到，伏在姐姐的遗体旁痛哭不止。闻讯前来吊唁的众亲友泪流满面，现场哭声一片。

三日后，旗政府在殡仪馆的吊唁大厅为额仁钦达来举行了追悼大会。前来参加追悼大会的除了额仁钦达来的亲属，还有龙梅、玉荣、武桂英等生前好友以及旗属各机关团体，甚至还有来自家乡的民众。人群黑压压地挤满了整个吊唁大厅。

额仁钦达来静静地躺在吊唁大厅中间的灵床上，灵床周围摆放着鲜花，只见她面目安详，如同熟睡一般。殡仪馆的正上方用白布黑字写着横幅：沉痛悼念额仁钦达来同志。横幅下方挂着额仁钦达来的遗像，遗像两边挂着一副挽联，上联是"驰骋疆场威震漠南女司令"，下联是"功勋卓著千秋万代留美名"。

追悼会由旗委副书记、旗长宝音德力格尔主持，由旗政协主席姜厚致悼词：

第二十章　此生无悔

同志们，朋友们：

今天，我们怀着无比悲伤的心情，沉痛悼念额仁钦达来同志。额仁钦达来同志是一位具有爱国情怀，具有正义感的爱国民主人士，在战火纷飞的抗日年代，她为了挽救民族危亡，为了抗击日本侵略者，毅然举起抗日救国的大旗，带领民众，处决了叛徒，投身抗日的洪流之中，为民族解放事业作出了不可磨灭的贡献！

抗日战争胜利后，额仁钦达来顺应历史潮流，拥护共产党的主张，参加了绥远起义，位列起义将领名单之中，为绥远和平解放作出了应有的贡献。

中华人民共和国成立后，额仁钦达来积极参与政协工作，历任旗政协副主席，积极参政议政，多次提出合理化提案，为旗政协工作作出了重大贡献。

额仁钦达来的一生，是光辉伟大的一生，是为国为民呕心沥血的一生。她的不幸逝世，是党和人民的一大损失，我们将永远铭记她的英名，永远缅怀她的丰功伟绩！额仁钦达来英名不朽，永远活在各族人民的心中！

致完悼词，举行遗体告别仪式，吊唁大厅响起了低沉悲怆的哀乐，人们迈着沉重的步伐，缓缓走到遗体前，虔诚地三鞠躬。遗体告别仪式结束，吉日格乐、包晓英、乌云图、敖其尔、乌日娜等人扑在遗体上失声痛哭，在场的人为之动容，纷纷流下悲伤的泪水。

遗体火化后，吉日格乐、乌云图等人强忍悲痛，将骨灰装殓。然后按老人生前遗愿，护送骨灰前往五台山安葬。他们一行人坐车来到五台山，将额仁钦达来安葬在齐木德仁庆豪日劳墓旁，实现了额仁钦达来与丈夫生同衾、死同穴的夙愿。

茂明安末代王妃

后 记

　　终于付梓，余倍感欣慰。2016年夏季，在达茂旗青少年德育教育基地，我受到基地书记刘惠文、基地主任刘埃生的热情接待，并在其陪同下参观教育基地，先后参观了草原英雄小姐妹、武秀英母女雪夜护羊群以及武装部长孟克达来舍身勇救民兵等一系列英雄模范事迹。同时，还看到茂明安第十代札萨克齐木德仁庆豪日夫妇劳出于民族大义，毅然加入抗日斗争的事迹。

　　我被齐木德仁庆豪日劳夫妇的英雄事迹深深感动了，并产生了把他们的英雄事迹整理成书，以便更多的人了解他们英雄事迹的想法。为此，我先后走访了达茂旗文联、档案馆、旗政协等单位，掌握了第一手资料，还拜访了额仁钦达来的后人及相关人员。在此期间，我有幸结识了达茂旗文联主席王军同志、政协原副主席徐忠文同志、旗政协办公室吕媛同志、旗档案馆吉日木图同志、旗政府办齐宝林同志以及武秀英同志等。我根据吕媛同志提供的《达茂文史资料》第一辑、第二辑所记载的文史资料，查找到了额仁钦达来的相关经历。

　　据《达茂文史资料》第一辑第159页至163页记载，由斯庆毕力格书

后 记

写的《齐木德仁庆豪日劳札萨克遇害经过》了解了事件的详情。

据《达茂文史资料》第一辑第164页至168页记载，由孙爱芳书写的《额仁钦达来》一文中，了解了有关处决叛徒、率部起义抗日的详细过程。

据《达茂文史资料》第二辑，了解了额仁钦达来后续事迹。

回首齐木德仁庆豪日劳与额仁钦达来的一生，让人倍感钦佩。齐木德仁庆豪日劳作为身份显贵的王爷，在民族危亡的时刻挺身而出，不顾个人安危，毅然投身抗日救亡斗争中，不幸壮烈牺牲。额仁钦达来作为王妃，愤然举旗替夫报仇，手刃奸贼，率领起义队伍冲破敌人的重重围追堵截，汇入抗日洪流之中，为民族解放事业作出了贡献！为了缅怀齐木德仁庆豪日劳，额仁钦达来夫妻的丰功伟绩和伟大爱国主义精神，我填词一阕，以表景仰之情：

忆秦娥·缅怀漠南抗日英烈

兵燹虐，

硝烟弥漫边关月。

边关月，

金瓯破碎，

江河呜咽。

青山大漠坚如铁，

草原儿女挥戈钺。

挥戈钺，

前赴后继，

英勇壮烈。